पल दो पल का
प्यार

उपन्यास

पल दो पल का प्यार

उपन्यास

प्रणय कुमार

अंजुमन प्रकाशन

पल दो पल का प्यार (उपन्यास)

मूल्य भारत में : ₹ 199
मूल्य विदेश में : $ 8

प्रकाशक : **अंजुमन प्रकाशन**
942, मुठ्ठीगंज, प्रयागराज, उत्तर प्रदेश, भारत
वेबसाइट - www.anjumanpublication.com
ईमेल - contact@anjumanpublication.com

संस्करण : प्रथम, जनवरी 2019
ISBN : 978-93-86027-96-2
आवरण : श्री कम्प्यूटर्स, प्रयागराज
टाइप सेटिंग : श्री कम्प्यूटर्स, प्रयागराज
मुद्रक : भार्गव ऑफसेट, प्रयागराज

समर्पित

उन तमाम दिलों को जिनमें प्रेम बसा है।

प्यार महज ढाई अक्षर का शब्द नहीं,
ऐसी शक्ति है जो आपकी पहचान
बदल सकता है।

अगर वह मेरे जीवन में ना आई होती
तो आज यह किताब आपके हाथ में ना होती।

अपनी बात

जब आप अपना क़ीमती समय इस उपन्यास को पढ़ने में दे रहे हैं, तो हो सकता है कि आपके मन में कई सवाल चल रहे हों; मैं लेखक कैसे बना? इसका जवाब एक शब्द में दूँ तो- संयोग से। जीवन में कई चीज़ें संयोग से होती हैं। मैंने कभी सोचा नहीं था कि मैं एक लेखक बन पाऊँगा, मगर मैं शुक्रगुज़ार हूँ उन लम्हों का, जिन्होंने मेरा रुख़ साहित्य की ओर मोड़ दिया। मुझे पता नहीं कि मैं लेखन को समर्पित हूँ या नहीं, मगर इतना जरूर कहूँगा कि मेरी संवेदनाएँ, रचनाशील भावना से अनुरंजित हुईं और यह कहानी बनकर आपके सामने आ गयी; मगर आपका यह मानना भूल होगा कि यह मेरे जीवन का यथार्थ चित्रण है।

हर लेखक की अपनी कहानी होती है और उसे लिखने का तरीक़ा भी। इस उपन्यास को मैंने दो भागों में लिखा है, जिसके पहले भाग को मैं मार्च 2015 में कुछ पन्नों के द्वारा पाठकों के बीच लाया। उन्होंने मेरी कहानी में रुचि दिखाई। उनके अथाह प्यार और सम्मान ने मुझे लिखने की शक्ति दी। धीरे-धीरे मैं ख़ुद के प्रयास से सीखता गया और आज भी सीख रहा हूँ। सीखने के क्रम में ही जनवरी 2017 को भाग दो की समाप्ति हुई। मैंने दोनों भागों को जोड़ा जिसका नाम दिया - पल दो पल का प्यार।

यह सिर्फ कहानी का अंत था। प्रकाशन के योग्य के लिए मुझे इसे सँवारने की जरूरत थी; मैंने शुरू किया... जिसके दरम्यान मैंने स्नातक की परीक्षाएँ भी दीं। मेरा स्नातक और यह कहानी, दोनों एक साथ पूर्ण हुए। आज यह प्रकाशित होकर आपके हाथ में है; आप इसे जितनी शिद्दत से पढ़ेंगे उतनी ही शिद्दत से यह आपके दिल में अपनी जगह बना लेगा। मुझे यकीन है कि यह कहानी आपके जीवन की श्रेष्ठ कहानियों में से एक साबित होगी।

आभार

मैं तहेदिल से धन्यवाद देना चाहता हूँ, जिन्होंने इस किताब के लेखन और प्रकाशन में महत्त्वपूर्ण भूमिका निभाई।

- मेरे पिता (प्रो0 दिलीप कुमार) जिन्होंने मुझे उम्मीद दी, हिम्मत दी और मेरा हौसला बढ़ाया। एकमात्र वही थे, जिन्होंने मुझे शुरूआती दौर में ही समझा और मेरे लेखन के सफर को आगे बढ़ाने में मेरी मदद की। वे मेरे संघर्ष की आँधियों में हौसले की दीवार बनकर खड़े रहे और मेरी लगन को कम न होने दिया।

- माँ और बड़े भाइयों का, जिन्होंने हमेशा मुझे सही मार्ग दिखाया, इनके आशीर्वाद के बिना मैं कुछ भी नहीं।

- सोशल मीडिया पर मेरा विशाल परिवार, जिन्होंने लगातार मेरी किताब में अपनी रुचि दिखाई और प्रकाशित होने का इंतजार किया। वे मेरे लिए मेरी दुनिया हैं।

- अंजुमन प्रकाशन का, जिन्होंने न केवल मेरी किताब प्रकाशित की, बल्कि उन्होंने मेरे सपने को पूरा करने में महत्त्वपूर्ण भूमिका निभाई।

- ईश्वर का आभार, कि मेरे लेखन पर उनकी कृपा बनी रही।

- प्रणय कुमार

भाग-1

एक

2016

16 सितम्बर, मेरा जन्मदिन।

मैं अपने जन्मदिन पर अपने एक खास दोस्त रणवीर से मिलने के लिए भागलपुर रवाना हुआ। एक लम्बे समय अंतराल के बाद हम मिलने वाले थे। कुर्सेला से बस खुले एक घंटा हो गया था और मैं बैठा-बैठा सोच रहा था,

मुझे यूँ अचानक देखकर वह कितना खुश हो जाएगा। हम जमकर मस्ती करेंगे और जमकर पार्टी मनायेंगे।

मैं बीते दिनों को याद करने लगा। हमारी दोस्ती मिडिल स्कूल में हुई थी। यूँ तो मेरे कई दोस्त थे, मगर उन सब में रणवीर अलग था। उसका घर भी मेरे घर से कुछ ही दूरी पर था। हम दोनों की बहुत अच्छी जमती थी, मगर चौथी कक्षा पास करने के बाद मुझे अपने गाँव से दूर जाना पड़ा। मैं एक हॉस्टल में रहने लगा, जहाँ कड़ा अनुशासन था। मैं वहाँ के रंग में रमता गया। समय बीतता गया और जमाना आया फेसबुक का। जब मुझे छुट्टी मिलती थी, मैं इन्टरनेट कैफे जाता था और फेसबुक पर अपने दोस्तों को ढूँढ़ता था। मुझे अच्छे से याद है, मुझे रणवीर भी मिला और हमारे बीच चैटिंग भी होती थी। फिर उसने अपना फेसबुक बंद कर दिया... हाँ, कभी-कभी वह मुझे ई-मेल किया करता था। मगर पिछले एक साल से उसने मुझे कोई मेल नहीं किया। उसने अंतिम मेल में यही कहा था कि उसे भागलपुर में नौकरी मिलने वाली है; इस बात से मैं उससे मिलने के लिए और भी बेताब हो रहा था। मैं चाहता था कि उससे कुछ खर्चा करवाऊँ। उसके एक दोस्त अमित से मैंने फेसबुक के जरिए कॉनटेक्ट कर लिया था और सिर्फ उसे ही बताया था कि मैं भागलपुर आ रहा हूँ। मैं रणवीर को सरप्राइज देना चाहता था।

अगले ही पल बस, तिलकामॉझी भागलपुर बस स्टैंड पर जा रुकी। मैंने अपना बैग लिया और बस से नीचे उतरा। वहाँ काफी चहल-पहल का माहौल था। शर्ट की दो बटन खोलकर बगल में पड़ी कुर्सी पर जाकर मैं बैठ गया। मैंने अपने पॉकेट से मोबाइल निकाला और अमित को फोन किया।

"हैलो... हाँ हाँ, मैं पहुँच गया हूँ, तुम आ जाओ।"

उसके आने में कुछ समय लगता, इसलिए मैंने अपनी आँखें मूँद ली।

"मैंने तुम्हें पहचान लिया।" इस आवाज ने मेरी आँखें खोली। अमित मेरी बगल वाली कुर्सी पर बैठकर मुस्कुराए जा रहा था।

"अरे, तुम कब आए!" उसे देखकर मैंने मुस्कुरा कर पूछा।

"जब तुम ख्वाबों में खोए थे।" उसने उतर दिया। हम दोनों हँसने लगे। फिर उसने कहा, "चलो चलें, मेरे रूम।" हम निकल पड़े।

* * *

कमरे का रंग-रूप कुछ अलग ही था। सारे बर्तन बिखरे पड़े थे; किताबों को देखकर ऐसा लगा रहा था, जैसे कई महीनों से उसे कोई नहीं पढ़ रहा हो।

"क्या बात है अमित, आजकल क्या कर रहे हो?" किताबों को देखकर मैंने अनुमानित प्रश्न पूछा।

"करना क्या है; शुरू-शुरू में आया था तो लगन से पढ़ रहा था, मगर अब पढ़ाई थोड़ी कम हो गयी है।"

मुझे यह समझ नहीं आता है कि आखिर ऐसा क्यों होता है? खैर यह सब तो अपनी-अपनी बात है। अमित की उदासी को दूर करने के लिए मैंने बात दूसरी ओर मोड़ा। इस वक्त मैं बिछावन पर लेटा था। मेरी नजर दिवाल घड़ी पर पड़ी। रात के 7.50 बज रहे थे।

"और कुछ बताओ अमित।" मैंने जानबूझकर बात सीधे नहीं की। फेसबुक पर हमारी अच्छी दोस्ती हो गई थी। मैं उसे यह अहसास दिलाना नहीं चाहता था कि मैं खासकर उसके लिए नहीं आया था।

"क्या बताऊँ? तुम ही कुछ पूछो।"

"रणवीर कहाँ है? उससे मिलने की बड़ी इच्छा हो रही है।" मैं चाहता था कि वह आए और मुझे चौंकाते हुए हैप्पी बर्थडे बोल दे। अमित को मेरे बर्थडे वाली बात पता नहीं थी, क्योंकि फेसबुक पर मेरा डेट ऑफ बर्थ गलत था।

"अरे यार, यही तो मैं तुम्हें बताने वाला था... जब तुमने कहा कि मैं रणवीर को तुम्हारे आने के विषय में न कहूँ; फिर मैंने सोचा चलो छोड़ो, कम-से-कम तुम मुझसे मिलने तो आए।"

"आखिर बात क्या है, मुझे पूरी बात बताओ!" मैंने उत्सुकता के साथ पूछा।

"अब वह यहाँ नहीं रहता है; तुम्हें पहले उसके घर जाना चाहिए था," बोलते हुए वह कुछ बर्तनों के साथ बगल वाले रूम में खाना बनाने चला गया। मेरा मुँह खुला का खुला रह गया... कमरे में एक अलग तरह की खामोशी छा गई। अमित के इस उत्तर ने मुझे प्रश्नों के सागर में डुबो दिया।

बात यहीं खत्म नहीं हुई। वह एक बार फिर आया और एक बर्तन उठाते हुए बोला, "मगर तुम्हारे लिए रणवीर कुछ देता गया है।" वह फिर बगल वाले रूम में चला गया।

मैं कुछ बोल नहीं पाया, बस सोचने लगा,

आखिर क्या हो सकता वह, जो रणवीर मेरे लिए छोड़ गया है।

उसने अपना फेसबुक भी बंद कर दिया है और मेल भी नहीं कर रहा है... आखिर बात क्या है? वह क्या हो सकता है?

रात के करीबन नौ बज चुके थे। अमित अभी भी बगल वाले रूम में खाना बना रहा था। बिछावन पर पड़ा मैं, रूम के सारे कोने में अपनी नजर दौड़ा रहा था। शायद ऐसा करना अच्छा नहीं था, मगर मुझे बेचैनी हो रही थी यह जानने को, कि वह क्या चीज थी, जो रणवीर मेरे लिए छोड़ गया है।

"खाना तैयार है..." अमित गुनगुनाते हुए रूम के अन्दर आया। उसने बर्तन को पुनः फर्श पर रख दिया। मैं चुप था। मुझे खाने की जरा भी इच्छा नहीं थी, बिना यह जाने कि रणवीर मेरे लिए क्या छोड़ गया था। मगर मैंने इन्तजार करना ही ठीक समझा।

"चलो हाथ-पैर धोकर खाना खा लो।" अमित बोला। मैंने अपने कपड़े चेंज किए और बाथरूम गया। शायद किसी ने नल खुला छोड़ दिया था। कुछ लोगों को यह बीमारी होती है- पता नहीं क्यों। लेकिन मुझे यह बीमारी नहीं थी, हाथ-पैर धोकर मैंने नल बंद कर दिया।मेरे आने तक अमित ने खाना परोस दिया था। हमने खाना शुरू किया। खाना एकदम साधारण था, जो मुझे बेहद पसंद आया।

अमित, बिछावन ठीक करने में लगा था; जैसे कि वह भूल गया हो कि

उसे मुझे कुछ देना भी था।

"अ...अ...अमित! वह क्या है, जो रणवीर मेरे लिए दे गया है?" मैंने उसे याद दिलाते हुए कहा।

"ओ, ठीक है, देता हूँ।" वह बिछावन के नीचे झुका और बक्से से एक डायरी निकालकर मेरे हाथ में थमा दी। वह दायीं ओर, जो दिवाल से सटी बिछावन थी, उस पर जाकर सो गया।

उस डायरी को मैं बड़े ध्यान से देख रहा था। जैसे ही मैंने कवर पलटा, उससे एक पत्र नीचे गिरा। उस पत्र को मैंने उठाया और बिछावन पर बैठ गया। उस पत्र को खोलते ही मैंने देखा कि बैकग्राउण्ड में मेरी फोटो थी, जो एक बार मैंने उसे मेल किया था। काले अक्षरों में टाइप किए हुए संदेश को मैं पढ़ने लगा।

प्रणय,

यह मेरी प्रेम कहानी है, जिसे मैंने लिपिबद्ध करने की कोशिश की है। यह मैंने तुम्हें इसलिए सौंपा है, क्योंकि मुझे पता है-तुम मेरी भावनाओं को समझोगे। मैं कोई लेखक नहीं; सच पूछो तो कुछ भी नहीं... मगर मैंने अपने भावों को व्यक्त करने की पूरी कोशिश की है।मैं चाहता हूँ कि तुम मेरी प्रेम कहानी लोगों के बीच लाओ, क्योंकि मैं असमर्थ हूँ।

तुम्हारा दोस्त

रणवीर

मैंने उस पत्र को टेबल पर रखा और डायरी का पहला पन्ना पलटा। बड़े-बड़े अक्षरों में लिखा था- 'मेरी प्रेम कहानी'। जैसे ही मैंने दूसरा पन्ना पलटा कि लाइट चली गयी।

"ओफ!" मेरे मुँह से निकला। मैंने अपने मोबाइल की धीमी रोशनी से बैटरीवाली लाइट खोजने की कोशिश की, मगर नहीं मिल पाया। मैंने सोने के लिए मजबूरन अपना शरीर बिछावन पर गिरा दिया और आँखें बंद कर ली। मन-ही-मन मैं कल्पना के सागर में डूबता चला गया और न जाने कब मेरी आँख लग गई।

दो

सुबह की धूप का एक टुकड़ा मेरे चेहरे पर पड़ा और मैं जग गया। जगते ही मुझे ऐसा लग रहा था, जैसे मेरे पास कोई अनमोल सी चीज हो। सवेरे का हाल जानने के लिए मैं बालकनी में गया। वहाँ से बाहर का दृश्य इतना अच्छा था, जैसे वह मुझे कविता लिखने को बोल रहा हो।

मैं वहाँ काफी देर खड़ा रहा और फिर मैं रूम के अन्दर आया। देखा कि अमित कहीं जाने के लिए तैयार हो रहा था।

''कहाँ जा रहे हो अमित?'' मैंने पूछा।

''सॉरी, मैं तुम्हारे साथ समय बिताना चाहता था, मगर आज आदमपुर के पास सेमिनार का आयोजन है- मैं वही जा रहा हूँ।''

'ओ...'

''यदि तुम जाना चाहोगे तो मैं एक और पास की व्यवस्था कर दूँगा।''

''नहीं, तुम जाओ, मैं यहाँ रणवीर की डायरी पढ़ूँगा।''

''ठीक है; अगर भूख लगे तो नूडल्स और ब्रेड खा लेना, मुझे आने में देर हो सकती है और हाँ, यदि कहीं जाना हो तो रूम लॉक करके चाभी बगल वाले लड़के को दे देना,'' वह तेज स्वर में बोलता हुआ रूम से बाहर निकल गया।

फ्रेश होकर मैंने नूडल्स और ब्रेड खाया... यह सोचकर, कि शायद रणवीर की डायरी मुझे उठने न दे। रूम में रखी कुर्सी पर मैं रणवीर की डायरी लेकर बैठ गया और अपनी टाँगों को आराम देने के लिए बिछावन के ऊपर टिका दिया। जैसा कि मैंने पहले देखा था-बड़े-बड़े अक्षरों में लिखा था- 'मेरी प्रेम कहानी।' मैंने पन्ना पलटा और पढ़ना शुरू किया।

* * *

उस दिन को मैं कैसे भूल सकता हूँ, जिस दिन प्यार ने मेरे जीवन में दस्तक दी।

1 जनवरी 2013 दिन मंगलवार

मेरे मोबाइल की घंटी बजी। एक ऐसे टोन से, जिसे मैं कभी नहीं रखता

था। पता नहीं कैसे ये आज मेरे मोबाइल में बज रहा था। सुबह का समय था। काफी चहल-पहल मच रही थी। इस चहल-पहल का कारण था, आज का दिन। सभी एक दूसरे को नववर्ष की मुबारकबाद दे रहे थे। मेरे मोबाइल के स्क्रीन पर एक अनजान नम्बर चमक रहा था। मोबाइल को लिए मैं दरवाजे की तरफ बढ़ा- यह मेरी पुरानी आदत थी-किसी का फोन आने पर दरवाजे की ओर जाना। मैंने कॉल उठाया,

'हैलो!' किसी युवती की खूबसूरत आवाज आई।

"हैलो, कौन?" मैंने संदेह भरे लहजे से पूछा।

"हैप्पी न्यू इयर।" उसने सुहाने स्वर में कहा।

"हैप्पी न्यू इयर...!" मेरे शब्दों में संदेह अभी भी था।

"पहचानो तो कौन बोल रही हूँ!" उसने आत्मविश्वास के साथ भारी आवाज में कहा। मैंने कुछ याद किया और बोला,

"अरे हाँ, तुम तो रिया हो..." मैंने खुशी से कहा। चूँकि मेरी मुलाकात रिया से एक मेले में हुई थी और उसने कहा था कि वह मुझे फेसबुक पर मिलेगी... मगर मैंने उसे फ्रेंड रिक्वेस्ट नहीं भेजा था। इसका बस एक ही कारण था कि मैं सोशल मीडिया में इनट्रेस्ट नहीं रखता था।

"राइट; काफी अच्छी याद्दाश्त है तुम्हारी।" इसमें याद्दाश्त वाली कोई बात नहीं थी; बात थी प्रेजेंस ऑफ माइन्ड की। पहली बात यह की मुझे इतनी खूबसूरत आवाज वाली कोई लड़की फोन नहीं करती और दूसरी यह कि रिया से मिले महज कुछ ही दिन हुए थे और उसने अपनी छवि मेरे दिल पर छोड़ दी थी। फिर भी मैंने कहा, "नहीं, ऐसी कोई बात नहीं है; तुम्हारी आवाज ही इतनी अच्छी है कि उसे कोई कैसे भूल सकता है।"

"हम्म... अच्छा, मस्का लगाना जानते हो; अरे हाँ... मुझे और एक दोस्त को फोन करना है बाय..." उसने धीमे स्वर में कहा और फोन काट दिया।

मैंने उसकी एक बात याद की। उसने कहा कि उसे और एक दोस्त को फोन करना है... यानि मुझे भी वह दोस्त मानती थी। नया साल सच में मेरे लिए नई खुशियाँ लेकर आया था। फोन रखने के बाद एक अजीब सी मुस्कान मेरे चेहरे पर आ गयी थी। मैं वो सब बातें याद करने लगा, कि किस तरह ठंड

में भी मेरे माथे पर हल्का पसीना आ गया था। उसके चेहरे को बार-बार मैं याद करने की कोशिश कर रहा था, मगर ठीक-ठीक याद नहीं आ रहा था। हमारी मुलाकात तो बस एक इत्तिफाक थी और मैंने सोचा भी नहीं था कि वह मुझे फोन करेगी। अचानक मैंने खुद से एक प्रश्न पूछा, 'उसे मेरा नम्बर कहाँ से मिला?' और खुद ही जवाब ढूँढ़ा 'शायद फेसबुक से।'

रात्रि के लगभग नौ बजे थे। रात का खाना मैंने कुछ पहले ही खा लिया था। मैं अपने रूम में बिछावन पर लेटा था।

"शायद अब रिया मुझे फोन नहीं करेगी; वह सिर्फ नववर्ष की मुबारकबाद देने के लिए फोन की होगी।" मैंने अपने आप से कहा।

"वह कर भी सकती है।" मेरे दिल से आवाज आई।

"क्यों? क्यों करेगी? कोई एक कारण बताओ!" मुझसे मेरे दिमाग ने कहा।

दिल-शायद वह मुझे पसंद करती हो...।

दिमाग-अरे... रे...रे, अपना चेहरा देखा है; पहले उसे देखो, फिर खुद को, क्या तुम उस लायक हो? बेचारी को तरस आ गया होगा, - ऐसा लगा जैसे वह मुझ पर हँसा।

"चुप-चुप, एकदम चुप!" मैंने उसे फटकार लगाई और खुद को शांत करने की कोशिश की। उसी वक्त मेरे मोबाइल की स्क्रीन चमकी और एक बीप हुई। यह रिया का मैसेज था-एक मजेदार चुटकुला।

"क्या भेजूँ... मेरे पास तो रिप्लाइ करने के लिए कुछ भी नहीं है।" मैं बुदबुदाया।

दिमाग-सो जाओ, मुझे ज्यादा परेशान मत करो।

दिल-उसे फोन करो।

दिमाग-पागल हो क्या! वह क्या सोचेगी; यही कि लड़का चांस मार रहा है।

दिल-कम से कम गुडनाइट तो भेजो।

मैंने अपनी दिल की मानी और उसे गुडनाइट भेज दिया।

*   *   *

अगली सुबह मैं गुनगुनाते हुए जगा। मैंने अपना मोबाइल देखा। बैटरी लो हो गई थी। मोबाइल को चार्ज में लगाकर मैं फ्रेश होने चला गया।

"चार-चार मैसेज!" मैं वापस मोबाइल के नोटिफिकेशन को देखकर लगभग चिल्लाया।

पहला-इतनी जल्दी!

दूसरा-ओके गुड नाइट।

चौथा-अभी तक सोए हो क्या?

"गुड मॉर्निंग रिया।" मैंने भेजा।

तुरंत उसका रिप्लाइ आया,

"मैसेज पैक नहीं है या करना नहीं चाहते?" साथ ही एक स्माइली आइकॉन था, जिसने जीभ निकाली हुई थी। मुझे उस आइकॉन पर बड़ा गुस्सा आया। मन कर रहा था कि उसकी आँखें फोड़ दूँ। खुद को शांत करते हुए मैंने रिया के मैसेज का जवाब दिया,

"मुझे किसी का मैसेज नहीं आता है, इसलिए मेरे पास भेजने के लिए कोई मैसेज नहीं हैं।"

मैसेज का दौर चलता रहा। कुछ ही समय बाद मेरा बैलेंस खत्म हो गया और मैसेज का खेल वहीं थम गया।

दोपहर का समय।

मैंने बगल के दुकान से बैलेंस डलवाया और मैसेज पैक एक्टिव कर लिया।

"हाय रिया...मैंने मैसेज पैक डलवा लिया।"

"ग्रेट! अभी मैं नहाने जा रही हूँ- बाय।"

हमारी बात दोबारा फोन पर नहीं हो पाई थी। हम एक दूसरे को मैसेज ही भेजते थे।

जब-तक रिया नहाकर आती, मैंने सोचा कि इन्टरनेट से कुछ मैसेजेस

कलेक्ट कर लूँ। मैंने उसके लिए कई मैसेजेस कलेक्ट कर लिए।

मेरी नजर घड़ी पर पड़ी। दोपहर के 2.30 बज रहे थे। समय कैसे बीतता गया, पता नहीं चला। इन दिनों मैं घर पर था और रिया भी। हम भागलपुर में रह कर पढ़ाई करते थे।

मैंने कलेक्ट किए मैसेजेस में एक दो मैसेज रिया को भेजे। उसकी बस यही प्रतिक्रिया रही,

"तुम शायरी वाला मैसेज कब से भेजने लगे?" मैंने कोई रिप्लाइ नहीं दिया। मैं खुश था, क्योंकि उसे चौंका दिया था।

तीन

जैसे-जैसे दिन बीतते जा रहे थे, हमारी भावनाएँ और भी मजबूत होती जा रही थीं; हम एक-दूसरे को समझने लगे थे। मैं कब क्या करता हूँ, या क्या कर रहा होऊँगा, ये सब रिया को पता होता था। हम एक दोस्त की तरह एक-दूसरे को मैसेज करते और अपनी बातें शेयर करते।

आधी जनवरी बीत चुकी थी। मैं बाजार में सब्जी खरीदने में व्यस्त था और रिया मैसेज पर मैसेज किए जा रही थी।

"जरा जल्दी कीजिए न भइया!" मैने सब्जी वाले से कहा।

"एक-एक कर के ही न दूँगा।" वह चिल्लाया। मेरे बायें हाथ में एक थैला था और दाएँ हाथ में मोबाइल। स्क्रीन पर बार-बार रिया के मैसेज की सूचना आ रही थी। आस-पास काफी भीड़ थी, लोग मुझसे टकरा-टकराकर गुजर रहे थे। मेरे हाथों में उतनी फुर्ती नहीं थी कि रिया को रिप्लाइ दे पाता। मैंने उसे फोन किया, मगर उसने काट दिया।

"हाँ, ये लीजिए, आपके हुए... 48 रुपये" सब्जी वाले ने कहा। मैंने उसे पचास रुपये का नोट देते हुए कहा, "दो रुपये की मिर्ची डाल दीजिए।"

जल्दी से मैं उस भीड़ से बाहर निकला और रिया का आखरी मैसेज देखा,

"मैं घर पर हूँ, तुमसे बात नहीं कर पाऊँगी।"

मैं कच्ची सड़क पर चल रहा था और रिया का एक-एक मैसेज पढ़ रहा था। वह मुझे याद कर रही थी और उसने याद भरे मैसेज भेजे थे। एक मैसेज में लिखा था,

"आई मिस यू।"

मुझे किसी लड़की ने पहली बार ऐसा कहा था। मुझे काफी अच्छा लगा। मैंने भी उस मैसेज का रिप्लाइ भेजा।

"आई मिस यू टू," हालाँकि काफी देर हो गई थी।

* * *

"बस आज रात की बात है, कल हम भागलपुर में होंगे।" रिया ने भेजा।

मैं बिछावन पर लेटा हुआ था। रिया से चैट हो रही थी। कितना हसीन होता है न वह पल, जब आपके मोबाइल का स्क्रीन एक लड़की के मैसेज से चमकता है। मोबाइल बीप होती है और आपके चेहरे पर मुस्कुराहट आ जाती है। हम काफी रात तक चैट करते रहे। अंततः उसने भेजा,

"आई थिंक, अब हमें सोना चाहिए, क्योंकि कल हमें भागलपुर के लिए निकलना भी है, गुडनाइट।"

अगले दिन, सुबह 10.30 बजे।

"ट्रैफिक में फँस गए थे क्या?" संदीप ने पूछा। (जी हाँ, आपने सही समझा; मैं भागलपुर अपने रूम पहुँच गया था।) संदीप मेरे बचपन का दोस्त था और अब हम अच्छे रूम मेट बन चुके थे।

दोपहर 1.45 बजे।

मैं और संदीप अपने-अपने बिछावन पर थे और बात चल रही थी मेरी नई दोस्ती की। मैंने संदीप को अपने और रिया के बारे में बताया।

मैं उससे कुछ छिपाता नहीं था।

"देखना... अब धीरे-धीरे कैसे तुम्हें उससे प्यार हो जाएगा..." उसने

इस स्वर में कहा, जैसे वह मुझे बता नहीं, डरा रहा हो।

“हे...ऐसा कुछ नहीं होगा समझे।”

अगले ही पल रिया का फोन आया।

‘हाय!’ उसकी मीठी आवाज मेरे कान में पड़ी।

“हैलो, कैसी हो?” मेरे पास और कुछ नहीं था पूछने को, बल्कि मेरा दिल जोरों से धड़के जा रहा था। कितने दिनों बाद मैंने उसकी आवाज सुनी। सचमुच कितनी मधुर और दिल को छू लेने वाली थी उसकी आवाज।

“मैं तो हमेशा ही खुश रहती हूँ।” उसने मुस्कुराते हुए कहा।

संदीप मेरी ओर देख रहा था और अँगूठे से इशारा कर रहा था कि मैं लाउडस्पीकर ऑन करूँ। मैं उसे आँखें दिखाकर समझा रहा था कि मैं ऐसा नहीं करूँगा। रिया से बात करते वक्त मेरी जुबान लड़खड़ा रही थी और ऊपर से संदीप मेरे सिर पर चढ़ा हुआ था।

“उसकी सहेली के बारे में पूछो।” संदीप फुसफुसाया।

‘श्श्श...’ मैंने संदीप से चुप रहने की विनती की।

“तुम्हारे बगल में कोई है क्या?” रिया ने पूछा।

“हाँ, मेरा रूममेट संदीप,” मैं अब भी संदीप को चुप रहने का इशारा कर रहा था, जबकि वह अपनी ज़िद पर अड़ा था।

‘अच्छा...’

“तुम्हारे साथ कौन रहती है?” आखिरकार मैंने पूछा।

“शाम्भवी; हमारी दोस्ती यहीं हुई। मैं रूम ढूँढ़ रही थी... संयोग से एक बेड शाम्भवी के रूम में खाली थी, तो मैं उसकी रूममेट बन गई।” वह धारा प्रवाह बोल रही थी और मैं उसकी बात पर सिर्फ हम्म, हाँ और ओ...ही बोल पा रहा था। रिया के धाराप्रवाह बोलने का कारण हो सकता था कि वह बहुत सारे दोस्तों से बातें करती हो। हमने लगभग आधे घंटे तक बात की। यह मेरी अब तक पहली वार्तालाप थी, जो मैंने फोन पर इतनी देर की। अंततः मैंने यह कहकर रखा,

“मेरे मोबाइल की बैटरी खत्म हो रही है, मैं बाद में बात करता हूँ।” जबकि मेरी बैटरी नहीं, बैलेंस खत्म हो रहा था।

"देखा, देखा, तुमने देखा!" संदीप बोल उठा।

'क्या?'

"यही कि लड़कियाँ कभी फोन रखने का नाम ही नहीं लेती हैं; अब तो तुम गए, मैं ही ठीक हूँ," उसने शान से कहा। मैं थोड़ी देर सोच में पड़ गया-

"क्या संदीप सही बोल रहा है!" फिर मैंने अपना तकिया संदीप की तरफ फेंकते हुए कहा, "नहीं, ऐसा कुछ नहीं है।"

* * *

दो महीने यूँ बीत गए, पता तक नहीं चला। दिन-ब-दिन हमारे बात करने का समय अंतराल बढ़ता गया। अब मैं भी उससे बात करते-करते सहज हो गया था। अब मेरी जुबान लड़खड़ाती नहीं, मैं भी धाराप्रवाह बोल लेता था; मगर वह हिन्दी के साथ-साथ अंग्रेजी का प्रयोग करती थी, जो मुझसे नहीं हो पाता था। वह अपने पापा को डैड, मम्मी को मॉम बुलाती थी और मैं, माँ और पापा... कितना अलग था न।

यूँ तो रोज हम क्लास की बातों से वार्तालाप शुरू करते थे, मगर न जाने क्यों आज वह ज़िद्द कर रही थी-एक खेल खेलने। रात के 9.30 बज रहे थे और वह अपनी ज़िद्द पर अड़ी हुई थी।

"प्लीज रणवीर, विल यू प्ले?"

"आइ एम...ओह! नहीं मुझे कुछ समझ नहीं आ रहा है, तुम क्या खेलने के लिए बोल रही हो।" अंग्रेजी के दो शब्द बोलकर मैंने हिन्दी में वाक्य पूरा किया।

"इंग्लिश न ही बोलो तो बेहतर है।" मेरे अन्दर से आवाज आई।

"ओह यार, बस मैं तुमसे और तुम मुझसे बारी-बारी से एक-एक सवाल पूछेंगे और उसका सही जवाब देना है बस," उसने मुझे खेल का नियम बताते हुए कहा।

"नहीं नहीं, यदि तुम हिस्ट्री का सवाल पूछोगी तो मैं कहाँ से जवाब दे पाऊँगा।" मैंने घबराते हुए कहा।

"ओह! यह सवाल सिर्फ पसंद और नापसंद का होगा... स्टार्ट करें?"

खामोशी।

"स्टार्ट करें रणवीर?" उसने फिर दोहराया।

'हम्म...'

"हम्म...पहला सवाल!" उसने ऐसे कहा जैसे हम कौन बनेगा करोड़पति खेल रहे हों और मैं हॉट सीट पर हूँ।

रिया-तुम्हारी फेवरेट कलर कौन सी है?

'व्हाईट,' मैंने तुरंत जवाब दिया।

रिया- "अब तुम पूछो।"

मैं- "तुम्हारी फेवरेट कलर कौन सी है?"

रिया- "पिंक। तुम्हारा फेवरेट फ्रूट कौन सा है?"

मैं- "आम... तुम्हारा फेवरेट फ्रूट कौन सा है?"

रिया-अरे, यह तो चिटिंग है; तुम सिर्फ मेरे ही सवालों को घुमाकर पूछ रहे हो... इस गेम का रूल है, तुम्हें पूछे प्रश्न नहीं पूछने हैं।" उसने एक बच्चे के तरह कहा। मुझे भली-भाँति पता था कि यह रूल उसने अभी-अभी बनाया।

मैं-ठीक है, तुम्हारे बेस्ट फ्रेंड का क्या नाम है?

मुझे पूरा यकीन था कि वह मेरा ही नाम लेगी। यदि मैं उसका बेस्टफ्रेंड नहीं, तो वह रात को यह गेम मेरे साथ क्यों खेल रही थी।

रिया-शाम्भवी," उसने मुस्कुराते हुए जवाब दिया। उसके इस उत्तर ने मुझे थोड़ा उदास कर दिया, मगर खेल धीरे-धीरे मजेदार होता गया। हमने लगभग एक दूसरे की फेवरेट चीजें जान लीं। आधी रात हो चुकी थी। मेरी आँखें भारी होने लगी थीं, मुझे नींद आ रही थी। आखिरकार हमने एक दूसरे को गुडनाइट बोलकर फोन रखा (अरे आपने सही पढ़ा, सिर्फ गुडनाइट)। कुछ ही देर बाद रिया का मैसेज मेरे मोबाइल स्क्रीन पर चमका...

इस रात को मैं नहीं भूलूँगी; मुझे काफी अच्छा लगा-तुम्हारी पसंद और नपसंद को जानकर और हाँ, यह मेरी चाल थी... मैंने यह खेल इसलिए खेला, क्योंकि मैं तुम्हें और भी करीब से जानना चाहती थी। आई होप कि इस खेल के बाद हम पहले से भी ज्यादा करीब आ जाएँगे, गुडनाइट।

मेरे चेहरे पर मुस्कुराहट आई।

"अब तो सो जाओ यार..." संदीप ने अपने बिछावन पर से लेटे हुए

कहा... वह थोड़ा चिल्लाया।

"ओके, गुडनाइट," मैंने संदीप से कहा।

"ये लो, मुझे कब से गुडनाइट बोलने लगे?"

"बस मन किया।" मेरे चेहरे पर अब भी मुस्कुराहट थी।

"हाँ...मीठे जहर का असर हो रहा है- गुडनाइट।"

* * *

हम रोज क्लास से आने के बाद एक दूसरे से बात करते, एक दूसरे की बात पर हँसते। मेरी जिन्दगी में कोई भी कमी नहीं बची थी। ऐसा लग रहा था जैसे मेरी भावनाओं को समझने वाला कोई 'स्पेशल' मेरे जीवन में आ गया हो।

एकमात्र रिया ही थी, जिससे मैं काफी देर तक बात करता था... वरना और किसी से मेरी बात दो-तीन मिनट में ही खत्म हो जाती थी। रिया से बात करते वक्त यदि हँसी-मजाक वाली बातें होतीं तो शाम्भवी भी उस हँसी में शामिल हो जाती थी।

"रणवीर! तुम्हारा फोन बज रहा है।" संदीप ने रूम से बाहर चिल्लाते हुए कहा।

मैं रूम के बाहर बर्तन साफ कर रहा था।

"किसका है...?" मैंने पूछा।

"पता नहीं, सिर्फ नम्बर है।"

"हेडफोन लगाकर मेरे पास आओ तो, मेरा हाथ गंदा है।"

संदीप ने मोबाइल के साथ हेडफोन लगाकर मेरे कानों में लगा दिया और फोन रिसीव किया,

"हैलो..." उस ओर से एक युवती की आवाज आई।

"हाँ, कौन?" मैंने संदेह के साथ पूछा। हालाँकि यह संदेह सिर्फ दिखाने के लिए था; मैं समझ चुका था कि वह कौन थी।

"जी, मैं आपके हॉस्टल के बगल में ही रहती हूँ और आपके हॉस्टल के गेट के सामने खड़ी हूँ।"

"हाँ, बताइए कि मैं किस प्रकार की मदद कर सकता हूँ।" मैंने बर्तनों

को साफ करना जारी रखा।

"क्या आवाज कर रहा है?" उस युवती ने पूछा।

"मैं अपनी बी0एम0डब्लू0 बाइक साफ कर रहा हूँ।" मैंने मजाक के भाव से कहा। मुझे मूर्ख बनने में अच्छा लग रहा था।

"मुझे बस आपसे मिलना है।"

"हाँ...मैं जरूर मिलूँगा, पहले एक जोरदार सीटी बजाइए तो।" मैंने ऐसा इसलिए कहा, क्योंकि मुझे पता था कि वह कौन थी। जरा दिमाग लगाइए वह कौन हो सकती थी-अच्छा छोड़िए... वह शाम्भवी थी और मैंने उसे सीटी बजाने को इसलिए कहा, क्योंकि मुझे याद था-जब भी रिया के रूम में कुकर की सीटी बजती, तब शाम्भवी भी जोर-जोर से सीटी बजाने लगती थी।

"ओह नो! आखिर तुमने पहचान ही लिया।" उसने अफसोस जताते हुए कहा।

"अफसोस, कि तुम मुझे मूर्ख नहीं बना पाई।" अब रिया की हँसी भी सामने आई, जो इस इन्तजार में थी कि आज वह मुझे मूर्ख बनता देखेगी। शाम्भवी से कुछ देर मेरी बात हुई। उसने बताया कि पहले वह कितनों को मूर्ख बना चुकी है, मगर मैं पहला हूँ जो उससे बच गया। काफी कम समय में हम दोनों भी घुल-मिल गए।

आगे चलकर हमारे क्लास के एक बैच का समय बदला, जिसमें रिया और शाम्भवी पहले से थीं। अब हम यानि मैं और संदीप भी उस बैच का हिस्सा बन गए।

धीरे-धीरे संदीप भी हमारे साथ घुल-मिल गया। अब हम सबकी एक टीम बन गयी थी। लूडो और कैरम का नहीं, बल्कि एक पढ़ाकू टीम का-जिसमें बीच-बीच में हम चारों एक टेस्ट देते थे।

जून

मेरी जिन्दगी में रिया को आए छह महीने हो गए थे। शाम का समय था। मैं रिया से बात कर रहा था।

"हाँ बाबा याद है- अपने दोस्तों से ज्यादा बातें नहीं करनी है, पढ़ाई पर फोकस करना है..." उसने वादों की सूची बताई, जिसमें वह एक वादा भूल रही थी।

"अह, अहन," मैं खाँसा ताकि उसे याद आये।

"हाँ हाँ घूमना-फिरना भी कम कर दूँगी और तुम्हें भी अपना वादा याद रखना होगा।"

"हाँ-क्यों नहीं।"

"ओके, अब पढ़ाई करते हैं, बाय..."

'बाय।'

अब रिया ज्यादा से ज्यादा समय मुझे ही देती थी, मेरी हर बात मानने लगी थी।

"मगर क्या वह इस बार मेरी बात मानी होगी? क्या वह पढ़ाई कर रही होगी?" मेरे अन्दर से आवाज आई। इस बात की पुष्टि करने के लिए मैंने रिया को दोबारा फोन किया-मुझसे कहा गया,

"आप जिस व्यक्ति को कॉल कर रहे हैं, वह किसी दूसरे नम्बर पर व्यस्त है।" मैंने फोन काटा। मैं आग बबूला हो गया। अभी तुरंत उसने वादों की बात की थी और एक मिनट भी नहीं हुआ, वह भूल गई।

आधे घंटे बाद उसका फोन आया।

"जब बात करना ही था तो वादा क्यों किया?" मैंने गुस्सा दिखाया।

"करूँगी नहीं तब!" शायद उसने मुझे चिढ़ाया।

मैं गुस्से में था। उसने वादा तोड़ा, इसलिए मैं बिगड़ते हुए बोला,

"जाओ, जहाँ बात करना है करो; बात तो मैं भी कर सकता था, मगर हम पढ़ सकें, इसलिए मैंने फोन रखा था, न कि कहीं और लग जाने के लिए।"

खामोशी।

मैंने फैसला कर लिया-मैं उसे तब तक फोन नहीं करूँगा, जब तक कि

वह अपना रवैया बदल न ले।

अगले दिन।

मैंने क्लास में देखा कि रिया हँस रही थी। उसे कल की बातों का जरा भी पछतावा नहीं था। मैं अन्दर ही अन्दर गुस्सा था। वह शाम्भवी के साथ हँसे जा रही थी (जब तक कि क्लास शुरू नहीं हुई।) और मैं पीछे उदास बैठा रहा।

पढ़ाई क्या हुई, कुछ पता नहीं चला। क्लास से रूम तक आने में संदीप मेरे साथ चलता रहा, मगर हमने आपस में कोई बातचीत नहीं की। मैं मुँह लटकाए बिछावन पर बैठा था। संदीप बोला, "अरे यार... बस इतनी सी बात पर परेशान हो; ऐसा अक्सर हो जाता है।" उसने इस तरह समझाया, जैसे उसके साथ कई बार हुआ हो, जो सच्चाई नहीं थी। मैं खामोश रहा और वह फिर बोला,

"प्लीज तुम इस तरह मुँह मत बनाओ; जब उसका मन नहीं लगेगा तो वह खुद फोन करेगी।"

रिया के साथ अनबन हुए दो दिन हो गए थे।

उसने एक बार भी फोन नहीं किया। यह दो दिन मैंने कैसे गुजारे, यह सिर्फ मुझे पता है। हर उस समय मेरा मोबाइल मेरे पास रहता, जब रिया फोन करती थी... मगर न जाने क्यों हम उस मोड़ पर आकर खड़े हो गए, जहाँ सिर्फ दूरियाँ थीं।

"वह मुझे फोन क्यों नहीं कर रही है?" मैंने खुद से पूछा और अन्दर से आवाज आई, "क्योंकि उसके कई दोस्त हैं, जिनसे वह बात करती होगी और खुश रहती होगी; तुम्हारी जगह सिर्फ उसके फोनबुक में है, न कि दिल में।" मुझे ऐसा लग रहा था कि मैं रो दूँगा, मगर मैं मजबूत बना रहा और मेरी मजबूती को बनाए रखने में मेरी मदद की संदीप ने और उस शख्स ने, जिसे मैं संदीप से भी पहले जानता था। इन्हीं दोनों के सहारे मैंने दो दिन रिया से बात किए बिना काटे।

एक सप्ताह बाद।

मैं रिया के फोन के आने का इन्तजार करता रहा। हर दिन सोचता कि

उसे अपनी गलती का अहसास होगा और वह मुझे फोन करेगी, मगर उसकी इस हरकत ने मुझे सोच में डाल दिया था।

कहीं मैं ही तो गलत नहीं हूँ!

कहीं वह मुझे सिर्फ दिखाने के लिए हँसती हो!

कहीं वह भी मेरे फोन के इन्तजार में हो!

आखिर मैंने उस दिन उसे बोलने का मौका भी तो नहीं दिया... मुझे उसे फोन करना चाहिए।

आखिरकार मैं उसे फोन करने पर मजबूर हो गया और मैंने उसे फोन किया। रिंग हुई, मेरे हाथ काँप रहे थे, मुझे समझ में नहीं आ रहा था कि मैं उससे क्या कहूँ।

'हैलो!' उसने फोन रिसीव किया और धीरे से बोली। इतने दिनों के बाद उसकी आवाज मेरे कानों मे पड़ी। मेरे शरीर में ठंडक पहुँची और मुझे उसकी आवाज से ऊर्जा मिली।

"क्या बात है रिया, तुमने एक बार भी फोन नहीं किया।" मैंने धीमे स्वर में कहा।

"जरा उस दिन को याद करो रणवीर, जिस दिन तुम मुझ पर चिल्लाए; तुमने कहा-जाओ जहाँ बात करना है करो, मगर एक बार भी ये नहीं पूछे कि मैं किससे बात कर रही थी।" उसने ऐसे कहा, जैसे वह रोने वाली हो।

"फिर तुम ऐसा क्यों बोली-करेंगे नहीं तब।" मैंने उसकी नकल उतारते हुए कहा।

"वह तो मैं तुम्हें चिढ़ा रही थी। रिश्ते विश्वास पर टिके होते हैं; जिन रिश्तों में विश्वास नहीं होता, वह कोई रिश्ता हो ही नहीं सकता।" शायद वह रो रही थी और मुझसे छिपाने की कोशिश कर रही थी, मगर उसकी भावनाओं को मैं महसूस कर रहा था।

मैं चुप रहा। वह फिर बोली,

"उस दिन अचानक मॉम का फोन आ गया और मैं उन्हीं से बात कर रही थी, लेकिन तुमने..." शायद उसके हाथ से शाम्भवी ने फोन छीना।

"देखो रणवीर..." शाम्भवी बोली।

मैं खामोश रहा और उसे बोलने दिया।

"विश्वास से बढ़कर कुछ नहीं होता, खासकर दोस्ती तो विश्वास पर टिकी है और हाँ, मैंने ही रिया को तुम्हें फोन करने से मना किया था। मुझे यकीन था कि तुम एक दिन यह जरूर समझोगे कि गलती तुम्हारी थी; यह बेचारी तो रोज तुम्हें फोन करना चाहती थी, चलो अब रिया को सॉरी बोलो।" उसने परिपक्वता दिखाते हुए कहा। उसकी बातों को सुनकर मुझे शर्मिंदगी महसूस हुई। मैं ऐसी गलती कैसे कर सकता था।

'हैलो...' रिया बोली। वह अब भी अपनी भावनाओं में डूबी थी।

"सॉरी रिया।" मैंने कहा-एकदम सलीके से।

"सिर्फ सॉरी से काम नहीं चलेगा... चलो वादा करो हम एक दूसरे पर विश्वास करेंगे और हर मोड़ पर साथ रहेंगे।" उसने समझदारी दिखाते हुए कहा।

"ठीक है-वादा।"

हमारे बीच सब ठीक हो गया। हम फिर से हँसने लगे, मस्ती करने लगे और सबसे बड़ी बात पढ़ाई में भी हमारा मन लगने लगा। एक बात तो बिलकुल सही है- जिस दिन हमें हमारी गलतियों का अहसास हो जाता है, सारी परेशानियाँ खुद-ब-खुद दूर हो जाती हैं।

चार

दिन बीतता गया और एक दूसरे के प्रति हमारा विश्वास और भी मजबूत होता गया। कभी-कभी हमारे बीच अनबन हो जाती थी, मगर हम उन्हें फिर से सॉल्व कर लेते थे।

"सच में तुम घर जा रही हो?" मैंने रिया से पूछा। वह घर जा रही थी और मुझे अच्छा नहीं लग रहा था।

"कुछ ही दिन की तो बात है; यह पाँच दिन मैं यहाँ नहीं काट सकती- कितने दिन के बाद छुट्टी मिली है... ऐसा करो तुम भी घर चले जाओ न।"

उसने बड़ी मासूमियत से कहा। उसका घर और मेरा घर दोनों अगल-अलग रूट पर पड़ता था। काश हमारा घर एक ही रूट में होता तो कितना अच्छा होता हम साथ-साथ घर जाते।

* * *

"घर पर सब कैसे हैं?" रिया ने पूछा।

"सब ठीक हैं।" मैंने जवाब दिया।

आपने सही समझा, मैं भी घर आ गया था। जब वह चली गई तो मैं खुद को कैसे रोक पाता। घर पर हम सिर्फ एक दूसरे को मैसेज करते थे... फोन पर बातें बहुत कम होती थीं।

अंतिम शाम।

"तुम अपने छत पर जाओ, मुझे तुमसे बात करनी है।" रिया ने मैसेज किया।

"तुम सच में फ्री हो? ऐसा न हो कि मैं छत पर जाऊ और तुम्हें तुम्हारी माँ बुलाने लगें।" मैंने रिप्लाइ भेजा, साथ ही स्माइली आइकॉन भी।

"जल्दी जाओ न।" उसने गुस्से वाले आइकॉन के साथ भेजा।

छत पर जाकर मैंने रिया को फोन किया।

"हैलो, अब मैं जो बोलने जा रही हूँ, उसे ध्यान से सुनना।" उसने धीरे से कहा।

"हाँ बोलो," मैंने भी धीरे से कहा।

"रिया...रिया...कहाँ हो...?" शायद उसकी माँ उसे बुला रही थीं।

"ओफ! मॉम बुला रही है, मगर तुम वहीं रहना, मैं कुछ देर में आती हूँ।"

"जो भी बोलना है मैसेज कर देना, मैं भी नीचे जा रहा हूँ, शाम बहुत ज्यादा हो गई है।" मैं नीचे आ गया और अपने रूम में बैठ गया। कुछ ही देर बाद रिया का मैसेज आया।

"अब मैं तुम्हें भागलपुर जाकर ही बताऊँगी, कल शाम में मेरी ट्रेन है।

अपना खयाल रखना, बाय।''

* * *

''हो गया माँ, कितना नाश्ता दे रही हो।'' मैंने माँ से कहा। मैं जाने की तैयारी कर रहा था। माँ मुझे भर-भर कर नाश्ता दे रही थीं।

''खाएगा नहीं तो पढ़ाई कैसे करेगा? दिन-ब-दिन दुबला होता जा रहा है,'' माँ ने मुझे प्यार से फटकार लगाते हुए कहा। क्या सभी की माएँ इतनी ही प्यारी होती हैं? शायद हाँ। हर माँ को अपनी संतान से बेहद प्यार होता है, जिस तरह मेरी माँ मुझे करती है। मैंने माँ के पैर छूकर उनके आशीर्वाद लिए और पापा के साथ बस स्टैंड जाने के लिए बाइक पर बैठा।

''टाइम पर खाना खाना और हाँ, जो पराठे दिए हैं- उसे पहुँचते ही बैग से निकाल देना।'' माँ ने कहा। उनकी आँखें नम थीं... मतलब आप भली-भाँति समझ सकते हैं।

''ठीक है माँ।'' मैंने उन्हें प्यार से देखते हुए कहा।

पापा ने बाइक आगे बढ़ाई।

* * *

''आ गया हमारा हीरो-द लवर ब्वॉय।'' संदीप ने मजाकिया शब्दों में मेरा स्वागत किया।

''साउथ की फिल्में कम देखा करो।'' मैंने अपना बैग कंधे से उतारते हुए कहा। सबसे पहला काम जो हमने किया, वह थी पराठे की लड़ाई। दोनों ने मिल बाँटकर नहीं, बल्कि लड़-झगड़कर पराठे खाए। शाम के 5.30 बज गए थे-रिया का फोन अब तक नहीं आया था। मैंने भी उसे फोन नहीं किया था, क्योंकि शायद वह भीड़ में हो सकती थी या उसके पापा उसके साथ हो सकते थे। लगभग आधे घंटे के बाद रिया का फोन आया।

''हाँ रिया बोलो।'' मैंने उत्सुकता से पूछा।

''फिलहाल यह बोल पाऊँगी कि मैं पहुँच गई हूँ, कुछ देर बाद बात करना।'' उसने व्यस्त स्वर में कहा।

''ठीक है, मगर जल्दी करना।''

मैं और संदीप रूम में थे। मैं बिछावन पर बैठा था और सोच रहा था-

आखिर उसे अब क्या बताना है?

उसने कहा था कि वह जो बोल रही है उसे मैं ध्यान से सुनूँ। वह क्या बोलना चहाती थी? कहीं वह भागलपुर छोड़ तो नहीं रही? नहीं नहीं कम से कम बारहवीं का क्लास तो पूरा कर के ही कहीं जाएगी। फिर क्या हो सकता है?

"क्या सोच रहे हो रणवीर?" संदीप ने मुझे टोका। मैंने उसे सारी बातें बताई, मगर उसने कुछ खास नहीं कहा,

"छोड़ो ये सब, चलो सैंडिश कम्पाउण्ड।" (सैंडिश कम्पाउण्ड, जो हमारे रूम से कुछ ही दूरी पर था। हम क्लास आना-जाना वहीं से करते थे और कभी-कभी वहीं आराम भी फरमाते थे।)

'चलो...' हम सैंडिश कम्पाउण्ड चल पड़े।

"आ... हा... हा यहाँ आते ही कितना सुकून मिलता है।" संदीप अपनी बाँहें हवा में फैलाते हुए बोला।

"हम्म..." मैंने हामी भरी। हम पार्क के बाहर वाले चबूतरे पर जाकर बैठ गए। ठंडी हवा चल रही थी, हमारे बाल हवा में लहरा रहे थे। ठीक सामने बुजुर्गों की टोली अंताक्षरी में लगी थी। एक बुजुर्ग की बारी आई, उन्हें च से गाना था। उन्होंने किशोर कुमार का गाना गाना शुरू किया,

"चिंगारी... कोई भड़के... तो सावन उसे बुझाए... सावन जो अगन लगाये...उसे कौन बुझाए..." हम दोनों भी उनके साथ गुनगुना रहे थे। उनकी आवाज दिल को छू लेने वाली थी। हमने अंत तक सुना। सबने ताली बजाई। अचानक मेरी नजर एक कॅपल पर पड़ी। "यार- किसी को प्यार कैसे होता है और पता कैसे चलता है?" मैंने संदीप से पूछा।

"यदि किसी लड़की से प्यार होने के बारे में पूछ रहे हो तो मुझे कोई अनुभव नहीं; मगर मैंने सुना है कि जब प्यार होता है तो भूख-प्यास सब खत्म हो जाती है, नींद भी नहीं लगती और सब कुछ बदल जाता है... और भी बहुत सारी बातें हैं, जो मुझे याद नहीं आ रही हैं।"

"अच्छा यह बात है; वैसे मैंने चार-चार पराठे खाए हैं, तुम्हें याद है न?" मैंने कहा और हम दोनों हँसने लगे। अगले ही पल रिया का फोन आया।

"हाँ रिया।"

“कहाँ हो?

“सैंडिश कम्पाउण्ड में।”

“किसके साथ?”

“संदीप के साथ। ये सब छोड़ो, प्लीज पहले यह बताओ कि तुम क्या बताना चाहती हो?” इस बात पर वह हँसने लगी। चिढ़ाने नहीं, बल्कि मेरे इस उत्सुक्ता और बचकाने तरीके से सवाल पूछने के चलते।

“नहीं बता सकती।” उसने मुस्कुराते हुए कहा।

“अरे! ये क्या बात हुई; मैं यहाँ इन्तजार कर रहा हूँ और तुम हो कि...”

“खुद ही समझ लो न, क्योंकि अभी मैं नहीं बोल सकती।” वह अब भी मुस्कुरा रही थी। “नहीं, बताओ आखिर बात क्या है।” मुझे कुछ समझ नहीं आ रहा था कि आखिर उसके दिमाग में चल क्या रहा था। पहले वह मुझे कुछ बताने के लिए छत पर जाने को कहती है और ध्यान देने को कहती है... फिर बोलती है कि आने के बाद बताएगी। जब आ जाती है, तब बोलती है, नहीं बोल सकती-आखिर ऐसी क्या बात हो सकती है।

“ओके, बताऊँगी, पहले एक बात का प्रॉमिस करो कि जो मैं बोलूँगी, करोगे।” वह कुछ देर रुककर बोली।

“अब ये प्रॉमिस कहाँ से आ गया?” मैंने विरोध जताया।

“तो फिर छोड़ो, मैं नहीं बताऊँगी।”

“ठीक है, प्रॉमिस।”

“प्लीज तुम मेरे लिए एक गाना गा सकते हो!” उसने घीरे से कहा।

‘क्या!!’ मैं चिल्लाया।

“प्लीज गाओ न।”

“मुझे गाना-वाना नहीं आता है।” मैंने उसे प्यार से समझाने की कोशिश की।

“नहीं... गाओ, तुम अपना फेवरेट गाना- लबों को लबों पे सजाओ फ्रोम दमूवी, भूलभुलैया।”

“तुम्हें अभी तक याद है।”

"लगता है तुम भूल गए, मैंने क्या कहा था कि वह रात मैं कभी नहीं भूलूँगी।" वह खुशी जताते हुए बोली। आज वह कुछ ज्यादा ही खुश थी और मैं कुछ ज्यादा ही परेशान। यह पहली बार था, जब मैं किसी लड़की के लिए गाना गाने वाले था। मैंने संदीप की तरफ देखा। वह भी समझ चुका था कि क्या बात हो रही थी। उसने मुझे इशारा किया कि मैं दो-चार लाइन गा दूँ।

"क्या हुआ? गाओ।" वह फिर बोली। पहले तो मैं कुछ क्षण रुका। मैंने अंदर से उसके लिए फीलिंग्स जगाई कि यह गाना मैं एक सुन्दर लड़की के लिए गाने वाला हूँ। मैंने गाना शुरू किया। जहाँ तक संभव था, मैंने पूरी कोशिश की, कि मैं अच्छा गाऊँ।

मैंने गाना खत्म किया। रिया खिलखिलाई, (इस खिलखिलाहट का कारण मुझे नहीं पता।) और फोन रख दिया। मुझे लगा फोन कटने के दो ही कारण थे। पहला-मैंने अच्छा नहीं गाया, दूसरा-उसके मोबाइल का नेटवर्क खराब हो। शाम ज्यादा हो चुकी थी। हम रूम के लिए निकल पड़े। जब मैं रूम पहुँचा। रिया के एक मैसेज ने मुझे हिलाकर रख दिया-

तुम बहुत अच्छा गाते हो, तुम्हें तो सिंगर बन जाना चाहिए। मैंने तुम्हारे गाने को रिकॉड कर लिया है और हमेशा ही तुम्हें सुनूँगी। मुझे पता नहीं था कि तुम इतना अच्छा गा सकोगे-मेरे लिए। मैं यह सब तुम्हें कह नहीं सकती इसलिए ये मैसेज भेजा है... और हाँ, तुम जानना चाहते थे न कि मैं तुमसे क्या कहना चाहती हूँ? यही कि मुझे तुमसे प्यार हो गया है। मुझे यह समझ में नहीं आ रहा था कि ये बात मैं तुमसे कैसे कहूँ, इसलिए तुमसे गाना गाने को कहा, ताकि मुझे शक्ति मिले और मैं तुम्हें बोल सकूँ, आई लव यू।

मैंने धड़ाम से अपना शरीर बिछावन पर गिरा दिया और सोचने लगा-

हमारी दोस्ती यह कैसा मोड़ ले रही है?

क्या हम एक-दूसरे से प्यार करने लगे हैं?

कहीं रिया मुझसे मजाक तो नहीं कर रही?

नहीं नहीं, ये मजाक नहीं हो सकता; इतना बड़ा मैसेज वह मजाक में नहीं लिख सकती।

क्या मुझे भी उससे प्यार है?

क्या मुझे भी उसे आई लव यू बोल देना चाहिए?

नहीं, नहीं, फिर वह क्या सोचेगी? मैं इसी के इन्तजार में था।

मैंने संदीप की मदद ली। उसे रिया के मैसेज और अपनी ने दिल की बात बताई, जिसमें ज्यादातर प्रश्न थे। वह बोला,

"मेरे खयाल से तुम्हें अपने पहले प्यार को यादगार बनाने के लिए एक अलग अन्दाज से उसके प्रपोजल को एक्सेप्ट कर लेना चाहिए। देखो, उसने तुम्हें इतने अच्छे ढंग से मैसेज किया, तुम भी कुछ ऐसा ही करो। तुम उसके लिए कोई कविता लिखो या कोई प्यार भरी लाइन बनाओ, जिससे वह खुशी से झूमने लगे।" संदीप की बातों में दम था। शायद ऐसा करने से रिया को अच्छा लगता।

"मैं तुम्हारे रिप्लाइ का इन्तजार कर रही हूँ। अगर तुम मुझसे प्यार नहीं करते तो कोई बात नहीं, हम हमेशा एक अच्छे दोस्त की तरह रहेंगे; मगर एक बार मुझसे बात जरूर करना।" रिया ने फिर यह मैसेज किया।

मैं उसके पहले वाले मैसेज को बार-बार पढ़ रहा था। यह कल्पना कर रहा था कि उन लफ़्ज़ों को रिया कैसे बोलेगी? मेरे दिल की धड़कन बढ़ रही थी और एक अजीब सा डर भी बना हुआ था।

कहीं ऐसा न हो जाए मैं उसके बारे में इतना सोच रहा हूँ और रिया का एक मैसेज आ जाए-यह सब मजाक था।

मैं इस डर को खत्म करना चाहता था, उससे बात करना चाहता था। मगर जैसे ही मैं उसका नम्बर डायल करता-मेरे दिल की धड़कन और बढ़ जाती और मैं फोन काट देता। उस मैसेज को मैं पाँच-छह बार पढ़ चुका था और धीरे-धीरे मुझे भी अहसास होने लगा था कि मैं भी उससे प्यार करने लगा हूँ।

मगर कैसे?

सिर्फ उसने कहा कि वह मुझसे प्यार करती है और फिर मुझे भी उससे प्यार हो गया?

ऐसे तो नहीं होता है प्यार।

मगर प्यार होता कैसे है? इसका भी तो जवाब मेरे पास नहीं है।

रात के 10.30 बज चुके थे। मैं जो घर से खाना लाया था, वही रात का खाना बना; मगर मेरा नहीं सिर्फ संदीप का। मैं अब तक अपने खयालों में डूबा

था। संदीप दखल देते हुए बोला,

"मुझे पता है लवर ब्वॉय, तुम किस सोच में डूबे हो... मगर जब भी खाने का मन करे खा लेना, मैं सो रहा हूँ।"

"काहे का लवर ब्वॉय! एक बात तो समझ नहीं आ रही और लवर ब्वॉय। उसके मैसेज का जवाब दूँ या न दूँ? दूँ तो क्या दूँ?" मैंने गुस्से में कहा।

"आराम से सोचो, जवाब तुम्हारे पास है।" बोलकर संदीप सो गया।

खामोशी।

मैं यहाँ अपने ही आप में खोया हूँ और न जाने वहाँ रिया क्या सोच रही होगी। अभी तक मैंने उसे कोई रिप्लाइ भी नहीं दिया है।

"क्या सच में मैं भी उससे प्यार करने लगा हूँ?" मैंने अपने दिल से पूछा।

'बेशक!' मेरे दिल ने जवाब दिया। इस बार मेरा दिमाग खामोश रहा, क्योंकि प्यार के मामले में वह क्या राय दे सकता था भला। मैं सोच रहा था कि उसके मैसेज का जवाब कैसे दूँ... इतने में संदीप की कही बातें मेरे दिमाग में गूँजने लगीं -

आराम से सोचो, जवाब तुम्हारे पास है...

तुम कुछ लिखते क्यों नहीं...?

जवाब तुम्हारे पास है...

तुम कुछ लिखते क्यों नहीं...?

तुम भी कुछ ऐसा करो, जिससे वह खुशी से झूमने लगे...

आराम से सोचो....

तुम कुछ लिखते क्यों नहीं...?

मैं बिछावन पर पेट के बल लेट गया। मेरे बिछावन पर कॉपी और कलम हमेशा रहता था। मैंने कॉपी खोला और कलम पकड़कर सोचा-क्या आज मैं उससे कह दूँ, या कल का इन्तजार करूँ! नहीं नहीं, मुझे आज ही उसका जवाब देना है।

मैंने अपनी कॉपी का छठवाँ पन्ना नहीं फाड़ा और जल्दी से उन लाइनों को मोबाइल में टाइप करने लगा-

आज वो तुमसे कह दूँ या चुप रहूँ.

जब तुम्हारी आवाज मेरे कानों में पड़ती है

मेरे दिल की धड़कन बढ़ जाती है।

क्यों बढ़ जाती है मेरे दिल की धड़कन?

आज वो तुमसे कह दूँ या चुप रहूँ?

तुम्हें न पाने का डर भी दिल में है,

जब भी इस डर को खत्म करना चाहता हूँ

मेरे दिल की धड़कन बढ़ जाती है,

क्यों बढ़ जाती है मेरे दिल की धड़कन?

आज वो तुमसे कह दूँ या चुप रहूँ।

और रिया को भेज दिया। साथ ही एक और मैसेज भेजा-

"यह लाइनें मैंने तुम्हारे लिए लिखी हैं; मुझे पता है कि मैं एक अच्छा राइटर नहीं हूँ।"

कुछ ही देर बाद उसका फोन आया। शायद मैं वह पहला लड़का था, जिसने उसके लिए कुछ लाइनें बनाई थीं। उन लाइनों से मैंने उसे अहसास दिलाने की कोशिश की थी कि मैं भी उससे प्यार करता हूँ।

"रणवीर...!!" शायद वह अपने बिछावन से नीचे कूदी। (रात के बारह बजे यदि कोई कूदेगा तो उसकी आवाज तो सुनाई देगी ही।) सच में वह बहुत खुश थी, खुशी से झूम रही थी। कुछ समय पहले वह कितनी शांत होगी... मगर अभी जैसे वह सातवें आसमान पर हो और वह इसलिए नहीं कि मैंने उसके प्रफोजल को एक्सेप्ट किया... बल्कि वह, यह जानकर खुश थी कि वह जिसे चाहती थी, वह भी उसे उतना ही चाहता था। मैं चुप रहा... बस उसकी खुशी को महसूस करता रहा।

"तुमने यह मेरे लिए लिखा... मुझे बहुत अच्छा लगा। तुम तो सिंगर प्लस राइटर दोनों हो!"

"कहीं तुम मेरा मजाक तो नहीं उड़ा रही हो?"

"मजाक! प्यार और मजाक का दूर-दूर तक कोई वास्ता नहीं है; मगर एक बात और है जो मैं तुमसे कहना चाहती हूँ, क्या तुम मेरी बात मानोगे?"

"हाँ, मगर पहले मुझे तुमसे कुछ सुनना है, पहले तुम कहो मेरा कहा मानोगी?"

"नहीं, पहले मैंने कहा है तो पहले मेरी पारी ओके?"

"अच्छा ठीक है-कहो।"

"तुमने जो उन लाइनों में नहीं लिखी है, वह मुझे सुनना है।" उसने ऐसे कहा, जैसे मुझे ऑर्डर दे रही हो।

"नहीं...ये तो मैंने सोचा था और पहले तुम्हें बोलना होगा।" मैंने रिक्वेस्ट किया।

"अरे! यह क्या बात हुई!"

"मैंने तुम्हारे लिए लाइनें लिखीं, इसलिए मेरा हक बनता है कि मैं तुमसे पहले सुनूँ।" मैंने उसे समझाते हुए कहा।

"ओके, एक मिनट रुको," दरवाजा खोलने की आवाज आई, शायद वह रूम से बाहर निकली।

'रणवीर!' उसकी आवाज गूँजी। शायद वह बाथरूम में थी।

"हाँ, मैं सुन रहा हूँ।"

"आई-लव-यू।" इस वाक्य को उसने काफी जल्दी में कहा।

'क्या...?'

"आई...लव-यू।"

"क्या बोल रही हो? आलू ले लो..." मैं जानबूझकर बोला, क्योंकि मैं उस वाक्य को बार-बार सुनना चाहता था।

"सब समझ रही हूँ.... इस बार लास्ट बार बोलूँगी,-आई...लव...यू..." इस बार उसने तीनों शब्दों को थोड़ा-थोड़ा खींचा और उसे समय दिया। इस क्षण मैंने महसूस किया कि आई लव यू को थ्री मैजिकल वर्ड क्यों कहा जाता है। इस वर्ड ने तो मेरे ऊपर जादू कर दिया, मैं मदहोश हो गया। यह प्यार का

अहसास भी अजीब होता है न, जिसे शब्दों से बयां नहीं किया जा सकता।

"तुम भी कहो।" उसने कहा-एक बच्चे की तरह।

"मैं भी तुमसे प्यार करता हूँ," बोलकर मैं रुका और एक गहरी साँस ली, फिर बोला, "आइ लव यू टू।"

इस रात को मैं नहीं भूल सकता। मैं खुद को ऊर्जावान महसूस कर रहा था। हमने काफी देर तक बात की। जब सुबह की ललिमा मेरी खिड़की पर पड़ी, तब हमने फोन रखा। जब प्यार होता है तो सच में भूख-प्यास सब खत्म हो जाती है- मेरा खाना अब भी रखा हुआ था।

पाँच

प्यार तब-तक सिर्फ एक शब्द भर था, जब तक कि मैंने इसका अहसास नहीं कर लिया। दिन-ब-दिन हमारे विचार, हमारी भावनाएँ सब एक हो रही थीं। अब हमारे बात करने का समय अंतराल और भी बढ़ गया था। हमें एक दूसरे की चिन्ता होने लगी थी। सुख हो या दुःख, हम हमेशा एक दूसरे का साथ देते थे।

"घर जाना जरूरी है क्या?" रिया ने उदास स्वर में पूछा।

"हाँ, मुझे कॉलेज में कुछ काम है; बस एक दो दिन की ही तो बात है।" मैंने उसे समझाते हुए कहा।

"ठीक है, मगर दो दिन से ज्यादा नहीं। आज 27 जुलाई है और तुम्हें महीने के अन्त तक आ जाना है, नहीं तो क्लास छूटेगी।"

रिया जल्दी ही मान गई और शाम को मैं घर निकल गया।

"देखो, मैं घर पर भी तुमसे बात कर रहा हूँ; मगर तुम घर से क्यों नहीं बात करती?" मैंने घर पहुँचकर उसे फोन किया।

"ऐसे ही, मुझे अच्छा नहीं लगता है, मैं घर पर उतना मोबाइल नहीं चलाती।"

"अरे हाँ, एक बात मैं तुमसे पूछना चाहता था कि फेसबुक पर तुम किस नाम से हो? मिल नहीं रही।"

“मैंने फेसबुक बंद कर दिया है, अब मैं नहीं चलाती हूँ।”

“ओ...”

मैंने सोशल मीडिया पर इनट्रेस्ट दिखाया, उसे यह अहसास दिलाने कि मैं समय के साथ बदल रहा हूँ। मेरे सारे दोस्त फेसबुक और अन्य सोशल मीडिया पर थे, एक मैं ही नहीं था (ऐसा मुझे लगता था)। मगर मैं भूल गया था कि समय के साथ रिया बदल गई थी।

* * *

“तुमने कहा था कि इस महीने के अन्त तक आ जाओगे और आज भी नहीं आए!” वह मुझ पर गुस्से से चिल्लाई। उसका चिल्लाना वाजिब था। महीने के अंतिम दिन तक भी मैं उसके पास नहीं जा पाया।

“वह मैंने नहीं कहा था, तुमने कहा था-जरा याद करो।” मैं मजाक में बोला।

“हाँ...मैंने कहा था, क्योंकि मुझे तुम्हारी चिंता होती है; तुम्हारी क्लास भी छूट रही है न।”

“रिया...अब सीधे-सीधे बता दो कि बात क्या है, क्योंकि इससे पहले तो तुम्हें मेरी इतनी चिंता नहीं होती थी।” मैंने मजाक और प्यार भरे भाव को मिलाकर कहा। वह हँस पड़ी। इसका मतलब था कि वह कुछ छिपा रही थी।

“चलो अब बता भी दो।” मैंने कहा।

“तीन अगस्त को फ्रेंडशिप डे है और उस दिन मुझे तुमसे मिलना है, लेकिन तुम आ क्यों नहीं रहे हो?” वह एक बच्ची की तरह बोली।

“तुम्हारी एक बात मुझे समझ नहीं आती है, जब भी मैं घर आता हूँ, तभी तुम्हें कुछ-न-कुछ मिल जाता है।”

“तुम आओगे या नहीं?” अरे बाप रे! वह गुस्साती ही जा रही थी। मैंने डरते हुए कहा,

“हाँ, हाँ, दो तारीख को आजाऊँगा।”

“पक्का न!”

“हाँ पक्का, चलो अभी रखता हूँ।”

“ठीक है, मिस यू...”

"मिस यू टू..."

आपने शायद किसी और वाक्य की अपेक्षा की होगी... मगर प्यार वह नहीं, जो एक दूसरे को याद दिलाने पर पता चले; प्यार तो आत्मा में वास करता है। हाँ, मगर हम एक दूसरे को यह याद दिलाते थे कि हम उन्हें मिस करते हैं (कितनी खूबसूरत हो जाती है उस वक्त दुनिया, जब कोई कहता है कि वह आपको याद कर रहा है)।

* * *

यह पहली बार था, जब मैं किसी लड़की से मिलने वाला था। मैं भागलपुर आ गया था और बस एक रात की बात थी। हम कल मिलने वाले थे। मैं सोच रहा था,

क्या मैं उससे नजरें मिला पाऊँगा?

फोन पर तो मैं सहज हो गया हूँ, मगर जब वह सिर्फ और सिर्फ मुझसे मिलने आएगी...

कहीं ऐसा तो नहीं कि वह मेरा मन आँकना चाहती हो, कि मैं उससे मिलना चाहता हूँ या नहीं। नहीं, नहीं, मुझे उससे फिर बात करनी चाहिए।

"तुम सच में आ गए हो न!" रिया ने चिंता जतायी

"हाँ मैं आ गया हूँ और रात का खाना भी खा चुका हूँ।"

"पता है, मुझे डर था कि तुम आओगे या नहीं; थैंक गॉड कि तुम आ गए।" वह खुश होकर बोली।

"पहले ये बताओ कि हम कितने बजे मिलेंगे?"

"अरे, मैं तो बताना ही भूल गई; कल रविवार है, फिर भी मॉर्निंग की क्लास खुली हुई है, हम क्लास खत्म होने के बाद मिलेंगे... याद रहे कल की क्लास बहुत इंपॉर्टेंट है"

"ठीक है मैं मिस नहीं करूँगा, फिलहाल मैं फोन रखता हूँ।"

'ओके।'

मन ही मन मैं कल्पना करने लगा कि कल का दिन कैसा होगा। काफी देर तक मैं सिर्फ बिछावन पर पड़ा रहा, मेरी आँखें खुली रहीं। मेरे होंठों पर

मुस्कान बनी रही। उसी मुस्कान को लिए मैं ख्वाबों में खोया रहा।

अगली सुबह बहुत सुहानी थी।

सूर्य की किरणें मेरे कमरे में खिड़की के रास्ते से आ रही थीं। मैं अब भी मुस्कुरा रहा था। किसी तरह मैं उठकर बैठा (उसकी यादें मुझे उठने नहीं दे रही थीं)। अपनी अधखुली आँखों से मैंने अपना मोबाइल अपने हाथ में लिया और नोटिफिकेशन चेक किया। रिया का मैसेज था,

माँगी थी जब मैंने दुआ रब से,

देना मुझे वह दोस्त जो अलग हो सब से,

रब ने मिला दिया मुझे तुमसे और कहा सँभालो इसे,

ये अनमोल है सब से। हेप्पी फ्रेंडशिप डे।

मैंने अनुमान लगा लिया कि यह कॉपी पेस्ट का कमाल था, मगर मेरे लिए था- मुझे अच्छा लगा। मैंने भी उसे हेप्पी फ्रेंडशिप डे लिखकर भेजा। संदीप जगा। वह अपने दोनों हाथ हवा में ऊपर करते हुए चिल्लाया,

"हेप्पी फ्रेंडशिप डे..."

इस डे से मैं जीवन में पहली बार परिचित हुआ। ऐसा लग रहा था जैसे कुछ बड़ा होने वाला हो। मैं क्लास पहुँचा। अन्य दिनों से भीड़ कुछ ज्यादा थी, और कुछ नए विद्यार्थी भी आए थे। शायद वे दूसरे बैच के थे। मेरी नजरें रिया को तब - तक ढूँढ़ती रहीं, जब तक कि सर न आ गए। मैंने पढ़ाई की और ध्यान केंद्रित किया और रिया को ढूँढ़ना बंद किया। छुट्टी हो गई। मैं क्लास से निकलकर सड़क पर खड़ा हो गया। लड़कियों का झुण्ड बाहर आया, मगर उस झुण्ड में रिया कहीं भी नहीं थी। मैं उदास हो गया और सोचा,

आखिर रिया ने मजाक कर ही लिया। संदीप ने ठीक कहा था, आज वही विद्यार्थी आएँगे जिनका क्लास छूट गया हो; इसीलिए वह नहीं आया।

मैं वहाँ से रूम के लिए चला। मेरे कदम उठ नहीं रहे थे। ऐसा लग रहा था जैसे कोई रोक रहा हो। अगले ही पल रिया का फोन आया। मैंने उठाने से पहले सोचा,

अब ये कहेगी कि कैसा उल्लू बनाया।

"हैलो रणवीर... आज की क्लास के बारे में कुछ समझ में आया या

नहीं?'' उसने हँसते हुए पूछा। मुझे समझ में नहीं आया, वह मुझसे पूछ रही थी या चिढ़ा रही थी।

''हाँ, सब समझ में आ गया।'' मैं उदास स्वर में बोला।

'क्या?' उसने फिर पूछा।

''यही कि यदि कोई लड़की क्लास के बाद मिलने बुलाए तो जरूरी नहीं कि वह मिलना ही चाहती है - ये क्लास भेजने का तरीका भी हो सकता है।''

''शायद तुमने एक बात ध्यान नहीं दी; जो दो तीन दिन तुमने क्लास छोड़ी थी, आज उसी की पढ़ाई हुई और हाँ, मैं तुम्हारा इन्तजार सैंडिश कम्पाउण्ड में कर रही हूँ।'' उसने अंतिम वाक्य को थोड़ा रुककर जोड़ा। मेरे चेहरे पर एकाएक मुस्कान फैल गई। उसने मुझे अहसास दिलाया कि वह मेरा दिल कभी नहीं तोड़ेगी।

''मैं आ रहा हूँ।'' बोलकर मैंने फोन रखा। और फिर मेरे कदम तेजी से आगे बढ़ने लगे।

अजीब इत्तिफाक था। रिया भी वहीं बैठी थी, जहाँ मैं और संदीप बैठा करते थे। वह मुझे देखते हुए खड़ी हुई। उसका ये खूबसूरत चेहरा मैंने पहले नहीं देखा था। उसने पिंक कलर की टी शर्ट और ब्लैक कलर की जींस पहन रखी थी। होंटों पे मुस्कान और चेहरे पर चमक लिए वह मेरे सामने थी। उसके जुल्फ हवा में लहरा रहे थे, उसकी लटें उसके गालों को छू रही थी। उसके इस दिलकश अंदाज से मैं जस का तस वहीं रुक गया। मैं उसे कुछ कहने के लिए शब्द नहीं जुटा पा रहा था।

''तुम बहुत अच्छी लग रही हो।'' यह भी मैंने आँखों से ही कहा। उसने अपनी भौंहें ऊपर करते हुए अपना सिर ऊपर उठाया, जैसे पूछ रही हो,

'क्या?'

''तुम्हें पता है, यहाँ एक सिमेंट का दिल भी है।'' मैं मुस्कुराते हुए बोला, जो वाक्य कहीं से भी इस समय के लिए उपयुक्त नहीं था। उसने अपना सिर दाएँ-बाएँ हिलाया, यानि कि,

'नहीं।'

''चलो मैं तुम्हें दिखाता हूँ।'' बोलकर मैं उसे अपने साथ पार्क ले गया और उस दिल को दिखाते हुए बोला,

"देखो... यही है।"

"यही! इसी की बात कर रहे थे तुम? मुझे जरा भी पसंद नहीं आया... और तो और इसमें पानी भी नहीं है-सूख चुका है यह।" मुझे पता था मेरी कोई भी बचकानी तकनीक उसे पसंद नहीं आएगी। गलती मेरी ही थी। वहाँ कुछ खास नहीं था, जिसे रिया देखकर खुश हो जाती।

"ऊफ-मेरा गाल! चलो रणवीर यहाँ से, धूप से मेरा गाल जल रहा है।" वह अपने दोनों हाथों से अपने गालों को ढकते हुए बड़ी ही मासूमियत से बोली।

"ठीक है चलो वहाँ।" मैंने इशारा करते हुए कहा। हम लोहे के बैंच पर बैठ गए। वहाँ पेड़ की छाँव थी। (कितना हसीन हो जाता है न वह पल, जब आप उसके साथ बैठे हों, जिसका दिल आपके लिए धड़कता हो)।

"हाँ... यहाँ ठीक है, कितनी अच्छी हवा चल रही है।" उसने मेरी तरफ देखते हुए कहा। मैंने हामी भरी।

कुछ देर खामोश रहने के बाद वह बोली,

"अपना हाथ आगे बढ़ाना।"

वह बैठे-बैठे जींस की पॉकेट से कुछ निकाल रही थी। मैंने अपना हाथ उसकी ओर बढ़ाया।

"क्या है?" मैंने उत्सुकता के साथ पूछा और अपना हाथ उसके आगे इस तरह स्थिर रखा था, जैसे वह मेरे हाथ पर कुछ रखे।

"इसे फ्रेंडशिप बैंड कहते हैं; इस दिन यह बैंड दोस्त के हाथ में पहनाया जाता है।" बोलते हुए उसने मेरा हाथ घुमाया और मेरी कलाई पर उसे पहना दिया।

"हेप्पी फ्रेंडशिप डे, लव यू, मिस यू, लव यू, मिस यू।" , यह उस बैंड पर लिखा हुआ था। मैं उसे पढ़ कर सुना रहा था, वह मुस्कुराए जा रही थी। फिर उसने अपना सिर मेरे कंधे पर टिका दिया और प्यार से बोली,

"रणवीर, कोई गाना गाओ न!" उसकी यह बात सीधे मेरे दिल पर लगी और वह जोर से धड़का। यूँ अचानक वह यह प्रस्ताव रखेगी, ऐसा मैंने नहीं सोचा था। उसने इतने प्यार से कहा कि मैं न नहीं बोल पाया। असल में कुछ बोल नहीं पाया। बस प्यार से अपना हाथ उसके पीछे से उसके कंधे पर रखा,

उसे थोड़ा सहलाया और सोचने लगा। फिर एक गाना मेरे दिमाग में आया और मैंने दिल से गाने की कोशिश की,

"तु मेरा ठिकाना... मेरा आशियाना... ढले शाम जब भी, मेरे पास आना... है बाँहों में रहना... कहीं अब न जाना... हूँ महफूज इनमें, बुरा है जमाना...बस सारे गम में जाना, संग हूँ तेर... ऐ... ए..." गाकर मैं रुका। उसकी नजरें मुझ पर टिकी थीं, शायद मैंने उसके दिल को छू लिया था। वह कोई हरकत नहीं कर रही थी। मैं उसकी आँखों में अपनी तस्वीर देख पा रहा था। मेरे रगों में एक लहर दौड़ रही थी। जो दृश्य हम रोमांटिक गानों में देखते हैं, उसकी तुलना मैं अब से कर रहा था। आखिर उनमें भी कितनी वास्तविकता छिपी होती हैं।

मैं उसके चेहरे को बेहद पास से देख रहा था। हमारे होंठ एक दूसरे के बेहद पास थे। न जाने क्यों मुझे उसे छूने की चाह जाग गई थी, मगर मैं उसे छूने का साहस नहीं जुटा पा रहा था। फिर उसने मेरी हिम्मत बढ़ाई। उसने अपनी आँखें बंद कर ली। उसके ऐसा करने से मेरे दिल के समुद्र में तरंगें उठने लगीं। मैंने धीरे से अपना होंठ उसके कोमल होंठों पर रख दिया। सब कुछ एकदम अचानक हुआ। मगर यह ज्यादा देर तक नहीं चला। उसने असहजता दिखाते हुए अपनी आँखें खोल दी, मैं पीछे खिसका।मैंने पहली बार यह असहजता देखी। हम काफी देर तक खामोश रहे। बीच - बीच में हमारी आँखें एक-दूसरे से बात कर लिया करती थीं। आखिर इस खामोशी को तोड़ने के लिए वह बोली,

"तुम सच में बहुत अच्छा गाते हो।" फिर वह मुस्कुराई। हम वहाँ काफी देर तक रहे। समय कैसे बीतता चला गया पता ही नहीं चला।

हम वापस जाने के लिए उठे। एक चंद सेकेंड के किस ने हमें और भी करीब ला दिया था। हम साथ-साथ हाथों में हाथ डाले आगे बढ़ रहे थे। रिया दो कदम आगे बढ़ती, फिर मेरी ओर देखती... शायद वह कुछ कहना चाह रही थी।

"कुछ कहना चाहती हो?" मैंने धीरे से पूछा। उसने हामी भरी और पॉकेट से एक पत्र निकालकर मेरी ओर बढ़ाते हुए बोली,

"इसे तुम रात में पढ़ना, अभी इसे अपने पास रख लो।"

मैंने उसके हाथ से वह पत्र लिया और अपनी शर्ट की पॉकेट में रख

लिया।

हम उसके हॉस्टल की गली तक पहुँच गए थे।

"अरे! अब तुम जाओ, कोई देख लेगा।" उसने मुझे हिदायत देते हुए कहा। उसने अपनी आँखें बड़ी की, ताकि मैं जल्दी वहाँ से चला जाऊँ। मैं बार-बार उसके होंठों को देख रहा था, जिसे मैंने कुछ समय पहले चूमा था। मुझे अजीब लग रहा था। मैं सुन्न हो गया था। मैं रुका, वह तेजी से अपने हॉस्टल के मेन गेट के सामने जाकर खड़ी हो गई।

"जाओ..." अब वह गेट के सामने से इशारा करने लगी।

मैं अब भी उसके हॉस्टल की गली में ही खड़ा रहा। वह अपने हाथ और आँखें, दोनों से इशारा कर रही थी कि मैं वहाँ से जाऊँ। मैं फिर भी वहाँ से नहीं हिला। उसने अपना हाथ माथे पर रखा और फिर इशारा किया। मैं कुछ और सोच रहा था। आखिर मैंने वही किया। मैंने अपनी बाँहें फैला दी। उसे काफी आश्चर्य हुआ कि मैं यह क्या कर रहा था? उसका मुँह खुल गया था और आँखें पहले से भी ज्यादा फैल गयी थीं। मैं उसकी ओर उम्मीद भरी नजरों से देख रहा था। मैंने अपनी पलकें झपकाई, उसे इशारा किया कि वह मेरे गले गल जाए।

एकाएक वह दौड़ी आई और मेरी बाँहों से लिपट गई।

"क्या हुआ?" उसने इमोशनल होते हुए पूछा। मेरी बायीं आँख में आँसू आकर अटका। (जब हमारा खास हमसे प्यार से पूछता है कि क्या हुआ? तो ऐसा लगता है जैसे उसने हमारी आधी परेशानी दूर कर दी हो।) कभी-कभी हमारे जीवन में कुछ चीजें अचानक ही हो जाती हैं, जिनका हमें अंदाजा भी नहीं होता है। उसे बाँहों में भरे मैं पिछले दिनों को याद कर रहा था कि किस तरह रिया मेरी जिंदगी में बहार बनकर आई थी और उस वक्त मैंने सोचा भी नहीं था कि एक दिन वह मेरी बाँहों में होगी।

'रिया...!'

'हम्म...' अब उसे डर नहीं लग रहा था। वह सबकुछ भूलकर मेरी बाँहों में सुकून से थी।

"मैं यह दिन कभी नहीं भूलूँगा।"

"मैं भी।"

मैं उसकी धड़कन महसूस कर पा रहा था। कितनी तेज धड़क रहा था।

''रणवीर, अब मुझे जाना होगा।'' कहकर वह मुझसे अलग हुई। वह फिर हॉस्टल के मेन गेट के सामने जाकर रुक गई और फिर पहले की तरह इशारा करने लगी। फिर एकाएक मैंने कुछ महसूस किया। वह यह कि वह जस की तस वहीं खड़ी थी और मुझे जाने का इशारा कर रही थी। यानि वह मेरी बाँहों में नहीं थी, वो सब मेरी एक कल्पना थी। मैं मुस्कुराया। उसे आश्चर्य हुआ मेरे इस बर्ताव पर। मैंने अपनी बाँहें फैला दी। उसका मुँह खुल गया और आँखें फैल गईं... ठीक उसी तरह, जैसे मेरी कल्पना में हुआ था। मगर वह दौड़ी मेरे पास नहीं आई, बल्कि मुझे मुक्का दिखाया। मैं मुस्कुराया और अपनी बाँहें मोड़ ली। मैंने उसे इशारा किया कि पहले वह अंदर जाए। उसने अपना हाथ हिलाते हुए मुझे बाय कहा और अंदर चली गई।

उसके जाने के बाद भी मैं वहीं खड़ा रहा। मैं अपनी कल्पना को महसूस कर रहा था, जब वह मेरी बाँहों में थी।

''धूप में खड़े होकर क्या कर रहे हो हीरो?'' एक महिला ने मेरी कल्पनाओं को भंग करते हुए पीछे से टोका।

''अरे नहीं, कहीं यह हॉस्टल की ऑनर तो नहीं।'' मैं बुदबुदाया, फिर बोला,

''नहीं, कुछ नहीं, बस मेरा एक रुपये का सिक्का खो गया था-वही ढूँढ़ रहा था,'' मैंने अपने माथे पर आए पसीने को पोंछा। जितना पसीना धूप के कारण नहीं आया था, उससे कहीं ज्यादा उस महिला के आ जाने से आ गया था। वह मुझे शक की निगाहों से घूर रही थी। जैसे-तैसे मैं वहाँ से नजरें बचाए निकला... बिना अपने काल्पनिक सिक्के को ढूँढ़े।

* * *

''मैं तो बिन बताए ही समझ गया था कि आखिर बात क्या हो सकती है; पहला-पहला प्यार है... पहली-पहली बार है...,'' संदीप गुनगुनाया, जब मैंने लेट आने की वजह बताई।

''ओह! मुझे भूख लगी है और तुम...''

''चॉकलेट बाँटकर नहीं खाए क्या?''

''कौन सा चॉकलेट?''

"अरे तुमने उसे चॉकलेट तो दिया ही होगा न!"

"ऐसा भी होता है? मैंने तो कोई चॉकलेट नहीं दिया," मैंने चिंतित होते हुए कहा।

"ओह! इसलिए तो कहता हूँ कि कहीं जाओ तो मुझे बताते जाओ; कर दिया न चौपट।"

"ऐसे बोल रहे हो जैसे तुम्हें इस सब मामले में कितनी जानकारी है...कुछ चौपट नहीं हुआ है; सच्चे प्यार में यदि एक दूसरे को कुछ देना है तो एक अच्छा समय दो, जिसका मुकाबला कोई गिफ्ट या कोई चॉटलेट नहीं कर सकता।"

"तालियाँ... तालियाँ... आजकल तुम्हारे प्रेरणादयक विचार कोई नहीं सुनेगा, वक्त बदल रहा है रणवीर।" उसने मेरा मजाक उड़ाते हुए कहा।

"हाँ, वक्त बदल रहा है, मगर प्यार कल भी वहीं था, आज भी वहीं है और आगे भी वहीं रहेगा।"

रात के 10.15 बजे।

रिया एक पर एक प्यार भरे मैसेज भेज चुकी थी। रिप्लाइ में मैं बस स्माइली आइकॉन ही भेज पा रहा था। मैंने उसे फोन भी किया, मगर उसने काट दिया और एक मैसेज भेजी-

"आज मैं तुमसे बात नहीं कर पाऊँगी, पता नहीं क्यों। पता है, मैं बार-बार तुम्हारे होंठों के स्पर्श को महसूस कर रही हूँ और मैं बार-बार महसूस करना भी चाहती हूँ। मैं जब से रूम आई हूँ, चुप हूँ बस... आज के दिन को याद कर रही हूँ..."

मैं मुस्कुराया और धीरे से नजरें उठाकर संदीप की ओर देखा कि कहीं वह मुझे इस स्थिति में देख तो नहीं रहा। वह अपनी ही धुन में खोया था, अपने बिछावन पर लेटकर मोबाइल में गेम खेल रहा था और मैं अपने ख़यालों में खोया था। बार-बार मैं बैंड को देख रहा था।

"लव यू, मिस यू, लव यू, मिस यू," ये मुझे उसकी याद दिलाती थी। ऐसा लगता था जैसे वह ही मुझे बोल रही हो। कितना हसीन था वह पल, जब उसने मुझे छुआ, मेरी कलाई में इसे पहनाया, मैंने उसके होंठों को चूमा।

कितनी हसीन थी वह कल्पना, जब वह मेरी बाँहों में सुकून से थी।

"इसे तुम रात में पढ़ना, अभी इसे रख लो।" रिया की ये बात मुझे अचानक याद आई।

"अरे! यह मैं कैसे भूल सकता हूँ।" मैं बुदबुदाता हुआ बिछावन पर से उठा और हैंगर से टँगे अपनी शर्ट को हाथ में लिया। वह पत्र जेब में पड़ा था। उसे लेकर मैं वापस अपने बिछावन पर आया। उस पत्र को मैंने पढ़ना शुरू किया।

एक चीज मैंने तुमसे ही सीखी है रणवीर, पता है क्या? अपने शब्दों से किसी के दिल को छू लेना, इसलिए आज मैं कोई शायरी कॉपी पेस्ट नहीं कर रही, बल्कि अपने दिल की बात बताने की कोशिश कर रही हूँ। जब मैंने तुमसे दोस्ती की, तो पहली बार मुझे ऐसा लगा कि मेरे पासकुछ अनमोल है। तुम सबसे अलग हो सबसे अच्छे, इसलिए मेरे दिल में तुम्हारी सबसे बड़ी जगह है या यूँ कहूँ कि तुम ही मेरे दिल हो। प्यार के इजहार से काफी दिन पहले मैंने महसूस किया कि मुझे तुमसे प्यार है। बातों-बातों में मैंने तुम्हें बताने की कोशिश भी की, मगर तुम अपनी दोस्ती निभाते रहे और मेरा प्यार और भी गहरा होता गया। फिर मैंने तुम्हें अपनी भावनाएँ बताईं। मैं जानती थी; जो दोस्ती इतनी ईमानदारी से निभा सकता है, वह प्यार तो... चलो छोड़ो, ज्यादा नहीं, नहीं तो फूलकर कचौरी हो जाओगे।

तुम बहुत अच्छे हो, हमेशा इसी तरह खुश रहना। हो सकता है जीवन में तुम्हें काफी परेशानियों का सामना करना पड़े, मगर तुम कभी उम्मीद मत छोड़ना, बस उनका डटकर सामना करना।

तुम्हारी और सिर्फ तुम्हारी

रिया।

मैं एकदम शांत हो गया। समझ में नहीं आ रहा था कि उसे फिर से फोन करूँ या उसके लिखे शब्दों के सहारे रात गुजार लूँ। एकाएक उसकी हर प्यारी बातें मेरे जहन में तैरने लगीं। मैं गुजरे दिनों की बातें याद करने लगा-हम कैसे मिले... कैसे हमारी दोस्ती गहरी होती गई... और प्यार हो गया।

छः

अगले दिन।

"क्या अभी तक उसके खुमार में ही हो?" संदीप ने मुझ पर टिप्पणी की।

"नहीं, मैं तो यह देख रहा था कि मुझे बुखार तो नहीं है।" मैं खुद को आईने में निहारते हुए बोला।

"पहली बार किसी को आईने में देखकर बुखार पता लगाते देख रहा हूँ।"

उसी क्षण रिया का फोन आया। मैंने झटाक से रिसीव किया और बोला,

"इसे कहते हैं दिल का कनेक्शन!"

"क्यूँ, क्या हुआ!" रिया ने पूछा।

"अरे संदीप मुझे परेशान कर रहा था, मुझे उससे छुटकारा चाहिए था; मैं सोच ही रहा था कि तुम्हें फोन करूँ कि तुमने कर दिया, अब चुपचाप बैठा है।"

रिया हँसने लगी। मैंने मोबाइल का वॉल्यूम कम करते हुए कहा,

"ऐ...मेरे दोस्त पर मत हँसो।" ताकि संदीप को बुरा न लगे।

"रिया! पापाजी का फोन आ रहा है, मैं तुमसे बाद में बात करता हूँ।" बोलते हुए मैंने पापा का फोन रिसीव किया।

"प्रणाम पापा!"

"खुश रहो! पढ़ाई-लिखाई कैसी चल रही है?" उन्होंने कड़क आवाज में पूछा।

"हाँ हाँ, अ...अच्छी," मेरी जुबान लड़खड़ाई।

"हम्म... क्योंकि तुम लोगों की टेस्ट परीक्षा 26 से 30 तक होगी, मैंने अखबार में देखा।"

मेरा मुँह आश्चर्य से खुल गया।

"ओ...ठीक है, मैं कुछ दिन पहले घर आ जाऊँगा।"

“ठीक है, मन से पढ़ाई करो,” उनहोंने याद दिलाते हुए कहा।

आधा अगस्त बीत चुका था और मेरी परीक्षा की तिथि निर्धारित हो गई थी, यह बताने के लिए मैंने रिया को फिर फोन किया।

“हैलो रिया...” मैं उदासी भरे शब्दों में बोला।

“हाँ, पापा से बात हुई?” वह मुस्कुराते हुए बोली।

“हाँ...हो गई; एक खबर भी है, इसे तुम अच्छी खबर मानो या बुरी...”

“क्या बात है?” उसने चिंतित हो कर पूछा।

“मेरा टेस्ट एग्जैम का डेट आ गया है, 26 से 30 और फिर कुछ ही दिनों बाद प्रैक्टिकल भी होगा।”

खामोशी।

“इन्हीं दिनों एग्जैम होना था क्या। 28 को तो तुम्हारा बर्थडे है।” खामोशी को तोड़ते हुए वह बोली... असल में चिल्लाई।

“हाँ और 3 सितम्बर को तुम्हारा। मुझे बहुत अफसोस है कि न तुम मेरे जन्मदिन के दिन मेरे साथ रहोगी और न ही मैं तुम्हारे जन्मदिन के दिन।”

“ऐसा क्यों हुआ...?” वह फिर से चिल्लाई।”

“कोई बात नहीं, जब हम हमेशा साथ हैं तो कई बार ये दिन आएगा; हमें पहले अपनी पढ़ाई पर ध्यान देना चाहिए।” मैंने उसे प्यार से समझाया।

‘हम्म...’ वह लगभग शांत हुई।

खामोशी।

मैंने खामोशी को दूर करने के लिए बात को पढ़ाई की ओर मोड़ा,

“वैसे तुम्हारा टेस्ट कब है?”

“जल्दी ही होने वाला है, मगर डेट नहीं निकला है।”

“फिर भी पढ़ाई करने भिड़ जाओ।”

“हम्म...ये बात तो सही ही है... पहले हम यहाँ पढ़ाई करने आए हैं, फिर कोई दूसरा काम करने, हमें पढ़ाई पर फोकस करना होगा।” ऐसा लग रहा था जैसे वह मुझे नहीं, खुद को समझा रही हो।

“हम्म...गुड गर्ल... तो आज से हम पढ़ाई पर ज्यादा फोकस करेंगे।”

* * *

"देखा! आखिर किसी ने ठीक ही कहा है, जो होता है अच्छा ही होता है; मेरा एग्जैम 26 से है और तुम्हारा 25 से।" मैंने कहा।

"हाँ, आज तो सत्रह हो गया; मुझे कल ही घर चले जाना चाहिए। वहाँ सारा सामान सेट करना पड़ेगा और अपने कमरे में चुपचाप बैठना होगा; मैं तुम्हें बहुत मिस करूँगी यार..." वह प्यार से बोली।

"मिस तो मैं भी करूँगा, तुम्हें भी और फ्रेंडशिप डे को भी-न जाने वैसा लम्हा कब लौटकर आएगा।" मैं उस दिन को याद करते हुए बोला।

"आएगा, एग्जैम के बाद।" वह मुस्कुराई। उसने समझा कि मैं खास कर किस लम्हे की बात कर रहा था।

"सच में!" मैं खुश हुआ।

'हम्म...'

फिर उसने बात दूसरी ओर मोड़ी और बोली, "एक बात तो मैं बताना ही भूल गई... पता है, ज्यादातर लड़कियों की पढ़ाई पूरी होने को है और वे लोग घर जा रही हैं, अब वे फाइनल एग्जैम के बाद ही आएँगी, इसलिए मैं क्या सोच रही थी..."

"लेकिन रिया, तुम नहीं जाओगी।" मैंने उसे आधी बात पर ही रोका।

"प्लीज...रणवीर...मैं इस खाली होस्टल में नहीं रह पाऊँगी; वैसे भी आधा सितम्बर तो टेस्ट एग्जैम देने में ही बीत जाएगा, फिर अक्टुबर में दुर्गा पूजा, बकरीद, फिर नवम्बर में मोहर्रम... और दिसम्बर में हमारा एग्जैम; हर महीने में छुट्टी ही छुट्टी और क्लास की स्थिति तुम देख ही रहे हो, बेकार में खींचा जा रहा है।" उसने एक बच्चे की तरह ज़िद करते हुए जल्दी-जल्दी में कहा।

"और मैं! मैं क्या करूँगा?" मैंने चिन्ता जाहिर किया।

"ओफ! तुम भी चले जाना न और संदीप को भी मना लेना।"

"वह मानेगा तब न।" मैं उदास स्वर में बोला।

"मान जाएगा... अच्छा ये बताओ कि मुझे छोड़ने आओगे या नहीं?"

"तुम सच में जाओगी?"

"रणवीर...हम दोनों कुछ महीने अगल रहेंगे, तभी तो प्यार का अहसास और भी ज़्यादा गहरा होगा।" वह शरारती अंदाज में बोली और फिर मुस्कुराई।

"मगर इतने दिन मैं तुम्हें बिना देखे कैसे रह पाऊँगा?"

"हाँ...और मैं हमेशा तुम्हें फोन भी नहीं कर पाऊँगी, कोई उपाय ढूँढ़ो।"

"मैं कुछ न कुछ उपाय निकाल ही लूँगा।"

अगले दिन।

मैं पीर-बाबा चौक पर पहुँचा, जहाँ रिया, मेरा और ऑटो का इन्तजार कर रही थी।

"अरे! इतना सारा सामान!" मैंने कहा।

"और नहीं तो क्या।" वह मुँह टेढ़ा करते हुए बोली।

"मगर ये सारा सामान यहाँ पहुँचाया किसने?"

"शाम्भवी और मेरी सहेलियों ने।"

"ये दूसरी सहेली कौन है?" मैंने मजाक में पूछा।

"ज्यादा इनट्रेस्ट मत लो।" वह मजाक में भड़की।

"वैसे...शाम्भवी कब जाएगी?"

"आज शाम में... अरे, ऑटो आ गई," उसने अचानक एक ऑटो को देखकर अपना हाथ आगे किया। ऑटो रुका। सारा सामान ऑटो वाले ने ही ऑटो पर चढ़ाया। हम ऑटो पर बैठ गए। वह मेरा हाथ पकड़ना चाहती थी, मगर वह असहज महसूस कर रही थी। कभी-कभी अपनी छोटी अँगुली से मेरे हाथ को स्पर्श कर लेती थी। पूरा रास्ता उसने वही किया...असहजता के साथ मेरे हाथ को स्पर्श करती रही।

हम बैग को खींचते हुए प्लेटफॉर्म की ओर बढ़ रहे थे। मैं एक हाथ से बैग खींच रहा था और दूसरे हाथ से एक थैला पकड़ा था। रिया दोनों हाथों से बैग खींच रही थी।

"रिया, यह तो शुक्र है कि तुम्हारे बैग में पहिये लगे हैं, वरना आज तो हमारा ब्रेकप पक्का होना था।" मैं मजाकिया भाव से बोला।

"चुप रहो।

हम प्लेटफॉर्म तक पहुँचे।

"लगता है आज ऊपर वाला मुझपर मेहरबान है, ट्रेन एक नम्बर प्लेटफॉर्म पर आएगी और मुझे यह भारी बैग नहीं उठानी पड़ेगी।" मैं टिकट लेकर उसकी ओर आते हुए बोला।

'रणवीर...!' उसने मासूमियत से मेरा नाम लिया।

मैं समझ सकता था कि उस पर क्या बीत रही थी, क्योंकि जो उस पर बीत रही थी, वह मुझ पर भी बीत रही थी। मैं तो बस बाहर से मुस्कुरा रहा था, ताकि वह मेरा मुस्कुराता हुआ चेहरा देखकर जाए।

"क्या हुआ?" मैंने पूछा।

वह कुछ नहीं बोली, सीधा मेरा हाथ पकड़ा और मुझे देखने लगी। कुछ क्षण बाद वह धीरे से बोली,

"तुम ये कैसे कर पा रहे हो रणवीर...? तुम्हारी आँखों में उदासी है, मगर तुम उसे छिपा पा रहे हो, कैसे? मुझसे तो नहीं हो रहा ये।" वह आस-पास कुछ नहीं देख रही थी। उसे लोगों के होने का भय भी नहीं था, जैसा कि ऑटो में था। वह सिर्फ मेरी आँखों में देख रही थी। वह और भी कुछ बोलना चाहती थी, मगर बोल नहीं पा रही थी। उसके हाथों की पकड़ मजबूत होती जा रही थी। आस-पास के लोग हमपे नजरें गड़ाए हुए थे, जैसे कि किसी फिल्म की शूटिंग चल रही हो। मुझे उन पर गुस्सा आ रहा था, मगर रिया के चेहरे ने मुझे शांत कर रखा था। आखिर मैंने उसे शांत करने के लिए कहा,

"ओह, अब ये बच्चे की तरह बिहेव करना बंद करो; हम फिर मिलेंगे और याद है तुम्हें; तुमने कहा था वह लम्हा फिर से आएगा।" मैंने उसे आँख मारी। उसने मेरा हाथ छोड़ा और छाती पर हल्के से एक प्यारा मुक्का मारा। प्यारा इसलिए, क्योंकि वह रिया का मुक्का था; किसी और का होता तो...

"अरे...ट्रेन आ...गयी।" मैं ट्रेन की ओर आकर्षित होते हुए गुन-गुनाया।

"अपना खयाल रखना रणवीर!"

“तुम भी।”

“अब जल्दी ट्रेन से उतरो, ये खुलने वाली है।” वह जल्दी से बोली। मैं ट्रेन से उतरकर खिड़की के पास आ गया और रिया को देखने लगा। ट्रेन खुली, मैं एक-दो कदम आगे बढ़ा।

“रणवीर...!” वह खिड़की से चिल्लाई।

‘हाँ...’ मैं कुछ कदम दौड़ा।

“कुछ नहीं।” वह मुस्कुराई, फिर मैं भी मुस्कुराया।

कुछ ही देर में वह मेरी आँखों से ओझल हो गई।

मैंने दिन किसी तरह काटा, मगर रात कटने का नाम ही नहीं ले रही थी। संदीप सो चुका था... रिया घर पहुँच चुकी थी और मैं; मैं तो उसकी यादों को समेटने में लगा था। ऑटो पर मुझे छूने की कोशिश करना, प्लेटफॉर्म पर सबके सामने मेरा हाथ थाम लेना, उसका आखरी बार मुस्कुराता चेहरा- ये सब मेरे दिमाग में उमड़ रहा था। बिछावन पर पड़ा मैं करवटें बदल रहा था और उसकी कही बातें याद कर रहा था,

मैं इस खाली हॉस्टल में नहीं रह पाऊँगी।

मैं तुम्हें हमेशा फोन भी नहीं कर पाऊँगी।

कोई उपाय ढूँढ़ो।

उसकी इस बात को याद करके मैं सोचने लगा,

मैंने कहा था कि कोई उपाय ढूँढूँगा, मगर क्या! मुझे कुछ तो करना चाहिए।

मैं उसे बिना देखे नहीं रह सकता... दरअसल हमदोनों ही। ऐसा क्या करूँ, जिससे हमदोनों एक दूसरे को देख पाएँ? हमेशा जुड़े रहें... क्या करूँ? हाँ, फेसबुक! मुझे उसके लिए फेसबुक बनाना चाहिए।

मैंने अपने मोबाइल में इन्टरनेट एक्टिव किया और अपने दूसरे नम्बर से रिया का फेसबुक अकाउन्ट बना दिया।

रात के 10.30 बज चुके थे। मैंने रिया को एक मैसेज भेजा, ताकि वह जब भी अपना मोबाइल चेक करे, उसे यह संदेश मिल जाए।

“हाय रिया! मैंने तुम्हारे लिए फेसबुक बनाया है, ताकि हम एक दूसरे

को देख सकें और चैट कर सकें। नीचे उसका आइडी और पासवर्ड भेज दिया है।'' कुछ ही देर बाद उस आइडी से मेरे फेसबुक पर मैसेज आया,

''आखिर तुमने उपाय ढूँढ़ ही लिया; वैसे मुझे इन सब चीजों से नफरत हो गई है, मगर तुमने इतने प्यार से बनाया है इसलिए थैंक्स।''

मैं-अब हम फेसबुक पर ही चैट करेंगे।

रिया-मेरे मोबाइल में इन्टरनेट पैक नहीं है, कल डलवाऊँगी; फिल्हाल तो अभी मैं मॉम के पास सोने जा रही हूँ, इसलिए गुडनाइट एण्ड आइ लव यू।

मैं-गुडनाइट, लव यू टू।

फेसबुक पर आई लव यू बोलने का अन्दाज ही कुछ अलग होता है, क्योंकि कभी-कभार हम स्टीकर का प्रयोग कर लेते हैं।

उसे फेसबुक बनाकर देने के बाद मुझे तसल्ली मिली और मैं चैन की नींद सो गया।

* * *

मैं और संदीप अपने घर आ गए थे। आज से रिया का टेस्ट एग्जैम शुरू होने वाला था और कल से मेरा।

''बेस्ट ऑफ लक!'' मैंने अपने फोटो के साथ रिया को स्टीकर भेजा।

रिया - थैंक यू, अब मैं कॉलेज जा रही हूँ, वहाँ से आकर बात करते हैं।

मैं - ठीक है।

दोपहर का समय, हम चैट कर रहे थे।

मैं - एग्जैम कैसा गया?

रिया-ठीक-ठाक ही...

मैं - ठीक-ठाक से क्या मतलब है? क्या तुम मुझे डरा रही हो? कल मेरा भी एग्जैम है।

रिया - नहीं यार... खाना खाए?

मैं - हाँ, और तुम?

रिया - नहीं जा रही हूँ।

मैं - क्या बना है?

उसका रिप्लाइ आना बंद हो गया। मैंने फिर पूछा 'क्या बना है?' वह ऑफ लाइन हो चुकी थी।

रात का समय 10.30 बजे।

"चावल, दाल, सब्जी बना था और क्या!" रिया ने अभी रिप्लाइ दिया।

"आज मम्मी के पास नहीं सोई हो?" मैंने पूछा।

रिया-नहीं, मगर तुमसे ज्यादा चैट नहीं कर पाऊँगी।

मैं- मगर क्यों?

रिया-ऐसे ही; मॉम को शक हो सकता है। गुडनाइट और हाँ, कल के लिए बेस्ट ऑफ लक।

27 अगस्त, रात 11.50 बजे।

"एग्जैम तो अच्छा जा रहा है न रणवीर?" उसने मैसेज किया।

मैं-हाँ, और तुम्हारा?

रिया- हम्म...

मैं-और कुछ बताओ?

रिया-क्या बताएँ तुम्हारे बिना मन नहीं लग रहा है।

मैं-मेरा भी।

रिया-बस इसी तरह चैट करते रहो, तुम्हारे बर्थडे में सिर्फ दस मिनट बचे हैं।

मैं-हम्म...काफी तेज होती जा रही हो।

12.00 बजे।

रिया-बहुत दूर हूँ तुमसे, मगर दिल तुम्हारे पास है, जिस्म पड़ा है यहाँ, पर रूह तुम्हारे पास है, जन्मदिन है तुम्हारा, मगर दिन मेरे लिए खास है...

हैप्पी बर्थडे रणवीर।

मैं-कुछ खास कॉपी पेस्ट नहीं था, मगर फिर भी थैंक यू।

रिया-चुप रहो।

मैं-ठीक है।

रिया-मुझे अफसोस है कि मैं तुम्हारे जन्मदिन पर कोई तोहफा नहीं दे पाई, मगर दिल से यही चाहूँगी कि तुम एक दिन कामयाब इंसान बनो।

मैं-तुम्हारी दुआ से बढ़कर मेरे लिए और कुछ नहीं।

2 सितम्बर, रात 11.55 बजे।

मैं-बस इसी तरह चैट करती रहो, तुम्हारे जन्मदिन में सिर्फ पाँच मिनट बचे हैं।

रिया-अरे, यह तो मेरी लाइन है।

मैं-हा, हा, हा, रोज-रोज अब मैं नया वर्ड कहाँ से लाऊँ।

रिया-हा, हा, हा

12.00 बजे।

मैं-जन्मदिन मुबारक हो रिया, तुम हर दिन फलो, मगर फूलो नहीं।

रिया- बस करो, फिर भी थैंक्स।

मैं- मुझे अफसोस है कि तुम्हारे जन्मदिन पर मैं कोई तोहफा नहीं दे पाया, मगर दिल से यही चाहूँगा कि तुम एक दिन कामयाब हो।

रिया-ऐ-कोपी पेस्ट, ज्यादा मत बनो...

आज रात हमने ज्यादा देर तक चैट किया, फिर भी मुझे रिया की आवाज सुननी थी, जिसके लिए मुझे कुछ करने की जरूरत थी - वह था इन्तजार...

सात

दिन बीतता जा रहा था। हम एक-दूसरे से मिलने के लिए बेकरार हो रहे थे। पता नहीं वह दिन कब आएगा, जब हम आमने-सामने होंगे। रिया की फोटो देखने के लिए मैंने उसका प्रोफाइल खोला। कितनी क्यूट लग रही थी वह। मैंने कुछ और भी ध्यान दिया। उसने मेरा नम्बर हटाकर अपना ई-मेल सेट कर दिया था। उसके फ्रेंडलिस्ट में टोटल 230 फ्रेंडस थे। रिया अब भी ऑनलाइन थी, मगर उसने चैट ऑफ कर रखा था। मैं सोच में पड़ गया,

आखिर उसने ऐसा क्यों किया

पहले तो वह मुझे मैसेज करके चैट पर आमंत्रित करती थी, मगर अब क्या हुआ... उसने मेरा नम्बर क्यों हटाया! शायद इसलिए कि उसके सारे नोटिफिकेशन मुझे आते थे... या कोई और बात है।

मुझे उसे मैसेज करके पूछना पड़ा कि बात क्या हैं और वह मुझे फेसबुक का पासवर्ड दे, क्योंकि अब-तक वह पासवर्ड भी बदल चुकी थी।

रिया- नहीं, मैं पासवर्ड नहीं दूँगी।

मैं- क्यों? क्यों नहीं दोगी? लगता है कुछ गड़बड़ है.....

रिया- चुप रहो।

मैं- तुम पासवर्ड देती हो या नहीं?

रिया- रणवीर!

मैं- क्या?

रिया- यही है मेरा पासवर्ड, तुम्हारा नाम।

मैंने उसका अकाउन्ट खोला। इतना सारा मैसेज था कि कुछ समझ पाना मुश्किल था। फिर भी मुझे दो लड़कों पर शक हुआ। मैंने उनका नाम नोट किया, फिर अपना अकाउन्ट खोलकर रिया से उन लड़कों के बारे में पूछा। उसने यह साबित किया कि वे उसके दूर के रिश्तेदार हैं, जिन्हें वह भाई के समान मानती है और कुछ उसके क्लास फ्रेंड हैं। धीरे-धीरे मेरा गुस्सा ठंडा हुआ। ज्यादातर यह सोचकर कि उसने पासवर्ड, मेरा नाम रखा था। फिर मैं सोचने लगा,

नहीं, मैं ही कभी-कभी जो-सो सोच लेता हूँ। ऐसे भी वह मेरे साथ खुश है। वह मुझसे प्यार करती है, फिर उसे किसी और कि जरूरत क्या है? और मैं कोई भद्दा थोड़ी न दिखता हूँ... थोड़ा बहुत मैं भी स्मार्ट हूँ।

* * *

फाइनल एग्जैम - 24 दिसम्बर।

मैं अपने जिले में था - कटिहार में। मैंने किराए का रूम लिया था। संदीप अपने किसी रिलेटिव के यहाँ ठहरा था। बीते कुछ महीने मैं फेसबुक से जुड़ा नहीं रहा, क्योंकि घर में रहने पर, घर की स्थिति जानकर पढ़ाई मेरे लिए महत्वपूर्ण हो गयी थी। और एक बात थी, यदि मैं फेल हो जाऊँ और रिया आगे बढ़ जाए, तो मैं उसके साथ क्लास नहीं कर पाऊँगा, इसलिए मैंने पढ़ाई पर ज्यादा जोर दिया।

26 दिसम्बर।

"हैलो रणवीर...!" संदीप फोन पर बोला।

"हाँ संदीप, बोलो।"

"कुछ ही घंटों बाद हमारी परीक्षा होने वाली है, तुम कैसा फील कर रहे हो?"

"आत्मविश्वास से भरपूर और तुम?"

"मैं भी ठीक-ठाक फील कर रहा हूँ; मैं तो बस यह पूछ रहा था कि चिट भी ले जाओगे क्या?"

"नहीं बाबा, फेल हो जाओ मगर एक्सपेल्ड मत हो।"

"हम्म...सही बोले... ठीक है अब तैयार हो।"

संदीप की बातों ने मेरे चेहरे पर हँसी ला दी। मैं तैयार हुआ और फेसबुक पर रिया को मैसेज किया,

"बेस्ट ऑफ लक रिया!"

"तुम्हें भी बेस्ट ऑफ लक।" शायद वह मेरे ही इन्तजार में थी।

1 जनवरी 2014

आज उस दिन के एक साल हो गए, जब रिया मेरी जिंदगी में आयी। मैं सड़क के किनारे खड़ा था, अपने मुँह से भाँप छोड़ रहा था, जैसे बच्चे किया करते हैं। सब कुछ सुहाना लग रहा था। मैं कुछ याद कर रहा था। जाहिर-सी बात है, एक साल पहले की वह हसीन सुबह-जिसने मेरी जिंदगी खुशियों से भर दी। मैं ठीक बारह बजे रिया को नववर्ष की मुबारकबाद वाला स्टीकर भेज चुका था, मगर उसने अभी तक कोई रिप्लाइ नहीं किया था। वह मुझसे बात करने के लिए बेताब होगी-यह मेरा दिल कहता है। वह किसी न किसी ताक में होगी। जब भी उसे मौका मिलेगा, वह फोन करेगी।

अगले ही पल उसका नाम मेरे मोबाइल स्क्रीन पर चमका। मैंने उत्साहित होकर फोन रिसीव किया,

'हैलो।'

'हैलो।' वह मुस्कुराते हुए बोली।

"हाँ, कौन?" मैंने जानबूझकर पूछा।

"पहले तो हैप्पी न्यू इयर..."

"हाँ, हैप्पी न्यू इयर..."

"पहचाने तो कौन बोल रही हूँ?" उसने मेरा साथ दिया।

"अरे तुम तो रिया हो..."

"हम्म...काफी अच्छी याद्दाश्त है तुम्हारी।" वह मुस्कुराई, फिर हमदोनों हँसने लगे। असल में मैं चाहता था कि उस दिन को याद करूँ... 1 जनवरी 2013 के दिन को।

"रिया, तुम्हारी आवाज गूँज रही है, कहीं तुम..."

"हाँ हाँ, मैं बाथरूम में हूँ।" वह बोली। मैं हँस पड़ा।

"क्यों हँसे?" उसने पूछा।

"ऐसे ही।"

"कल एग्जैम देकर तुम घर चले जाओगे न!"

"हाँ, प्लीज रिया और कुछ बात करते हैं न... इतने दिनों के बाद तुम्हारी

आवाज सुन रहा हूँ, काफी अच्छा लग रहा है।''

''नहीं, प्लीज समझो, अब फोन रखती हूँ।'' बोलकर यूँ अचानक उसने फोन रख दिया।

* * *

परीक्षा खत्म हुई। मैं वापस घर आया।

'माँ...!' मैं माँ के तरफ बच्चे की तरह भाग गया।

''परीक्षा कैसी गई?'' माँ ने प्यार से पूछा।

''अच्छी गई, जब तक रिजल्ट न आ जाए,'' मैंने हँसते हुए कहा।

''हम्म...शरारत।''

घर आकर मुझे काफी सुकून मिला। मैंने आस-पास के बड़ों के पैर छुए और सबसे परीक्षा के बारे में बात की। ये तो होता ही है न, सभी पूछने लगते हैं कि परीक्षा कैसी गई? और हमारा उत्तर होता है ''अच्छी गई।'' जब तक कि रिजल्ट नहीं निकल जाता है, हमें इन्हीं शब्दों से काम चलाना पड़ता है।

रात के 10.30 बजे।

रिया ऑनलाइन थी। मैंने मैसेज भेजा-

''हाय रिया, मैं घर पहुँच गया हूँ।''

रिया-गुड। पता है कल मेरा इन्टरनेट खत्म हो जाएगा और अभी डलवाऊँगी भी नहीं, क्योंकि बहुत सारे मैसेजेस आते रहते हैं और मैं हमेशा चेक करते रहती हूँ कि कहीं तुम्हारा तो नहीं, मगर वे किसी और के ही होते हैं। ऐसे में अगर मैं पकड़ी गई तो मॉम को बुरा लगेगा, वो थोड़ी सख़्त है; जब तक मैं घर में हूँ चैट नहीं कर पाऊँगी।''

मैं-कोई बात नहीं, मेरा भी इन्टरनेट पैक एक-दो दिन में खत्म हो जाएगा... हम चैट नहीं करेंगे तो क्या, हम एक-दूसरे से दिल से जुड़े रहेंगे।

रिया-सच में प्यार तो दिलों का बंधन है।

मैं-हम्म...वैसे भी अभी एग्जैम खत्म हुआ है, मौज-मस्ती करो, मैं तो कल से ही अपने दोस्तों के साथ घूमने-घामने लग जाऊँगा।

रिया-बस लड़कियों को मत घूरना।

मैंने एक आइकोन भेजा, जिसमें बड़ी-बड़ी आँखें निकली थी, ताकि वह चिढ़े।

* * *

''हे...रणवीर! क्या तुम मुझे हरा सकते हो...?'' संदीप ने मुझे पीछे छोड़ते हुए कहा। मैं और मेरे कई दोस्त बाइक से घूमने निकले थे। अब रोज का यही रूटीन हो गया था। मेरे पीछे चंदू बैठा था, बाइक उसी की थी।

''नहीं...मैं इससे ज्यादा तेज नहीं चलाऊँगा... तुमने बोर्ड नहीं पढ़ा- सतर्कता हटी, दुर्घटना घटी...'' मैं पीछे से चिल्लाया।

''वह कुछ ज्यादा बन रहा है, उसे दिखाना होगा।'' चंदू बोला।

मैंने एक्सलेटर बढ़ाया। बाइक की रफ्तार दोगुनी हो गई, तभी मेरे कानों में एक आवाज गूँजी,

''अपना खयाल रखना रणवीर।'' यह आवाज रिया की थी।

मैंने स्पीड सामान्य कर दी और मुस्कुराकर बोला, ''थैंक यू रिया।''

जैसे-जैसे दिन बीतते जा रहे थे, मेरी मस्तियों का पिटारा खुलता जा रहा था। घर आने पर पापा की डाँट फिर माँ का आँचल, यह मेरी रोज की कहानी बन गई थी। इस मस्ती में थोड़ी सुस्ती तब आई, जब रिया का फोन आया।

''हैलो रणवीर!'' उसकी आवाज ने मुझपर जादू कर दिया। बहुत दिनों के बाद मैंने उसकी आवाज इतनी साफ-साफ सुनी।

''रि...रि रिया! तुमने...'' मैं खुशी के मारे बोल नहीं पाया।

''तुम भागलपुर कब आओगे?'' उसने पूछा।

''आओगे? यानि कि तुम चली गई हो?''

''हाँ, क्योंकि शाम्भवी और मेरी सहेलियाँ यहाँ आ गयीं हैं; मैं चाहती हूँ कि स्पोकन क्लास करूँ।'' मुझे आश्चर्य हुआ। जो कुछ करने से पहले मुझे दस बार बताती थी, वही अब करके बता रही थी।

''ठीक है, तुम फिलहाल क्लास देखो, डेमो लो, मैं रिजल्ट के बाद आता हूँ।''

“देर मत करना, मैं चाहती हूँ कि हम दोनो इंग्लिश में बात करें।”

“हाँ...मगर मुझे नहीं लगता कि मैं इंग्लिश सीख पाऊँगा।” मैंने सुस्ती दिखाई।

“ओह! जब मैं साथ रहूँगी तो खुद-ब-खुद आ जाएगा,” वह मजाक में बोली।

“ठीक है।” मैं हँसा।

“रणवीर...! रणवीर...!” संदीप और चंदू दोनों, दरवाजे पर चिल्ला रहे थे।

“रिया, तुम पढ़ाई करो मैं बाद में बात करता हूँ।” मैं जल्दी में बोला और फोन रख दिया। मैं घर के माहौल में रम गया था। दोस्तों के साथ खेलने और घूमने में काफी मन लगने लगा था। ज्यादातर दोस्त घर पर ही रहते थे। मैं उन सब के साथ टाइम एक्सपेंड करने लगा था... और भी बहुत सारी बातें थीं मुझे घर पर रोकने के लिए।

14 फरवरी 2014

“हाय रणवीर! तुम्हें पता है आज कौन सा दिन है!” वह खुशी से झूमते हुए बोली।

“हाँ, शुक्रवार।”

“अरे नहीं बुद्धू वो तो है ही, लेकिन आज कुछ खास है और वह है वेलनटाइन डे!” मेरे दोस्तों ने इस दिन के बारे में बताया था, मगर न जाने मैं कैसे भूल गया। संदीप ने मुझे कहीं से कॉपी करके एक शायरी लिखकर दी थी। मैंने जल्दी से उस कागज के टुकड़े को निकाला और शायराना अंदाज में पढ़ना शुरू किया। उससे पहले मैं बोला,

‘रिया!’

‘हम्म...’

“बहुत खूबसूरत हैं आँखें तुम्हारी...”

“ओ... तो तुम्हें आज पता चला।” उसने मजाकिया अंदाज में टोका।

“ओह! पहले पूरा सुनो तो, शायरी है।”

"ओ, हाँ, अहम-अहम," वह खाँसी, यह दिखाने के लिए कि वह सीरियस है।

"बहुत खूबसूरत हैं आँखें तुम्हारी... इन्हें बना दो किस्मत हमारी, हमें नहीं चाहिए जमाने की खुशियाँ, अगर यूँ ही मिलती रहे मोहब्बत तुम्हारी..."

वह हँसने लगी, जबकि मैंने ऐसी कोई बात नहीं कही थी। मैंने उदास हो कर पूछा,

"क्यों हँस रही हो?

"रणवीर... हा,हा, तुम्हें शायरी बोलना नहीं आता है तो फिर क्यों बोलते हो?"

वह हँसते हुए बोली।

"क्योंकि ये सब तुम्हें अच्छा लगता है।" मैंने सीरियस होते हुए कहा।

"सच में! इतना प्यार करते हो मुझसे, कि जो मुझे पसंद होगा वही करोगे... और एक बात पता है रणवीर?" उसने जोड़ा।

'क्या?'

"इससे पहले भी 14 फरवरी आया था, मगर उस बार हम इस विषय पर कोई चर्चा नहीं कर रहे थे, तुम्हें याद है?" वह मुस्कुराते हुए बोली।

'हम्म...'

"पता है, मैं तुम्हें बताने की कोशिश कर रही थी, मैंने मैसेज भी भेजा था।"

"मगर मैं समझा ही नहीं कि वह क्या था।" मैं मुस्कुराया। काश कि मैं उसके पास होता तो उसके साथ हँस रहा होता। फिर भी रिया इस तरह बिहेव करती थी जैसे मेरे पास हो। उससे एक बार बात कर लेने पर दिल को ठंडक मिल जाती थी। ऐसा लगता था कि सारी परेशनियाँ खत्म हो गई हों।

* * *

रिया वहाँ पढ़ाई कर रही थी और मैं यहाँ मस्ती कर रहा था- शायद ऐसा मेरा सोचना था। जब मैंने संदीप के मोबाइल से अपना फेसबुक खोला, तो देखा कि रिया ऑनलाइन थी। उसने कहा था कि उसका इन्टरनेट खत्म हो गया है या हो सकता है उसने फिर से डलवाया हो। मुझे दुःख इस बात से

हुआ, कि उसने मुझे बताया नहीं। मैं उसे डिस्टर्ब करना नहीं चाहता था। मैं चाहता था कि वह ठीक से इंग्लिश सीखे, ताकि मुझे उससे थोड़ी बहुत हेल्प मिल जाए और जहाँ तक बात रही फेसबुक की, तो इस बारे में हमारे बीच पहले भी अनबन हो चुकी थी। मैं नहीं चाहता था कि हमारे रिश्ते के बीच दरार पैदा हो।

आठ

किसी ने ठीक ही कहा है- दिन बीतते देर नहीं लगती। आज हमारा रिजल्ट निकलने वाला था, दिन - 27 अप्रेल। रिजल्ट निकलने का समय शाम 4 बजे था और 6 बज चुके थे। मैं इन्टरनेट पर अपना रिजल्ट सर्च किए जा रहा था, मगर सर्वर बिजी था।अचानक माँ का मोबाइल बजा। उन्होंने रिसीव किया।

"हाँ आनंद, खुश रहो।" (आनंद मेरे भाई, जो दिल्ली में सॉफ्टवेयर इंजीनियर हैं)

"क्या!" माँ आश्चर्य से बोलीं। उनके इस स्वर से मैं डर गया। यह सोचकर कि कहीं मैं फेल तो नहीं। आनंद भैया को मेरा रोल नम्बर पता था, इसलिए उन्होंने मुझसे पहले ही देख लिया और यह दुःखखबरी माँ को बता दी। उन्हें ऐसा नहीं करना चाहिए था, मुझे थोड़ा समय देना चाहिए था।

"क्या हुआ माँ?" फिर भी मैंने पूछा।

"इंग्लिश में तुम्हारे इतने कम नम्बर क्यों हैं? सिर्फ पास!" माँ बोली।

"पहले यह बताओ, टोटल कितना है?" मैंने डरते हुए पूछा।

"पूरा-पक्की 300, लटक-लटककर फर्स्ट हो ही गए।" अन्दर ही अन्दर मेरे मन में तसल्ली हुई कि मैं फर्स्ट हो गया। इस बार का पैटर्न इतना उलझा हुआ था कि पास करना मुश्किल था।

"मैंने तो कहा था इंग्लिश पर थोड़ा ध्यान दो; यदि इंग्लिश में अच्छे नम्बर आते तो मार्क्स और अच्छे आते।" बरामदे में बैठे पापा बोले।

खामोशी।

हर बार की तरह खामोशी को दूर करते हुए मेरा मोबाइल बजा। यह रिया का फोन था। मैं कमरे से निकलकर बाहर की ओर गया और फोन रिसीव किया।

"हैलो रिया, तुम्हारा रिजल्ट क्या हुआ?"

"पहले तुम अपना बताओ।"

"मेरा तो पूरा-पक्का 300 और इंग्लिश में सिर्फ पास हूँ।" मैंने उदास हो कर कहा।

"ओ...मैने भी अपना रिजल्ट अभी तुरंत देखा है, अभी मैं नेट कैफे में ही हूँ।"

"जल्दी रिजल्ट बताओ!"

"फर्स्ट,306 नम्बर और मेरे इंग्लिश में ही सबसे अच्छे मार्क्स हैं।

"चलो...हम दोनो फर्स्ट हो गए, मैं कल या परसों भागलपुर जाऊँगा।"

"ठीक है।"

रात का समय

"अब मुँह लटकाए क्यों बैठे हो? फस्ट तो हो ही गए न, बस नम्बर थोड़ा कम है।" माँ खाना परोसते हुए बोलीं।

खामोशी।

"ऐसी कई परीक्षाएँ तुम्हें और देनी हैं रणवीर; इस तरह निराश होकर बैठने से कुछ नहीं होगा, बल्कि आगे की तैयारी के बारे में सोचना होगा कि वह और अच्छा कैसे हो।" पापा बोले। मैंने अपना सिर हिलाकर हामी भरी। पापा की बातें मुझे हर बार शक्ति देती हैं, इसलिए मैं खामोश उन्हें ध्यान से सुनता रहा।

"भीड़ में दिखना और भीड़ से अलग दिखना, दोनों में काफी अन्तर है; तुम्हें अपने प्रबल शक्तियों का प्रयोग करके अपने लक्ष्य तक पहुँचकर भीड़ से अलग दिखना होगा। जीवन एक मैराथन दौड़ है, इस दौड़ में तुम्हें कभी तेज दौड़ना है और कभी धीरे, मगर दौड़ते रहना है, जब-तक कि तुम अपनी मंजिल तक न पहुँच जाओ।"

रात के 10.30 बजे।

मैं बिछावन पर लेटा था। पापा की कही बातें मेरे दिमाग में तैर रहीं थीं कि अचानक मेरा मोबाइल बजा। यह संदीप का फोन था। मैं उससे पूछना ही भूल गया था कि उसका रिजल्ट क्या हुआ?

"फर्स्ट डिवीजन, 300 नम्बर आए।" मैंने कहा।

"वाह! तब पार्टी कब दे रही हो?"

"फार्मेलिटी बाद में निभाना, पहले अपना रिजल्ट बताओ।"

"मैं भी फर्स्ट आया, 340 नम्बर।"

"वाह यार, तुमने तो सबको पीछे छोड़ दिया।" मैंने खुशी से कहा।

"बस प्यार न करने का नतीजा है।" वह मजाकिया अंदाज में बोला। हम हँसने लगे। वह फिर कुछ याद दिलाते हुए बोला,

"और हाँ दोस्त, पता है अब मैं तुम्हारे साथ भागलपुर में नहीं रह पाऊँगा; पापा मुझे पटना जाने के लिए बोले हैं और तुम तो जानते ही हो मेरे पापा के फैसले को।"

मैं अचानक सुन्न हो गया, मेरी हँसी रुक गई। अपने-आप मैं उठकर बैठ गया, जैसे अपने शरीर को बैठने की इजाजत नहीं दी हो। मैंने हवा का एक घूँट लिया और बोला,

"तुम क्या चाहते हो?" जैसे मेरे शब्दों में बहुत सारी उम्मीदें हो।

"मैं भी यही चाहता हूँ कि एक नए शहर जाकर पढ़ाई करूँ, वहाँ के माहौल में रमूँ... वहाँ की पढ़ाई का माहौल भी कुछ अलग है।" उम्मीद उसकी भी आवाज में थी, मगर मेरी उम्मीद और उसकी उम्मीद में जमीन-आसमान का फर्क था।

"मैं कैसे रहूँगा यार... तुम्हारे बिना तो एक दिन भी मन नहीं लगेगा।" मैं निराश होकर बोला।

"नया-नया क्लास ज्वाइन करोगे, नए दोस्त बनाओगे, मन लगने लगेगा; उसी में किसी एक दोस्त को अपना रूम मेट बना लेना।" उसने बड़ी आसानी से कह दिया।

"उससे पहले ही कोई शिफ्ट हो गया तो?"

“नहीं होगा, क्योंकि जल्दी कोई भी सिंगल बेड नहीं लेता है। मैंने अंकल को बोल दिया है कि मैं रूम खाली कर रहा हूँ।”

‘अच्छा।’

“ठीक है यार... बहुत रात हो गई है, सो जाओ।”

‘हम्म...’

उसके फोन रखने के बाद मैंने अपना हाथ बायीं आँख के नीचे फिराया। मुझे लगा वहाँ आँसू थे, मगर वहाँ आँसू नहीं थे। मैंने अपना शरीर बिछावन पर गिरा दिया और सोचने लगा-

अब क्या होगा?

मैं किसके साथ रहूँगा?

किसके साथ हँसूँगा?

किसके साथ मजाक करूँगा?

अब कौन वो बचकानी टिप्स देगा?

जिससे मैं रिया को लुभाया करता था।

कैसे कटेगा मेरा हर दिन उसके बिना?

कौन मुझपर वो भद्दी टिप्पणियाँ करेगा- जिन्हें सुनकर मैं बाहर से तो गुस्सा होता था, मगर अन्दर-ही अन्दर मुस्कुराता था।

अब वह अपनी दुनिया में चला जाएगा और मेरी दुनिया...

“मैं अकेला हो गया यार...” मेरे मुँह से निकला।

“अकेले कहाँ हो दोस्त?- रिया जो है।” ऐसा लगा जैसे संदीप ने कहा।

“यही बात तो तुम नहीं समझते हो दोस्त... प्यार में जुनून है, दोस्ती में सुकून है; तुम्हारी जगह कोई नहीं ले सकता।” मैंने मन ही मन में उत्तर दिया।

यह सिलसिला कब तक चलता रहा, पता नहीं।

मई

“मैं कल नहीं तो परसों आ जाऊँगा।” यही कहा था न मैंने... मगर

अकेलेपन के डर से जाने की हिम्मत नहीं हो रही थी। आखिरकार मैंने जाने का फैसला किया। यह बात मैंने रिया को बता दी थी। सड़क पर मैं घर में बिताए दिनों को याद कर रहा था। मेरे साथ चंदू भी बस स्टेंड मुझे छोड़ने जा रहा था। जितनी मस्ती हमने बचपन में नहीं की थी, उससे ज्यादा इन छुट्टियों में की। मुझे वे दिन हमेशा याद रहेंगे... याद रहेंगे वे दोस्त, जो घर पर रहते थे और खेलने के लिए जगह की तलाश करते थे, नए-नए जुगाड़ निकालते थे, गाँव की बातें करते थे, किसी लड़की से प्यार हो जाना उनके लिए असंभव जैसा था। उन्होंने छुट्टियों में मुझे एक बेहतरीन समय दिया।

दोपहर 3.15 बजे।

मैं लौट आया उसके पास, यानि उसके खूबसूरत शहर में, या यूँ कहूँ कि उसके प्यार ने इस शहर को मेरे लिए खूबसूरत बना दिया था। कितना अच्छा लगता है बहुत समय बाद अपने प्रेम के पास लौटना। आपके आस-पास की सारी चीजें कितनी अच्छी लगने लगती हैं, हर खूबसूरत चीज आपके चेहरे पर मुस्कान ले आती है, हर घंटे आपकी बेचैनी बढ़ती जाती है; जब तक आप एक-दूसरे को देख नहीं लेते, समय जैसे थम जाता है।

"हैलो रिया... मैं पहुँच गया हूँ।" मैंने इस तरह कहा, जैसे मैंने कोई तीर सही निशाने पर मार दिया हो।

"अच्छा, आ गए - हमारी क्लास पाँच बजे से है, मैं उसी की तैयारी कर रही हूँ।" वह व्यस्त स्वर में बोली।

मुझे लगा था मेरे वापस आने की खबर सुनकर वह काफी खुश होगी, मगर ऐसा नहीं हुआ। इन सब बातों को एक तरफ रखते हुए मैं बोला,

"मुझे पहले दिन क्लास में क्या करना होगा?"

"कुछ खास नहीं, बस अपना इन्ट्रोडक्शन देना होगा।"

"अच्छा..."

"ठीक है रणवीर, तुम थक गए होगे- अभी कुछ देर आराम करो, मैं पढ़ाई करती हूँ।" मुझे बात करनी थी, ढेर सारी बात... मगर मैं उसे डिस्टर्ब भी नहीं करना चाहता था। मैंने मन को शांत करते हुए अपना शरीर बिछावन पर गिरा दिया।

शाम 4.30 बजे।

अधखुली आँखों से मैंने घड़ी देखी और एकाएक उठ खड़ा हुआ। मैं जल्दी तैयार होने लगा। सच कहूँ तो मेरा मन स्पोकन करने का जरा भी नहीं था, वह तो रिया चाहती थी कि हम स्पोकन करें।

मैं रिया की बताई क्लास तक पहुँचा। मेरे आने तक सभी विद्यार्थी क्लास के अन्दर जा चुके थे-रिया भी। मैं क्लास के ऑफिस गया। सर से बातचीत की। उन्होंने मुझे क्लास के अन्दर भेजा। मैं अन्दर गया। मेरी नजरें रिया को ढूँढ़ने लगीं। क्लास, विद्यार्थियों से खचा-खच भरा हुआ था। उस भीड़ में भी मेरी नजरों ने रिया को ढूँढ़ निकाला। वह शाम्भवी के साथ बैठी थी और उसकी नजरें कॉपी पर गड़ी हुई थीं। शाम्भवी ने मुझे देखा और अपनी कोहनी से रिया को हिलाया। अचानक से रिया की नजर मुझपर पड़ी। वह मुस्कुराई, फिर कॉपी देखने लगी। मैं पीछे वाली सीट पर जाकर बैठ गया।

क्लास शुरू हुई। मुद्दा था-हमारे जीवन में इंग्लिश की क्या महत्ता है? सबने बारी-बारी से अपने विचार पोडियम पर जाकर रखे। मैंने रिया और शाम्भवी की बातों पर ध्यान दिया। उनकी बातों से ऐसा लगा, जैसे वे ज्यादा कुछ नहीं सीख पाईं थीं, मगर हाँ मुझसे कहीं बेहतर थीं। मेरी बारी आई। मुझे पोडियम पर जाकर अपना परिचय देना था।

''ये नए स्टूडेंट हैं; इन्होंने आज ही अपना नामांकन करावाया है, इसलिए आज ये सिर्फ अपना परिचय देंगे... मगर हम ये इन्हें बताते चलें कि इस क्लास का एक रूल है कि नए स्टूडेंट को यहाँ एक बार गाना-गाना पड़ता है; तो चलिए एक गाना गाइए।'' सर बोले।

'गाना...' मैंने धीरे से बात को दोहराया।

''हाँ, और अपको गाना ही है, इससे आपका हेजिटेशन खत्म होगा।''

सभी की नजरें मुझपर टिकी थीं- और मेरी नजरें रिया को देख रही थीं। वह कभी-कभी अपनी नजरें उठाती और फिर कॉपी पर गड़ा देती। मेरे दिल की धड़कन बढ़ती जा रही थी। मैंने तो सोचा था कि ऐसा सिर्फ प्यार में होता है, मगर जब क्लास खचा-खच भरा रहे और गाना गाने को बोल दिया जाए तो भी ऐसा होता है-इसका अनुभव मुझे आज हुआ।

''यदि पहले गाना गाना नहीं चाहते हैं, तो पहले अपना परिचय ही दे

दीजिए।'' सर बोले। मैंने एक गहरी साँस ली, फिर बोलना शुरू किया,

''माई नेम इज रणवीर, माई फादर्स नेम इज...'' मैं रुका। सर फिर बोले,

''देखिए अपने-पापा का नाम भूल गए।'' सभी विद्यार्थी हँसने लगे।

''अरे! हँसिए मत! हाँ आप फिर बोलिए,'' सर शांत करवाते हुए बोले। जैसे - तैसे मैंने अपना परिचय दिया, जिसमें मुझे शर्मिंदगी का सामना करना पड़ा। यदि मैं रूम में थोड़ी बहुत तैयारी कर लेता तो इससे कहीं बेहतर बोल पाता। मुझे सुनकर कुछ हाई-फाई क्लास की लड़कियाँ खुद में फुसफुसा रही थीं। पहली लड़की- लगता है देहात से आया है। दूसरी लड़की-गँवार है और क्या? वह ऐसे बोल रही थीं, जैसे खुद ऑस्ट्रेलिया से आई हों। उन्हें यह याद नहीं था कि वह भी सीखने ही आई थीं।

''चलिए अब गाना गाइए, इसी से आपका हेजिटेशन कम होगा।'' सर ने याद दिलाया। रिया ने मेरी ओर देखा और अपनी भवें ऊपर की ओर तानती हुई इशारा की कि मैं गाऊँ। क्षण भर रुककर मैंने गाना शुरू किया,

''कैसे बताएँ कि तुझको चाहे यारा बता न पायें...'' तीन-चार लाइन गा कर मैं चुप हुआ। क्लास तालियों की गड़गड़ाहट से गूँज उठी। मुझमें आत्मविश्वास भर गया। रिया ने इशारा किया कि मैंने अच्छा गाया।

रात 10.30 बजे।

रात का खाना मैं घर से लाया था। खा-पीकर में बिछावन पर लेटा था और रिया से बातें हो रही थीं।

''वाह रणवीर! तुमने तो आज कमाल कर दिया; पता है, आज तुम सबसे अच्छा गाए।'' वह खुश होते हुए बोली।

''क्यों नहीं गाता, तुम जो मेरे सामने थी।''

''देखना तुम एक दिन रॉकस्टार बन जाओगे।''

''प्लीज अब ज्यादा मत फुलाओ और ये बताओ कि हम मिलेंगे कब? तुम बोली थी न कि हम एग्जैम के बाद मिलेंगे।''

''हाँ, मुझे याद है, मगर... हम कुछ दिनों के बाद मिलेंगे... तुम्हें पता है

न, क्लास के लिए कितनी तैयारियाँ करनी हैं?''

"नहीं... हम कल मिलेंगे।'' मैंने एक बच्चे की तरह कहा।

"ओह, क्यों बच्चे की तरह कर रहे हो; हम क्लास में तो एक-दूसरे को देखते ही हैं न। जब हम बिना देखे इतने दिन एक दूसरे से दूर रह सकते हैं तो, कुछ दिन और बिना मिले नहीं रह सकते क्या?'' वह मुझे समझाते हुए बोली।

"मगर कब तक?''

"जब तक हमारा होमवर्क कम न हो जाए। अभी पढ़ाई का लोड है, अगर अभी ठीक से पढेंगे तो सबके साथ आगे बढ़ेंगे, नहीं तो सब आगे निकल जाएँगे।''

उसकी बात में सच्चाई थी। मैंने खुद को तसल्ली दी कि हम मिलेंगे और फिर बोला,

"अच्छा ठीक है, चलो कुछ अपने बारे में बताओ कि इतने दिनों में तुमने क्या-क्या किया?'' बस एक यही सवाल है, जिसका जवाब देते-देते लगभग लड़कियाँ रात से दिन कर देती हैं। उसने बोलना शुरू किया,

"पहले तो मैंने तुम्हें मिस किया, बहुत ज्यादा मिस किया, फिर...'' फिर क्या, उसकी बातों का सिलसिला चलता रहा और मैं हामी भरता रहा।

* * *

मेरी आँख देर से खुली... कुछ ज्यादा ही देर से। सुबह के 10 बज चुके थे। लेट से जगने के दो कारण थे। पहला- सवेरे कोई क्लास नहीं थी और दूसरा-आप अंदाजा लगा सकते हैं; कल घर से आने में शाम हो गई थी और क्लास जाने की हड़बड़ी में मैं रूम का मुआयना ठीक से नहीं कर पाया था। मैं बिछावन पर लेटे देख रहा था कि रूम कितना अस्त-व्यस्त था। चारों कोने में मकड़ी की जालियाँ लग गयीं थीं; बची-खुची किताबें, जिन्हें मैं छोड़ता गया था, उनमें धूल जम गयी थी। मुझे संदीप की याद आ रही थी। उसका बिछावन मोड़ा धरा पड़ा था, उसके टेबल पर अखबार अब भी रखा था, जो उसने घर जाने से पहले खरीदा था और उसका फेवरेट साबुन सोपकेस में धूल से लिपटा पड़ा था।

अकेले कैसे होगा ये सब। काश! संदीप होता, रूम की सफाई में मेरी मदद करता।

मैंने अपना मोबाइल देखा।

“रिया के चार मिस्ड कॉल!” मैं चिल्लाया। तुरंत उठकर बैठा और उसे फोन किया।

“गुड मॉर्निंग रिया।”

“समय देख रहे हो कितना हो रहा है?” वह गुस्साते हुए बोली।

“हूम्म...”

“हूम्म क्या, जल्दी से फ्रेश हो।”

“वैसे भी आज बहुत काम है... पूरे रूम की सफाई करनी है, खाने-पीने का सामान लाना है, खाना बनाना है और क्लास भी जाना है।” मैं तेजी में बोला।

“ओके, तुम रूम ठीक-ठाक करो- हम क्लास में मिलेंगे; फिलहाल मैं आराम कर रही हूँ, मेरी तबियत कुछ ठीक नहीं लग रही है।”

“क्या हुआ?” मैंने पूछा

“कुछ खास नहीं, बस आराम करने का मन कर रहा है; तुम फ्रेश होकर रूम ठीक-ठीक करो।

रूम ठीक-ठाक करने में समय कैसे गुजरा, पता ही नहीं चला। मैंने फर्श धोए, सभी किताबों को साफ-सुथरा कर ठीक से रखा, मार्केट से कुछ सामान लाया और खाना गैस पर चढ़ा दिया। ये सब करने में मैं काफी थक गया था। मैं बिछावन पर लेट गया। कुछ देर बाद कुकर की अंतिम सीटी बजी। जल्दबाजी में मैंने खाने में भात - दाल चोखा बनाया था।

शाम 5 बजे।

मैं क्लास में था। रिया और शाम्भवी मुझसे आगे वाली सीट पर बैठी थीं। मैं वहीं बैठा था, जहाँ कल-सबसे पीछे। क्लास स्टार्ट हुई। सभी ने अपनी-अपनी बात रखनी शुरू की। मुद्दा कल वाला ही था। रिया की बारी आई। वह जैसे-तैसे बोलकर वापस अपनी सीट पर बैठ गई।

सभी लगभग किताबी एवं घिसी-पिटी बातें बोल रहे थे; मगर जब मेरी बारी आई तो मैंने कुछ अलग एवं प्रभावशाली वाक्यों का प्रयोग किया। कुछ

विद्यार्थियों ने ताली बजाकर मेरा समर्थन किया। मैंने मन ही मन इन्टरनेट को थैंक्स कहा, क्योंकि वे सारे वाक्य, जो मेरी स्पीच को प्रभावशाली बनाया-मैंने इन्टरनेट से नोट किए थे। दूसरे ही दिन सर मुझसे प्रभावित हो गए। उन्होंने मुझसे मेरा नाम फिर से पूछा और शायद याद करने लगे। मुझे काफी खुशी हुई। मेरी घंटेभर की मेहनत काम आई। क्लास आने से पहले मैंने तैयारी की थी, क्योंकि रिया ने मेरे साथ एक सपना देखा था-इंग्लिश में बोलने का सपना; तो इसे मैं कैसे टूटने दे सकता था।

आज रात का खाना मुझे अकेले ही बनाना पड़ा। मुझे संदीप की बहुत याद आई। जब हमदोनों मिलकर खाना बनाते थे, तो कितनी जल्दी बना लेते थे। उसके बिना रूम सूना-सूना लग रहा था। वह पटना जा चुका था, मगर उसका सारा सामान यहीं था। उसने कहा था कि जब वह वहाँ रूम कनफर्म ले लेगा, तब सारा सामान ले जाएगा।

देर से ही सही, मगर मैंने रोटी सब्जी बनाकर खाया। रात के 10.30 बज चुके थे। मुझे रिया से बात करनी थी। आज वह सुस्त क्यों थी। जब मैंने उसे फोन किया,

"रणवीर, अभी मैं तुमसे बात नहीं कर सकती, मेरी तबियत खराब लग रही है!"

"क्या हुआ, घर फोन की या नहीं?" मैंने चिंतित हो कर पूछा।

"हाँ, घर फोन कर दी हूँ; यदि कल तक ठीक नहीं हुई तो कल मुझे घर जाना पड़ सकता है।" उसकी तबियत सच में खराब थी। उसकी आवाज भारी हो गई थी और वह इस तरह बात कर रही थी, जैसे चाहती थी कि मैं कब फोन रख दूँ।

"जरा-सा शाम्भवी को फोन देना।" मैंने कहा।

'हैलो!' शाम्भवी बोली।

"इसे क्या हो गया अचानक? कल तक तो ठीक थी।" मैंने काफी उदास होकर पूछा।

"मुझे भी नहीं पता, अचानक ही आज से इसकी तबियत खराब लग रही है।" वह चिंता में बोली।

“अच्छा, आराम करने दो उसे, शायद सवेरे तक ठीक हो जाए।

“हाँ हाँ।”

उसने फोन रख दिया। मैं बिछावन पर लेट गया। मैं अब भी मोबाइल पकड़े हुए था और मेरे दिमाग में चल रहा था-

ऐसा मेरे साथ ही क्यों होता है? जब मैं घर पर था, तो रिया यहाँ थी, जब मैं आया, तो वह घर जाने के बारे में सोच रही है।

फिर मैंने खुद को तसल्ली दी, “नहीं, ऐसा नहीं होगा, वह रात भर में ठीक हो जाएगी। वह कल मुझे फोन करेगी और ठीक होने की खबर सुनाएगी।”

मैं अपने माथे को सहला रहा था और खुद से एक ही शब्द बोल रहा था, “वह ठीक हो जाएगी।” देर रात तक मेरी आँखें खुली रहीं और दिवाल घड़ी के सुई को देखती रहीं।

नौ

आज मेरी नींद, सुबह की किरणों ने नहीं, बल्कि रिया के फोन ने तोड़ी। जैसा मैंने सोचा था, वैसा ही हुआ। मेरे मोबाइल का स्क्रीन रिया के नाम से चमक रहा था। मेरे चेहरे पर बड़ी मुस्कान आ गई थी। मैंने सोचा कि अब वह मुझे ठीक होने की खबर देगी। मैंने उत्साहित होकर फोन उठाया,

“हैलो, मैं शाम्भवी बोल रही हूँ।” वह डरी हुई लग रही थी।

“हाँ, बोलो शाम्भवी, इतनी डरी हुई क्यों हो?” उसके इस बर्ताव से मैं भी डर गया। उसने मुझे जो बात बताई, उसके बाद मैं सिर्फ एक ही बात बोल सका,

‘क्या?’ मेरे दिल में कुछ अटका। मैं अपने बिछावन से कूद पड़ा।

‘सीरियस?’ मैंने पूछा।

“हाँ, उसके पापा आए हुए हैं उसे घर ले जाने के लिए; मैं रूम से बाहर हूँ।”

“पूरी बात बताओ, आखिर उसे क्या हुआ है?” मैं उसके ऊपर

चिल्लाया। मैं देख पा रहा था कि मेरे हाथ काँप रहे थे, मोबाइल से मेरी हाथ की पकड़ कमजोर हो रही थी और मैं बंद रूम में इधर-उधर भाग रहा था।

"मुझे नहीं पता रणवीर।"

"इस बात का क्या मतलब है कि तुम्हें पता नहीं!

"आ... आ... अचानक ही वह..."

वह मुझे कुछ बताने की हालत में नहीं थी और मैं उल्टा उसपर चिल्ला रहा था। मैं खुद को शांत करते हुए बोला,

"प्लीज... मुझे बताओ वह कैसी है? वह ठीक तो है न?"

खामोशी।

"प्लीज कुछ बोलो न..."

"रणवीर... समझने की कोशिश करो... मैं रिया के पास जा रही हूँ।"

"मैं भी वहाँ आ रहा हूँ।"

"नहीं, तुम मत आना, उसके पापा हैं यहाँ, बहुत गड़बड़ हो जाएगी।"

"लेकिन प्लीज तुम सारी खबर मुझे देते रहना।"

"ठीक है।"

रूम में मैं सदमे की हालत में था। सोच रहा था कि यह कोई बुरा ख्वाब तो नहीं... मैं नींद से जागूँगा तो पाऊँगा कि रिया तो ठीक है; लेकिन दुर्भाग्य से यह सच था। मुझे घुटन सी महसूस हो रही थी। मैं जितना संभव हो सके उतनी हवा साँसों में भरने की कोशिश कर रहा था। मैंने रूम की सभी खिड़कियाँ और दरवाजा खोल दिये, हॉस्टल के लड़कों से सम्पर्क करने की कोशिश करने लगा, मगर यह भयानक सदमा मुझे तोड़े जा रहा था। समझ में नहीं आ रहा था कि मैं क्या करूँ? तरह-तरह के डर मेरे दिमाग में भर गए थे। मैं अपने रूम के रेक के पास गया। अपने हाथ जोड़कर मैंने भगवान से कहा,

"नहीं! इन बुरे खयालों को सच मत होने दीजिए।" मैं उनके आगे काफी देर तक खड़ा रहा।

मैं खुद को आईने में देख रहा था। मैं डरा हुआ जर्द लग रहा था। मेरी दायीं पलक पर आँसू अटका हुआ था। उसे पोंछकर मैंने गहरी साँस ली और चेहरे पर झूठी मुस्कुराहट लाने की कोशिश की, जिसमें मैं असफल रहा। मैंने

आईने से कहा,

"वह ठीक हो जाएगी; वह कितनी प्यारी है, भगवान उसके प्रति इतने निर्दयी नहीं हो सकते।"

* * *

"शाम्भवी कुछ तो बताओ कि क्या हुआ...?"

"उसके पापा उसे डॉक्टर से दिखवाकर घर ले जायेंगे; उसका मोबाइल ऑफ रहेगा, फिर भी तुम फोन मत करना... हो सकता है मोबाइल उसके पापा के पास हो।"

"और कुछ बताओ, रिया ने कुछ कहा भी?"

"अंतिम बार उसने कहा कि तुम्हें अपनी क्लास नहीं छोड़नी है, तुम्हें सीखते रहना है।"

"ये अंतिम बार से तुम्हारा क्या मतलब है?" मैंने घबराकर पूछा।

"ओह! सॉरी, यानि डॉक्टर के पास जाने से पहले।"

"तुम क्यों नहीं गई?"

"मुझे नहीं जाने दिया गया। उसके पापा उसे वहीं से घर ले जाएँगे, शायद अब वे निकल भी गए होंगे।"

"लेकिन प्लीज, यदि उसके घर से बात हो तो मुझे जरूर बताना।"

"तुम टेंशन मत लो, वह ठीक हो जाएगी।"

शाम्भवी की बातों से मुझे उम्मीद की किरण नजर आई और मैं खुद को सँभाल पाने में सफल हो पाया।

दोपहर के 1 बजे।

मैंने अभी तक कुछ नहीं खाया था (जब आपकी प्रेमिका किसी मुसीबत में हो तो आपको भूख कैसे लग सकती है?)

संदीप का फोन आया।

"हैलो रणवीर..." वह खुशमिजाज स्वर में बोला।

"हाँ, बोलो..." मैंने उदासी भरे लफ़्ज़ों से कहा।

"आज मेरा छोटा भाई वहाँ गया है, रूम से सामान लेने; उसकी थोड़ी हेल्प कर देना, मैं परसों ही घर से पटना निकल रहा हूँ।"

मेरा मन कर रहा था कि उसे सब कुछ बता दूँ। मैंने खुद को बड़ी कठिनाई से रोके रखा था। मैं नहीं चाहता था कि वह मेरी वजह से परेशान हो।

"ओ... ठीक है; वैसे कितने बजे वह यहाँ पहुँच जाएगा?" मैं अपने आँसुओं को रोकते हुए बोला।

"बस एक घंटे में पहुँच जाएगा।"

2.30 बजे।

संदीप का छोटा भाई - प्रमोद, रूम पर आया। उसने पहले ही एक ऑटो रिजर्व कर लिया था, ताकि सारा सामान घर ले जा सके। मैंने उसे बिठाए रखा था। कुछ देर स्थिर बैठने के बाद वह बोला,

"भइया, मुझे भूख लग गई है।"

"अरे... खाना तो मैं खा चुका... तुम कुछ देर रुको, मैं तुम्हारे लिए कुछ बनाता हूँ।" मैंने बनावटी हँसी हँसते हुए कहा।

"नहीं नहीं, बनाने की कोई जरूरत नहीं है, मैं खाना घर से लाया हूँ।" उसे बैग से टिफिन निकालता देख, मेरी जान में जान आई।

"लीजिए, ये पराठे आप रख लीजिए रात के लिए और अभी मेरे साथ खाइए, मैं इतना नहीं खा पाऊँगा," उसने कुछ पराठे ढककर रख दिए और अपने लिए खाना निकाला, साथ में मुझे आमंत्रित करते हुए बोला।

"अभी तुरंत मैंने चावल खाया है, अब फिर ये..." मैंने ऐसा जताया कि मेरा पेट भरा हुआ है।

"एक-आध खाइए न।" उसने प्यार से आमंत्रित किया। हमदोनों खाने लगे। मैं सिर्फ उसका साथ दे रहा था।

हम दोनों मिलकर संदीप का सामान ऑटो पर रख रहे थे। जैसे-जैसे उसका सामान मेरे रूम से निकलता जा रहा था, वैसे-वैसे उसकी और भी याद आ रही थी।

"इसे सँभालकर, हाँ हाँ... भारी है ये। हाँ, इधर रखो।" ऑटो पर

सामान रखकर मैं भागा हुआ रूम के अन्दर आया। मेरी आँखों से आँसू टपकने वाले थे, मगर मैंने उन्हें रोका और फिर दूसरा सामान लेकर निकला।

"और कोई सामान छूट तो नहीं गया भैया?"

"नहीं नहीं, अब कुछ नहीं छूटा।" मैं संदीप के साबुन की तरफ देखते हुए बोला। वह अब भी रूम में पड़ा था। कितना लड़ता था वह इस साबुन के लिए। मैं जानबूझकर उसका साबुन प्रयोग करता था, ताकि वह चिढ़े-वह भी क्या दिन थे! अंदर ही अंदर मैं संदीप को रोकना चाहता था। एक तरफ रिया की वह हालत थी और दूसरी तरफ संदीप मुझे छोड़कर जा रहा था। मैं उसकी करियर में दखलअंदाजी भी नहीं दे सकता था। सबके अपने-अपने विचार होते हैं, सोच होती है और अपनी मंजिल तक पहुँचने का जरिया भी... इसलिए इस विषय में मैंने संदीप से एक बार भी बात नहीं की, कि वह यहीं रुक जाय।

"ठीक है भैया, अब चलता हूँ।" वह ऑटो में बैठते हुए बोला।

मैंने अपना सिर हिलाया और जाने की अनुमति दी। ऑटो वाले ने ऑटो बढ़ा दिया। जैसे-जैसे ऑटो मुझसे दूर जा रही थी, ऐसा लग रहा था जैसे मेरा दोस्त अपनी यादों को भी अपने साथ ले जा रहा हो।

मैं रूम में आ गया और फिर से बिछावन पर लेट गया। अब जैसे बिछावन ही मेरा साथी बन गया हो। मेरी नजर दिवाल घड़ी पर पड़ी, 4.50 बज चुके थे। यानि शाम्भवी क्लास के लिए निकल गई होगी। अब उसके आने के बाद ही उससे रिया की कोई खबर मिलेगी। मैंने मन में सोचा।

6.20 बजे।

शाम्भवी का फोन आया।

"तुम क्लास क्यों नहीं आए?" शाम्भवी भड़कते हुए बोली।

"ऐसे ही, मन नहीं कर रहा था और संदीप का भाई आया था उसका सामान लेने, उसी में देरी हो गई।" मैं सुस्ती से बोला। मैं अब भी बिछावन पर लेटा था।

"बस हो गया! इसी में बोलते हो कि मैं रिया की हर बात मानता हूँ। वह चाहती है कि तुम पढ़ाई करो और तुम..." वह पहले से ज्यादा भड़की; शायद अपनी रूममेट को तकलीफ में पा कर परेशान थी।

“प्लीज,एक बार मुझे उससे बात करवा दो, मुझे उसकी आवाज सुननी है; वह कैसी है? प्लीज एक बार...” मैंने उससे मिन्नत की। शायद उसे मुझ पर दया आई, वह बोली,

“ठीक है, मैं उसकी मम्मी को फोन करके कॉन्फ्रेंस करती हूँ, तुम चुप-चाप रहना।”

उसने मेरी कॉल होल्ड पर डाली। तुरंत ही कॉन्फ्रेंस एक्टिव हुआ।

“हैलो आंटी, प्रणाम!” शाम्भवी बोली। मैंने भी मन ही मन उन्हें प्रणाम किया।

“खुश रहो बेटी।”

“रिया कैसी है? और उसे अचानक क्या हुआ?”

“बाहर का खाना खाती होगी, इसलिए इसे पीलिया रोग (जोंडिस) हो गया है; अब थोड़ी ठीक है, मगर पूरा ठीक होने में कुछ समय लगेगा।”

“क्या मैं उससे बात कर सकती हूँ।”

“हाँ, कर सकती हो, मगर ज्यादा नहीं, डॉक्टर उसे आराम करने को बोले हैं।” बोलते हुए वह रिया के पास गईं और उसे मोबाइल दे दीं।

“हैलो शाम्भवी!” वह धीरे से बोली।

उसकी आवाज सुनते ही मेरे शरीर में नई जान आ गई। मैं उठकर बैठ गया।

“रणवीर लाइन पर है, बात करो।”

“क्या रणवीर...?”

“जोर से मत बोलो; कर ली न अपनी तबियत खराब।” मैंने इस तरह कहा, जैसे उससे नाराज होऊँ।

“मैंने जानबूझकर थोड़ी न किया।” वह एक बच्चे की तरह बोली।

“हम्म... अब कैसा फील कर रही हो?”

“तुम भी न एकदम न्यूज वाले की तरह सवाल करते हो।” वह मुस्कुराते हुए बोली। उसकी मुस्कुराहट ने मुझे तसल्ली दी, सब कुछ ठीक था। मैंने भगवान का शुक्रिया अदा किया कि उन्होंने मेरी प्रार्थना सुन ली। रिया मुझसे

बात कर रही थी, मुस्कुरा रही थी, शायद वह जल्दी ठीक हो जाएगी। वह फिर बोली,

"एक दो इन्जेक्शन पड़ा, फिर सब ठीक हो गया। मैं जल्दी ठीक होकर तुम्हारे पास आ जाऊँगी।"

"और मैं तुम्हारे लिए एक गिफ्ट रखूँगा।" मैंने जोड़ा।

"लेकिन मुझे अपनी पसंद का गिफ्ट चाहिए।" वह एक बच्चे की तरह बोली।

"क्या गिफ्ट चाहिए...?"

"यही कि जब मैं वहाँ आऊँ, तुम ठीक-ठीक इंग्लिश बोलने लायक हो जाओ; यदि मेरे आने में देरी हो तो तुम एक अच्छे स्पीकर की गिनती में आओ यदि मेरे..."

"तुम जल्दी ठीक हो जाओगी।" मैंने उसे रोका। वह चुप हो गई। मैंने बोलना शुरू किया,

"मैं तुमसे वादा करता हूँ कि मैं एक अच्छा स्पीकर बनकर दिखाऊँगा या यूँ कहूँ कि तुम्हारे लिए ही बनूँगा।"

"हम्म... ये हुई न बात!"

"रिया... बात हो गई?" उसकी माँ बोलते हुए आ रही थीं।

"ठीक है रिया, अपना खयाल रखना और जल्दी ठीक होकर यहाँ आओ-मैं तुम्हारा इन्तजार कर रहा हूँ।"

"ठीक है बाय और हाँ, आई लव यू।"

"आई लव यू...टू"

"अहम, अहम," शाम्भवी खाँसी।

हम सब हँसने लगे। ये सब बहुत जल्दी में हुआ। उससे बात करके मुझे सुकून मिला।

रात का खाना-मैंने प्रमोद के लाए पराठे खाए। मेरे चेहरे पर फिर से मुस्कान आ गई। आज रात मैंने संकल्प लिया कि मुझे एक अच्छा स्पीकर बनना है।

* * *

"अरे! धीरे बोलो..." रिया धीरे से बोली।

"हाँ... अब बोलो..." मैंने भी आवाज दबाते हुए कहा,

"हैप्पी बर्थडे..."

"थैंक यू रिया, मुझे यकीन नहीं हो रहा तुमने फोन किया है!"

काफी दिनों के बाद मैंने उसकी आवाज सुनी। इतना अच्छा लग रहा था जिसका कोई वर्णन नहीं। मैंने फिर पूछा, "तुम कब आ रही हो? अब तो तुम ठीक हो गई हो न!" मैंने उसे अहसास दिलाया, ताकि वह अच्छा फील करे।

"हाँ, बहुत हद तक ठीक हो गई हूँ, हो सकता है लास्ट सितम्बर तक आ जाऊँ।"

उसके आने की खबर ने मुझमें शक्ति भर दी। मैं कल्पना करने लगा कि वह मेरी कामयाबी को देखकर मेरे गले से लिपटी है।

"पता है, मैं अभी भी अकेला रह रहा हूँ, जरा भी मन नहीं लग रहा है।" मैं उदास स्वर में बोला।

"हाँ हाँ, मैं जल्दी आ जाऊँगी, अब मुझे फोन रखना होगा, मॉम नहाकर आ रही हैं।" वह तेजी में बोलकर फोन रख दी।

उससे बात करके मेरी खुशी का ठिकाना न रहा। मैं बेतुका नाच नाचने लगा (मुझे इतना ही आता है तो मैं और क्या करता)!

3 सितम्बर दोपहर 2 बजे।

कल रात से अभी तक मैं रिया को कई बार फोन कर चुका था। उसका नम्बर ऑफ था और मेरा मूड भी। मेरे पास उसकी माँ का नम्बर भी नहीं था, वरना मैं उन्हें ही फोन कर देता। शाम्भवी का कोई अता-पता नहीं था। उसने भी अपना नम्बर ऑफ रखा था।

4.25 बजे।

मैं क्लास के सामने खड़ा था, शाम्भवी को बार-बार फोन किए जा रहा

था। आज कुछ देर पहले ही मैं यहाँ आ गया था, इस खयाल से कि शाम्भवी से बात कर पाऊँ।

“ओह! अब तक ऑफ है।” मैं बड़बड़ाया।

4.50 बजे।

“रणवीर, अब तक बाहर हो! चलो अन्दर चलते हैं।” एक लड़का मुझे टोकते हुए बोला।

“तुम अंदर जाओ, मैं कुछ देर बाद आता हूँ।” मैं सड़क की ओर देखकर बोला।

लगभग सभी विद्यार्थी आ चुके थे, मगर शाम्भवी अब तक नहीं आई थी।

“रणवीर जी... चलिए क्लास आ जाइए!” सर मुझे बुलाते हुए बोले। मैं मुँह लटकाए क्लास की तरफ बढ़ा और सोचने लगा,

शाम्भवी का फोन ऑफ क्यों है?

वह क्लास क्यों नहीं आई? जबकि वह जल्दी क्लास नहीं छोड़ती है।

क्या उसकी भी तबियत खराब हो गई और वह भी घर चली गई?

नहीं नहीं, ऐसा नहीं हो सकता।

* * *

“तुझे ना देखूँ तो चैन... मुझे आ... ता... नहीं... है, एक तेरे सिवा... कोई और... मुझे भा... ता... नहीं है...” रात के 10.30 बज चुके थे। मैं मोबाइल में रिया की फोटो देख कर गीत गुन-गुना रहा था, ताकि मेरा तनाव कम हो सके। मुझे यकीन था वह फोन जरूर करेगी। मैं एक पर एक गाने गाता गया। ग्यारह बज गये। मेरे सामने से रिया की फोटो हट गयी और उसका नम्बर चमकने लगा।

“हैलो रिया...!” मैं जोर से चिल्लाया, फिर खुद को रोक लिया, ताकि वह मुझे धीरे बोलने की हिदायत न दे।

‘हाँ’ वह बोल्ड आवाज में बोली।

मेरे दिमाग में कुछ खटका। अचानक कई सारे प्रश्न; मगर मैं उन्हें एक तरफ रखकर बोला,

“हैप्पी बर्थडे रिया...” शायद वह फोन रख देती इस डर से।

“थैंक यू, थैंक यू वेरीमच।” वह फिर बोल्ड आवाज में बोली।

“कहीं तुम...”

“हाँ हाँ मैं भागलपुर में हूँ।” वह मुझे रोक कर बोली। यह सुनते ही मेरे चेहरे पर मुस्कुराहट फैल गई, मगर अन्दर ही-अन्दर मैंने कुछ सोचा-

रिया यहाँ आ चुकी है? जाहिर सी बात है, वह इतनी रात में तो नहीं आई होगी, फिर उसने मुझे फोन क्यों नहीं किया?

आखिर मैं खुद को रोक नहीं पाया और पूछा,

“कितने बजे आई तुम?

“सवेरे ही।” वह एकदम से बोली।

“तो फिर तुमने फोन क्यों नहीं किया? मैं कल रात से तुम्हें और शाम्भवी को फोन कर रहा हूँ।” मैं उसकी इस लापरवाही पर बिगड़ा। उसने बड़ी मासूमियत से जवाब दिया,

“अरे पता है... जब मैं घर से चली, मेरे मोबाइल की बैटरी लो थी, मैंने सोचा कि यहाँ चार्ज कर लूँगी, मगर जब यहाँ आई तो पता चला सुबह से ही लाइट खराब है। हमलोग नहाये भी नहीं, इसलिए क्लास नहीं जा पाए; अभी लाइट ठीक हुई है।”

उसकी परेशानी सुनकर मेरा मन शांत हुआ कि कोई और बात नहीं थी। कभी-कभी आप सोचते कुछ और हैं और होता कुछ और ही है।

“ओह, सॉरी, मैं ख्वामख्वाह तुम पर चिल्लाया।” मैं उदास होकर बोला।

“कोई बात नहीं, कभी-कभी हो जाता है।” वह मुस्कुराते हुए बोली।

“मैं एक शेर अर्ज करूँ?” मैं मजाकिया मूड में बोला

“हाँ, पेश किया जाए।”

“जन्मदिन तो हर साल आता है, हर साल जाता है...”

“हे... ये कैसी शायरी है?” उसने टोका।

“ओह! पहले सुन तो लो।”

“हम्म...”

“जन्मदिन हर साल आता है, हर साल जाता है, मिले वो तुम्हें सारी खुशियाँ, जो तुम्हारा दिल चाहता है।”

“वाह-वाह... वाह-वाह... और मेरा दिल यही चाहता है कि तुम मुझे सोने दो।” वह प्यार से बोली।

“नहीं... इतने दिनों के बाद तुम आई हो, आज तुम्हारा जन्मदिन है और मैं कुछ खास नहीं कर पाया- प्लीज बात ही करके इस दिन को खास बनाते हैं न।” मैं एक बच्चे की तरह बोला।

“प्लीज समझो, डॉक्टर ने मुझे ज्यादा परेशानी उठाने के लिए नहीं कहा है; मुझे टाइम पर सोना होगा, ताकि फिर से मेरी तबियत खराब न हो।” उसने मुझे समझाया।

“ठीक है, लेकिन हम कल बहुत सारी बातें करेंगे।”

“हम्म...” बोलकर उसने फोन रखा।

कुछ वक्त तक मैंने बहुत अच्छा महसूस किया (आखिर वह अपने बताए समय से बहुत पहले आ गई थी।) मगर फिर से वही खयाल मेरे दिमाग में तैरने लगे-

उसकी आवाज लड़खड़ाई थी, जब वह बोली ‘सवेरे ही’ ऐसा लग रहा था जैसे वह कहना नहीं चाहती थी, फिर भी उसके मुँह से निकल गया। एक बात और... माना कि लाइट खराब थी, मगर उसे ग्यारह बजे रात में ठीक करवाया गया। इतने बड़े हॉस्टल में इतनी देर लाइट खराब रहना...हाँ मुझे याद है, जब मैं उसके होस्टल की गली में था तो मैंने देखा था कि एक जरनेटर पड़ा हुआ था, जो शायद विषम परिस्थिति पर हॉस्टल के लिए चलाया जाता हो। कोई बात जरूर है जो वह मुझसे छिपा रही है।

मुझसे रहा नहीं गया और मैंने उसे फोन किया,

“आपकी कॉल प्रतीक्षा में रखी गई है।” यह सुनते ही मैंने बिछावन पर एक मुक्का मारा। वह किसी और से बात कर रही थी।

“क्यूँ रिया?” मैं बुदबुदाया। हर बार की तरह मेरे दिल और दिमाग के बीच लड़ाई शुरू हो गई।

दिमाग- होना क्या है, उसे कोई और मिल गया है।

दिल- शांत हो जाओ; हो सकता है वह अपनी किसी सहेली से बात कर रही हो।

दिमाग- इतनी रात को कौन अपनी सहेली से बात करेगी?

दिल- आखिर वह इतने दिनों के बाद आई है, किसी से कर रही होगी।

दिमाग- तो वह तुमसे बोल भी तो सकती थी; तुम्हें फिर से फोन कर के पता करना चाहिए।

मैंने दिमाग की बात मानी और रिया को फिर से फोन किया। मेरी कॉल फिर से प्रतीक्षा में गई। मेरा खून खौला जा रहा था। मैं पाँच-पाँच मिनट रुक कर उसे फोन करने लगा। लगभग आधे घंटे बाद रिंग हुई।

“हैलो रणवीर !” वह घबराकर बोली।

“यह बताओ कि तुम किससे बात कर रही थी?” मैं गुस्से में चिल्लाया।

“तुम्हारा गुस्सा जायज है रणवीर, मगर मैं सोई थी; मेरा मोबाइल एक लड़की लेकर गयी थी, उसके मोबाइल की बैटरीलो हो गई थी-वही बात कर रही होगी... सच में।” वह घबराते हुए बोली।

मैं खामोश रहा। गहरी साँसें लेने लगा। वह फिर बोली,

“प्लीज... समझो... तुम जैसा सोच रहे हो वैसा कुछ नहीं है।” उसकी घबराहट बढ़ती जा रही थी। घबराहट का कारण साफ था कि मैं उसपे शक कर रहा था। शक इतना जहरीला होता है कि वह प्यार भरे लम्हों को एक क्षण में भुला सकता है। हमदोनों में मैं खामोश रहा और वह मुझे विश्वास दिलाती रही। आखिरकार मुझे उसकी बात माननी पड़ी। मैंने उसे ज्यादा परेशान नहीं किया। मैं नहीं चाहता था कि मेरे इस शक की वजह से उसकी तबियत खराब हो। उसे आराम की जरूरत थी। मैंने खुद को शांत करने की बड़ी कोशिश की। कोशिश की, कि मुझे नींद आ जाए।

* * *

मेरा शक अभी तक खत्म नहीं हुआ था। मन विचलित था। सुबह जगते

ही, मैंने रिया को फोन किया। थैंक गॉड, इस बार रिंग हुआ। मेरे दिमाग से शक के बादल छटे। इस सुबह ने रात की तकलीफों को कम किया।

"हैलो रणवीर, गुड मॉर्निंग!" वह अब भी नींद में थी।

"इतनी सुबह फोन किए हो...सोने दो न!" उसके इस भोलेपन ने मेरे बचे खुचे शक के दीमक का नाश कर दिया। मेरी नजर घड़ी पर पड़ी... 4.30 बजे थे। मुझे अच्छा नहीं लगा। देर रात तक मैंने उसे परेशान किया और फिर कर रहा था।

"ठीक है तुम सो जाओ, मैं फ़्रेश होता हूँ।" बोलकर मैं भी सो गया। इस बार नींद गहरी आई।

शाम 4.30 बजे।

"प्लीज रिया, तुम भी क्लास चलो न!"

"नहीं रणवीर, डॉक्टर ने मुझे परेशानी उठाने से मना किया है। पता है मैं लड़-झगड़कर यहाँ आई हूँ, मॉम मुझे आने नहीं दे रही थीं और दूसरी बात कि सारे स्टूडेंट आगे निकल गए होंगे, मुझे उनके बीच अच्छा नहीं लगेगा," वह निराश होकर बोली। मैं उसे क्लास चलने को बोल रहा था, ताकि उसे देख सकूँ। इसके पहले मैं उसे मिलने के लिए मना रहा था, जिसमें मैं असफल रहा। पहले वह मुझे स्पोकन करने के लिए मनाया करती थी, अब मैं उसे मना रहा था। मैं उसे सरप्राइज देना चाहता था... चाहता था कि क्लास में वह मेरा परफॉरमेंस देखे, जिसे मैंने अब तक छिपाए रखा था। मैंने फिर ज़िद करते हुए कहा,

"प्लीज...चलो न, तुम सिर्फ बैठी रहना।"

"नहीं नहीं, मैं नहीं जाऊँगी।"

वह न जाने के लिए डटी रही। क्लास का समय होता जा रहा था। मैं क्लास छोड़ नहीं सकता था, इसलिए मुझे अकेले ही क्लास के लिए निकलना पड़ा।

5 सितम्बर, 4.30 बजे।

"कम से कम आज तो चलो, सर को अच्छा लगेगा,

"नहीं रणवीर, मेरी तरफ से तुम ही सर को-हेप्पी टिचर्स डे बोल देना।"

न ही वह मुझसे मिल रही थी और न ही क्लास जाने का नाम ले रही थी। मैं उसकी एक नजर के लिए तरस गया था। पता नहीं उसे क्या हो गया था, जब से आई थी बस-नहीं, नहीं, नहीं,... जैसे नहीं, उसका फेवरेट शब्द हो।

कभी-कभी वह अपना मोबाइल भी ऑफ कर लेती थी, यह जताने के लिए कि वह किसी और से बात नहीं कर रही।

आज भी मुझे अकेले ही क्लास जाना पड़ा। वहाँ जाकर मैं मगन हो गया। वहाँ कोई गाना-बजाना नहीं हो रहा था, बल्कि बाहर से आए सर के द्वारा हमें मोटिवेशनल स्पीच सुनाया जाने वाला था। हमसब कुर्सी पर बैठे थे। हमारे आगे स्टेज पर सर लोग थे, जो स्पीच देने को तैयार थे। मैंने एक नजर लड़कियों की ओर दौड़ायी... उन्हें निहारने के लिए नहीं, बल्कि यह देखने कि शाम्भवी आई थी या नहीं। वह नहीं आई थी। इतने दिनों के बाद गप्पें हाँकने को जो मिला था।

मोटिवेशनल स्पीच का प्रोग्राम शुरू हआ। उनके विचारों ने हमारे अन्दर जोश भर दिया। उनके बोलने का अंदाज सच में जबरदस्त था। मैं सोच रहा था कि काश रिया भी यहाँ होती, तो उसे भी पढ़ाई करने की जोश जग जाती। रात के 8.30 बजे जाकर यह प्रोग्राम समाप्त हुआ। सभी ने जोश के साथ अंतिम बार ताली बजाई और धीरे-धीरे सब जाने लगे। क्लास आने से पहले ही मैंने रात का खाना बना लिया था। मुझे पता था आज देरी हो जाएगी। मैं भी अपने रूम के लिए निकल पड़ा।

मैं बिछावन पर बैठा हुआ था। सोच रहा था कि रिया को आज का मोटिवेशनल स्पीच मैं ही सुना दूँ। मैंने उसे फोन किया, मेरी कॉल वेटिंग में गयी। मैंने सोचा शायद वह घर से बात कर रही होगी, इसलिए मैं उसके फोन आने का इन्तजार करने लगा। आधे घंटे के इन्तजार के बाद मुझे रहा नहीं गया और मैंने फिर फोन किया, मेरी कॉल फिर से वेटिंग में गयी। इस बार मुझे गुस्सा आया। जब से वह आई थी, उसका बर्ताव बदला-बदला सा हो गया था। क्लास न जाना, न ही मुझसे मिलने की इच्छा होना और न ही ठीक से बात करना। एक लंबे समय अंतराल तक एक दूसरे से दूर रहकर फिर पास आने के

बाद एक प्रेमी के साथ ऐसा नहीं होता है, बल्कि एक-दूसरे को देखने की ललक बढ़ जाती है, मिलने को जी बेचैन हो जाता है; बातें इतनी होती हैं कि खत्म होने का नाम ही नहीं लेतीं। लगभग पन्द्रह मिनट बाद उसने मुझे फोन किया। मैं पूछने ही वाला था कि वह कहाँ व्यस्त थी, कि उससे पहले ही वह झल्ला उठी,

"जब मैं बात कर रही थी, तो उतनी देर लगातार कॉल पर क्यों बने थे?"

मैं सुन्न हो गया, यह सोचकर कि यह वही रिया है जो मुझसे प्यार से बात किया करती थी।

"रिया, इतना चिल्लाने की क्या जरूरत है? मैं तो सिर्फ यह जानना चाहता था कि तुम किससे बात कर रही थी?" मैंने शांति से कहा।

"अब कोई किसी से बात भी नहीं कर सकता है क्या? मेरी सहेली ने एक नया सिम लिया था, उसमें फ्री का बैलेंस था-इसलिए वह बात को लंबा करती जा रही थी।" वह मुझ पर बिगड़ते हुए बोली।

"जब मैं फोन कर रहा था तो फिर उठाई क्यों नहीं? जब उससे कोई जरूरी बात नहीं हो रही थी।"

"तुम्हारा फोन उठा लेती तो कौन सी जरूरी बात होने लगती? तुम भी तो फिजूल की ही बातें करते न!"

हमारी वार्तालाप अब झगड़े में तबदील हो रही थी।

"अब तुम्हें मेरी बात फिजूल लगने लगी है?"

"तुम नहीं समझते हो न; हम पढ़ाई वाली बात कर रहे थे।" बोल कर न-जाने क्यों उसकी रंगत बदल गई। वह हँसने लगी, जैसे मुझे नीचा दिखाने की कोशिश कर रही हो।

"ठीक है, कोई बात नहीं; अब मैं खाना निकाल रहा हूँ, तुम भी निकालो।" बोलकर मैं थाली में खाना निकालने लगा। हम अक्सर ऐसा करते थे।

"मैं थोड़ा घर पर बात कर लेती हूँ।"

"पहले तो इतनी रात में बात नहीं करती थी।"

“अब तुम मुझे बताओगे कि कब मुझे बात करनी चाहिए और कब नहीं।” वह फिर हँसने लगी। उसकी यह हँसी मुझे शर्मिन्दगी महसूस करवा रही थी। वह हँस रही थी और मेरा दिल अन्दर ही अन्दर रो रहा था, यह सोच कर कि वह ऐसा बर्ताव क्यों कर रही है?

अचानक उसने फोन काट दिया। मेरी खाने की इच्छा खत्म हो गई, फिर भी मैंने कोशिश की। एक-दो कौर खाने के बाद निवाला गले से नहीं उतरने लगा-मजबूरन मुझे खाना छोड़ना पड़ा।

कुछ देर बाद मैंने फिर से रिया को फोन किया। वह अब भी व्यस्त थी। मेरा गुस्सा सातवें आसमान पर था। ऐसा लग रहा था कि मेरी नसें फट जाएँगी और रक्त के फुहारे फेंकने लगेंगी। मन कर रहा था मोबाइल को जोर से दिवाल पर पटक दूँ, मगर मैं खुद को सँभालता रहा। मैं अब भी फर्श पर बैठा था।

“आपकी कॉल प्रतीक्षा में रखी गई है।” इस वाक्य से मुझे नफरत सी होने लगी थी। जब-जब इसे सुनता, तुरंत फोन काट देता। मैं उसे लगातार फोन कर रहा था, मगरवह जवाब नहीं दे रही थी।

“प्लीज रिया फोन उठाओ-फोन उठाओ!” मैं बोले जा रहा था। मुझे घुटन सी महसूस हो रही थी। मैं रिया को बस दिल से आवाज दे रहा था,

“प्लीज रिया फोन उठाओ...!” इस वक्त मैं बहुत कुछ सोच रहा था।

अब उसका कोई बहाना नहीं चलेगा; इस बार उसे साफ करना होगा कि बात क्या है। बहुत सुन चुका उसकी। मैं उसका जितना सम्मान करता हूँ, वह उतना ही सिर पर चढ़ती जा रही है। आज-कल उसके बात करने का तरीका और मेरा फोन न उठाना, इस बात को स्पष्ट करता है कि उसके जीवन में कोई और आ गया है, जिसे वह मुझसे ज्यादा अहमियत देने लगी है। यदि ऐसा है भी तो वह बोल क्यों नहीं देती... नहीं नहीं अब पानी नाक से ऊपर चढ़ता जा रहा है।

मैंने अपने दोस्तों से सुना था कि जब किसी लड़की को पहला छोड़कर फिर किसी दूसरे लड़के से प्यार हो जाता है तो वह यह बात पहले छिपाती है और फिर धीरे-धीरे उसे अपनी जिंदगी से निकाल देती है। मैं भी खुद को उससे दूर होता महसूस कर रहा था (यह प्यार नहीं बस बातें हैं)।

12.30 बजे

किसी तरह मैंने अपने आँसुओं को रोक रखा था, मगर वह एकाएक टपकने शुरू हो गए। जितनी बार मेरी कॉल वेटिंग में जा रही थी, उतनी बार आँसुओं की बूँदे टपकती जा रही थीं। धुँधली आँखों से मैं रिया का नम्बर डायल करता जा रहा था, मगर उसे मेरी कोई परवाह नहीं थी। उसने एक बार भी नहीं सोचा कि मुझपर क्या बीत रही होगी? मैं खुद को बहुत मजबूत समझता था, मगर आज सबसे कमजोर महसूस कर रहा था। मैं खुद से पूछ रहा था, कि आखिर मेरे प्यार में क्या कमी रह गई? मैंने कितना इन्तजार किया उसके ठीक होने का... मैंने ठीक-ठाक इंग्लिश बोलनी भी सीख ली, ताकि वह खुश हो, मगरवह तो....

मेरे आँसू रुकने का नाम ही नहीं ले रहे थे। मैं समझ गया कि उसने मुझे अपनी जिन्दगी से निकाल फेंका है, जब उसने अपना मोबाइल ऑफ कर लिया।

सवेरे, 6 बजे।

मैंने खुद को फर्श पर पाया। मेरा मोबाइल मुझसे दूर छिटका हुआ था। मेरी कोहनी और गाल में सब्जी लगी हुई था और मेरा सिर भारी लग रहा था। रात का बचा खाना, जो मेरे बगल में था, मैं उसी पर सो गया था और सब्जी को अपने शरीर पर लेप लिया था। उसी अवस्था में मैंने जैसे-तैसे मोबाइल हाथ में लिया और रिया को फोन किया। रिंग हुआ, यानि सवेरे भी उसने बात की थी, इसलिए तो उसका मोबाइल ऑन था।

'हैलो!' वह आधी नींद में थी।

''प्लीज, तुम बता दो कि तुम किस लड़के से बात कर रही थी!'' मैं ऐसे बोला, जैसे उससे भीख माँग रहा होऊँ।

खामोशी।

''देखो, यदि तुम अभी बता दोगी तो मैं तुम दोनों के बीच से हट जाऊँगा।'' मैं फिर बोला। शायद वह मेरी भावनाओं को समझ नहीं पा रही थी।

''ऐसा कुछ नहीं है।'' बोलकर वह मुस्कुराई।

मैं खुद ही अपना मजाक उड़वा रहा था। बात साफ थी, उसे कोई और मिल गया था-नहीं तो वह बिना बोले ही मेरी भावनाओं को समझ जाती थी। मैं एक बार फिर भीख माँगते हुए बोला, "बस मुझे यह बता दो कि यह बात सही है या नहीं?"

"मुझे नहीं पता।" झल्लाते हुए बोलकर उसने मोबाइल ऑफ कर दिया। मैं फिर से फर्श पर लेट गया। खुद को अधमरा महसूस करने लगा।

4.30 बजे।

मैंने खुद को बाहर से क्लास जाने के लिए तैयार कर लिया था। मैं अब तक भूखा था। उसी अवस्था में मैं क्लास के लिए निकल पड़ा।

मैं पागलों की तरह रिया की प्रोफाइल फोटो क्लास के लड़कों को दिखा कर पूछने लगा कि क्या वे इसे जानते थे? या इसके बारे में कुछ भी... शायद इससे मुझे कुछ मदद मिल जाती। मुझे क्लास के कुछ लड़कों पर भी शक था।

रिया से कुछ लड़के नहीं, बल्कि मेरे सारे साथी परिचित थे-फेसबुक के जरिए।

"अरे, यह लड़की..." एक लड़के ने कहा।

"हाँ, हाँ, इसका तो फ्रेंड रिक्वेस्ट आया था।" दूसरे ने कहा। एकाएक सभी की प्रतिक्रियाओं से मुझे लगा कि पहले मुझे रिया की फ्रेंड लिस्ट चेक करना चाहिए था।

"ये देखो उसके और मेरे बीच हुए चैट।" उस लड़के ने अपना मैसेंजर खोलकर मुझे दिखाया। मेरी नजर रिया के किए मैसेज पर पड़ी,

"आज तो तुम बहुत हेंडसम लग रहे थे।

आई मिस यू...

तुम मुझे बहुत अच्छे लगते हो।"

यहाँ तक कि वह किस हॉस्टल में रहती थी, कब मार्केट जाती थी, यह सारी बातें भी हुई थीं। फिर दूसरे लड़के ने अपना मोबाइल मेरी ओर बढ़ाया। मेरी नजर एक मैसेज पर पड़ी, "कोई बात नहीं, मैं तुम्हारा खयाल रखूँगी।"

इससे ज्यादा पढ़ने की हिम्मत मुझमें नहीं थी। यह सब उस वक्त का चैट

था, जब रिया, रिजल्ट निकलने से पहले भागलपुर आयी थी। सभी लड़कों ने उसकी बुराई की (क्योंकि उन्हें मेरे और रिया के बारे में कुछ पता नहीं था)। मगर वह लड़का मेरे साथियों में से कोई नहीं था, जिससे रिया बात करती थी।

क्लास से लौटते वक्त मेरे दिमाग में काफी सारे खयाल तैर रहे थे। मैं सोचता था कि रिया फेसबुक पर किसी से ज्यादा चैट नहीं करती होगी, मगर वह हमेशा यही करती थी-मैंने कभी ध्यान ही नहीं दिया।

मैंने भी एक महीने के लिए इन्टरनेट डलवा लिया।

शाम 5.30 बजे।

मैंने चेंज भी नहीं किया था। सबसे पहले मैंने फेसबुक पर रिया को एक मैसेज भेजा,

"मुझे आज पता चला कि तुम क्लास के लड़कों से चैट करती हो और वो भी जो-सो। क्यों करती हो रिया ऐसा? पता है वो लोग तुम्हारा मैसेज सबको दिखाते हैं, तुम पर कॉमेंट करते हैं।"

कुछ देर बाद उसका रिप्लाइ आया,

"तुम्हें उससे क्या? मैं जिससे चाहूँ चैट करूँ, तुम मेरे मालिक तो नहीं हो।"

यह पढ़कर अचानक से मेरे सिर में दर्द होना शुरू हो गया। बार-बार उसे समझाना और अपना मजाक खुद ही उड़वाना, इस सबसे मैं तंग आ चुका था। उसमें अचानक इतना बदलाव मैं सहन नहीं कर पा रहा था। सुना था गिरगिट रंग बदलते हैं; मगर कुछ इंसान उन्हें काफी पीछे छोड़ देते हैं।

ग्यारह

अब रिया मेरे फोन का जवाब देना बंद कर दी थी। ज्यादातर उसका नम्बर ऑफ ही रहता था, जिसका सीधा मतलब था, उसने दूसरा नम्बर ले लिया था। मैंने एक बात और ध्यान दिया कि जब वह यह बोलकर फोन ऑफ कर देती थी कि अब वह किसी से बात नहीं करेगी, तब भी उसके पास दूसरा

सिम होगा।

मेरे रोज के दिनचर्या में एक चीज और जुड़ गयी थी, वह था रोना। मैं अचानक से ही रोने लगता। कभी अचानक ही भागकर सैंडिश कम्पाउण्ड की उस जगह पर जाकर बैठ जाता, जहाँ हम बैठे थे। कभी-कभी वहाँ पर पहले से ही प्रेमी जोड़े बैठे मिल जाते। मैं वापस मुँह लटकाए रूम आ जाता और रोने लगता। मेरा खान-पान काफी कम हो गया था। कभी मैं बगल वाले लड़के से माँगकर खा लेता, तो कभी भूखे पेट ही रह जाता।

"बताओ न यार... क्या बात है? क्यों इतने उदास रहते हो?" क्लास में मेरे बगल में बैठे एक लड़के ने पूछा, जिसने रिया का मैसेज दिखाया था।

"कुछ नहीं यार।" बोलकर मैं अपनी कॉपी देखने लगा, यह दिखाने के लिए कि मैं व्यस्त हूँ। मेरी उदासी ने मेरे चेहरे को मुरझा दिया था, जिससे यह स्पष्ठ पता चल रहा था कि मुझे कोई परेशानी थी। सभी एक दूसरे से यही पूछ रहे थे, "उसे क्या हुआ है?"

क्लास खत्म होते ही मेरे दोस्तों ने मुझे घेर लिया और मेरी उदासी का कारण पूछने लगे। उस वक्त मुझे ऐसा लग रहा था जैसे मैं रो दूँगा। हर एक बात बताने लग जाऊँगा कि मेरे साथ क्या-क्या हुआ है। मैंने खुद को सँभाल और बोला,

"जिस रिया की फोटो दिखाकर मैं तुम लोगों से उसके बारे में पूछ रहा था- मैं उससे प्यार करता हूँ।"

"मगर वह तुमसे नहीं करती।" एक लड़के ने तुरंत जोड़ा।

"नहीं, वह भी मुझसे प्यार करती थी, मगर लगता है अब उसे कोई और मिल गया है... और तो और, उसकी सहेली भी आज कल क्लास नहीं आ रही है।"

"तो क्या हुआ; हम दोस्त किस दिन काम आएँगे... हम उसके बारे में पता करते हैं कि वह किस लड़के से बात करती है... फिर हम उसे समझाएँगे, सब ठीक हो जाएगा।"

"तुम उसके बारे में हमें और कुछ बता दो।" दूसरे लड़के ने कहा।

“तब-तक मैं उसकी फोटो डाउनलोड कर लेता हूँ, इससे पहले कि वह चेंज करे।” तीसरा बोला। मैंने उन्हें बहुत कुछ बताया; यहाँ तक कि उसके पापा का नाम और उसके घर का पता; जहाँ तक मुझे पता था।

“ठीक है यार, जाओ खाओ-पियो और टेंशन मत लो, हम कुछ करते हैं।”

मैं बहुत दिन बाद मुस्कुराया और हल्की सी मुस्कुराहट के साथ विदा लिया। आज रात मैंने खाना बनाकर खाया। एक उम्मीद थी कि सब ठीक हो जाएगा।

आज भी मैंने कई बार रिया को फोन किया, मगर उसने अपना नम्बर ऑफ रखा था।

* * *

शनिवार और रविवार के दो दिन की छुट्टी के बाद सुबह दस बजे मैं उन दोस्तों के पास जा रहा था, जिनसे मैंने मदद माँगी थी। मुझे ऐसा लग रहा था कि कुछ अच्छा होने वाला था; मेरी परेशानी खत्म हाने वाली थी।

“आओ, आओ-बैठो।” रूम में बैठे लड़के एक साथ बोले।

मैं बिछावन पर बैठ गया। दूसरे बिछावन पर चार लड़के बैठे थे। एक को मैं नहीं पहचानता था। रूम में खामोशी छाई थी। ऐसा लग रहा था कि कब कोई मुझे रिया के बारे में बताना शुरू कर दे, मगर मैं कुछ भी पूछ नहीं रहा था, वरना वे समझते कि मैं सिर्फ अपने काम से मतलब रखता हूँ।

“चलो पहले खाना खाते हैं।” वह लड़का बोला, जिसे मैं नहीं पहचानता था।

“तुम लोग खाओ, मैं नहीं खाऊँगा।” मैंने कहा और बिछावन पर रखा पेपर (अखबार) पढ़ने लगा।

“हमें पता है कि तुम भूखे हो; इतनी जल्दी हमने तुम्हारे लिए ही खाना बनाया है, वरना हम लेट से बनाते हैं।” मेरे साथ पढ़ने वाला एक लड़का बोला।

हम सब खाना खाने लगे। मेरी उदासी के कारण खामोशी छायी रही। वह लड़का, जो हमारे साथ नहीं पढ़ता था, वह मुझे दया की भावना से देख रहा था, जिससे मेरी उदासी और बढ़ रही थी। खाना खाकर हम पुनः अपनी

जगह पर बैठ गए।

“खाना कैसा लगा रणवीर?”

“हम्म, अच्छा।” मैं सिर हिलाते हुए बोला।

मैंने देखा कि उसने उस लड़के को इशारा किया (जो हमारे साथ नहीं पढ़ता था।) कि वह मुझे बातए। फिर वह बोला,

“रणवीर, तुम उसे भूल जाओ, ये सब आज-कल होता ही रहता है; निराश हाने से कुछ नहीं होगा।”

“तुम कहना क्या चाहते हो?”

“वह लड़की ठीक नहीं दोस्त; मुझे पता है कि उसका नाम रिया है, मेरा घर उसके नजदीक ही है।”

“इससे क्या साबित होता है कि वह लड़की ठीक नहीं है।”

“मैंने उसे एक लड़के के साथ देखा था-हॉल में; वे मूवी देखने गए थे।” वह निराश होकर बोला।

“तुम्हें याद है किस दिन?” मैंने तुरंत पूछा।

“बेशक याद है; उस दिन मैं घर से आया था और अपने दोस्तों के साथ मूवी देखने गया था, दिन था...तीन सितम्बर।” वह बोलकर चुप हो गया।

मैं अंदर ही अंदर चीखने-चिल्लाने लगा।

तीन सितम्बर! हाँ तीन सितम्बर को उसका जन्मदिन था। वह मुझे बिना बताए यहाँ आयी थी, बैटरी लो और लाइट खराब हो जाने का बहाना सच में लाजवाब था... यहाँ तक कि शाम्भवी भी उसका साथ दे रही थी। उस दिन मुझे शक हुआ था, मगर उसने किस बेहतरीन तरीके से उसे सुलझाया था। यानि कि उस रात उसकी दोस्त नहीं, वह बात कर रही थी। उसने उस लड़के से पूरी रात बात की, जिसके साथ पूरा दिन गुजारा।

मेरे अन्दर कुछ होने लगा था; पता नहीं क्या? मैं सबके सामने रोना नहीं चाहता था, मगर मेरी आँखें धुँधली होने लगी थीं। मुझे वो सब याद आने लगा, जिस पर मुझे शक था। बड़े बेहतरीन तरीके से उसने सब झुठलाया था। यदि रिया अपने जन्मदिन के दिन उस लड़के के साथ थी, तो इसका मतलब था कि वह उसे और भी पहले से जानती थी। न जाने क्या-क्या और हुआ होगा

उन दोनों के बीच। मैं बिछावन पर से उठा। किसी से कुछ कहे बिना रूम से बाहर निकल गया। मेरी आँखों में ठहरे आँसू बहने लगे। मेरे कदम धीरे-धीरे आगे बढ़ने लगे और धड़कनें तेज होने लगीं। मेरे दिल और दिमाग के बीच कोई जंग नहीं छिड़ी... वे इस हालत में भी नहीं थे। मेरे शरीर का हर हिस्सा मंद पड़ गया था। गला सुखा जा रहा था, पैर काँप रहे थे, मगर आगे बढ़ रहे थे। मेरा मुँह थोड़ा सा खुल गया था,गर्दन बायीं ओर झुकी थी। सड़क पर काफी भीड़ थी, मगर मैं इस भीड़ में भी खुद को अकेला महसूस कर रहा था। मैंने अपने पॉकेट से मोबाइल निकाला (मेरा मुँह अब भी खुला था, गर्दन बायीं ओर झुकी थी, कदम धीरे-धीरे आगे बढ़ रहे थे।) और फेसबुक पर रिया को मैसेज भेजा,

"इतना सब कुछ हो गया, मगर तुमने एक दोस्त के नाते भी मुझे कुछ नहीं बताया। एक बार बताकर देखती, झुठलाने से कई गुना ज्यादा फायदा होता... वैसे मूवी कैसी थी...?"

आँसू का एक बूँद डिस्पले पर गिरा, मगर अफसोस, रिया सिर्फ मेरे मैसेज को पढ़ती, न कि इस आँसू को महसूस कर पाती।

रात के 9 बजे।

मैं अपने हॉस्टल की छत पर था। वहाँ मेरे सिवा और कोई नहीं था। किसी भी हालत में मुझे रिया से बात करनी थी, नहीं तो मुझे कुछ हो जाता। मैंने उसे फोन किया। पता नहीं उसके दिमाग में क्या चल रहा था? उसने अपना नम्बर ऑन कर लिया था... मेरी कॉल वेटिंग में थी। उसने मेरा फोन काटा और एक मैसेज भेजा,

"मैं निधि से बात करके तुरंत तुमसे बात करती हूँ।" शायद इसलिए कि मैं उसकी हरकतों के बारे में जान गया था। फिर भी वह, बात को शायद रफू करने की कोशिश में थी। मुझे उस पर गुस्सा आ रहा था। बात स्पष्ट थी, फिर भी वह बहाना बना रही थी।

"मुझे पता है, निधि तुम्हारे ही फ्लोर में रहती है, फिर उससे क्या बतिया रही हो? कोई और नाम सोच लो।" मैंने भेजा।

कुछ ही देर बाद रिया का फोन आया। पहले मैं बैठा था, फिर खड़ा हो

गया और फोन उठाया। रिया बोली,

"मैं निधि से बात..."

"चुप! एकदम चुप !" मैं उसे रोककर झल्ला उठा।

वह खामोश हो गई।

"मैं ही सबसे ज्यादा मूर्ख हूँ क्या? सीधे-सीधे यह क्यों नहीं बता देती कि तुम्हारा कोई ब्वॉयफ्रेंड है; मैं तो जान ही रहा हूँ, मगर तुम्हारे मुँह से सुनना चाहता हूँ।" मैंने छत पर चिल्लाना शुरू किया।

"प्लीज चिल्लाना बंद करो!" वह भी चिल्लाई

"आज तुम इस बात को साफ करोगी, नहीं तो देख लेना क्या होगा!!" मैं सच में पागलों की तरह करने लगा था। छत पर घूमते-घूमते मैं बाउन्डरीवाल पर चढ़ गया-बिना किसी सहारे के।

"हाँ, है।" वह बोलकर चुप हुई। शायद वह भी अब बात को झुठलाते-झुठलाते तंग आ गई थी।

"तुम उससे प्यार भी करती हो या सिर्फ दोस्त हो?" मैने प्यार शब्द का प्रयोग किया, यदि उचित शब्द का प्रयोग करता तो मेरे मुँह से गालीही निकलती।

'हाँ।'

"क्या! ये कैसा प्यार है? मेरे प्यार में क्या कमी थी? बोलो..."

वह चुप रही।

"बता क्यों नहीं रही थी मुझे ये सब? हमने तो एक-दूसरे से वादा किया था न कि हम एक-दूसरे से कुछ नहीं छुपाएगे; फिर क्यों...? क्यों किया ऐसा!"

"चुप रहोगे तुम।" वह ऐसे बोली, जैसा मेरा दर्द जरा भी महसूस नहीं कर रही थी।

"नहीं... पहले जवाब दो, नहीं तो मैं यहाँ से कूद जाऊँगा।"

"क्या! तुम छत पर हो? तब तो और नहीं बताऊँगी, पहले रूम जाओ।"

“नहीं... मैं नहीं जाऊँगा और तुम उसके साथ फिल्म देखने गयी थी!” मैंने बिगड़ते हुए बोला।

“नहीं! समझे न।”

“चुप! अब और झूठ मत बोलो।”

“प्लीज... तुम रूम जाओ, मैं सब बताती हूँ।” वह शांति से अच्छे ढंग से बोली। उसके इस अंदाज से मैं नीचे उतरा और अपने रूम के अंदर आया। वह लाइन पर बनी रही।

“मैं रूम के अन्दर आ गया।” मैंने भी शांति से कहा।

“दस बज गए हैं, पहले खाना खा लो।”

मैंने खाना नहीं बनाया था, फिर भी कुछ नहीं बोला। बर्तन को टकरा कर आवाज करवाने लगा, ताकि उसे लगे कि मैं खाना परोस रहा हूँ।

“मैंने खाना निकाल लिया है और खाने भी लगा हूँ, प्लीज तुम बताओ।”

“पहले खाओ, फिर बताती हूँ।” बोलकर उसने फोन काट दिया। मैंने तुरंत फोन लगाया। इस बार मेरी कॉल वेटिंग में नहीं गई, मुझे व्यस्त टोन प्राप्त हुआ-यानि वह दूसरे नम्बर से बात कर रही थी। अब मेरा फोन करना बेकार था। मैं आगबबूला हो रहा था। मेरी आँखों से आँसू टपक रहे थे। मैं बुदबुदा रहा था,

हे भगवान! मेरे साथ ये क्या हो रहा है; मैं जितनी बात ठीक करने की कोशिश करता हूँ, बात उतनी ही बिगड़ती जाती है, क्यों? मैंने रिया को एक मैसेज भेजा,

“इस तरह अकेला मत छोड़ो, वरना मैं जीकर भी मर जाऊँगा।”

मैंने लाइट ऑफ की, बिछावन पर लेट गया और रिप्लाइ का इन्तजार करने लगा। अगले ही पल उसका रिप्लाइ आया,

“क्यूँ परेशान कर रहे हो? अपना जियो और मुझे भी जीने दो।” इस मैसेज ने मुझे सुन्न कर दिया। पहली बार मैं उसे समझ नहीं पा रहा था, मगर एक चीज मेरे दिमाग में खटकी-जब वह नए नम्बर से बात कर रही थी, तो फिर उसने पुराने नम्बर से मैसेज कैसे किया? यानि उसके पास दो मोबाइल

थे। मुझे यकीन नहीं हो रहा था कि रिया हमारे प्यार को इस तरह से मजाक बना रही थी जैसे... जैसे का कोई उदाहरण भी नहीं मेरे पास।

रात के 11.30 बज गए। मेरा नम्बर उसने ब्लैकलिस्ट में डाल दिया था।

"यदि तुमने मुझसे बात नहीं किया तो मैं सीधे तुम्हारे हॉस्टल चला आऊँगा," मैंने फिर से मैसेज भेजा। लगभग 10-15 मिनट बाद उसने मुझे फोन किया। मेरे रिसीव करते ही वह बोली,

"ये सब क्या-क्या भेज रहे हो?"

"प्लीज, मुझे झगड़ा नहीं करना है, तुम सिर्फ बता दो।" मैं उदास हो कर बोला, क्योंकि मैं तंग हो गया था-इस सब से।

"वह मेरे फेसबुक फ्रेंड में है; उसका नाम रवि है और हम दोनों मिडिल स्कूल में साथ-साथ पढ़ते थे।"

"तुम्हारे साथ तो बहुत सारे लड़के पढ़ते होंगे, मगर वह..." उसने मुझे रोका और बोलने लगी, "हम दोनों फेसबुक पर चैट करते थे। एक दिन उसने अपना नम्बर दिया और बोला- प्लीज कॉल मी और मैंने कॉल कर दिया।" वह इस तरह बोली, जैसे मेरा मजाक उड़ा रही हो।

"कोई भी लड़का तुमसे चैट करेगा और अपना नम्बर देगा तो क्या तुम उसे फोन कर दोगी?" मैं झल्लाते हुए चीखा। ऐसा लग रहा था जैसे यदि वह मेरे सामने होती, मैं उस पर हाथ उठा देता।

"वह कोई भी की गिनती में नहीं आता है, मैं भी उससे बात करना चाहती थी, मगर हिम्मत नहीं जुटा पा रही थी; जब उसने कॉल करने कहा तो मैं इस मौके को कैसे गँवा देती।"

"सही कहा तुमने, तुम किसी से प्यार नहीं करती, बस मौके का इन्तजार करती हो और फिर अपना जाल फेंक देती हो, तुम प्यार कर ही नहीं सकती।" बोलकर मैंने अपने आँसू पोंछे। वह कुछ नहीं बोल पाई।

"वैसे कितने दिनों से चल रहा था ये सब?" मैं फिर बोला।

"एक महीने से।" उसने जवाब दिया।

"चुप रहो! तुम अपने बर्थडे पर उस लड़के के साथ फिल्म देखने गई

थी।'' मैं चिल्लाया।

'नहीं!' वह भी चिल्लाई।

''क्यों झूठ बोल रही हो, मेरे दोस्त ने तुम्हें देखा है।''

''हाँ, मैं गई थी... उसने मुझे एक मोबाइल भी गिफ्ट किया और मेरे पास दो-दो सिम भी है, मिल गई तसल्ली।'' उसने यह सब एकदम में बोल दिया और मैं सुन्न हो गया, खामोश पड़ गया। मैं कोई नया सिम लेता था, तो चालू होने से पहले ही उसे बता देता था। और भी ऐसी कई बातें, जो बतानी जरूरी भी नहीं थीं, वह भी मैं रिया को बताता था... मगर उसने यह सब छिपाकर मेरे साथ खेला। मैं उसके इस खेल को बरदाश्त नहीं कर पा रहा था। ऐसा लग रहा था जैसे मैं रूम में ही फाँसी लगा लूँ। मैंने फोन काट दिया और अपने सबसे अच्छे दोस्त, जो हर मुश्किल में मेरा साथ देता था, मुझे समझता था, उसे फोन किया। जी हाँ आपने सही समझा, वह संदीप था, जिसे मुझे बहुत पहले बता देना चाहिए था कि आज-कल मेरे साथ क्या-क्या हो रहा था। संदीप से बातें करते वक्त मैं एक बच्चे की तरह रो रहा था। जैसे-तैसे मैं उसे सारी बातें बता रहा था। कभी-कभी मैं कुछ भूल जाता और फिर रोने लगता। सब-कुछ जानने के बाद उसने आने का फैसला लिया। मैं उसकी भावनाओं को समझ रहा था मगर मैंने उसे आने से रोका और फिर रोने लगा।

बारह

अगले दिन मैं जगा, मगर मेरी उम्मीद मर चुकी थी। ऐसा लग रहा था जैसे मेरा दिल जगह पर न हो। मैं एक गहरे सदमें में था, जिससे मैं निकलना भी नहीं चाहता था। मैं एक जगह पर था, जहाँ काफी सारे लोग थे, मगर मैं उन सब से दूर था-अकेला। जाने से पहले इस दुनिया को जी भर कर देख लेना चाहता था; जिसने मुझे खुशी दी, बहुत खुशी दी... मगर अन्ततः मेरी जिंदगी को त्रासदी में बदल दिया। जहाँ पर मैं था, वहाँ से यह दुनिया काफी व्यस्त दिख रही थी, प्यार नाम की कोई चीज दिखाई नहीं दे रही थी, मगर यह वही दुनिया थी, जहाँ एक फैशनेबल प्यार का जन्म हुआ था। इस दुनिया में दिल लगाना और फिर किसी और की तलाश में निकल जाना एक फैशन है और फैशन के दौर में गारंटी की अपेक्षा करना तो बेवकूफी ही है। न जाने कितने

लोग इस प्यार के चपेट में पड़ते होंगे और शायद वह भी किसी और की तलाश में निकल पड़ते होंगे... मगर मुझमें ऐसी हिम्मत नहीं थी-मैं हार चुका था।

"भुला देना मुझे, है अलविदा तुझे, तुझे जीना है मेरे बिना।" भले ही ये लाइन फिल्म की हों, मगर मैंने इसे दिल से रिया को भेजा। अंतिम बार मैं रेलवे स्टेशन के पुल के छत पर था, (बड़ी मशक्कत से मैं यहाँ चढ़ पाया था।) यहाँ से ट्रेन गुजरने वाली थी और मैं यहाँ से कूदने वाला था। रिया ने मेरा साथ नहीं छोड़ा था, बल्कि मुझे धोखा दिया था। मैं इस धोखे के सहारे बाकी जिन्दगी नहीं बिता सकता था। मैं मोबाइल फेंकने वाला था, मगर मैंने देखा कि उसका नम्बर मेरे मोबाइल स्क्रीन पर चमक रहा था। पता नहीं क्यों, मैं मोबाइल नहीं फेंक पाया... शायद मेरे कान अब भी उसकी आवाज सुनना चाहते थे। मैंने फोन रिसीव किया,

"हे! यह तुमने क्या भेजा है!" वह घबराते हुए बोली।

"और तुम हो कहाँ पर? स्टेशन पर?", वह फिर बोली। शायद अनाउंसमेंट की आवाज उस तक जा रही थी। मैं खामोश था।

"प्लीज! तुम लौट जाओ।"

मैं उसे सिर्फ सुन रहा था, मगर मैं लौटने वाला नहीं था।

"प्लीज, लौट जाओ रणवीर..." वह इस तरह बोल रही थी, जैसे पहले बोला करती थी। एक पल के लिए मुझे लग रहा था कि मेरी पहले वाली रिया लौट आयी, मगर मैं उसकी हरकतों को याद कर रहा था। वेटिंग में शाम्भवी की कॉल आयी, मैंने रिसीव किया,

"ये क्या कर रहे हो तुम? जरा भी समझ नहीं है क्या? उसने तो गलती की ही, मगर तुम ये सब, क्यों... एक बार अपने माँ-बाप के बारे में सोचो, उन्हें कितनी उम्मीद है तुमसे-मगर तुम...सुन रहे हो न!" वह परिपक्वता के साथ बोली।

'हम...' उसकी इस आवाज ने मुझसे हामी भरवा ली। वे दोनों समझ गए थे कि मैं क्या करने वाला था। शाम्भवी ने फिर बोलना शुरू किया,

"पता है, तुम्हारी माँ रो-रोकर मर जाएगी, जो इतनी आस लगाए बैठी है कि तुम कुछ करोगे; प्लीज रणवीर, बात को समझो। माना कि रिया ने ऐसा

किया, मगर तुम्हारे कुछ करने से उसे सजा तो नहीं मिल जाएगी।'' वह ऐसे बोली, जैसे उसका कोई दूसरा रूप हो... मोटिवेशनल स्पीकर का रूप।मैं कुछ बोलने की स्थिति में नहीं था। उसी क्षण संदीप का कॉल वेटिंग में आया, मैंने रिसीव किया,

''हैलो, कहाँ हो रणवीर? मैं तुम्हारे हॉस्टल में हूँ, मगर तुम्हारा रूम लॉक है।''

''ओ... तुम रुको मैं आता हूँ,'' मुझसे खुद-ब-खुद बोला चला गया। उसने फोन काट दिया। ऐसा हमारे साथ हमेशा होता था, बिना कुछ सोचे हम बोल देते थे कि मैं आ रहा हूँ। संदीप को इस बात का अंदाजा भी नहीं था कि मैं कहाँ था। वह तो मेरे मना करने के बावजूद मेरे पास आ गया था, शायद हमारी दोस्ती उसे मुझ तक खींच लाई थी। मेरे दिमाग में शाम्भवी की बातें घूम रही थीं। मैं कुछ सोच भी रहा था-

मैंने संदीप को ये सब बता के गलती कर दी; वह यहाँ आ गया है, यदि मुझे कुछ हुआ तो कहीं दोषी वह न ठहराया जाए।

शाम्भवी भी ठीक कह रही थी... मेरे माँ-पापा को मुझसे काफी उम्मीद है; यदि उनकी उम्मीद ही खत्म हो गई तो वह जियेंगे कैसे? मुझे अपना फैसला बदल देना चाहिए, मगर मैं बिना रिया के कैसे रह पाऊँगा?

ट्रेन की सीटी बजी। अब वह रफ्तार पकड़कर पुल से गुजरने वाली थी। मेरे सामने दो तस्वीरें थीं। एक तरफ हँसता खिलखिलाता परिवार और दूसरी तरफ रोता-बिलखता और मातम मनाता परिवार। वे दोनों मेरे ही परिवार के दृश्य थे। मुझे दोनों में से एक को चुनना था।

अचानक मैं घुटनों के बल बैठ गया... या यूँ कहूँ कि परिवार के हँसते खिलखिलाते दृश्य के सामने मैंने घुटने टेक दिए। मैं जोर से चीखा। ट्रेन, पुल के नीचे से गुजरने लगी। मेरी आँखों से आसूँ निकलने लगे।

मैं वापस लौट आया। मैं और संदीप अपने रूम में बैठे थे। संदीप को मैंने इस बात की खबर होने नहीं दी थी कि मैं कहाँ था। कुछ देर की खामोशी के बाद संदीप बोला,

''यदि तुमने ये सब मुझे पहले...'' वह रुक गया। मेरे मोबाइल पर रिया

का फोन आया।

"हैलो, रूम पहुँच गए?" उसने पूछा।

संदीप इशारा कर रहा था कि फोन मैं उसे दूँ।

"अरे, दो न, मैं बात करता हूँ।" संदीप के मुँह से निकला।

"अच्छा अच्छा, अब समझ गयी-तुम संदीप को रिसीव करने स्टेशन गए थे।" रिया यह ज्वलंत वाक्य बड़े ही आराम से बोली। इस वाक्य ने मुझे कचोटकर रख दिया। कुछ पल पहले उसकी आवाज में मिठास आई थी, मगर फिर से वही कड़वापन स्पष्ट सुनाई दिया। मेरी मुट्ठी बंधती चली गयी। मुझे उसकी आवाज से घृणा हो गई। बिना कुछ सोचे, बिना कुछ जाने उसने यह कह दिया। मैंने फोन काट दिया और दिवाल पर एक जोरदार मुक्का मारा।

"हे... पागल हो गए हो क्या!" संदीप चीखा और मुझे सँभालते हुए पकड़ा।

मेरी आँखों से आँसू की धाराएँ बहने लगीं, मैं बोलने लगा,

"क्या यह वही लड़की है, जिसने मुझे हँसना सिखाया? क्या यह वही लड़की है, जिसने मेरी जिंदगी खुशियों से भर दी? क्या यह वही लड़की है, जिसकी आवाज मेरे दिल की धड़कन बढ़ा देती थी? क्या यह वही लड़की है जो मुझे इंग्लिश स्पीकर बनता देखना चाहती थी? और क्या मैं वही लड़का हूँ..." मेरे आँसू नहीं रुक रहे थे, मैं उनका स्वाद चख रहा था। मैं काँप रहा था। खुद को सँभालना काफी कठिन हो गया था।

"खुद को सँभालो रणवीर, नहीं तो यह लड़की पागल बना देगी... और उठो चलो, कहीं से आते हैं।" संदीप बोला।

कुछ देर बाद।

"लो रणवीर, ये वाला भी टेस्ट करो।"

"नहीं नहीं, इतना काफी है।"

हम दोनों पास के ही एक मिठाई वाले की दुकान पर थे। संदीप मेरा मन बदलने की पूरी कोशिश कर रहा था। इस वक्त मुझे अहसास हो रहा था कि हमारे जीवन में एक दोस्त की कितनी अहमियत होती है। अंदर-ही-अंदर मैं

संदीप को धन्यवाद दे रहा था, इन दर्द भरे लम्हों में मेरे साथ रहने के लिए। कभी-कभी मैं भी उसकी हँसी में मुस्कुरा देता, मगर शायद वह मेरी झूठी मुस्कुराहट भली-भाँति समझ पा रहा था।

वह मुझे खुश करने की पूरी कोशिश कर रहा था और मैं खुश रहने की।

"रणवीर, तुम्हारी क्लास में भी तो छुट्टी होने वाली होगी न! मेरे क्लास में तो परसों से छठ तक छुट्टी है।"

"हम्म..."

"हे, कहाँ खोए हो?" उसने मुझे टोका।

"आज कितनी तारीख है?"

"23 सितम्बर और 25 से नवरात्रि शुरू है।"

"तुम घर चले जाओगे, फिर मैं कैसे रहूँगा?" मैं उदास स्वर में बोला।

"तुम का क्या मतलब है? हम दोनों घर चल रहे हैं।"

"वह क्यों बदल गई?" मैंने अचानक कहा। अब भी उसके खयाल मेरे दिमाग में आ-जा रहे थे।

"ये अचानक क्या हो जाता है तुम्हें? भूल जाओ उसे, जैसे वह तुम्हें भूल गई।"

"काश! मुझे भी सिखा देती भूलने का हुनर; थक गया हूँ मैं हर लम्हा उसे याद करते-करते।"

"उससे हजार गुना अच्छी और हजारों लड़कियाँ मिल जाएँगी तुम्हें, तुम उदास मत हो यार।" वह खुद उदास होकर बोला।

"ठीक है, ये मान लेते हैं कि उससे अच्छी और बहुत लड़कियाँ मुझे मिल जाएँगी; मगर मैंने तो अपना सच्चा प्यार उस लड़की पर न्योछावर कर दिया, उसका क्या? वह तो मुझसे टाइम पास कर रही थी, मगर मैंने जो अपना टाइम उसके लिए निकाला, उसका क्या?" मैं भावुक होता जा रहा था।

"चलो घर चलते हैं, सब ठीक हो जाएगा।" संदीप कुर्सी से उठा।

"घर चलेंगे, मगर यह जानकर कि आखिर, इतनी जल्दी वह मुझे कैसे भूल सकती है और कैसे उसके जीवन में और कोई अपनी जगह बना सका है।" बोलकर मैं भी खड़ा हो गया।

* * *

"सच में रणवीर, तुम ऐसा कर पाओगे?"

"लोग तो दिल हैक कर लेते हैं, फिर ये फेसबुक क्या चीज है।" मैं आत्मविश्वास के साथ बोला। हम दोनों इन्टरनेट कैफे में बैठे थे और रिया का फेसबुक अकाउन्ट हैक करने की सोच रहे थे (वह अपना पासवर्ड बहुत पहले ही बदल चुकी थी)।

"जरा सँभलकर।" उसने चेतावनी दी।

"डरो मत, ये सब मुझे अच्छे से आता है।"

फेसबुक हैक करने की औपचारिकताओं को मैं पूरा करने लगा। मैं एक-एक स्टेप बड़ी ही सावधानी से पार कर रहा था। यह मुझे आनंद भइया ने सिखाया था, मगर हिदायत दी थी कि मैं ऐसा दूसरों के अकाउन्ट के साथ न करूँ।

"सॉरी भाइया, यह मेरे लिए जरूरी है।" मैं मन ही मन में बोला।

मेरी अँगुलियाँ की बोर्ड पर तेजी से चल रही थीं। मैं लगभग लास्ट स्टेप पर था। मुझे एक सजावटी गिफ्ट बनानी थी।

"थैंक्स रिया, पसंद और नापसंद का खेल खेलने के लिए..." मैं बुदबुदाया।

असल में मैं एक ऐसी सजावट करना चाहता था, जिसमें सारी चीजें रिया की फेवरेट हों।

मैंने उसके फेवरेट रंग, फूल, फल और लाइटों से एक स्टीकर गिफ्ट तैयार किया और रिया को सेंड किया।

"ऐसा करने से क्या होगा?" संदीप ने पूछा।

"जो गिफ्ट मैंने भेजा, असल में वह एक वायरस है; यदि वह इसे डाउनलोड करेगी, तो उसका यूजर नेम और पासवर्ड मुझे मिल जाएगा-बस वह इसे डाउनलोड कर ले।"

अगले ही पल संदीप आश्चर्य से चिल्ला उठा,

"वाह यार!"

रिया का यूजर नेम और पासवर्ड, मॉनिटर स्क्रीन पर शो कर रहा था।

“सबसे पहले तो मैं रवि की फोटो देखूँगा।” मैं बोला। मैंने उसकी फ्रेंडलिस्ट खोला, जो उसने लॉक कर रखा था।

“ये क्या लफड़ा है यार...रवि नाम का तो कोई है ही नहीं!” मैं अपनी आँखें तरेरते हुए बोला।

“शायद यह हो सकता है- सुमन रवि शंकर।” संदीप, मॉनिटर पर अँगुली रखकर बोला।

“हाँ, यही होगा, क्योंकि उसकी फितरत ही है झूठ बोलने की। उसने सोचा होगा, पूरा नाम बताने से मैं उसे ढूँढ़ लूँगा।”

मैंने सुमन रवि शंकर के प्रोफाइल को खोला।

“ये देखो कमीने को, रेलवे लाइन पर खड़ा है, मर जाए वहीं, लफुआ...” संदीप अपना संतुलन खोते हुए बोला। सच में वह एकदम लफुआ लग रहा था। लंबे घुँघराले बाल, कलाई पर रूमाल बाँधे रेलवे लाइन पर खड़ा था। मुझे उसे देखकर गुस्सा आ रहा था। मैंने उसके और रिया के बीच हुए चैट को खोला। सबसे पहला मैसेज अप्रेल में किया गया था, रिया के द्वारा- “कोई बात नहीं, हम फिर मिलेंगे।” इसके पहले का मैसेज डिलीट था।

अप्रैल, यानि जिस महीने में हमारा रिजल्ट निकला था। वे अप्रेल से पहले मिले थे, या अप्रेल में ही। जब मिलने की बात अप्रेल में हुई थी तो चैटिंग तो इससे भी पहले हो रही होगी।

“पता है यार, ये सब कब से चल रहा होगा? जब वह फाइनल एग्जैम देने घर गई होगी। मुझे याद है, उसने मेरा नम्बर हटाकर अपना ई-मेल सेट कर दिया था; अब समझ आया...”

“और जब हम एग्जैम देकर मस्ती कर रहे थे, तब वह बात करने लग गई होगी।” संदीप बोला।

“हाँ और जब घर पर बात करने नहीं मिलता होगा, वह तंग आ कर यहाँ आ गई होगी।” मैंने जोड़ा।

“यहाँ आकर वो दोनों कई बार मिले होंगे।”

“रिया के जन्मदिन पर दोनों मूवी देखने गए थे; हो सकता है वह पहली बार न हो।”

मेरी आँखें धुँधली पड़ने लगीं। शुक्र था कि मेरा अपना कमप्यूटर नहीं था, वरना मैं उसे चकनाचूर कर देता (कैफे के कंप्यूटर को तोड़ने हिम्मत मेरी नहीं हुई)। मेरा मुँह लटका हुआ था। मैं फिर बोला,

"कितने अच्छे से उसने सब कुछ हैंडल किया न!" फिर मैं संदीप की ओर देखा। मेरी आँख से आँसू टपके। फटाफट मैंने अपने आँसू पोछे, यह दिखाने के लिए कि मैं ठीक था।

"छोड़ो यार, बस भी करो; तुम कोई लड़की नहीं, जो इस तरह रो रहे हो।" संदीप बोला। उसे पता नहीं था मैं कितनी बार और किस तरह पहले भी रो चुका था। आज वह मुझे पहली बार रोता देख रहा था। मैं मुस्कुराया, मगर सिर्फ बाहर से। अंदर मैं फूट-फूटकर रो रहा था।

"चलो न घर चलते हैं।" वह फिर बोला।

"ये तुम्हारा फेवरेट वर्ड है क्या?" मैं मुस्कुराया, मगर मेरी आँख से फिर आँसू टपक पड़े। इस बार संदीप भी अपने आँसुओं को नहीं रोक पाया।

वह भी इमोशनल हो गया और बोला,

"क्या मिलता है यार किसी को किसी की भावनाओं से खेलकर!" फिर उसने अपने आँसुओं को बहने से रोका।

"पता नहीं यार, मगर एक बात अब तक समझ नहीं आई है कि इस लफुए के लिए रिया ने मुझे क्यों छोड़ा?"

इस बात का पता लगाने के लिए मैंने शाम्भवी को एक मैसेज किया-

"शाम्भवी! मुझे रवि के बारे में सब पता चल गया है और रिया की हर हरकत का भी। यदि तुमने भी कभी किसी से प्यार किया है तो तुम्हें उसकी कसम, मेरे कुछ सवालों का जवाब देने के लिए तुम मुझे फोन करोगी।"

फिर मैं और संदीप, कैफे से रूम के लिए निकल गये।

मैं और संदीप रूम में बैठे थे, शाम्भवी के फोन का इन्तजार कर रहे थे। उसने मैसेज किया था कि वह छत पर जाकर फोन करेगी।

मेरे फोन की घंटी बजी। मैंने फोन स्पीकर पर डाल दिया।

"हैलो, क्या पूछना है पूछो।" शाम्भवी धीरे से बोली

“क्यों? आखिर क्यों? उसने ऐसा क्यों किया?” मैं एक बार फिर संतुलन खोते हुए बोला।

“मुझे नहीं पता, बस वह ऐसी ही है।”

“ऐसी ही है का क्या मतलब है?”

“देखो रणवीर, समझने की कोशिश करो; वह...वह अजीब है, न तुम उसके लायक हो और न ही वह तुम्हारे लायक है।”

“मैं अब भी कुछ नहीं समझ पा रहा हूँ, प्लीज साफ-साफ बताओ।” मैंने प्यार से आग्रह किया।

“कैसे समझाऊँ तुम्हें?” बोल कर वह रुकी और फिर बोली,

“जैसे कि तुमने कोई मोबाइल खरीदा और उसमें समय के हिसाब से कम फीचर्स हैं, तो तुम उसे बदलोगे न?”

“हाँ... “ मैं कुछ-कुछ समझा कि वह क्या समझाना चाह रही थी।

“वही तो... रिया भी कुछ ऐसा ही करती है; वह चाहती है कि उसका ब्वॉयफ्रेंड उसे घुमाए-फिराए, उसे गिफ्ट दे, शॉपिंग करवाए, उसके लिए यही प्यार है। उसने तुमसे भी यही उम्मीद की थी, मगर तुम उसे सिर्फ सैंडिश कम्पाउण्ड बुलाते थे, जहाँ पर उसके लायक कुछ भी नहीं।”

खामोशी

“फिर उसकी दोस्ती फेसबुक पर रविशंकर से हुई। धीरे-धीरे वह तुम्हें अपने दिमाग से निकालने लगी और रवि से वही उम्मीद करने लगी, जो तुमसे की थी। उसने वह सब किया, जो रिया चाहती थी और उन दोनों के बीच कई बार शारीरिक-संबंध भी बन चुका है; वह इसे ही प्यार समझती है। तुम्हें पता है, रिया घर जाकर तुमसे बात क्यों नहीं करती थी?”

‘क्यों?’ मैं धीरे से बोला। मैं पिछली बातों को भी याद कर रहा था कि किस तरह उसने मुझे धोखे में रखा। कब वह क्या चाहती थी और मैं कर कुछ और देता था। शाम्भवी ने जवाब देना शुरू किया,

“क्योंकि उसके घर वालों ने उसे मोबाइल दिया ही नहीं है; वह जब भी घर से बात करती है, मेरे मोबाइल से करती है।”

“बस, अब कुछ मत कहो; थैंक यू ये सब बताने के लिए।” बोलकर

मैंने फोन काटा। मैं अपने दर्द को कम करने के लिए सारी बातें जानना चाहता था, मगर मुझे नहीं पता था कि इसका उल्टा रिएक्शन हो जाएगा... मैं और भी उलझता चला गया।

क्यों लोगों ने आजकल प्यार को खिलवाड़ बनाकर रख दिया है? इस तरह तो लोगों का लोगों से विश्वास उठ जाएगा।

क्यों लोग दूसरों की भावनाओं के साथ खेलते हैं?

क्या इस जमाने में सच्चा प्यार नहीं मिल सकता?

क्या प्यार बस पल दो पल का हो गया है?

क्या प्यार बदल रहा है? या बदलते लोग इसकी परिभाषा बदल रहे हैं?

उसी दिन मैंने रिया को सच्चे दिल से श्राप दिया, कि जब उसे भी कभी सच्चा प्यार हो, तो उसका प्यार भी उसे छोड़कर चला जाए... उसे भी एक दिन कोई ऐसा ही मिले, जो प्यार की अहमियत नहीं जानता हो। एक दिन वह भी मेरी तरह तड़पे। उसे भी पता चले कि दिल टूटने पर कितना दर्द होता है। एक दिन वह भी रोए और उसके आँसू पोछने वाला कोई नहीं हो।

"यार, इन लड़कियों से अच्छी तो वो हैं, जो खुलेआम कहती हैं कि हाँ मैं अपना जिस्म बेचती हूँ।" संदीप जोशीले अंदाज में बोला।

"अगर इस जमाने में लड़कियों से रिया जैसा प्यार मिलता है, तो मनुष्य को ऐसे प्यार की कोई जरूरत नहीं। प्यार तो दो दिलों का संबंध है, न कि दो शरीरों का।" बोलकर मैं रुका। रूम में खामोशी छा गई।

"चलो न, घर चलते हैं।" खामोशी को तोड़ते हुए हम दोनों एक साथ बोल उठे।

अमित का रूम, जहाँ मैं रणवीर की डायरी पढ़ रहा था।

मेरे आँसू अंतिम पन्ने पर टपक पड़े, जो पहले से भी खराब हो चुके थे। शायद वे नाखुन से फटे थे।मैंने अपना पैर बिछावन पर से हटाया, कुर्सी से उठा और रणवीर की डायरी बैग में रख ली। मैं चेंज करने लगा। मेरे दिमाग में चल रहा था,

मुझे उससे मिलना होगा, ना जाने वह किस हालत हो। सुना है प्यार से

शक्ति मिलती है, मगर इस प्यार ने तो उसे तोड़ दिया। क्या सच में आजकल का प्यार पल दो पल का हो गया है और वह कौन है जिसने यह डायरी मुझसे पहले पढ़ी है? हर हालत में अमित तो नहीं हो सकता; वह कोई और ही है।

चेंज करके मैंने अपना बैग उठाया। रूम लॉक कर के चाभी बगल वाले लड़के को दिया और निकल पड़ा रणवीर से मिलने। मेरे जहन में खयाल उमड़ते रहे,

क्यों रिया ने रणवीर के दिल में अपनी जगह बनाई, जब उसके दिल को तोड़ना ही था? क्या ऊपर वाले ने रणवीर की प्रेमकहानी अधूरी ही लिखी थी?

अपने प्यार को खोकर कैसे जी रहा होगा वह?

क्या होगा जब मैं उससे मिलूँगा?

भाग-2

तेरह

दोपहर के लगभग दो बज चुके थे। मैं वापस अपने घर (कुर्सेला) लौट आया। सड़क पर मेरे कदम तेजी से आगे बढ़ रहे थे। इस वक्त मैं सिर्फ रणवीर के बारे में सोच रहा था और मन ही मन प्लानिंग कर रहा था-

घर जाकर बैग रखूँगा और तुरंत रणवीर से मिलने चला जाऊँगा और हाँ, मम्मी की नजरों से बचकर निकलना होगा, नहीं तो मम्मी मुझे रोककर खाना खाने को कहने लगेंगी।

"अरे प्रणय! रूको..." किसी अनजान लड़के की आवाज ने मुझे रोका। मैं पीछे मुड़ा-वह कोई अनजान नहीं था... मेरे ही गाँव का एक साथी था-चंदन, जिसे प्यार से हम चंदू बुलाते थे। उसकी आवाज मुझे अनजान लगी थी, क्योंकि हम एक-दूसरे से सिर्फ फेसबुक पर मिला करते थे।

"हे...चंदू...!" मैंने हाथ हिलाते हुए कहा।

वह मेरे नजदीक आया। हम सड़क के किनारे खड़े हो गए

"तुम कब आए हॉस्टल से?"

"दो-तीन दिन पहले।" मैंने कहा। बार-बार मेरी नजर उसकी तोंद पर पड़ रही थी, जो फेसबुक की किसी भी फोटो में नहीं दिखी थी।

"अच्छा, तो अभी कहाँ से आ रहे हो?" उसने अपने पेट पर हाथ फेरते हुए कहा।

"मैं भागलपुर गया था, रणवीर से मिलने, सोचा उसे सरप्राइज दूँगा, मगर पहुँचकर पता चला कि वो अब घर पर ही रहता है।" मैंने जल्दी में कहा। मैं मन ही मन चाह रहा था कि वह मुझे जल्दी छोड़ दे।

"ओ, हाँ हाँ, अब वह घर में ही रहता है; वैसे उसकी प्रेम-कहानी के बारे में पता है या नहीं?" बोलकर शायद वह कुछ याद करने लगा। मैं भी सोच में पड़ गया-

ये क्या बात हुई! रणवीर ने तो अपनी डायरी मुझे दी थी और उस पत्र में भी मेरा नाम लिखा था, फिर चंदू को ये कैसे पता?

"अच्छा, तो तुमने भी उसकी डायरी पढ़ी है?"

‘‘डायरी? कौन सी डायरी? उसने इसके पहले डायरी भी लिखी है? इसलिए तो मैं कहूँ...’’

‘‘क्या! इसका मतलब है कि तुम्हें आगे की कहानी मालूम है?’’ उसे रोककर मैंने आश्चर्य से पूछा।

‘‘आगे की?’’

‘‘हाँ आगे की; वह आगे की कहानी है।’’

‘‘मगर पीछे की कहानी क्या है?’’

‘‘मैं वादा करता हूँ कि तुम्हें पीछे की कहानी बताऊँगा, मगर प्लीज मुझे आगे की कहानी बताओ।’’ मैंने आग्रह किया। जिस चंदू से मैं निजात पाना चाहता था, असल में वही मेरे सारे प्रश्नों का उत्तर देगा, ऐसी मैंने कल्पना भी नहीं की थी। रणवीर से मिलकर मुझे सारे प्रश्नों का जवाब शायद नहीं मिले, मगर चंदू के पास सारा जवाब था-शायद।

‘‘ठीक है, अपने मोबाइल का ब्लूटूथ खोलो।’’

‘ब्लूटूथ?’

‘‘हाँ, क्योंकि उसकी प्रेम-कहानी उसने खुद रिकॉर्ड कर रखी है।’’

‘‘तो ये तुम्हें कहाँ से मिली?’’ मैंने ब्लूटूथ खोलते हुए कहा।

‘‘चलो, चलते-चलते बात करते हैं, तब-तक ये सेंड भी हो जाएगा।’’

वहाँ से बस पाँच मिनट की दूरी पर हमारा घर था। हम चल पड़े। चंदू ने अपनी बात शुरू की,

‘‘एक दिन मैं रणवीर से मिलने उसके घर गया था, उसी ने मुझे यह बड़ी उम्मीद के साथ दिया। वह चाहता था कि यह रेडियो में प्ले हो। हमारे साथ और कई लड़कों ने पूरी कोशिश की, मगर हम असफल रहे। अब रणवीर टूट चुका है; अपनी प्रेम कहानी को अमर करने की उम्मीद उसने खो दी है।’’ उसने उदास होते हुए कहा। शायद वह वो दिन याद कर रहा था,जब वे असफल रहे। उसकी बातों को सुन कर मैं खामोश रहा। हम दोनों चलते रहे। मैं अपने घर के नजदीक पहुँच गया, तब-तक वह रिकॉर्डेड फाइल भी मेरे मोबाइल में आ गयी थी।

‘‘ठीक है चंदू, फिर मिलते हैं।’’ मैंने ब्लूटूथ ऑफ करते हुए कहा।

"मगर तुम्हें अपना वादा तो याद रहेगा न।"

"बिलकुल, थोड़ा इन्तजार करो-रणवीर की प्रेम कहानी मैं अमर करूँगा। रेडियो पर तो सिर्फ एक शहर उसकी कहानी सुनता, मगर मैं कुछ ऐसा करूँगा, जो हजारों-लाखों दिलों को छू जाएगी।"

"ऐसा क्या करोगे?"

"इन्तजार करो।"

मैं आहिस्ते से घर में दाखिल हुआ, ताकि मम्मी को पता न चले और मैं अपने रूम में स्टोरी सुन सकूँ। मगर कहते हैं न, माँ तो माँ ही होती है, उन्हें मेरे आने की आहट महसूस हुई और वे बोलीं,

"आ गए तुम अपने दोस्तों से मिलकर। चलो फ्रेश हो जाओ, मैं खाना लगाती हूँ; पता नहीं आज कल के..." वे बोलते हुए रसोई की तरफ गईं।

"मम्मी... मैं फ्रेश हूँ, आप मेरा खाना मेरे रूम में ही लेते आइए।" मैंने उन्हें आवाज दिया। फिर कंधे से बैग उतारकर नीचे रखा और बिछावन पर बैठ गया।

"कम-से-कम बता भी देते कि आज आ रहे हो! जाते हो-आते हो... जब से आए हो बस घूम-घाम ही कर रहे हो।" वे बोलते हुए खाना लेकर मेरे रूम में आईं।

"टेबल पर रख दीजिए में खा लूँगा।"

वे खाना रखकर चली गईं। मुझे जरा भी भूख नहीं थी, मगर मम्मी को बुरा न लगे-मैं खाने के लिए कुर्सी पर बैठा। मैंने चेंज भी नहीं किया था। मैंने फटाफट खाना खाया और थाली में ही हाथ धो लिया, जो मैं प्रायः नहीं करता। अपने शर्ट में हाथ पोंछकर जल्दबाजी में मैंने हेडफोन लगाया-रिकॉर्डेड फाइल को ओपेन किया और अपना शरीर बिछावन पर गिरा दिया।

रणवीर की आवाज में उसकी प्रेम कहानी शुरू हुई।

चौदह

यदि मैं अपनी प्रेम-कहानी की शुरूआत अपनी प्रेमिका से करूँ, तो इसका तात्पर्य होगा कि मैं अपने सबसे अच्छे और विश्वासपात्र दोस्त को भूल गया; इसलिए मैं अपनी कहानी की शुरूआत अपने दोस्त से करना चाहूँगा। मेरे जीवन में मेरे दोस्त की भूमिका सबसे अधिक और दिलचस्प है।

एक दोस्त कहने से यह भाव उठता है कि वह आपके दिल के सबसे करीब है और वही एकमात्र ऐसा होता है जो आपके बारे में सबसे अधिक जानता है, आपकी भावनाओं को समझता है। कहते हैं, भगवान जिसे खून के रिश्ते से बाँधना भूल जाते हैं, उसे आपके पास एक दोस्त के रूप में भेज देते हैं। ऐसा ही था मेरा दोस्त- संदीप। मैं उससे पाँचवी क्लास में मिला था (2006)। वह पढ़ाई करने मेरे गाँव आया था, जहाँ उसका ननीहाल था।

कुछ ही दिनों बाद नया साल आने वाला था। स्कूल के तरफ से हमलोग एक दार्शनीक स्थल- विक्रमशिला जाने वाले थे।

1 जनवरी 2007

सुबह का समय था, मैं स्कूल जा रहा था। सड़क पर घना कुहासा छाया हुआ था। कुछ दूर जाने के बाद मुझे संदीप दिखाई दिया। मैंने उसे आवाज देना चाहा, मगर मैं खामोश रहा। उस वक्त मुझे उसका नाम पता नहीं था।

मेरे स्कूल पहुँचने तक लगभग सभी विद्यार्थी पहुँच चुके थे। कुछ विद्यार्थियों का घर रास्ते में ही था। शायद वे वहीं से स्कूल बस में चढ़ने वाले थे।

सभी विद्यार्थियों को क्रमांक के अनुसार बैठाया गया और संयोग की बात तो यह थी कि मेरे क्रमांक के बाद वाला लड़का नहीं आया था, इसलिए वहाँ संदीप बैठा। आधे घंटे बाद बस खुली। संदीप चुपचाप बैठा रहा। मुझे लग रहा था कि वह मेरा नाम पूछेगा, मगर शायद उसे दिलचस्पी नहीं थी या शायद वह नया था, इसलिए।

"चिप्स खाओगे?" मैंने चिप्स का पॉकेट उसकी ओर बढ़ाते हुए पूछा। उसने एक-दो चिप्स लिया, मगर खामोश रहा।

"तुम्हारा नाम क्या है?" मैंने उसकी ओर देखते हुए पूछा।

"संदीप और तुम्हारा?" उसने धीरे से पूछा।

'रणवीर।'

यहीं से हमारी दोस्ती की शुरूआत हुई। बीच-बीच में हम बातें करते रहे। मैंने सोचा भी नहीं था कि एक दिन वह मेरा अच्छा दोस्त बन जाएगा। जहाँ भी बस रुकती, हम साथ-साथ उतरते, एक दूसरे के लिए खाने-पीने की चीजें खरीदते। हमें काफी मजा आ रहा था। कुछ घंटों बाद हम विक्रमशिला पहुँचे, जिसे देखने का इन्तजार हम बेसब्री से कर रहे थे। उस स्थान पर पहुँचने पर हमें ऐसा लग रहा था जैसे हम किसी दूसरी दुनिया में आ गए हों।

हमें उस स्थान का अध्ययन करने में काफी अच्छा लग रहा था-हमें नई-नई जानकारियाँ मिल रहीं थीं। मैं एक-एक कर के कुछ लड़कों की तसवीरें भी ले रहा था। संदीप हम लोगों से अलग खड़ा था।

"तुम भी आओ न संदीप...!" मैंने मुस्कुराते हुए आवाज दिया। वह तुरंत एक पत्थर के सामने खड़ा हो गया, जैसे वह बुलाने का इंतज़ार कर रहा हो।

रात 8 बजे।

"बाय रणवीर, कल मिलते हैं।" संदीप ने बस से उतरते हुए कहा। मैंने अपना हाथ हिलाते हुए उसने विदा किया। कहते हैं, नया साल सबके लिए कुछ न कुछ नया लेकर आता है। मेरे लिए यह नया साल संदीप को लेकर आया था। पिछले साल मेरा एक दोस्त मुझसे दूर चला गया और इस साल मुझे एक नया दोस्त मिलगया-यह दोस्ती भी कितनी अनमोल होती है।

अब संदीप सबसे थोड़ी-थोड़ी बातें करने लगा था। हम साथ-साथ स्कूल आते जाते थे। उसका ज्यादा समय मेरे साथ ही गुजरता था।

* * *

हमने तीन साल साथ-साथ मिडिल स्कूल में बिताए और अब वक्त हो चला था हमारे इम्तिहान का। मेरे और संदीप के बीच का नहीं, बल्कि आठवीं

कक्षा का इम्तिहान। इस इम्तिहान मे पास होने के बाद ही हम उच्च विद्यालय में अपना नामांकन करवा सकते थे। हमारी तैयारी अच्छी थी। जल्दी ही परीक्षा की तिथि निकल गई।

परीक्षा का दिन

हमलोगों ने शांतिपूर्ण तरीके से परीक्षा दी। हम जितने भी दोस्त थे सबकी परीक्षा लगभग अच्छी गई। जब भी समय से पहले हम किसी प्रश्न का उत्तर लिख देते, तो उसके बाद हम रिजल्ट और हाईस्कूल की बातें करने लगते। सर आते और हमें शांत करते। वे जाते और हम फिर शुरू हो जाते।

रिजल्ट का दिन

मैं और संदीप साथ-साथ स्कूल पहुँचे। स्कूल के कुछ और लड़के हमारे पास आए। हम घेरे में हँसी-मजाक वाली बातें करने लगे।

''क्या चंदू, हम पास होंगे या नहीं?'' मैंने कहा।

''इसमें भी कोई शक है क्या।''

''क्या; कि हम फेल हो जाएँगे।'' संदीप ने कहा और फिर हम सब हँसने लगे। इस हँसी का बस एक ही कारण था-हमारा विश्वास। जल्दी ही रिजल्ट दिवाल पर चिपका दिया गया। फिर क्या था, विद्यार्थियों का झुण्ड उमड़ पड़ा।

''मेरा भी, मेरा भी...''

''पीठ पर मत चढ़ो...''

''ऐ चंदू... ऐ... नहीं, नहीं, हाँ यहाँ है।''

''कोई मेरा भी तो देखो।'' मैंने भीड़ में घुसते हुए कहा।

''हे... रणवीर... हम पास हो गए।'' संदीप और चंदू भीड़ से निकलते हुए चिल्लाये।

''हम दोनों से ज्यादा नम्बर आया है तुम्हें, चलो अब बर्फ खिलाओ।'' चंदू ने एक जोकर के तरह सिर हिलाते हुए कहा।

'चलो।'

स्कूल के बाहर रोज बर्फ वाला आता था, जिसका पचास पैसे वाला बर्फ उस वक्त बड़ा प्रचलित था।

"यार, जब भी बर्फ खाता हूँ, प्रणय की याद आती है।" मैंने कहा।

"तुम्हें याद है?" चंदू ने कहा।

"वह मेरा अच्छा दोस्त है।"

"मगर हमारी दोस्ती ज्यादा दिन तक नहीं टिकी।"

"ऐसा नहीं है; दोस्ती तो अब भी है, बस हम साथ नहीं हैं।"

"हाँ, ये तुमने ठीक कहा... मुझे याद है तुम दोनों एक ही बर्फ को तोड़-कर खाते थे।" चंदू ने हँसते हुए कहा।

"ये प्रणय, कौन है?" आखिरकार संदीप ने पूछा।

"हम सब का फेवरेट दोस्त।" मैंने कहा।

"क्योंकि परीक्षा में सबकी मदद जो करता था।" चंदू ने जोड़ा और मुस्कुराया, क्योंकि वह मदद कुछ और ही थी।

"असल में वह हम सब से अलग था; हम किताबों की कविता याद करते और वह अपनी ही कविता रचने के धुन में रहता।"

"वह भी तीसरी क्लास में!" चंदू ने कहा।

"मगर अब वह इस गाँव से काफी दूर शहर में पढ़ाई कर रहा है।" मैंने कहा।

"ओ..." संदीप ने सिर हिलाया।

* * *

लगभग सभी ने अपना नामांकन उच्च विद्यालय में करवाया, सिवाय चंदू के। उसे रोज एक-दो गाँवों में दूध बेचने जाना पड़ता था। दूध बेचकर ही उसका परिवार चलता था, ऐसे में उसके परिवार वाले नहीं चाहते थे कि वह काम छोड़कर पढ़े। खैर यह सब तो समय-समय की बात है। हमने उससे कहा था कि हम जो भी पढेंगे, अपनी कॉपी उसे नोट करने के लिए दे दिया करेंगे।

नौवीं कक्षा की पढ़ाई शुरू हुई। उच्च विद्यालय हमारे गाँव से लगभग तीन किलोमीटर दूर था। मेरे पास एक साइकिल थी। मैं रोज संदीप के घर के

आगे रुकता था।

“संदीप....संदीप...चलो, नहीं तो हम लेट हो जाएँगे।” मैंने उसे आवाज दिया।

“वह स्नान कर रहा है, थोड़ी देर रुक जाओ... संदीप...! ऐ संदीप!” उसके नाना मुझे रोककर उसे आवाज देते हुए अन्दर चले गए। उसे लेट उठने की आदत हो गई थी। चार-पाँच दिनों से मैं उसका यह रवैया देख रहा था; कभी वह नहा रहा होता, तो कभी कपड़े पहन रहा होता और कभी-कभी पता चलता कि वह सोया हुआ ही है।

एक महीने तक ऐसा ही चलता रहा। एक दिन हम दोनों ने फैसला किया कि क्यों न हम स्कूल के हॉस्टल में ही रहें; आने-जाने का झंझट ही खत्म हो जाएगा। उसने कहा कि वह घर वालों से पूछकर बताएगा।

अगले दिन।

“संदीप...संदीप, तैयार हुए या नहीं?”

“वह तो स्कूल के लिए निकल गया है।”

“क्या! वह निकल गया है।”

“हाँ, अब-तक तो वह पहुँच चुका होगा।” उसके नाना ने कहा।

मैंने साइकिल आगे बढ़ाई और सोचने लगा,

आखिर क्यों संदीप समय से पहले ही चला गया; कहीं उसे मेरा स्वभाव तो बुरा नहीं लगा?

मैं उसे रोज बुलाता हूँ, जगाता हूँ; कहीं उसने यह तो नहीं सोच लिया कि मैं उसे नीचा दिखा रहा हूँ?

सोचते-सोचते मैं स्कूल पहुँचा।

“हे, तुमने संदीप को देखा क्या?” मैंने एक लड़के से पूछा।

“मैंने उसे हॉस्टल के तरफ जाते हुए देखा।”

मैं तेजी से हॉस्टल के तरफ गया... देखा संदीप वहीं था।

“क्या संदीप, आज तुम पहले कैसे आ गए?” मैंने पूछा, जबकि मेरे

मन में संदीप के प्रति उल्टे-पुल्टे विचार आ रहे थे।

"मेरे घर से हॉस्टल में रहने की अनुमति मिल गई है और मुझे पता चला कि यहाँ दो-तीन सीट ही खाली है, इसलिए मैंने एक सीट तो ले ली है और एक सीट की बात कर ली है; तुम्हें घर से अनुमति मिली?"

"हाँ, मुझे भी मिल गई; वैसे सॉरी, मैंने तो कुछ और ही समझ लिया था।"

हम दोनों को जगह मिल गई, मगर अलग-अलग रूम में। हम फिर भी खुश थे, क्योंकि हमारा क्लास साथ ही था। दिन बीतता चला गया। अब वक्त हो गया था नौवीं की परीक्षा का, जिसमें यह चयन होना था कि कौन किस सेक्शन में जाएगा। हम दोनों की तैयारी अच्छी थी। हम बस यही चाहते थे कि हम एक ही सेक्शन में रहें।

शायद हमारी दोस्ती में दूरियाँ ही लिखी थीं। रिजल्ट के बाद हम दोनों अलग-अलग सेक्शन में चले गए। दिन गुजर रहे थे और हमारी दोस्ती एक नया मोड़ ले रही थी। अब हमारी बातें कम हो गई थीं और संदीप की दोस्ती एक नए लड़के राहुल से हो गई थी, जो उसी के रूम में रहता था। उन दोनों ने अपना बिछावन भी एक कर लिया था, जिससे उनके बीच और भी मेल-मिलाप हो गया था। संदीप तो जैसे मुझे भूलता जा रहा था।

दसवीं की पढ़ाई जोर-शोर से चल रही थी। मैं जिस रूम में रहता था, उस रूम के सभी लड़कों से मेरी बनती थी-खासकर अमित से। अमित का सीट मेरे बगल में ही थी, जिसके कारण हम दोनों एक-दूसरे से ज्यादा वार्तलाप करते थे। मेरे रूम में पढ़ाई का माहौल जबरदस्त था। हॉस्टल के प्रभारी भी हमारे रूम के सभी लड़कों से खुश थे।

कड़ी मेहनत का सिलसिला चलता रहा और वक्त तेजी से निकलता गया। हमलोग सवेरे चार बजे से पढ़ना शुरू कर देते थे। हमारे पास वक्त बहुत कम था (परीक्षा के लिए) सर लोग हमारे रूम के लड़कों की तारीफ किया करते थे, मगर संदीप वाले रूम के लड़कों से थोड़ा नाखुश थे, क्योंकि सारे लड़कों ने मोबाइल रखा हुआ था।

परीक्षा निकट थी। कुछ लड़कों ने हॉस्टल छोड़ने की अनुमति ले ली

थी, जिसमें संदीप और राहुल भी थे। मेरे रूम के लड़कों ने फैसला किया था कि हम अंतिम चरम में हॉस्टल छोड़ेंगे। इन दिनों हमने सभी विषयों पर थोड़ा-थोड़ा फोकस किया; क्या-क्या कमी रह गई उसे दूर करने की कोशिश की, फिर स्वयं को जाँचा। पूरी संतुष्टि के बाद ही हमने हॉस्टल छोड़ा।

मेरी परीक्षा मेरे जिले कटिहार में थी। जिसका भी सेंटर वहाँ पड़ा था, वे वहीं रहकर परीक्षा देने वाले थे। सभी ने अपने-अपने दोस्तों से बात कर ली थी, मगर मैंने अभी तक संदीप से बात नहीं की थी। मुझे यकीन था कि वह मेरे साथ ही रहता। मैंने पापा के मोबाइल से संदीप को फोन किया। पता चला कि उसने रूम ले लिया है और वह राहुल के साथ रहने वाला है। मुझे गुस्सा आया मैंने सोचा भी नहीं था कि ऐसा भी होगा। राहुल के साथ रह कर वह मुझे सच में भूलता जा रहा था। मैंने सिंगल रूम लेने का फैसला किया।

फरवरी 2012

वह दिन आ गया, जिसका इन्तजार हर विद्यार्थी सालों से करता है। जी हाँ, मैट्रिक की परीक्षा की। मैं परीक्षा केंद्र पहुँचा। गेट के बाहर संदीप और राहुल खड़े थे। उन्होंने मुझसे बात नहीं की, मैंने भी उन्हें नहीं टोका। गेट खुला। सभी अन्दर गए और अपने-अपने क्रमांक के अनुसार बैठ गए। घंटी बजी। हमारे बीच कॉपी और प्रश्नपत्र बाँटा गया। शांतिपूर्वक परीक्षा लिया गया।

मैं अगले दिन, दूसरे विषय की परीक्षा देने पहुँचा। आज भी उन दोनों ने मुझसे बात नहीं की... पता नहीं क्यों? संदीप को आखिर हो क्या गया था? उसे नया दोस्त मिल गया था, मगर इसका यह मतलब नहीं था कि वह मुझसे बात न करे।

मेरी परीक्षा दिन-ब-दिन अच्छी जा रही थी। अब सिर्फ मैथ की परीक्षा बची थी, जिसके पहले एक रविवार का दिन था, यानि तैयारी करने के लिए एक दिन ज्यादा था।

मैं रूम में पढ़ा रहा था। अचानक मेरे दिमाग में आया कि क्यों न छत पर पढ़ाई की जाए। मैं कॉपी-किताब लेकर छत पर चला गया। वहाँ काफी शांति थी। लगभग एक घंटे बाद मुझे वहाँ मच्छर काटने लगे। मैं नीचे फिर से अपने रूम आ गया। मेरे सिर में काफी दर्द होना शुरू हो गया। मैं चादर ओढ़कर सो

गया। जिस रूम में मैं रह रहा था, खाने-पीने का व्यवस्था रूम मालकिन करती थीं। रात के नौ बजे वह मेरे पास आईं।

"क्या हुआ रणवीर?" रूम मालकिन ने पूछा।

"सिर में काफी दर्द हो रहा है।" मैंने लेटे हुए कहा।

"कुछ खा लो, फिर मैं दवाई देती हूँ।"

"मुझे खाने का जरा भी मन नहीं कर रहा है आंटी।" मैंने सिर सहलाते हुए कहा।

"कुछ तो खा लो, वरना दवाई नहीं खा सकते।"

जैसे-तैसे मैं चादर के साथ उठकर बैठा। कैसे भी थोड़ी बहुत रोटी-सब्जी खाई, फिर दवाई ले ली। रूम मालकिन ने मेरी बात पापा से करवाई, उन्होंने कहा कि वे कल आ जाएँगे। मैं फिर से चादर ओढ़कर सो गया। मैं थर-थर काँप रहा था।

मैं रात भर सो नहीं पाया। सुबह हो गई। रविवार का दिन था और कल मेरी परीक्षा थी। मुझे अहसास होने लगा था कि अब मैं परीक्षा नहीं दे पाऊँगा। रूम मालकिन मेरे आस-पास ही थीं। कुछ देर बाद पापा आए, फिर हम डॉक्टर के पास गए। वहाँ भी हमें घंटों इन्तजार करना पड़ा, उसके बाद मेरा नम्बर आया। अगले ही पल मैं पैथोलॉजी में था।

"लगता है डॉक्टर ने सही पकड़ा है; मुझे मलेरिया हुआ होगा, क्योंकि कल छत पर मुझे मच्छरों ने काटा था।" मैंने पापा से कहा।

"तुम्हें ठंड देकर बुखार आता था?" पापा ने कहा।

"शायद हाँ... मैं समझ भी नहीं पाया कि यह किस तरह का बुखार है।"

मैंने पैथोलॉजी में अपना ब्लड चेकप के लिए दिया। रिपोर्ट के लिए हमें शाम में बुलाया गया। हम रूम आ गए। मैं फिर से चादर ओढ़कर सो गया।

"पापा, मुझे लगता है कि मैं परीक्षा नहीं दे पाऊँगा; मुझे घर जाना है।" मैंने उदास होकर कहा।

"रिपोर्ट आने तक इन्तजार करो रणवीर; एक बार बीमारी पकड़ में आ जाए, तब तुम जल्दी ठीक हो जाओगे।" पापा बोले।

"मेरी परीक्षा कल है, कल तक मैं शायद ही ठीक हो पाऊँगा।"

"तुम्हारे सभी विषयों की परीक्षा अच्छी गई है... यदि तुम कल की परीक्षा में पास मार्क्स भी ले आते हो तो फिर भी तुम्हारा रिजल्ट अच्छा ही होगा।" पापा मेरा हौसला बढ़ाते हुए बोले।

शाम को पापा पैथोलॉजी से वापस आए और बहुत सारी दवाइयाँ भी साथ लाए। मुझे मलेरिया ही हुआ था। मैं चुप था। भगवान् से मना रहा था कि किसी तरह मैं कल की परीक्षा दे पाऊँ। मैं संदीप के बारे में भी सोच रहा था कि वह कैसा होगा? उसकी तैयारी कैसी होगी? मुझे अपने हालत के बारे में उसे बताने का मन कर रहा था। मेरे जहन में बहुत सी बातें चल रही थीं, कभी परीक्षा के बारे में तो कभी खुद के बारे में। यह समझ पाना मेरे लिए काफी कठिन हो गया था कि क्या मैं कल परीक्षा दे पाऊँगा।

सोमवार का दिन।

मेरी आँखें खुलीं और सामने दिवाल घड़ी पर पड़ी... आठ बजकर दस मिनट हो रहे थे। मैं हड़बड़ाकर उठा और बरामदे की तरफ गया। पापा बाहर से आ रहे थे, खाने-पीने की हल्की-फुल्की चीजें लेकर।

"हड़बड़ाने की जरूरत नहीं है, अभी काफी समय है; तुम फ्रेश होकर नाश्ता कर लो और दवाई ले लो।" पापा बोले।

फ्रेश होने तक पौने नौ बज चुके थे। मैंने जल्दी-जल्दी नाश्ता किया और दवाई ली। कुछ देर के लिए मैं भूल गया था कि मेरी तबियत खराब थी, मगर मुझे यह तुरंत ही अहसास हुआ, जब मुझे उल्टी हुई। मैं खुद को फिर से कमजोर महसूस करने लगा। मैं बिछावन पर लेट गया।

आधे घंटे के बाद मेरा मन शांत हुआ। मैंने खुद को परीक्षा देने के लिए तैयार किया। जब तक मैं परीक्षा केन्द्र पहुँचा, तब तक सभी विद्यार्थी अपनी-अपनी जगह पर बैठ चुके थे। मैं लेट हो गया था। मुझे फेल होने का डर सता रहा था।

मैथ की परीक्षा उतनी अच्छी नहीं गई। शाम को मैं पापा के साथ घर निकल पड़ा। घर पर मैंने माँ को बताया कि किस तरह अचानक मेरी तबियत खराब हो गई और मेरी मैथ की परीक्षा उतनी अच्छी नहीं गई।

संदीप भी अपने घर जा चुका था। मैं उसे बहुत याद कर रहा था, मगर

पता नहीं वह मुझे याद कर रहा था या नहीं।

रिजल्ट का दिन

मैं खुश दिखने की कोशिश कर रहा था, मगर अन्दर ही अन्दर मैं डरा हुआ था। रिजल्ट का समय शाम चार बजे दिया गया था, मगर रात के आठ बज चुके थे... मैं अपना रिजल्ट नहीं देख पाया था। मैंने अपना रोल नम्बर और रोल कोड आनंद भइया को बता दिया था और पापा का मोबाइल मैंने अपने पास रखा था। आनंद भइया ने मुझे फोन किया और गुनगुनाने लगे,

"ये...क्या हुआ? कैसे...हुआ...?"

"आ...न, जल्दी बताइए न।" मैंने बच्चे की तरह कहा।

"रोओगे तो नहीं न?"

'नहीं,' मैंने बोल तो दिया, मगर मेरी आँखों में आँसू आ गए थे। ये क्या हुआ? कैसे हुआ? का सीधा मतलब था कि मैं फेल हो गया था।

"तो सुनो।"

खामोशी।

"क्या हुआ? अगले साल बताएँगे क्या?"

"ठीक है बताता हूँ, मेरा छुटकू फस्ट हो गया है।"

"नहीं... झूठ झूठ, आप झूठ बोल रहे हैं।" मैंने पैर पटकते हुए कहा।

"मैं झूठ क्यों बोलूँगा।"

"फिर आपने ये क्यों कहा कि रोएगा तो नहीं?"

"हाँ सही तो कहा, क्योंकि खुशी में भी रोया जाता है; तुमने सुना नहीं है खुशी के आँसू।" उन्होंने मजाक में हँसते हुए कहा। उनका कहना सही था, मेरे आँखों में आँसू थे, जो यकीनन खुशी के थे।

अगले दिन मैं बहुत एक्साइटेड था, क्योंकि अपने दोस्तों से मिलकर उन्हें बताना जो था 'मैं फस्ट हो गया हूँ।' मैं लगभग सभी दोस्तों से मिला... सभी के अच्छे नम्बर आए थे... बस कुछ ही नम्बरों से हम आगे-पीछे थे। उनसे मुझे संदीप के बारे में पता चला, वह सेकेंड हो गया था। मैंने अमित के

मोबाइल से उसे फोन किया।

"हेलो संदीप!"

"हाँ बोलो।"

"तुम्हारे रिजल्ट के बारे में पता चला; तुमने खुद फोन क्यों नहीं किया, जब तुम मेरे पापा का मोबाइल नम्बर जानते ही हो।" मैंने उसे यह अहसास दिलाते हुए कहा कि मैं उसे याद करता था, उसकी परवाह करता था।

"जब रिजल्ट ही खराब हो गया तो क्या बताना।" वह उदास होकर बोला।

"क्या यार...कुछ खराब-वराब नहीं हुआ है; अब आगे क्या सोचा है यह बताओ?"

"क्या सोचूँगा; भागलपुर जाऊँगा आगे की पढ़ाई करने।"

"हाँ मैंने भी तो वहीं जाने का सोचा है, मगर घर से दूर जाने का मन नहीं कर रहा है यार..."

"यह तो होता ही है, मगर जब दोनों साथ रहेंगे तो मन लग जाएगा।"

क्या मैंने सही सुना? चलो कन्फर्म कर लेता हूँ।

"क्या हम दोनों साथ रहने वाले हैं?"

"हाँ, अगर तुम चाहो तो?"

मैं खुशी से झूम उठा। आखिर मेरे दोस्त ने मेरा साथ माँगा, जो कुछ दिनों के लिए भटक गया था।

"हाँ यार, मैं क्यों नहीं चाहूँगा।" मैंने खुशी से कहा।

"तो कब से रहना चाहोगे?"

"मैंने इस बारे में घर से बात नहीं की है, बस मन में सोचा रखा है; मुझे पता है वे मान जाएँगे, फिर हम कुछ दिनों के बाद चलेंगे।"

"तब तक मैं वहाँ जाकर रूम देखता हूँ, कोई ढंग का रूम मिलेगा तो ले लूँगा।"

"वैसे एक बात पूछनी थी।"

'क्या?'

“तुम्हारा वह दोस्त अमित कहाँ रहने वाला है?”

“वह पटना जा रहा है।”

“ओ...”

यह सवाल मैंने इसलिए पूछा, क्योंकि मैं सोच रहा था कि वह भी हमारे साथ रहेगा। यदि वह रहता तो मैं नहीं रहता, क्योंकि वह ज्यादातर अश्लील बातें करता था और कभी भी किसी अंजान लड़की को फोन लगाकर बातें करने लगता था। वह रोज लड़की से सुनता था, फिर भी उस पर कोई प्रभाव नहीं पड़ता था। उसके न रहने की खबर सुनकर मुझे राहत मिली।

पन्द्रह

अगस्त 2012

हमारी दोस्ती ने एक नया मोड़ लिया, जो बीते कुछ सालों से मिलता जुलता था। हमारी दोस्ती जितनी गहरी मिडिल स्कूल में हुआ करती थी, उससे भी कहीं ज्यादा गहरी होती जा रही थी। संदीप भागलपुर जा चुका था और उसने रूम भी ले लिया था। मैं घर पर था। हम अक्सर फोन पर बात करते थे।

“हैलो रणवीर, अब कितने दिन घर पर रहोगे! आधा अगस्त बीत चुका है और तुम आने का नाम ही नहीं ले रहे हो; तुम्हें पता है, तुम्हारी ग्यारहवी की क्लास आधी से ज्यादा छूट गई है।” संदीप ने चिंता जाहिर करते हुए कहा।

“हाँ यार...ये तो है... मैं जल्दी आ जाऊँगा, अपने जन्मदिन के बाद, तुम्हें याद तो है न?”

“हाँ-28 अगस्त को और तुम्हें याद है न?”

“हाँ, कैसे भूल सकता हूँ 30 अगस्त को।”

“मैंने अपना जन्मदिन नहीं पूछा; मैंने तो पूछा था कि तुम्हें जल्दी आने वाली बात तो याद रहेगी न?” वह मजाक में बोला। हम दोनों ठहाके लगाने लगे।

जल्दी ही मेरा जन्मदिन आ गया।

"हैप्पी बर्थडे रणवीर...!" संदीप ने फोन पर विश किया।

"थैंक यू...!"

"तुम सेलिब्रेट तो कर रहे हो न!"

"नहीं, मैं सेलिब्रेट नहीं करता।"

'क्यों?'

"काहे का सेलिब्रेट यार; आज के ही दिन मेरा जन्म हुआ था, मगर अभी तक मैंने ऐसा कुछ नहीं किया है, जिससे मेरे परिवार वाले मुझपर गर्व कर सकें... हाँ, जिस दिन ऐसा हो जाएगा, तब बड़े पैमाने पर सेलिब्रेट करूँगा।"

"अच्छा यार ठीक है, मगर मैं सेलिब्रेट करता हूँ और तुम्हें आना है।"

"उसी की तैयारी कर रहा हूँ।"

"क्या तुम अपने कमरे में हो?"

'हाँ,' मैं बात भी कर रहा था और अपनी किताबों को बैग में पैक कर रहा था।

"तुम्हारे टेबल पर कुछ रखा हुआ है, शायद तुमने अभी तक देखा नहीं है।" उसने मुस्कुराते हुए कहा। मैं पीछे मुड़ा।

"गिफ्ट!" मैंने खुशी से कहा। मैं टेबल के पास गया और उस गिफ्ट को उठाया "मगर यह मेरे रूम में कैसे आया? तुम तो भागलपुर में हो।"

"इट्स मैजिक! खोलकर नहीं देखोगे?"

मैंने मोबाइल को कान और कंधे के बीच फँसाया और गिफ्ट खोलने लगा।

"वाओ...! डायरी..."

"कैसी लगी?"

"बहुत अच्छी, मगर इस डायरी में मैं लिखूँगा क्या?"

"अपनी प्रेम कहानी लिखना।" उसने चिढ़ाते हुए कहा।

"प्रेम कहानी; जिस दिन मुझे प्यार हो गया न..."

"उस दिन तुम बर्थ डे सेलिब्रेट करोगे?" उसने मुझे रोकते हुए चिढ़ाया और हँसने लगा।

अगले दिन।

मैंने भागलपुर जाने की पूरी तैयारी कर ली थी। मेरा रूम खाली-खाली लगने लगा था। अगले दिन मैं भागलपुर जाने वाला था। ऐसा लग रहा था जैसे सब कितना जल्दी हो गया। मैंने मैट्रिक की परीक्षा दे दी, रिजल्ट भी आ गया और फिर इतने दिन घर पर बीत गये-यह सब एक लंबे समय अन्तराल में हुआ, फिर भी ऐसा लग रहा था जैसे सब कुछ जल्दी हो गया।

30 अगस्त, संदीप का जन्मदिन।

सुबह के आठ बज रहे थे। संदीप को मैंने विश कर दिया था और भागलपुर जाने को तैयार था। मैं अपना सामान ऑटो में रख रहा था। जैसे-जैसे मैं अपना सामान ऑटो में रख रहा था, वैसे-वैसे मुझे अहसास हो रहा था कि घर से दूर जाने में क्या बीतती है।

मैं माँ को मिस करूँगा, उनके प्यार और फटकार को मिस करूँगा; मैं मिस करूँगा अपने रूम को, जहाँ मैं किताबों के बीच रहता था।

मैंने माँ की ओर देखा। उनकी आँखों में आँसू थे, जो न गम के थे और न ही खुशी के... ये आँसू थे उम्मीद के, कि मैं एक दिन अच्छा करूँगा। मेरे आगे ऑटो खड़ी थी और पीछे माँ। आखिरकार मुझसे रहा नहीं गया; मैं भागता हुआ माँ के पास गया और उनसे लिपट गया। आस-पड़ोस के लोग अपने छत पर से हमें देख रहे थे। ये सब मुझे एक फिल्म की तरह लग रहा था।

माँ मेरे साथ ऑटो के पास आयीं। मैं बीच वाली सीट पर बैठ गया, पापा आगे वाली सीट पर बैठे। अचानक मेरी नजर मेरी साइकिल पर पड़ी। ये वही साइकिल थी, जिस पर मैं और संदीप पढ़ने जाया करते थे।

मैं तुम्हें भी मिस करूँगा।

ऑटो खुली। मैंने माँ की ओर देखा और अपना हाथ हिलाया। उन्होंने अपना हाथ थोड़ा सा ऊपर किया- अपना खयाल रखना।

घर से मैं ज्यों-ज्यों दूर जा रहा था, मुझे घर की उतनी ही याद आ रही थी। घर से भागलपुर का रास्ता सिर्फ एक घंटे का था, फिर भी ऐसा लग रहा था जैसे वक्त स्थिर हो गया हो। मेरी नजर एक बोर्ड पर पड़ी, जिसमें लिखा था भागलपुर में आपका स्वागत है। मेरे चेहरे पर मुस्कान आई। मैंने पापा के

मोबाइल से संदीप को फोन किया,

"हैलो संदीप, मैं पहुँच गया हूँ, अब हमें कहाँ आना है?"

"तिलकामाँझी चौक, मैं भी वहाँ पहुँचता हूँ।"

"ठीक है।"

कुछ ही देर में हम तिलकामाँझी पहुँच गए। मैं ऑटो में बैठा रहा, पापा नीचे उतरे। मैं अपनी नजरें इधर-उधर दौड़ा रहा था, तब तक संदीप हमारे पास आया। उसने मेरे पापा के पैर छुए और फिर वह ऑटो में बैठ गया। वहाँ से ऑटो एक गली के अन्दर गई, जिधर हमारा रूम था।

हमने सारा सामान रूम में रखा। पापा संदीप से बातें करने लगे। मैं रूम को निहार रहा था और सोच रहा था-

इतना छोटा रूम और वह भी इसमें दो लड़के रहेंगे। हम खाना कहाँ बनाएँगे? मैं किताब कहाँ रखूँगा? इस छोटे से रैक पर! इसपर तो मेरी आधी किताब भी नहीं अटेगी।

धीरे-धीरे मैंने सामान, रूम में सेट किया, संदीप ने मेरी मदद की। शाम होने चली थी। पापा घर के लिए निकल गये। मैं और संदीप अपने-अपने बिछावन पर बैठे थे।

"मेरा गिफ्ट कहाँ है?" संदीप ने कहा।

"मैं आ गया, इससे बड़ा गिफ्ट और क्या हो सकता है!" मैंने मुस्कुराते हुए कहा।

"ओ...हो, हो, हो...लगता है कितना बड़ा स्टार आ गया है; जब स्टार बन जाओगे तब बोलना, पहले मेरा गिफ्ट दो।"

"गिफ्ट तो मैं सच में नहीं ला पाया..."

"कुछ तो दो।" उसने एक बच्चे की तरह कहा।

"जाओ, तुम जब चाहो मुझसे एक चीज माँग सकते हो, मैं वो दूँगा।" मैंने मजाकिया अंदाज में कहा, फिर हम दोनों हँसने लगे।

रात के आठ बज चुके थे। संदीप अपना बर्थडे सेलिब्रेट करने वाला था। रूम के बाहर बरामदे को सजाया जा रहा था। हम जिस फ्लोर पर रहते थे, वहाँ

के सभी लड़के और कुछ दूसरे फ्लोर के लड़के बरामदे पर जमा हो गए थे। सब कुछ न कुछ कर रहे थे। कुछ दिवाल पर रिबन लगा रहे थे, तो कुछ बरामदे के चारों ओर मोमबत्तियाँ लगा रहे थे... कुछ बलून्स में हवा भर रहे थे और मैं बलून्स बाँध रहा था।

लगभग एक घंटे बाद बरामदा पूरी तरह सज गया। सभी बल्व को ऑफ कर दिया गया। मोमबत्तियों की रोशनी, दिवाल पर लटकते रिबन, डोरी से बँधा हेप्पी बर्थडे स्टीकर... टेबल की सजावट और बलून्स से भरा बरामदा काफी आकर्षक और सुन्दर लग रहा था।

"हे... बर्थडे ब्वॉय को बुलाओ, ये मोमबत्तियाँ ज्यादा देर तक नहीं टिकेंगी।" एक लड़के ने कहा। संदीप बाहर आया। उसने नए कपड़े पहने थे और वह एकदम बच्चे की तरह लग रहा था। सभी इस पल को कैद करने लगे... मेरा मतलब है, बरामदे की सजावट, टेबल पर रखा केक और संदीप का बचपना, सब अपने मोबाइल में रिकॉर्ड करने लगे। मैं टेबल से कुछ दूरी पर खड़ा था। संदीप ने मुझे अपने पास आने का इशारा किया। मैं उसके पास गया, हमने बहुत सारी फोटो खिचवाई।

"हैप्पी बर्थडे टू... यू... हैप्पी बर्थडे टू यू संदीप... हैप्पी बर्थडे टू यू..." संदीप के केक काटने पर हम गुनगुनाए और ताली बजाई। बलून्स फूटने की आवाज, हँसने की आवाज, गुनगुनाने की आवाज माहौल को रंगीन कर रही थी। संदीप ने केक का टुकड़ा मुझे खिलाया, फिर मैंने उसे।

"ये रात मैं नहीं भूलूँगा; सच में बर्थडे सेलिब्रेड करने में कितना अच्छा लगता है," मैंने संदीप की ओर देखते हुए कहा। वह मुस्कुराया।

सभी ने केक और समोसे खा लिए, सारे बलूनस फोड़ दिए गए और सब अपने-अपने रूम में चले गए।

"मैं अपने जन्मदिन पर ज्यादातर समोसे ही खिलाता हूँ।" संदीप ने चेंज करते हुए कहा।

"ओ..." मैं भी चेंज कर रहा था।

"ये शर्ट मेरी मम्मी ने बर्थडे गिफ्ट दिया।" ,

"ओ... बहुत अच्छी शर्ट है।"

"वैसे तुम्हारी मम्मी ने क्या गिफ़्ट दिया?"

"इन्टर में भी अच्छा करने का आशीर्वाद।" कुछ क्षण रुकने के बाद मैं बोला।

"दोस्त! गिफ्ट बदला-बदली करोगे?" उसने अपनी शर्ट मेरी ओर फेंक दी। हम दोनों हँसने लगे।

मुझे उसके साथ हँसने में सुखद अनुभूति हो रही थी। जो पहले कहीं खो गई थी, वह हँसी फिर से हमारे जीवन में आ गई। जिस तरह संदीप मुझे भूलता जा रहा था, मैंने उम्मीद नहीं की थी कि एक दिन हम इस तरह हँस पायेंगे। शायद ऊपर वाले ने हमारी दोस्ती परमानेंट मार्कर से लिख दी थी।

मैं सोने की कोशिश कर रहा था, मगर कुछ खयालात मुझे सोने नहीं दे रहे थे। वह मुझे कभी खुश कर देते, कभी इमोशनल। माँ की आँखों में वे उम्मीद के आँसू... मेरा माँ से यूँ अचानक लिपट जाना, मेरा खाली रूम, मेरी साइकिल, सफर का सिलसिला और संदीप के साथ बिताए पल, सब मेरे जहन में तैरते रहे।

सोलह

19 सितम्बर, गणेश चतुर्थी।

"आज स्पेशल ऑफर है, आज तो खरीद ही लो।" संदीप ने कहा। वह मुझे मोबाइल खरीदने को कह रहा था, जिसकी दो वजह थी। पहली- मैं उसका मोबाइल ज्यादा छेड़ने लगा था, दूसरी- जब मुझे मोबाइल खरीदने के लिए पैसे मिले थे, फिर भी मैं क्यों नहीं खरीद रहा था?

"ठीक है, शाम को मार्केट चलेंगे।"

हम मोबाइल खरीदकर आ गए और संदीप ने मेरा एक सिम, जो कल तक उसके मोबाइल में था, मेरे मोबाइल में लगा दिया।

टों टों टो...टों टो, टों टो....टों, "ये रिंग-टोन कैसा है रणवीर?" संदीप ने पूछा।

"ओह, इसे जल्दी हटाओ, मुझे जरा भी अच्छा नहीं लग रहा है, कोई अच्छा-सा टोन सेट करो।"

"ठीक है।"

मोबाइल खरीदने के बाद मेरा समय अच्छा बीतने लगा। कभी मैं गाने सुनता, कभी गेम खेलता तो कभी रेडियो सुनता। मैं अपनी इस छोटी सी दुनिया में खुश था।

दिसम्बर का महीना

हम दुर्गा पूजा, दीपावली और छठ पूजा मनाकर घर से वापस भागलपुर आ गए थे। हम फिर से घर जाने वाले थे।

"आज ही चलते हैं न यार..." मैंने कहा। मैं संदीप को मना रहा था कि हम घर चलें।

"नहीं, आज क्रिसमसडे है और आज रात हम डिजनीलेंड मेला जा रहे हैं।"

"ये जरूरी है क्या, हम मेला ही जायें, हम घर भी तो जा सकते हैं।"

"नहीं यार, ये साल में एक बार आता है, मैं तो जाऊँगा ही।"

"ठीक है, दोनों चलेंगे-मगर कल सुबह ही घर के लिए निकल जाएँगे।"

"ठीक है।"

सत्रह

कहते हैं, जो दिल करने से मना करे, उसे न ही करने में भलाई है। उस दिन मुझे मेला जाने का जरा भी मन नहीं था, फिर भी मैं संदीप का दिल रखने के लिए गया और उस रात ने मेरी जिन्दगी में एक त्रासदी ला दी।

हम मेले का आनंद ले रहे थे। हमें एक पॉपकॉर्न की दुकान दिखी, वहाँ काफी भीड़ थी। हमें खाने का मन किया। संदीप मुझे अकेला छोड़कर पॉपकॉर्न लेने चला गया। इस बीच मेरी मुलाकात एक लड़की से हुई। संदीप के आने तक वह मुझसे बात करके चली गई।

अगले दिन मैं और संदीप अपने-अपने घर चले गए। फिर एक जनवरी

(2013) को मेरे मोबाइल पर उसी लड़की का फोन आया, (वह रिंगटोन बजा जो मैं नापसंद करता था) रिया का। इसे मैंने एक चमतकार समझा, जो दरअसल एक बुरा संकेत था। धीरे-धीरे हम एक दूसरे के करीब आते गए और हमें एक दूसरे से प्यार हो गया। हम साथ ही बारहवीं पास हुए। बारहवीं पास होने के बाद संदीप पटना चला गया। मैं और रिया स्पोकन क्लास करने लगे। वह चाहती थी कि मैं एक अच्छा स्पीकर बनूँ और हम इंग्लिश में बात करें। अचानक उसकी तबीयत खराब हो गई, वह घर चली गई। मैं दिलों जान से उसके सपने को पूरा करने में लग गया। मेरी मेहनत रंग लायी... मैं एक अच्छा स्पीकर बन गया। मैं उसे सरप्राइज देना चाहता था। मैंने उसके ठीक होने का इन्तजार किया। जब वह वापस आई, वह बदल चुकी थी। उसे कोई और मिल गया था, या यूँ कहूँ कि उसने किसी और को ढूँढ़ लिया था। धीरे-धीरे मुझे अहसास हुआ कि उसे प्यार के मायने ही पता नहीं थे। अन्ततः उसने प्यार को मजाक बना कर रख दिया।

मेरा दोस्त संदीप मेरे पास आया। उसने मुझे सँभाला। सितम्बर का अंतिम महीना चल रहा था, क्लास में छुट्टी होने वाली थी। हम साथ-साथ घर निकल पड़े।

अब आगे

घर पर सभी खुश थे, सिवाय मेरे। दुर्गा पूजा में सभी मेला जाते, मौज मस्ती करते और मैं तनहा-बेबस की तरह अपने खाली रूम को अँधेरा कर बैठा रहता था। मेले से मुझे नफरत हो गई थी।

दीपावली में भी सभी पटाखे फोड़ रहे थे, मिठाइयाँ खाकर खुशियाँ मना रहे थे, मगर मैं एक ही सोच में डूबा था-

ये मेरे साथ क्या हो गया?

अब मेरा क्या होगा?

क्या मैं इस त्रासदी से निकल पाऊँगा?

इस त्रासदी को मैं भूलने की पूरी कोशिश कर रहा था, मगर भूल नहीं पा रहा था। घर वालों के कहने पर मैं उनके साथ मंदिर चला जाता था, मगर भगवान से मिलने की इच्छा नहीं होती थी। मैंने भगवान से प्रार्थना किया था कि

वह जल्दी ठीक हो जाए, यह नहीं कि ठीक होकर मुझसे दूर चली जाए-शायद वे कभी-कभी कुछ ज्यादा ही सुन लेते हैं। पहले समय कैसे बीतता था, पता नहीं चलता था और अब समय कैसे बिताऊँ बस इसी सोच में डूबा रहता था।

27 अक्टूबर, दीपावली के तीन दिन बाद।

घर वाले मेरी उदासी का कारण जानना चाहते थे, मगर मैं कोई न कोई बहाना बनाकर टाल देता था। मैं अपने अँधेरे रूम में था-कुर्सी पर बैठा और सिर को टेबल से टिकाए। अचानक किसी ने मेरे रूम की लाइट जलाई। मैं चौंका और पीछे देखा-पापा खड़े थे। वे मेरी पास वाल कुर्सी पर आकर बैठे और बोले,

"मुझे पता है रणवीर, तुम किसी तकलीफ में हो।" काफी सलीके से। मैं चुप रहा और अपनी पीठ सीधी करके उनकी बातें सुनने लगा।

"मुश्किलें कभी पूछ कर नहीं आतीं और तब-तक नहीं जातीं, जब-तक हम उससे सबक न सीख लें; इसलिए उनसे लड़ना सीखो।" हालाँकि ये बातें मैं जानता था, ये लाइनें भी मैंने सुनी थी, मगर उनके अंदाज में अलग बात थी।

"मार्टिन लूथर ने कहा है-अगर तुम उड़ नहीं सकते तो दौड़ो! अगर तुम दौड़ नहीं सकते तो, चलो! अगर तुम चल नहीं सकते तो, रेंगो, मगर आगे बढ़ते रहो! अपनी सोच और दिशा बदलो, सफलता तुम्हारा स्वागत करेगी। एक बात हमेशा याद रखो; हम बाहर की चुनौतियों से नहीं, अपने अंदर की कमजोरियों से हारते हैं।" बोलकर वे कुर्सी पर से उठे, मेरे बालों को सहलाया और फिर बाहर चले गए। उन्होंने आते वक्त ही लाइट जलाई भी, मगर रोशनी उनके जाने के बाद हो रही थी।

अचानक से मैंने टेबल से लगी दराज को खोला। मेरे चेहरे पर मुस्कुराहट छा गई-जो कहीं खो गई थी। मुझे कुछ पुरानी बातें याद आईं-

मगर मैं इसमें लिखूँगा क्या?

अपनी प्रेम कहानी लिखना।

प्रेम कहानी! जिस दिन मुझे प्यार हो गया न...

वह डायरी अब भी वहीं पड़ी हुई थी... एकदम खाली, जो संदीप ने मुझे

गिफ्ट की थी। मुझे अपना जन्मदिन याद आ रहा था और वह नया साल। मैंने दोस्तों से सुना था कि अपना दर्द बाँटने से वह कम हो जाता है। बस फिर क्या था, मैंने उस दिन से अपना दर्द, अपनी डायरी से बाँटना शुरू कर दिया।

अठारह

नवम्बर

घर आए एक महीने से ज्यादा हो गए थे। सभी पर्व-त्यौहार भी खत्म हो गए थे। मैं अपनी डायरी के साथ खुश था... उसके साथ वक्त बाँटते-बाँटते दिन कैसे गुजर गए पता नहीं चला। मेरी क्लास शुरू होने वाली थी और कुछ यादें फिर से ताजा होने लगी थीं। मुझे भागलपुर जाना था, जिसके चलते कुछ ख़यालात मेरे जहन में घूम रहे थे-

मुझे फिर से वहाँ जाना होगा, जहाँ उसकी यादें मुझसे जुड़ी हैं।

अब मेरे कानों को कोई मधुर आवाज सुनने को नहीं मिलेगी।

मेरे मोबाइल का स्क्रीन उसके नाम से नहीं चमकेगा।

मेरा रूम मुझे काटने को दौड़ेगा, मैं खुद को अकेला महसूस करूँगा। यदि कभी स्टेशन की ओर जाऊँगा तो मेरे दिल की धड़कन बढ़ जाएगी और मेरी नजरें उसे ढूँढ़ने लगेंगी। जब मैं उन रास्तों से गुजरूँगा, जहाँ उसकी यादें जुड़ी हैं-मेरी आँखें नम हो जाएँगी।

मुझे एक सहारे की जरूरत थी और संदीप के अलावा मेरे पास और कोई नहीं था।

* * *

"हैलो रणवीर, मैं संदीप का पापा बोल रहा हूँ।"

"हाँ-अंकल, प्रणाम!"

"तुम तो अभी भागलपुर में अकेले ही रह रहे हो न?"

'हाँ।'

मैं थोड़ा कन्फ्यूज था कि आखिर संदीप के पापा मुझसे ये सब क्यों पूछ रहे थे?

“तुम अभी घर पर हो या भागलपुर में?”

“जी घर पर।”

“अच्छा...तो तुम भागलपुर कब जाओगे?”

“एक दो दिन में।” मैंने कन्फ्यूज होकर कहा। मुझे खुद पता नहीं था कि मैं कब जाने वाला था।

“तुम्हें संदीप के बारे में पता चला या नहीं?”

“नहीं, क्या हुआ उसे!” बोलकर मैं मनाने लगा कि मेरे दोस्त को कुछ न हुआ हो।

“होना क्या है, पढ़ाई लिखाई कम कर दिया है उसने; मैंने उसे कुछ क्लासेस में एडमीशन करवाने के लिए पैसे दिए थे, मगर उसने नहीं करवाया और पैसे खत्म कर दिए, इसलिए मैं सोच रहा हूँ कि...”

“सब संगत का नतीजा है।” संदीप की माँ बड़बड़ाईं।”

“हाँ अंकल, आप बोल रहे थे।” मैंने उन्हें याद दिलया।

“मैं सोच रहा था कि क्यों न संदीप फिर से तुम्हारे साथ रहने लगे?”

“हाँ, क्यों नहीं अंकल।” मैंने खुशी से कहा। जैसे मेरे मन में लड्डू फूट रहे हों।

“तो फिर तुम कब जा रहे हो? एक निश्चित दिन।”

“जी परसों।” मैं बिना कन्फ्यूजन के बोला।

“ठीक है, मैं संदीप से बोल देता हूँ कि वह तुमसे बात कर ले।” बोल कर उन्होंने फोन काटा। अब मैंने जो साँसें ली, वो तरोताजा लग रही थीं। मेरे अन्दर भागलपुर जाने की जो इच्छा मर गई थी, वह फिर से जग गई। मुझे इन उदास लम्हों में फिर से संदीप का साथ मिल गया। कुछ देर बाद संदीप का फोन आया।

“मेरे पापा से तुम्हारी बात हो गई?”

“क्या बात है यार... डायरेक्ट काम की बातें-यह नहीं पूछोगे कि मैं कैसा हूँ।”

“कैसे हो?” उसने हँसते हुए पूछा।

“ठीक हूँ।” मैंने भी हँसते हुए जवाब दिया। फिर हम दोनों हँसने लगे। शायद उसे यह अहसास नहीं था कि मेरी यह हँसी उसकी ही वजह से मिली थी।

उन्नीस

14 नवम्बर 2014, शाम 4 बजे।

आखिरकार हम दोनों भागलपुर में थे। मुझे यकीन नहीं हो रहा था कि एक बार फिर से मेरा दोस्त मेरे साथ था। जाने-अनजाने मैंने भगवान से मनाया था कि मेरे दोस्त को कुछ न हो, मगर सच में कभी-कभी भगवान कुछ ज्यादा ही सुन लेते हैं।

हमने मैथ की एक क्लास (कंपिटिशन की तैयारी के लिए) ज्वाइन कर ली। मेरी स्पोकन की क्लास समयानुसार चलती रही। हम साथ-साथ क्लास आने-जाने लगे। मेरा समय अच्छा गुजरने लगा और रिया मेरे जहन से निकलती गई।

दिसम्बर।

एक प्यारा सा दिल, जो कभी नफरत नहीं करता, एक प्यारी सी मुस्कान जो कभी फीकी नहीं पड़ती, एक अहसास जो कभी दुःख नहीं देता और एक रिश्ता, जो कभी खत्म नहीं होता; कुछ ऐसे ही थे हम एक-दूसरे के लिए। अब तक तो कई लड़के हमारी दोस्ती की मिसाल देने लगे थे। हमारी दोस्ती लाजवाब थी। अब तक न जाने कितने दोस्त एक दूसरे से अलग हो चुके थे, मगर हमारी दोस्ती दिन-ब-दिन गहरी होती जा रही थी... और तो और, हमारे बीच अभी तक कोई अनबन भी नहीं हुई थी। संदीप की बहुत सी समस्याओं को मैं सुलझाता था और मेरी बहुत सी समस्याओं को संदीप। अब हम दोनों के बीच केवल दोस्ती नहीं थी, हम दोनों एक दूसरे से जुड़ गए थे। हम एक ही थाली में खाते-पीते थे, कभी-कभी एक-दूसरे के कपड़े भी पहन लेते थे। हमारे बीच ऐसी कई बातें थीं, जो हमें एक-दूसरे से जोड़े रखती थीं।

जनवरी 2015

भगवान का शुक्र था कि इस बार मुझे किसी युवती का फोन नहीं आया। मगर नया साल तो कुछ न कुछ नया ले कर ही आता है-शायद इस बार संदीप के लिए लेकर आया था। होस्टल के सभी लड़कों ने आज के दिन को सेलिब्रेट किया। पता है कैसे? गाना बजाकर सभी ने बेतुका डांस किया, किसी ने बकवास शायरी सुनाई तो किसी ने कान बंद कर देने वाले स्वर में गीत। रात का खाना भी सभी ने साथ खाया। हम अपने रूम में थे। संदीप अपनी किताबों को बिछावन से उठाकर रैक पर रख रहा था। उसके हाथ में एक किताब थी, वह उसे देखकर मुस्करा रहा था। मैंने देखना चाहा कि वह कौन सी किताब थी। वह मैथ की किताब थी। मैं पाँच छह दिनों से देख रहा था कि वह अजीब सी हरकतें करने लगा था। अब मैथ की किताब को देखकर कौन मुस्कुराता है भला? इसलिए मैंने कुछ सोचकर उससे एक सवाल पूछा,

"क्या नाम है उसका?"

'किसका!' उसने मुझे आश्चर्य से देखते हुए कहा।

"वही... जिसके बारे में तुम सोच कर मुस्कुराए जा रहे हो।"

"मैं... किसी लड़की के बारे में नहीं सोच रहा हूँ।" उसने जल्दी में कहा और मेरा तीर सही निशाने पर जा लगा।

"पकड़ा गए न; मैंने तो अभी तक किसी लड़की के बारे में जिक्र भी नहीं किया है।" मैंने मुस्कुराकर कहा।

"अ...वो, अ..."

"नहीं नहीं, कोई कहानी नहीं बनाना, सीधा उसका नाम बताओ।"

"मुझे उसका नाम नहीं पता, वह हमारे साथ मैथ क्लास में पढ़ती है।" उसने वह आखरी किताब रैक पर रखते हुए कहा।

"क्या वह तुम्हें देखती है?"

"हाँ, हमेशा..." उसने भोलपन से उत्तर दिया।

"ठीक है, तो कल मुझे उसका चेहरा दिखाना, जरा मैं भी तो देखूँ कि किस लड़की की आँखें कमजोर हैं।" मैंने उसे चिढ़ाते हुए कहा।

अगले दिन, सुबह 9 बजे।

हम क्लास में बैठे थे। हम दोनों के बीच एक लड़का और बैठा था। आज के विषय पर चर्चा चल रही थी। क्लास में इतना डिस्प्लिन था कि संदीप ने कोई भी हरकत नहीं की। फिर क्या था... ऐसा लग रहा था कि कब छुट्टी हो और कब मैं उस लड़की का चेहरा देखूँ।

आखिरकार छुट्टी हुई। हम क्लास से निकलकर बाहर खड़े हो गए, जहाँ से निकलते हुए सभी विद्यार्थियों को देखा जा सकता था।

"देखो-वही है," संदीप ने मेरे हाथ से अपना हाथ स्पर्श करते हुए कहा।

'कहाँ?' उसने किस कलर की ड्रेस पहनी है?"

"ब्लू कलर की सलवार-कमीज पहनी है और फोन पर किसी से बात कर रही है।"

मैं इधर-उधर देखने लगा, वह मुझे नहीं दिख रही थी।

"वह आ रही है... आ... रही है।" संदीप बोलता रहा। लड़कियों का झुण्ड हमारे सामने से गुजर रहा था। संदीप ने मेरी बाँह पकड़ ली। शायद यह उसका इशारा था कि वह लड़की हमारे करीब थी। मेरी नजर उस पर पड़ी। उसने ब्लू कलर की सलवार कमीज पहनी थी और फोन पर किसी से बात कर रही थी। उसका आधा चेहरा मोबाइल से ढका था। मैं साफ-साफ उसे नहीं देख पाया, मगर एक बार मेरी नजर उसकी आँखों पर पड़ी, जो काफी नशीली थीं। उन नशीली आँखों के अलावा मैंने उसके मोबाइल में लगा आइकॉन भी देखा, जो स्माइल कर रहा था-ये सब महज कुछ ही क्षण में हुआ। आगे चलकर लड़कियों का झुण्ड टूट गया। उस लड़की की पीठ को मैं देख पा रहा था। उसने अपना मोबाइल बैग में रखा और फिर चलने लगी।

"हम्म...वह बहुत खूबसूरत है...।" मैंने संदीप को फुलाने के लिए अँधेरे में तीर चलाया।

"वह जा रही है यार, मैं क्या करूँ?"

"जाओ उसके पास, शायद वह कुछ कहना चाहती हो।" मैंने फिर से तीर चलाया।

संदीप उसकी तरफ तेजी से भागा और आखिरकार उसके आगे जाकर खड़ा हो गया। मैंने अपना हाथ माथे पर रख लिया और बुदबुदाया,

“यह कौन सा स्टाइल है-किसी से बात करने का; आज पता नहीं क्या होगा?”

सब ठीक-ठाक रहा। वे दोनों आपस में बात करने लगे। कभी-कभी वह मेरी ओर देखता, फिर उससे बात करने लगता। उन दोनों की अच्छी जम रही थी। कुछ देर में बात खत्म हुई। फिर वह लड़की अपने रास्ते आगे बढ़ी और संदीप मुस्कुराते हुए मेरे पास आया।

“हे...वह तुम्हें कैसी लगी मेरे दोस्त?” उसने पूछा।

“ये तो मैं बता चुका हूँ, तुम बताओ कि तुम्हें कैसी लगी?”

“चलो, चलते-चलते बात करते हैं।” उसने कहा। हम चलने लगे। उसने अपनी बात शुरू की-

“वह थी तो बहुत खूबसूरत मगर मेरे लायक नहीं थी।”

“अच्छा तो वह इतनी खूबसूरत थी; क्या नाम बताया उसने?”

“नाम ही तो नहीं बताया उसने, बाकी सब कुछ बता दिया,” उसने मुस्कुराते हुए कहा। मैं कुछ समझ नहीं पाया, फिर भी बोला,

“क्या-क्या बताया उसने? यही न कि वह तुम्हें पसंद करती है, तुमसे दोस्ती करना चाहती है और...”

“पहले पूरा सुन तो लो,” उसने मेरी ओर देखकर मुझे रोका। मैं चुप हो गया। हम सैंडिश कम्पाउण्ड पहुँचे (हम इसी रास्ते से क्लास, आना-जाना करते थे)। उसने अपनी बात रखी,

“वह पसंद करती है, पर मुझे नहीं; वह दोस्ती भी करना चाहती है, पर मुझसे नहीं तुमसे, हाँ मेरे दोस्त, तुमसे,” धीरे-धीरे उसकी मुस्कुराहट खत्म हो गई।

‘क्या!’

“हाँ ये सच है, वह तुम्हें देखती थी, मुझे नहीं, मगर मैं तुम्हारे बगल में बैठा यह सोचता था कि वह मुझे देख रही है।” उसने उदास स्वर में कहा। उसके अरमान टूटते नजर आ रह थे। मैं अपने दोस्त को इतना उदास नहीं देख सकता था।

“रुको, कुछ देर हम यहीं बैठते हैं।” मैंने उसका हाथ पकड़कर रोका।

हम उसी चबूतरे पर जाकर बैठ गए, जहाँ हम अक्सर बैठते थे।

"अब मैं जो पूछूँ, सिर्फ उसका जवाब देना।" मैंने कहा।

'हम्म...'

"अब ये बताओ कि यदि मैं उससे दोस्ती करने से इन्कार कर दूँ तो तुम उससे दोस्ती करोगे? क्योंकि तुम्हें तो पता ही है मैं किस त्रासदी से निकल पाया हूँ।" मैंने बड़े सलीके से पूछा, ताकि वह सही जवाब दे सके।

"नहीं यार...मैं क्या कहूँगा उससे? यही, कि मेरा दोस्त तुमसे दोस्ती करना नहीं चाहता है, इसलिए तुम मेरी दोस्त बन जाओ।" उसने दिल से उत्तर दिया। मैंने महसूस किया।

"वह तुम्हें अच्छी लगती है न!"

"हाँ, वह खूबसूरत है, मगर इसका यह मतलब नहीं कि मैं उसकी मर्जी के खिलाफ कुछ करूँ; उसे दोस्त बनने के लिए फोर्स करूँ।" बोलकर वह रुका। कुछ क्षण रुकने के बाद उसने फिर कहा,

"उसका कहना था कि यदि तुम भी उससे दोस्ती करना चाहते हो तो कल उससे बात करो।"

"कल मैं उससे कुछ नहीं कहूँगा; सब वैसे ही चलेगा-जैसा चलता आ रहा है।"

"नहीं यार, यदि तुम उसे पसंद करते हो तो तुम बात कर सकते हो, मैं बुरा नहीं मानूँगा।"

"पसंद? मैंने तो उसका चेहरा भी ठीक से नहीं देखा और देखना भी नहीं चाहता; प्लीज आज के बाद उसकी चर्चा मत करना।"

"मगर क्यों?"

मैं माहोल बदलने के लिए मुस्कुराया और एक गाना गाना शुरू किया,

"ये जो मुहब्बत है... ये उनका है काम..."

संदीप मुस्कुराया और उसने एक प्रेमी जोड़े की तरफ अपनी अँगुली दिखाई। मैंने गाना जारी रखा,

"ये जो...मुहब्बत है...ये उनका है काम..." मैंने भी अपनी अँगुली से इशारा किया।

“महबूब का जो...बस लेते हुए नाम...” संदीप ने मरा साथ दिया।

“मर जाए...”

“मिट जाए...”

“हो जाए...बदनाम...”

“रहने दो, छोड़ो भी जाने दो यार... हम ना करेंगे प्यार...” हमदोनों ने साथ गाया (यहाँ दोस्ती की बात चल रही थी, मगर इस सिचुएशन पर हमें कोई और गाना याद नहीं आया)।

यदि मैं हमारी दोस्ती के बारे में एक-एक बातें बताने लगूँ तो कई साल लग जाएँगे, क्योंकि हमारी दोस्ती कई सालों की थी और हर दिन कुछ न कुछ खास हुआ था। बस मैं इतना ही कह सकता हूँ कि हम एक दूसरे के विश्वास पात्र थे।

25 जनवरी दिन रविवार।

संदीप को मेरे साथ रहने आए दो महीने हो गए थे। हम काफी खुश थे, मगर खुशियाँ जैसे मेरी जिन्दगी में पल दो पल की मेहमान बन गई थीं। संदीप के पापा भागलपुर आए थे, उसे घर ले जाने के लिए। उसकी तबियत खराब हो गई थी। डॉक्टर से दिखलाने पर पता चला था कि उसे जांडिस हो गया था (विद्यार्थियों को ज्यादातर जांडिस इसलिए हो जाता है क्योंकि वे बाहर का खाना खाने-पीने लगते हैं।) और उसे आराम की जरूरत थी। एक बार फिर हमारी दोस्ती उसी मोड़ पर आकर रुक गई, जहाँ से वो आगे बढ़ी थी। मैं खुद को कोस रहा था-

आखिर मेरे साथ ही ऐसा क्यों हो जाता है?

कितने अच्छे से हम साथ थे-फिर ये जुदाई क्यों?

क्यों ऊपर वाला मुझे पल दो पल की खुशियाँ देकर छीन लेता है?

क्यों? क्यों? क्यों?

* * *

“तुम जल्दी ठीक हो जाओगे और फिर से मेरे पास रहने चले आओगे।” मैंने उसके उदास चेहरे को समझाने की कोशिश की (उससे कहीं

ज्यादा उदास मैं था)।

वह अपने पापा के साथ बस पर बैठा। मैं उस दिन को याद कर रहा था, जिस दिन वह फिर से मेरे साथ रहने आया था। कितने खुश थे हम... हमने साथ मिल कर रूम साफ किया, जिसके दरम्यान उसे अपना साबुन मिला- कितने हसीन, हँसी-मजाक भरे दिन थे वे।

बस खुली। संदीप ने हाथ हिलाकर मुझे बाय कहा। मैंने भी अपना हाथ हिलाया।

मैं भागा-भागा अपने रूम पर आया और उनके सामने खड़ा हो गया। वो मुस्कुरा रहे थे। मुझे उन पर गुस्सा आ रहा था-मन कर रहा था कि उन्हें रूम से बाहर कर दूँ, मगर मेरे ऐसा सोचने पर भी वे मुस्कुराते रहे।

"तुम उसे बाहर निकालकर क्या साबित करोगे? पूरी दुनिया तो उन्हीं की है।" मेरे अंदर से आवाज आई। मेरा मन कर रहा था कि उनसे कई प्रश्न पूछूँ, उन पर बिगड़ूँ... मगर मैंने ऐसा नहीं किया; बस अपने हाथ जोड़े और उनसे प्रार्थना किया कि वो मेरे दोस्त को जल्दी ठीक कर दें।

संदीप को घर गए पाँच दिन हो गए थे। मैं हर पल, हर क्षण यही मना रहा था कि वह जल्दी ठीक हो जाए। शायद वह भी अपने ठीक होने के लिए इतना नहीं मनाता होगा। मैं खुद को रोज व्यस्त रखत था, ताकि अकेलापन मुझे न सताए। मैथ और इंग्लिश क्लास करने से मेरा दिन समाप्त हो जाता था, मगर रातें मुझे चिंता में डाल देती थीं।

रात के दस बज रहे थे। मैं बिछावन पर लेटा उसी की यादों में खोया था। अचानक मेरे मोबाइल की घंटी बजी। मैं चौंक गया। स्क्रीन पर वही नम्बर चमक रहा था, जिसने मेरी जिन्दगी में त्रासदी लायी थी। वह नम्बर मैंने डिलीट कर दिया था, फिर भी वह नम्बर देखते ही मुझे याद आ गया कि वह उसी का नम्बर था-रिया का!

बीस

मैं हैरान रह गया। खुद से पूछा, 'अब क्या बचा है, जो ये मुझे फोन कर रही है, क्या मुझे फोन उठाना चाहिए?" मेरे दिल ने कोई जवाब नहीं दिया,

क्योंकि वह उससे हार चुका था-इस वक्त चुप रहने में ही उसकी भलाई थी। मेरे दिमाग ने मुझे पीछे की कुछ तस्वीरें दिखाईं। उन तस्वीरों को देखकर मेरा जख्म फिर से हरा हो गया। मैंने फोन काटा और एक मैसेज भेजा-

"मुझे तुमसे कोई बात नहीं करनी है।

अब हमारे बीच कुछ नहीं रहा।

मुझे अपने हालत पर छोड़ दो-प्लीज।"

मोबाइल को मैंने पेट पर रख दिया। कुछ देर बाद फिर से फोन आया; किसी नए नम्बर से। मुझे शक हुआ कि वह उसी का था। मैंने फोन उठाया।

"हैलो-कौन?" मैंने कहा।

"प्लीज कॉल मत काटना-एक बार मुझसे बात कर लो।" रिया की आवाज आई-जल्दबाजी में।

'बोलो।' मैंने मजबूरन कहा।

"जिस दिन तुम मेरी जिन्दगी से चले गए, उस दिन से मुझे कुछ अच्छा नहीं लग रहा है, मेरे साथ कुछ अच्छा नहीं हो रहा है; मेरे पीछे से एक ही आवाज आती है- धोखेबाज। मैं इस तरह नहीं रह सकती... मुझे यह अहसास हो गया है कि मैंने तुम्हारे साथ कितना गलत किया।" उसकी आवाज में वही प्यार छलक रहा था, जो पहले हुआ करता था।

"सीधे-सीधे यह क्यों नहीं बोल देती कि उस लड़के ने तुम्हें पहचान लिया और तुम्हें छोड़कर चला गया; अब कोई तो होना चाहिए न टाइम पास करने के लिए, इसलिए फिर से मुझे उल्लू बनाने लगी।" मैंने गुस्साते हुए कहा।

"नहीं नहीं, ऐसी कोई बात नहीं है-बस मुझे अपने गलतियों का अहसास हो गया। तुमने मुझसे सच्चा प्यार किया, मगर मैंने तुम्हें धोखे में रखा, प्लीज मुझे माफ कर दो।" उसने इस तरह मिन्नतें की, जिस तरह एक दिन मैं उससे माँग रहा था। उसके इन मिन्नत भरे लफ़्जों ने मुझ पर उल्टा रिएक्शन किया। मैं उस पर चिल्लाया,

"यह तुम्हें इतने दिनों के बाद क्यों लग रहा है? याद करो उस दिन को, जब मैं पल-पल तुम्हारे लिए तड़प रहा था; जितनी बार मेरी कॉल वेटिंग में जा रही थी, मेरा दिल उतना ही रो रहा था-तब कहाँ थी तुम।"

“मैं भी तुम्हारे लिए कितना रोई हूँ रणवीर... यह सब करते करते मैं समझ ही नहीं पाई कि प्यार क्या होता है? जब तुम मुझे छोड़कर गए, तब अहसास हुआ।”

“बोलने में जरा भी शरम नहीं आता है? मैंने तुम्हें नहीं छोड़ा, बल्कि तुमने मुझे धोखे में रखा और अन्ततः प्यार को मजाक बना डाला; तुम्हें पता भी नहीं होगा कि अकेले मैं किस तरह दिन काटता था?”

“मुझे पता...”

“चुप रहो! तुम्हें कुछ नहीं पता।” मैंने उसे रोका और फिर बोलने लगा,

“उस वक्त मेरे साथ ऐसा कोई नहीं था, जिससे मैं अपना दर्द बाँटता और आज भी उसी मोड़ पर खड़ा हूँ-संदीप घर चला गया है; किस तरह अकेले रहता हूँ पता है तुम्हें! किसी से बात करने में अच्छा नहीं लगता है, किसी के साथ समय गुजारने में अच्छा नहीं लगता है; एक अजीब सा अकेलापन सताता है। मेरी लाइफ कैसी हो गई है जरा भी अन्दाज है तुम्हें?” मैंने अपने दिल में छुपे भड़ास निकाला, जिसे मैं खुद से भी छिपाए रखता था।

“सॉरी रणवीर, सच में मुझे अहसास हो गया है कि मैंने कितनी बड़ी गलती कर दी और तुम पर क्या बीत रही होगी, प्लीज मुझे माफ कर दो।” उसने अदब से कहा; मेरे इतने गुस्सा होने पर भी।

“मैं कुछ नहीं बोलना चाहता।”

“मैं समझ सकती हूँ, तुम्हारा कहना स्वाभाविक है, लेकिन एक बार बोल दो कि तुमने मुझे माफ किया।”

“ठीक है, मैंने तुम्हें माफ किया, मगर तुम अपने रास्ते, मैं अपने रास्ते।”

“थैंक यू।”

मैंने सोचा था कि यह हमारी आखरी बातचीत होगी, मगर ऐसा नहीं हुआ। कभी-कभी रिया मुझे फोन कर देती थी और मैं भी उससे बात कर लेता था, जिसकी दो वजह थी- पहली वह पढ़ाई-लिखाई की ही बातें करती थी... दूसरी और सबसे खास वजह-मेरा अकेलापन।

14 फरवरी।

इस दिन के होने और न होने से मुझे कोई फर्क नहीं पड़ता था, मगर लोग इस दिन के बारे में तरह-तरह के विचार प्रकट करते हैं। रात के दस बज रहे थे। मैं सोने वाला था, मगर रिया ने मुझे अपनी बातों में उलझाए रखा था। मैं किसी दूसरी लड़की की आवाज सुन रहा था, जो शायद फोन पर किसी से बात कर रही थी।

"कौन है तुम्हारे बगल में?" मैंने पूछा।

"क्या बतायें... कुछ महीने पहले यहाँ पढ़ने आई है, मगर पढ़ेगी क्या, दिन भर इधर से उधर, कभी इसके रूम-कभी उसके रूम करती रहती है।"

"सिर्फ नाम बता देती, पूरा बायोडेटा देने की क्या जरूरत थी? वैसे इतनी जोर-जोर से किससे बात कर रही है?" मैंने अपना कान खुजाते हुए पूछा।

"उसकी सहेली है, दोनों झगड़ रही हैं।" अगले ही पल मेरे मोबाइल पे रिया का मैसेज आया-किसी का नम्बर।

"ये क्या भेजी हो?-नम्बर किसका है?"

"हम्म... ये उसी लड़की का है; प्लीज कोई एक्टिंग करो और उसे मेरे रूम से भगाओ।"

"मगर मैं क्यों करूँ?"

"प्लीज करो न, इससे यह भी पता चल जाएगा कि तुम्हारे अन्दर कोई एक्टर छिपा है या नहीं?"

"नाम क्या है उसका?"

"मेरे जैसा ही है, सिर्फ मेरे नाम के आगे P लगा दो।"

'प्रिया!'

'हम्म...'

मुझे खुद को जाँचने की (और उस लड़की से बात करने की) इच्छा हुई। मैंने उस लड़की यानि प्रिया को फोन किया, रिया लाइन पर बनी रही।

"हैलो... प्रिया, कैसी हो?" मैंने ठीक उस तरह कहा, जैसे रेडियो में आरजे गुड मॉर्निंग बोलता है।

"आप कौन? नहीं पहचाने आपको।"

मेरी आरजे की नकल उसकी आवाज के सामने बेकार हो गई। उसने किसी की नकल नहीं की... उसकी आवाज इतनी मधुर थी कि क्या कहना।

"मैं एक सलाहकार..." मैंने अपनी आवाज और अच्छी की, ताकि मैं उसकी बराबरी में आ सकूँ।

"पहले अपना नाम तो बताइए?" उसकी मधुर आवाज मेरे दिल को छू रही थी। उसकी आवाज किसी आरजे से कम नहीं थी। उसके इस अन्दाज से मैंने अनुमान लगा लिया कि वह कितनी तेज थी।

"पहले आप ये बताइए कि आप अपनी सहेली से झगड़ क्यों रही हैं?"

"क्योंकि उसने अपना वादा तोड़ा।"

'क्या?'

"हमने वादा किया था कि हम साथ रहेंगे, मगर वह दिल्ली जा रही है; वह मेरी अच्छी दोस्त नहीं है।" अंतिम वाक्य को उसने एक बच्चे की तरह कहा।

"मैंने तो पहली बार सुना है कि यदि कोई बाहर पढ़ने जाए तो वह अच्छी दोस्त नहीं होती।" मैं मुद्दे पर जा नहीं पा रहा था, इधर-उधर भटक रहा था। मुझे आश्चर्य हो रहा था कि बिना-जाने वह मुझसे बात कर रही थी।

"कुछ चीजें हम पहली बार ही सुनते हैं।"

"हम्म...सही है, मगर आपको यूँ किसी के रूम में जाकर किसी को डिस्टर्ब नहीं करना चाहिए।"

"ठीक है नहीं करूँगी, मगर क्या अब आप अपना नाम बताएँगे?"

'रणवीर।'

"ओ...आप तो रिया के फ्रेंड हैं, इसलिए मुझे डिस्टर्ब करने से मना कर रहे हैं।"

"आपको कैसे पता?"

"मैंने उसके मुँह से आपका नाम कई बार सुना है; मैं जा रही हूँ उसके रूम से, गुडनाइट," बोलते हुए वह रूम से निकली। मुझे अन्दाजा नहीं था, हमारी बात इतनी अच्छी होगी। अब लाइन पर सिर्फ रिया थी।

“तुम उससे बात नहीं कर पा रहे थे, तुम्हारी जुबान लड़खड़ा रही थी।” वह हँसते हुए बोली।

“हाँ सच में... और इससे यह पता चल गया कि मुझमें कोई एक्टर नहीं छिपा है, मगर वह काफी तेज है।” मैंने मजाकिया भाव में कहा।

“हाँ, वह काफी तेज है।” उसने सीरियस होकर कहा।

अगले दिन।

सुबह तक मैं भूल गया था कि कल रात मैंने किसी लड़की से बात भी की थी, मगर उसकी आवाज भूलने लायक नहीं थी-वो तो मैंने खुद को इतना व्यस्त कर लिया था कि भूलने की आदत सी बन गई थी, जैसे- कहीं जाते वक्त रूम लॉक करना, मोबाइल चार्ज करना, यहाँ तक की पैंट की जिप लगाना भी भूलने लगा था। ऐसे में एक शख्स, जिसे मैं नहीं भूलता था, वह था संदीप। किसी काम को करते वक्त मैं सोचता कि यदि अभी वह होता तो ऐसे करता, ऐसे बोलता।

क्लास जाने के लिए मैं रूम से बाहर निकला। उसी वक्त मेरे मोबाइल की घंटी बजी, मोबाइल मैंने रूम में ही छोड़ दिया था। मैं फिर से अंदर गया, मोबाइल को हाथ में लिया, स्क्रीन पर अनजान नम्बर चमक रहा था। कुछ क्षण बाद मुझे याद आया कि यह उसी लड़की का नम्बर था-प्रिया का। मैंने फोन रिसीव किया।

“हैलो, अब आप ही बताइए कि मैं क्या करूँ?” उसने एकदम से कहा, जैसे इस बारे में हमारी बात पहले भी हो चुकी हो।

“मैं कुछ समझा नहीं।” बोलकर मैं रूम लॉक करके क्लास के लिए चला।

“वह अड़ गई है कि वह दिल्ली ही जाएगी।”

“देखो... सभी को अपना करियर बनाना है; लोग तरह तरह के रास्ते अपनाते हैं, देश-विदेश पढ़ने जाते हैं, वैसे ही वह एक शहर जा रही है, इसका यह मतलब नहीं कि वह तुम्हारी अच्छी दोस्त नहीं; तुम फोन पर उससे बातें कर सकती हो।”

“और रोमिंग जो कटेगा।” वह एक बच्चे की तरह बोली। मैं हँस पड़ा।

न जाने क्यों मैं उसे समझाता रहा, उससे बात करता रहा। मैं आधे रास्ते तक उससे बात करता रहा, फिर उसने कहा कि उसे भी क्लास जाना है-मैंने फोन रखा।

कुछ दिनों बाद

मुझे पता नहीं चल रहा था, मगर धीरे-धीरे प्रिया मेरे दिल में अपनी जगह बना रही थी। क्लास में भी उसकी आवाज मेरे कानों में गूँजती रहती थी। उसके बात करने का तरीका बेहतरीन था।

मैं क्लास से तुरंत रूम पहुँचा था। मेरे मोबाइल पर दो मिस्डकॉल थे, एक रिया का एक प्रिया का। मैंने रिया को फोन किया।

'हैलो।'

"हाँ रिया, बोलो।"

"आजकल देख रही हूँ कुछ ज्यादा ही बातें हो रहीं हैं उससे..." उसने मजाकिया स्वर में कहा।

"नहीं...ज्यादा क्या होगी-मैं अकेला हूँ, इसलिए बात कर लेता हूँ।"

"फ्रेंडशिप कर लो उससे।"

"मशवरा देने के लिए धन्यवाद! और हाँ, मैं अभी तुरंत क्लास से आया हूँ, चेंज भी नहीं किया।"

"ठीक है, मैं रखती हूँ।"

मैं चेंज करने लगा। लगभग ग्यारह बजने को थे, मुझे भूख लगी थी। चेंज करके मैं खाना बनाने की तैयारी करने लगा, मगर मैं फिर कुछ भूल रहा था- प्रिया को फोन करना। यह बात मुझे तब याद आई, जब उसका फोन आया।

"हैलो, क्लास से आ गए न? अब खाना बनाइएगा?" उसने बड़े प्यार से कहा। अब मैं बार-बार उसकी आवाज की क्या तारीफ करूँ? उसकी आवाज में अलग ही बात थी... अत्यंत मधुर, अत्यन्त मनमोहक।

"हाँ क्यों? तुमको भी पहुँचवा दूँ क्या?" मैंने कहा।

"नहीं, मेरा ऐसा नसीब कहाँ, जो कोई मुझे खाना पहुँचाए।" उसने

खिलखिलाते हुए कहा। मुझे अहसास हुआ कि उसका नसीब इससे कहीं अच्छा था। मैं चुप रहा।

"लगता है आप आलू काट रहे हैं।"

"हाँ, काट रहा हूँ क्यों?"

"कुछ नहीं, थाली पर चाकू गिरने की आवाज आ रही है।"

'हम्म...'

"तो फिर आप मोबाइल कैसे पकड़े हैं?"

"हेडफोन से बात कर रहा हूँ।"

"आप ज्यादातर हेडफोन से बात करते हैं?"

"हाँ, जब रूम पर रहता हूँ।"

हमारे बीच ऊटपटाँग बातें होते रहीं। जब-तक मेरा खाना नहीं पक गया, वह मुझे पकाती रही।

* * *

एक महीना बीत गया। अब मेरे मोबाइल का स्क्रीन, प्रिया के नम्बर से नहीं, उसके नाम से चमकने लगा था। दिन में दो तीन बार तो उससे बात हो ही जाती थी। उससे बात करने की अब तक की सबसे खास वजह थी-अकेलापन। ऐसा नहीं था कि प्रिया मेरे अकेलेपन को मिटाने में कामयाब थी; मगर मुझे थोड़ी बहुत मदद मिल जाती थी। मेरे अकेलेपन को कोई मिटा सकता था तो वह था संदीप।

मैं उसी को याद कर रहा था। हर दिन उसकी यादें मेरी आँखें नम कर देती थीं। उसका हालचाल जानने के लिए मैंने उसे फोन किया।

'हैलो!' उसकी माँ ने फोन उठाया।

"हैलो आन्टी प्रणाम! मैं रणवीर।"

"हाँ हाँ, रणवीर, खुश रहो।" उन्होंने मुझे पहचानते हुए कहा।

"संदीप कैसा है?" मैंने एक उम्मीद करते हुए पूछा कि मुझे अच्छी खबर मिले।

"हाँ...ठीक है, मगर अभी पूरी तरह से ठीक नहीं हुआ है, उसे आराम

की जरूरत है।''

''हाँ ये तो है, उसे आराम की जरूरत है।'' बोलकर मैं रुका और फिर बोला,

''वह जल्दी ठीक हो जाएगा, उसके ठीक होने के बाद मैं उससे बात करूँगा।''

मैंने फोन रखा। रात के दस बज चुके थे। सोने से पहले एक उम्मीद थी कि मेरी बात संदीप से हो जाएगी, मगर ऐसा नहीं हुआ। इन्तजार के अलावा और किया भी क्या जा सकता था। मैंने अपनी आँखें बंद कर लीं, मगर फिर अचानक चौंका-प्रिया का फोन था। यह भी एक अजीब बात थी। जिस लड़की को मैंने देखा तक नहीं था, वह लड़की मेरे अकेलेपन को दूर करने में लगी थी। मैं सिर्फ कल्पना करता था-

वह कैसी दिखती होगी?

कहीं वह काली तो नहीं होगी?

नहीं नहीं, काला गोरा कुछ नहीं होता, ये सब तो अपना-अपना नजरिया है।

वैसे भी मुझे इन सब से क्या।

मैंने फोन रिसीव किया।

'हैलो...'

''हाँ, बोलो प्रिया।''

''एक बात पूछूँ?'' उसकी आवाज में दर्द था। असल में हम दोनों के ही, मुझे अपने दोस्त से बात न होने के कारण और वह किस बात से उदास थी पता नहीं।

''हाँ पूछो...''

''इतने दिन हो गए, मगर अभी तक आपने मुझे देखा तक नहीं, फिर कैसे मुझसे बात कर लेते हैं?'' वह फिर उसी अन्दाज में बोली।

''क्यों, बात करने के लिए देखना जरूरी है क्या?''

''फिर भी...''

‘क्या?’

“अच्छा छोड़िए ये सब, वैसे आपने आज ऑरेंज कलर की शर्ट पहनी थी न?” उसने अपना मूड चेंज करते हुए कहा।

“हाँ! तुम्हें कैसे पता!” मैंने आश्चर्य से कहा।

“सब पता चल जाएगा, जब कल आप मुझसे मिलेंगे।”

“ये क्या बात हुई?”

“उसी में तो ट्विस्ट है न; कल मिलिए न मुझसे प्लीज...”

“देखो...”

“देखो-वेखो कुछ नहीं, मुझे आपको कल सरप्राइज देना है, कल क्लास के बाद मिलिएगा न?” उसने प्यार से कहा। उसके बगल से किसी के हँसने की आवाज आई।

“मजाक उड़ा रही हैं मेरा।” प्रिया ने शायद उस हँसने वाली से कहा।

“कौन है?” मैंने कहा।

“अरे, प्रियंका दी मुझे छेड़ रही हैं।” वह एक बच्चे की तरह बोली। हम दोनों हँसने लगे।

“वैसे प्रिया, अभी तुम बोल रही थी कि इतने दिन हो गए, मगर हम मिले नहीं; मगर यह बात भी तो सच है न कि हम एक दूसरे को ठीक से जानते तक नहीं।

“हाँ...बात तो सही कही आपने, मगर मेरा दिल कहता है कि हम गलत नहीं हैं; चलिए अब मैं आपको अपने बारे में बताती हूँ।” उसने प्यार से कहा। मैंने करवट बदली, उसकी मधुर आवाज को दिल तक उतरने दिया। एक पल के लिए मैं कुछ पल पीछे की बातें सोचने लगा-

पहले मैंने प्यार को खोया, अब कुछ वक्त के लिए दोस्ती को। मैं कितना अकेला महसूस कर रहा था। मुझे एक सहारे की जरूरत थी और शायद वह सहारा प्रिया बनकर आई है।

“आप सुन रहे हैं?”

“हाँ हाँ हम्म...सुन रहा हूँ।” मैं उठा, क्योंकि मैंने किसी प्रश्न की अपेक्षा नहीं की थी।

“देखिए, ये जो मेरे बगल में हँस रही हैं, ये प्रियंका दी हैं और आज से आपको इन्हें प्रियंका दी ही कहना है।” उसने कहा। मुझे एक चपत की आवाज सुनाई दी, शायद प्रियंका दी ने प्रिया की बाँह पर मारी।

“तुम सब हमेशा ऐसे ही करती रहती हो क्या?” मैंने कहा।

“और नहीं तो क्या।” उसने कहा और हँसने लगी। मैं मुस्कुराया। हँसी को रोकते हुए वह फिर बोली,

“हम तीन लड़कियाँ एक ही रूम में रहती हैं, प्रियंका दी, खुशबू दी और मैं।”

“अच्छा...”

“खुशबू दी अभी सो रही हैं। हम तीनों में बहुत प्यार है और हम बहन की तरह रहती हैं, इसलिए हमें हॉस्टल की किन्हीं भी लड़कियों से ज्यादा कोई मतलब नहीं रहता है, मगर आप हमें मतलबी भी नहीं कह सकते।”

“हा, हा, हा, हा...” मैं हँसा।

“लाइट ऑफ कर दो, मैं सो रही हूँ।” प्रियंका दी बोली।

“अब मैं अपने घर के बारे में बताती हूँ।” बोलते हुए शायद वह बिछावन से उठी-लाइट ऑफ की और फिर बिछावन पर लेट गई।

“हम चार हैं-मम्मी, पापा, मैं और मेरी छोटी बहन स्नेहा।”

“ओ...मेरा परिवार भी बिलकुल तुम्हारे परिवार जैसा ही है-मम्मी, पापा, आनंद भइया और मैं।” मैं एकदम से बोल उठा।

मैं चाहता था कि वह अपने खुद के बारे में कुछ बताए, मगर बातें परिवार की खुल गयीं। हम दोनों खुद के बारे में छोड़कर इसी विषय पर बात करने गले। वह परिवार के अन्य सदस्यों के बारे में भी बताने लगी। वार्तालाप परिवार से बढ़ते-बढ़ते गाँव तक गया। उसका गाँव सबौर था, जो भागलपुर के काफी पास था। मैं कल्पना कर रहा था कि उसके परिवार के लोग कैसे होंगे... उसके गाँव का माहौल कैसा होगा। हालाँकि मेरी कल्पनाओं को प्रिया की मिमिक्री से सहायता मिल जाती थी। मैं उसकी बातों में खोया जा रहा था। यह सिलसिला चलता रहा। आधी रात हो गई। अन्ततः उसने मुझसे मनवा ही लिया कि कल मैं उससे मिलूँ... और जहाँ तक मेरी बात थी, मैं भी उसे हकीकत में देखना चाहता था।

इक्कीस

'आज... उनसे पहली... मुलाकात... होगी, फिर आमने... सामने... बात होगी... फिर होगा क्या? क्या पता? क्या खबर...' चाय वाले की दुकान पर बज रहे इस गीत पर मैं मुस्कुराया। सुबह क्लास के लिए मैं निकल चुका था। क्लास खत्म होने के बाद मैं प्रिया से मिलने वाला था। मिलने का स्थान उसी ने चुना था, जो मेरे हिसाब से उतना ठीक नहीं था। स्थान था क्लास के बाहर सड़क पर। मैं मुस्कुरा रहा था। उसकी काल्पनिक तस्वीर मेरे जहन में बन रही थी। कुछ पल के लिए अजीब से खयाल मुझमें आने लगते-

अगर वह उतनी खूबसूरत नहीं हुई,

जितनी उसकी आवाज है, तो?

अगर हँसते वक्त उसके दाँत बाहर झाँकते हों तो!

अगर वह छोटी सी दिखती हो तो?

और भी अनेक तरह के खयाल मेरे दिमाग में आ-जा रहे थे, मगर मुझे किसी ने टोका, "तुम्हें इन सब चीजों से क्या लेना-देना? तुम उससे प्यार थोड़ी न करते हो।"

"हाँ ये बात तो है।" मैंने अपने आप से कहा और इस तरह चलता रहा जैसे मुझे कोई फर्क नहीं पड़ रहा हो...

मैं ख़यालों की दुनिया से बाहर निकला। मेरे साथ पढ़ने वाले कुछ जाने-पहचाने लड़के मेरी ओर आ रहे थे।

"हे...क्या हुआ? क्लास..." मैंने एक लड़के को आवाज दी।

"लगता है आज पढ़ाई नहीं होगी, क्लास बंद है।" उसने मेरी ओर देख कर कहा और फिर आगे निकल गया। तसल्ली के लिए मैं क्लास की ओर बढ़ा।

"उफ! ये क्या, क्लास बंद है।" मैं बड़बड़ाया। क्लास से मैं महज कुछ ही दूरी पर खड़ा था। बाहर मुँह लटकाए लड़के एवं लड़कियों का झुंड खड़ा था। कुछ तो वहाँ से जाने भी लगे थे। मैंने प्रिया को फोन किया।

"हैलो प्रिया!"

“हाँ...” उसके पास से शोर-शराबे की आवाज आ रही थी। शायद वह बाहर थी।

“मेरी क्लास बंद हो गई।” मैंने उदास स्वर में कहा।

“तो...” वह शरमाकर बोली।

“तो...अब हम कब...”

“मिलेंगे!” वह एकदम से बोल उठी, शायद मेरी हिचक को कम करने के लिए। मैं विद्यार्थियों के झुंड से थोड़ा अलग था-धूप में सड़क पर कान में मोबाइल में लगाए मुस्कुरा रहा था।

“मैं तुम्हारे क्लास के पास तुम्हारा इन्तजार कर रही हूँ।” वह शरमाते हुए बोली।

“क्या! तुम तो दस बजे आने वाली थी न! तुम्हें कैसे पता कि मेरी क्लास बंद हो गई?”

“इसी में तो ट्विस्ट है न।” वह धीरे से बोली।

“वैसे तुम हो किस तरफ़,”

“तुम्हारे क्लास के एकदम पास...”

मेरे कदम धीरे-धीरे क्लास की ओर बढ़े, जहाँ लड़कियों का झुंड था। आखिरकार, जब मैं उसे देखने ही वाला था, मेरी बेचैनी बढ़ रही थी। क्लास के बाहर लड़कियों के झुंड से थोड़ा अलग गेट के ठीक सामने एक लड़की खड़ी थी। उसकी बायीं बाँह मेरी ओर थी और बाँए हाथ से उसने मोबाइल कान में लगाया हुआ था।

अचानक मैं काँपने लगा, मेरा दिल तेजी से धड़कने लगा। मुझे आभास हो गया था कि वही प्रिया थी। अभी तक उसने मुझे नहीं देखा था। मैं उसके मोबाइल को देख रहा था, जिसपर एक आइकॉन बना हुआ था, जिसे मैं एक बार पहले भी देख चुका था।

“रिलैक्स... रिलैक्स... रिलैक्स... अब एक गहरी साँस लो,” मैंने अपने आप से कहा और फोन काटा। इससे पहले कि मैं कुछ कह पाता, वह मेरी ओर मुड़ी और उसकी नशीली आँखों ने मुझे देखा। यह वही थी, नशीली आँखों वाली। बीता हुआ कल एक बार फिर मेरे सामने आकर खड़ा हो गया।

प्रिया वही लड़की थी, जिसे संदीप पसंद करने लगा था, मगर प्रिया की पसंद मैं था। प्रिया मुझसे दोस्ती करना चाहती थी और संदीप, प्रिया से। हम नहीं चाहते थे कि हमारी दोस्ती के बीच कोई आए, इसलिए हम दोनों ने ही प्रिया के बारे में आगे कोई चर्चा नहीं की; यहाँ तक कि मैं इन सब बातों को भूल चुका था। बस उसकी आधी झलक मेरे जहन में थी, मगर आज वह मेरे सामने खड़ी थी। वह क्या सरप्राइज देना चाहती थी, उसकी मुस्कुराहट साफ बयां कर रही थी। मैं कुछ प्रश्नों में उलझा था... उससे कुछ पूछने में झिझक रहा था। मैं वापस लौट जाना चाहता था, मगर उसके मासूम चेहरे ने मुझे रोक रखा था। मैं यह पल बार-बार जीना चाहता था। उसके लंबे, खुले बाल हवा के झोंके के साथ उसकी आँखों पर गिर रहे थे। उसके हाथ उसके चेहरे के इर्द-गिर्द लहरा रहे थे, उसके बालों को उसके बाएँ कान के पीछे समेट रहे थे। उसका बायाँ कान, उसमें चमकता झुमका, उसका खूबसूरत चेहरा, सबने जैसे मुझे सम्मोहित कर लिया था। उसने वही ब्लू कलर की ड्रेस पहन रखी थी। वह तो करिश्मे की तरह लग रही थी।

'हाय!' उसने बोलकर अपनी भवें ऊपर तानी, शायद यह अहसास दिलाने के लिए कि सरप्राइज क्या था। मैं चुप रहा, उसे एकटक देखता रहा। मैं जोर से चिल्लाना चाहता था 'तुम!' मगर मेरे होंठ खुल नहीं पा रहे थे।

"क्यूँ हैरान रह गए न! मैं भी हैरान रह गयी थी, जब रिया के मोबाइल में आपकी फोटो देखी।" बोलकर वह एक कदम आगे बढ़ी और साथ चलने का इशारा किया। हम साथ-साथ चलने लगे... कहाँ जाने वाले थे पता नहीं। इसके आगे उसने कुछ नहीं बताया। मुझे कुछ समझ नहीं आ रहा था कि मैं क्या बोलूँ, बस उसके साथ चलता रहा। वह मेरी ओर देखकर मुस्कुरा रही थी, मगर मैं सुन्न था।

"कुछ बोल क्यों नहीं रहे, क्या मैं आपको अच्छी नहीं लगी?" उसने मुस्कुराते हुए कहा। मैं उसे क्या बताता कि मेरी हालत क्या हो गई थी। कभी उसका मासूम चेहरा, कभी उसकी दिलकश आवाज, तो कभी इन सब बातों से अलग, न जाने क्या-क्या मेरे दिमाग में चल रहा था। मुझे सोचने के लिए वक्त चाहिए था। यह सोचने का नहीं कि वह मुझे अच्छी लगी या नहीं... वह तो बेहद सुन्दर थी; मगर मेरा दोस्त...

मैंने अपने प्रश्नों को एक तरफ रखकर उसकी ओर देखा और

मुस्कुराया। शायद वह मेरी भावनाओं को समझ रही थी। हम एक परिचित जगह पर खड़े थे, जिस जगह को मैं भली-भाँति जानता था-यहाँ मेरी पुरानी यादें थीं। हम गर्ल्स हॉस्टल के सामने खड़े थे। एक पल के लिए मेरी पुरानी यादें ताजा हो गयीं। कितना हसीन था वह पल, जब मैं और रिया एक दिन यहीं थे।

"मैं अब और आगे नहीं जा सकता, तुम जाओ।" मैंने कहा और रुक गया। वह मुझसे एक-दो कदम आगे बढ़ गई थी। वह पीछे मुड़ी... अपनी नाक से हवा अन्दर खींची, जैसे वह चाहती थी कि मैं उसके साथ कुछ दूर और चलूँ।

'बाय...' उसने हाथ हिलाकर कहा। मैंने धीरे से अपना सिर हिलाया। मुझे और एक पल भी वहाँ रुकने की इच्छा नहीं थी। उस जगह से मुझे पहले ही नफरत हो गई थी। मैं वहाँ से चल पड़ा और पीछे मुड़कर भी नहीं देखा। वहाँ मेरी यादें थीं; ऐसी यादें, जो त्रासदी में बदल गई।

रात 10 बजे।

मैंने मोबाइल साइलेंट करके पास के टेबल पर रख दिया और लाइट ऑफ करके बिछावन पर लेट गया। हर रोज की तरह आज भी मेरे जहन में खयाल उमड़ रहे थे और आज वे कुछ ज्यादा ही पेचीदा थे।

वह जानती थी कि मैं वही हूँ, फिर भी उसने छिपाया क्यों?

कहीं संदीप तो ऐसा नहीं सोचेगा कि उसके जाने के बाद मैं, अपने फैसले पर अडिग नहीं रहा?

मैं प्रिया से क्यों बात करता हूँ? शायद इसलिए, कि वह मेरी जिन्दगी में दोस्त के रूप में एक सहारा बनकर आई है।

फिर संदीप का क्या?

मगर प्रिया ने भी तो मेरे अकेलेपन को कम किया है-क्या मैं उसे भूल जाऊँ? उसका मासूम चेहरा, उसकी दिलकश आवाज, सब?

क्या ये सब जानने के बाद संदीप और मेरे बीच दरार आ जाएगी?

क्या संदीप यह समझ पाएगा कि मैंने बिना देखे एक महीने प्रिया से बात

की... हम एक अच्छे दोस्त बन गए और जब मैंने उसे देखा तो, वह...

मैंने टेबल की ओर देखा। मेरे मोबाइल का स्क्रीन चमक रहा था। मैं बिछावन से आधा उठा और हाथ बढ़ाकर मोबाइल उठाया- प्रिया का फोन था।

'हैलो!' उसने कहा। वह काफी खुश थी।

'हाँ,' मैं इतना ही बोल पाया। मेरे मन में कई सवाल थे, जो मैं जानना चाहता था।

"आपने खाना खाया?"

'हाँ।'

कुछ देर खामोशी में बीते, फिर आखिरकार मैं बोला,

"तुम जानती थी कि मैं कौन हूँ, फिर भी तुमने कुछ नहीं बताया; तुम मेरे और रिया के बारे में भी जानती हो, फिर भी..."

"हाँ, मुझे पता था।" उसने मुझे रोकते हुए कहा। मैं खामोश हो गया। उसने फिर कहा,

"जिस दिन रिया आपसे बात की, उसके कुछ दिन पहले रिया काफी उदास-उदास लग रही थी। मैंने कारण पूछा तो उसने मुझे आपके बारे में बताया, कि उसने आपसे दोस्ती तोड़ी और आपका दिल दुःखाया। मैंने ही उसे राय दिया कि वह आपसे माँफी माँग ले; तब तक मुझे पता नहीं था आप ही वह थे, जिसे मैं पसंद करती थी। फिर एक दिन मैंने उसके मोबाइल में आपकी फोटो देखी। मैं अवाक रह गई, मैं रोने लगी। रिया और शाम्भवी ने मुझे चुप करवाया और रोने का कारण पूछने लगी। मैंने रोते-रोते ही सब बताया। फिर रिया ने कहा कि उसने आपको रुलाया, मगर अब मुझे नहीं रोने देगी; वह सब ठीक कर देगी।" वह चुप हुई। मुझे अहसास हुआ कि वह इमोशनल हो गई थी। मैं चुप था, सब याद कर रहा था। उसने फिर कहा,

"और एक बात, प्लीज मुझे गलत नहीं समझियेगा; रिया ने जानबूझकर मेरा नम्बर आपको दिया, ताकि आप मुझसे बात करें... उस वक्त मुझे भी नहीं पता था, सच्ची...फिर जब आपने अपना नाम बताया तो रिया मुस्कुराई। मुझे समझ आ गया कि रिया लाइन पर थी और उसी ने आपको नम्बर दिया। जब मैं इस बात से खुश थी कि मैंने आपसे बात की, तो रिया मेरे रूम में आई और बोली कि मैं अभी सच्चाई नहीं बताऊँ, वरना आप गलत समझ लेंगे। मैंने वैसा

ही किया... आपको क्लास में सिर्फ देखती रही और फोन पर ही आपसे बात करती रही। फिर मुझे लगा कि एक न एक दिन तो आपको पता चल ही जाएगा और खुद मुझसे रहा नहीं जा रहा था, इसलिए मैंने आज आपको सब बता दिया; मैंने ठीक किया न?'' उसने इतनी मासूमियत से कहा, जिसका कोई वर्णन नहीं। मेरे मुँह से 'हाँ' ही निकल पाया। मुझे ऐसा लग रहा था कि मेरी सारी उलझनें एक तरफ थीं और प्रिया एक तरफ।

अप्रैल

मैंने अपने जहन से कुछ प्रश्न निकाल फेंके थे। मैंने ठान लिया था कि मैं संदीप को समझा लूँगा। इस वक्त मेरे लिए कोई खास था, तो वह थी प्रिया...उसके साथ समय गुजारने में अच्छा लगता था (फोन पर) या यूँ कहूँ कि समय का कुछ पता ही नहीं चलता था। उसने एक बार पसंद और न-पसंद का खेल नहीं खेला, बल्कि हर वक्त, हर दिन यह खेल, खेल ही लेती थी (जिस पर उसे शंका होती कि मैं वह पसंद करता हूँ या नहीं)। वह मेरी एक अच्छी दोस्त बन गई थी। हर रोज हम एक-दूसरे के करीब आ रहे थे, जिसके कई वजहें थीं (खासकर उसका मासूम चेहरा और उसकी दिलकश आवाज)। उसके हर लफ़्ज़ में प्यार भरा था। कभी-कभी तो मैं सोचने पर विवश हो जाता था कि उसे इतने प्यार से बात करने की आदत थी, या इतने प्यार भरे लफ़्ज़ों को वह सिर्फ मेरे लिए प्रयोग करती थी।

उसका कॉल आना, कभी-कभी मुझ पर बिगड़ जाना; फिर तुरंत मुझे मनाना... उसकी हर हरकत मुझे अच्छी लगने लगी थी। हमारी मुलाकात रोज क्लास के बाहर होती थी, मगर हम एक-दूसरे से कुछ नहीं कहते थे, बस आँखों से बातें होती थीं।

(रिया को पता चल गया था कि मैं सारी बातें जान गया हूँ। उसने जानबूझ कर मुझे प्रिया का नम्बर दिया। उसका कहना था, उसने कई रिश्ते बिगाड़े हैं, अब वह सँवारना सीख रही है।)

* * *

''रणवीर... रणवीर... रुकिये!'' क्लास खत्म होते ही प्रिया, लड़कियों के झुण्ड से निकलकर तेजी से मेरे पास आई।

“क्या हुआ?” मैंने कहा। उसने पहले ऐसा कभी नहीं किया था।

“चलिए न कहीं घूमकर आते हैं...” वह और दिनों की तरह खिलखिलाकर नहीं बोली। एकदम उदास स्वर में बोली।

‘कहाँ?’

“यहीं पास में ही सैंडिश कम्पाउण्ड...” मैं आगे जो बोलने जा रहा था, वह बोलना नहीं चाहता था। शायद उसे अच्छा नहीं लगता या वह कोई और मतलब निकाल लेती। फिर भी मैंने कहा,

“सॉरी प्रिया... मेरा एक दोस्त आने वाला है; वह भी यहीं रहेगा और उसे रूम दिखवाना है; आज मैं दिन भर व्यस्त रह सकता हूँ, सो सॉरी।”

“कोई बात नहीं, वैसे क्या नाम है आपके दोस्त का?”

“अमित; हम हाईस्कूल में साथ पढ़ते थे।”

“ओ...”

“तुम गुस्सा तो नहीं हो न?”

“बिलकुल भी नहीं, आप जाइए।”

मैं मुस्कुराया। फिर वह अपने रूम की तरफ बढ़ी।

‘प्रिया...!’ मैंने आवाज दिया। उसने मेरी ओर देखा।

“तुम ऐसा मत सोचना कि मैंने बात टाल दी, हम फिर कभी मिलेंगे...।” मैंने मुस्कुराते हुए कहा। उसने अपना सिर हिलाया। हम अपने-अपने रूम के लिए निकल गए।

दिनभर मैं और अमित, रूम ढूँढ़ते रहे। अंततः हमें एक ठीक-ठाक रूम मिल गया। अमित ने उस रूम के लिए कुछ पैसे एडवांस दे दिए। वह अगले महीने से रहने वाला था। रात होने चली थी। मैं चाहता था कि आज रात अमित मेरे पास ठहर जाए, मगर उसे घर जाने की जल्दी थी। हमने होटल में खाना-पीना खाया। आखिरकार वह अंतिम बस पकड़कर घर के लिए निकल गया।

रूम पर आकर मैं बिछावन पर लेट गया। इस बीच प्रिया ने मुझे एक बार भी फोन नहीं किया था और न ही मैं उसे कर पाया था। मैंने पॉकेट से मोबाइल निकाला और प्रिया का नम्बर टाइप किया... फिर कट कर दिया। शायद मुझे आराम करने की जरूरत थी। कुछ देर बिछावन पर लेटे रहने के

बाद मैं उठा, कपड़े चेंज किए और फ्रेश होकर वापस बिछावन पर लेट गया। अब मैं पहले से बेहतर महसूस कर रहा था। मैंने फिर प्रिया का नम्बर टाइप किया। मेरी कॉल लगने वाली थी कि उससे पहले उसकी कॉल आ गयी।

''हैलो! पता है मैं अभी...''

''आपने खाना खाया?'' उसने मेरे उत्साह को रोकते हुए उदार स्वर में पूछा।

''हाँ, वैसे अभी मैं तुम्हें ही फोन कर रहा था।'' मैंने अपने उत्साह को काबू में रखकर कहा।

''अपने मन से एक बार भी फोन क्यों नहीं किए?''

''सॉरी...मैं व्यस्त था।''

''आपके दोस्त को रूम मिला?''

''हाँ मिल गया, वह अगले महीने से रहेगा।''

''ओ, आपको पता है कि आज मैं आपको कहीं घूमने के लिए क्यों कह रही थी?'' उसने धीरे से कहा। उसकी आवाज से ऐसा लग रहा था कि वह किसी उलझन में थी।

'क्यों?'

''क्योंकि मुझे आपको कुछ बताना है; पता नहीं यह सब मुझे कहना चाहिए या नहीं, मगर ये सब मैं अपने तक ही नहीं रख सकती।''

सुनकर मुझे अच्छा लगा। उसने मुझे एक अच्छा दोस्त समझा। मैंने प्यार से कहा,

''क्या बात है प्रिया?''

''पता है, मेरी मम्मी मुझे बचपन में ही छोड़कर चली गईं।'' उसने एक बच्चे की तरह कहा। मैं सुन्न हो गया। मैं कुछ बोल नहीं पाया... शायद कुछ समझ भी नहीं पाया कि वह क्या बोल रही थी। वह अपने जज्बात को काबू नहीं कर पाई और रो पड़ी। मैं उसे चुप कराने की हालत में नहीं था। वह रोते-रोते बोली,

''मैं बहुत रोई, बहुत रोई, मगर वह वापस नहीं आईं। सबने मुझे समझाया कि वह एक तारा बन गई, मगर मुझे मेरी मम्मी चाहिए थी...उनका

प्यार चाहिए था...मुझे मम्मी का प्यार भी नहीं मिला...''

मैं उससे क्या बोलूँ, समझ में नहीं आ रहा था। मेरी आँखें नम होने लगी थीं। मैं खुद को उसकी जगह पर रखकर कल्पना कर रहा था, कि उस पर क्या बीत रही होगी। मैं चुप रहा और उसे बोल लेने दिया।

''मेरे कोई भाई-बहन भी नहीं थे, मैं कैसे रहती? सब मुझे बिन माँ की बेटी बोलने लगे थे, इसलिए पापा ने दूसरी शादी कर ली। फिर मेरी एक बहन हुई। मेरी नई मम्मी उसी की देखभाल में लगी रहने लगी। ऐसा नहीं था कि वह मेरे साथ सौतेला व्यवहार करती थी, फिर भी मुझे मम्मी का प्यार नसीब नहीं हुआ...धीरे-धीरे मैं बड़ी हुई और इस सबसे उबरकर बाहर आई। अब मेरे जीवन में फिर से प्यार ने दस्तक दी है-एक लड़के ने, मगर शायद मेरा नसीब खोटा है-मैं डरती हूँ उसे बताने से। एक बार मैंने दोस्ती का हाथ आगे बढ़ाया, मगर उसने नहीं स्वीकारा... मैं रोज उसे उम्मीद भरी नजरों से देखती रही; फिर इसे मैं इत्तिफाक कहूँ या भगवान का दिया तोहफा कि वह मेरे जीवन में आया, हम एक अच्छे दोस्त बन गए। मुझे ऐसा लगता है कि हमारे बीच प्यार है, मगर मैं उससे कहती नहीं, क्या पता वह फिर मुझसे दूर चला जाए।''

मैं खुद को एक अच्छा इंसान समझ रहा था। एक लड़की ने अपने दिल की बात मुझसे शेयर की; सच में वह मुझे एक अच्छा दोस्त समझती थी। उसने उस लड़के के बारे में भी बताया, जिसे वह चाहती थी। वह चाहती तो यह छिपा भी सकती थी, मगर उसे मुझ पर यकीन था; शायद उसे मेरी मदद चाहिए थी। मैंने उसे प्यार से समझाते हुए कहा,

''ऐसा नहीं होगा; यदि वह तुमसे प्यार करता है तो वह तुमसे दूर क्यों जाएगा भला? तुम्हें उससे बात करनी चाहिए, अपने मन की बात बतानी चाहिए।''

''सच में...!''

'हाँ।'

''मुझे पता था, आप मेरे जज्बात को जरूर समझेंगे।'' शायद वह अब भी रो रही थी। वह फिर बोली,

''प्लीज, अब फिर से मुझसे दूर नहीं जाइएगा...मैं आपसे बहुत प्यार करती हूँ।''

‘क्या!’

“क्या, क्या? आपने ही तो कहा अपने मन की बात बताने को।” शायद वह आँसू पोंछते हुए बोली।

“मैंने तो उस लड़के को बताने कहा था।”

“तो वह लड़का तो आप ही हैं।”

“क्या! फिर तुमने यह क्यों कहा कि हमारे बीच प्यार है?”

“तो प्यार नहीं है क्या?” वह एक बच्चे की तरह बोली।

“प्यार... फिर तुमने यह क्यों कहा कि तुमने दोस्ती का हाथ आगे बढ़ाया था?”

“आपको याद नहीं है क्या? आपके साथ एक लड़का आता था (वह संदीप की बात कर रही थी।) उसी के जरिये मैंने आपकी ओर दोस्ती का हाथ बढ़ाया था... मगर उसके बाद तो आपने ऐसा बिहेव किया जैसे कि कुछ हुआ ही न हो और वह लड़का भी कहीं गायब हो गया। मैं जिस लड़के से प्यार करती हूँ, वह आप हैं रणवीर...आई लव यू।” उसने एकाएक सारी बातें कह डाली। जिस मैजिकल वर्ड को सुनने के लिए मेरे कान तरसा करते थे, आज उन कानों ने वे सुन भी लिए; मगर दिल को यह मंजूर नहीं हो पा रहा था; शायद डर से। प्रिया जिस शख्स की बात कर रही थी वह शख्स मैं था, इसलिए अब मुझे बोलने का हक बनता था। मैंने खुद को स्थिर किया, एक लंबी साँस ली और बोला,

“मैं समझ सकता हूँ प्रिया, कि तुम किन परिस्थितियों से गुजर रही हो। तुम्हें माँ का प्यार नहीं मिला, इसलिए तुम्हें लगता है कि तुमसे कोई प्यार नहीं करता; सब तुमसे दूर चले जाते हैं और जहाँ तक बात रही तुम्हें मुझसे प्यार होने की, तो तुम्हें थोड़ा सोचना चाहिए।”

“प्यार सोच-समझकर नहीं किया जाता, बस हो जाता है।”

“मुझे पता है, प्यार सोच-समझकर नहीं किया जाता है; लेकिन आज कल लोगों ने प्यार को क्षणभंगुर बना दिया है... न जाने कल को तुम्हें किसी और से प्यार हो जाए या तुम मुझ पर ही विश्वास क्यों करोगी? आगे चलकर यदि मुझे ही किसी से प्यार हो गया तो? क्या तुम उस दुःख को झेल पाओगी? मैं तो नहीं।” मैंने आवेश में आकर कहा। प्रिया की आवाज रोते हुए निकली,

"आपको ऐसा कैसे लगा कि मैं आपसे प्यार करूँगी और आपको किसी और से प्यार हो जाएगा? मैं तो आपसे इतना प्यार करूँगी-इतना प्यार करूँगी कि आपको मेरे प्यार से फुरसत ही नहीं मिलेगी और बात रही मेरी, तो आज मैं वादा करती हूँ कि अगर आप मेरे प्यार को एकसेप्ट करेंगे, तो मैं आपसे कभी दूर नहीं जाऊँगी।"

"प्यार कोई एकसेप्ट करने की चीज नहीं है प्रिया, यह तो खुद दिल में अपना जगह बना लेता है। तुम्हें मुझसे प्यार है, मगर मैंने अभी तक ऐसा महसूस नहीं किया; प्लीज मुझे थोड़ा समय दो, ताकि मैं कुछ सोच सकूँ, समझ सकूँ और महसूस कर सकूँ।"

मैं और भी बहुत कुछ कहना चाहता था, मगर मुझे कुछ सूझ नहीं रहा था कि मैं उसे कैसे समझाऊँ।

"ठीक है, मैं आपको पाँच दिन का समय देती हूँ; यदि ये पाँच दिन आप मुझसे बिना बात किए और मेरे बारे में बिना सोचे रह गए, तो मैं समझ लूँगी कि आपको मुझसे प्यार नहीं है... मगर इन पाँच दिनों के अन्दर यदि आपने मुझे याद किया और मुझे फोन किया, तो आप समझ जाना कि यह प्यार है; आपका समय शुरू होता है अब।"

उसने फोन रख दिया। मोबाइल अब भी मेरे कान से लगा था और एक ही आवाज गूँज रही थी-आपका समय शुरू होता है अब।

* * *

रात 10 बजे।

प्रिया के दिये समय में तीन दिन गुजर चुके थे; मगर यह दिन गुजारना मेरे लिए काफी कठिन रहा। मैं क्या सिद्ध कर दिखाना चाहता था, यह मुझे भी पता नहीं था- शायद यही कि मैं उसके बिना रह सकता था।

"क्या उसे याद किए बिना भी?" मेरे दिल से आवाज आई। बिना याद किए क्या, वह तो मेरी यादों से निकलने का नाम ही नहीं ले रही थी। ये दिन मैंने दिल पर पत्थर रखकर काटे, मगर क्यों? क्या मैं अपने आप को समझा रहा था कि मुझे उससे प्यार नहीं है। मुझे कुछ समझ नहीं आ रहा था।

पिछले तीन दिनों की कुछ बातें...

पहली रात से ही मुझे कुछ अच्छा नहीं लग रहा था। ऐसा लग रहा था कि पहली रात ही मैं हार जाऊँगा और उसे फोन कर दूँगा (हालाँकि यह कोई जंग नहीं थी)। मेरी पहली रात जैसे-तैसे कट गई, मगर जब मैं सुबह जगा, तो ऐसा लग रहा था जैसे मैंने कुछ खो दिया हो। मैं क्लास के लिए निकला, मगर मेरे कदम उस फुर्ती से नहीं बढ़ रहे थे, जैसे पहले बढ़ा करते थे। क्लास में मैं उसे देखना चाहता था, मगर वह मुझसे नजरें चुरा लेती थी, अपना ध्यान मुझसे हटा लेती थी। कुछ भी अच्छा नहीं लगने लगा था। ऐसा लग रहा था जैसे कि मेरे सामने कोई स्वादिष्ट फल रखा है, मगर मैं उसे खा नहीं सकता। मैं हर वक्त अपना मोबाइल चेक करने लगा था, यह देखने के लिए कि प्रिया का कोई फोन या मैसेज तो नहीं आया। मेरी रातें, दिन से भी ज्यादा बदतर होने लगी थीं।

चौथा दिन (यानि आज सुबह)-मैं क्लास में उदास बैठा था, फिर भी मैंने मजाकिया शब्दों में अपने बगल में बैठे एक लड़के से पूछा,

“मुझे किसी लड़की से प्यार है या नहीं, क्या तुम यह बता पाओगे?”

“सो सिम्पल...अपना मोबाइल दे सकते हो?” उस लड़के ने कहा। मैंने अपना मोबाइल उसे दिया। कुछ देर मोबाइल चेक करने के बाद उसने कहा,

“उसका नाम प्रिया है।”

“क्या! तुम्हें कैसे पता?” मैंने आश्चर्य से कहा, क्योंकि मेरे मोबाइल में प्रिया का कोई भी ऐसा मैसेज नहीं था, जिसमें प्यार का जिक्र हो।

“अरे यार, मैंने तुम्हारा कॉल लॉग चेक किया; सबसे ज्यादा और सबसे देर तक तुमने इसी से बात किया था, तो मैंने अन्दाजा लगा लिया।”

रात 10 बजे।

बिछावन पर लेटे, अनेक तरह के खयाल मेरे दिमाग में लुका-छिपी खेलते रखे-

क्या उस लड़के की वह बचकानी तकनीक से सच में साबित होता है कि मैं प्रिया से प्यार करता हूँ?

क्या प्यार को साबित करने के लिए किसी तकनीक की जरूरत पड़ती है?

क्या मुझे उससे प्यार हो गया है और मैं यह खुद से छिपाना चाहता हूँ? शायद इसलिए, कि मेरा पहला प्यार एक त्रासदी में बदल गया।

क्या मेरा पहला प्यार, प्यार था?

क्या मुझे अपना पास्ट देखकर अपने फ्यूचर का चयन करना चाहिए?

मेरे साथ सब कुछ विपरीत हो रहा था। मैं उसे बार-बार याद कर रहा था, मेरा मन बार-बार उससे बात करने को कर रहा था।

''एक बार तो मुझे प्यार के नाम पर धोखा मिला, मगर अब, जब सच्चा प्यार मेरे सामने खड़ा है, तो मैं उससे मुँह नहीं मोड़ सकता।'' मैंने खुद से कहा। मैं उठकर बैठ गया। मैंने प्रिया को फोन किया... हाँ आपने सही सुना-मैंने प्रिया को फोन किया। मेरा दिल जोरों से धड़के जा रहा था।

'हैलो!'

'प्रिया...'

''मुझे पता था कि आप फोन जरूर कीजिएगा।'' वह इमोशनल होकर बोली।

''मुझे तो लगा कि तुम बोलोगी-मुझे तो लगा था कि आप फोन नहीं कीजिएगा...'' मैंने उसकी कॉपी की और शरारत भरे शब्दों में बोला, ताकि उसका मन बहल जाए और मेरा भी।

''आप भी न!'' वह मुस्कुराते हुए बोली। मैं आगे क्या बोलूँ, कुछ समझ नहीं आ रहा था। मैं हिचक रहा था, जबकि हम पहले कभी नहीं हिचकते थे। मैं थोड़ा रुका और बात को आगे बढ़ाया।

''तुम्हें इतना विश्वास कैसे था कि मैं तुम्हें फोन करूँगा?''

''इसका जवाब तो आपके पास भी है।'' वह शरमाते हुए बोली। मैं मुस्कुराया। एक पल के लिए खामोशी छा गई।

''अब इतने सेंटी मत बनिए, मैं इस रात को यादगार बनाना चाहती हूँ; खामोशी भरी रात नहीं।'' वह रोमांटिक अन्दाज में बोली।

''तो इस रात को यादगार बनाने के लिए क्या करना होगा?''

"क्यों न हम अंताक्षरी खेलें!" उसने एक बच्चे की तरह कहा। उसने औरों की तरह यह नहीं कहा कि वह मुझसे सुनना चाहती है कि मैं उससे प्यार करता हूँ।

"नहीं, मुझे पता है कि मैं हार जाऊँगा।"

"नहीं...आपको खेलना होगा।"

"अच्छा ठीक है, चलो मैं तुमसे हार गया।"

"हारने की कोई जरूरत नहीं है...पहले खेलिए।"

"अच्छा ठीक है।"

"बैठे-बैठे क्या करें करना है कुछ काम...और पहले ही बता देती हूँ... जो हारेगा वह दस मुक्का (हाथ के सभी अँगुलियों को एक साथ जोड़कर किया जाने वाला प्रहार।) खाएगा..." उसने गुनगुनाते हुए कहा।

"नहीं नहीं, वो सब नहीं होगा, मुझे पता है, मुक्का मैं ही खाऊँगा।"

"नहीं...नहीं...चुप! चुप रहिए! चलो, शुरू करें अंताक्षरी लेकर प्रभु का नाम। जल्दी 'म' से गाइए।"

मैं कुछ सोच रहा था। 'म' से कोई गाना नहीं, बल्कि कुछ पल पहले की बातें कि मैं किस तरह प्रश्नों में उलझा हुआ था। मैंने कल्पना नहीं की थी कि हम इस हँसी-मजाक वाले दौर से गुजरेंगे, यह खेल खेलेंगे। प्रिया में मासूमियत थी और उसकी आवाज उसे और भी दिलकश बना देती थी।

मुझे 'म' से कोई गाना गाना था, मगर ठीक-ठाक कुछ याद नहीं आ रहा था, सिवाय एक धुन के। मैं कुछ क्षण रुका, फिर वह धुन गुनगुनाया,

"मैं यहाँ... हूँ, यहाँ... हूँ, यहाँ..."

"हे भगवान! ये कैसा गाना है जी!"

"मैंने कहा था न कि मुझसे नहीं होगा, मुझे नहीं खेलना।" बोलकर मैंने अपना शरीर बिछावन पर गिरा दिया।

"आपको इस बात का डर है न कि आप हार जाएँगे; तो ठीक है, एक नया रूल- हारने वाला, जीतने वाले से एक छोटी सी विश माँग सकता है; मगर छोटी सी।"

शायद उसने ठान लिया था कि आज वह मेरे साथ अंताक्षरी खेलकर ही

रहेगी, इसलिए मैंने अपना मन इस खेल की तरफ लाया। मैं चाहता था कि मैं कुछ अच्छा गाऊँ। एक गाना मेरे जहन में आया और मैंने उसे गाने कि कोशिश की,

"मुस्कुराने... की... वजह तुम हो...गुन गुनाने...की...वजह तुम हो...जिया, जाए न जाए ना... जाए ना...ओरे पिया...रे..."

"वाह! कितनी अच्छी आवाज है आपकी...चलिए अब इस गाने को पूरा गाइए।"

"ओह! यही सब मुझे ठीक नहीं लगता, मैंने कितनी ईमानदारी दिखायी, मगर तुम..."

"ठीक है, ठीक है, गाती हूँ। र से र से...हाँ, राम चाहे, लिला चाहे, लिला चाहे, राम...इन दोनों के लव में दुनिया का क्या काम।"

"तुम्हें गाना है, पढ़ना नहीं है।"

"अच्छा ठीक है, पहले म से गाइए न।"

मुझे हारने का मन बिलकुल भी नहीं था, इसलिए बड़ी ईमानदारी से खेल रहा था।

"मोहब्बत बरसा देना तुम...सावन आया...है, तेरे और मेरे मिलने का...मौसम आया...है, 'ह' से गाओ।"

"हम तुम्हारे...हैं, तुम्हारे...सनम...जानेमन मोहब्बत...की हर कसम की कसम...ना जुदा...होंगे हम," उसने दिल से गाया। उसकी आवाज ने मेरा दिल छू लिया। इस पल को मैं कैद कर लेना चाहता था; उसकी इस मधुर आवाज को बार-बार सुनना चाहता था।

"क्या हुआ? आज आपको हारने से कोई नहीं बचा सकता; अब फिर गाइए म से।" उसने याद दिलाते हुए फिर से कहा।

"म से... मेरा दिल भी कितना...पागल है...ये प्यार तुम्ही...से क्यों करता...है? जब सामने..."

"चुप रहिए! अब मुझे नहीं खेलना।" उसने मुझे बीच में रोका और भड़की।

"क्यों? क्या हुआ?" मैंने जानबूझकर पूछा, जबकि मुझे पता था कि

वह मेरे गाने में 'क्यों' लगाने से भड़की थी।

"ये प्यार तुम्हीं से क्यों करता है? अच्छा...अब यही बोलिए।"

"गलती से बोला चला गया, सॉरी..."

"मुझे नहीं खेलना।"

"कोई हसीना जब रूठ जा...ती...है तो, और...भी हसीन हो जाती है।" मैंने गाया, ताकि उसका मन बदले।

"आप कितना भी कुछ कर लीजिए, मैं नहीं खेलने वाली।"

"या सीधे-सीधे ये क्यों नहीं बोल देती, कि तुम हार गई, क्योंकि इस बार भी 'ह' से ही गाना है।"

"ये तो बोलिए ही मत! मैं किसी से नहीं हारती- हद से भी ज्यादा तुम किसी से प्यार नहीं करना।" उसने गाने की एक लाइन कही।

"चलो हार गई, यह गाना 'ह' से शुरू नहीं होता है।"

"नहीं, नहीं, अभी नहीं हारी हूँ; मैं फिर से ट्राय करूँगी।" वह सारा गुस्सा भूलकर एक बच्चे की तरह बोल उठी। उसने फिर गाया,

"हमने तुमको दिल ये दे दिया...ये भी न पूछा कौन हो तुम..."

"लेकिन तुमने तो पूछा था, तुम्हें याद नहीं?"

"इस बार तो आप पक्का हार चुके हैं, क्योंकि इस बार भी आपको 'म' से गाना है..." उसने ऐसे कहा, जैसे उसे बेशुमार खुशी मिलने वाली हो।

'म से ना!'

"हाँ हाँ, म से।"

"वही जो मैं हमेशा गाता हूँ...कौन सा गाना है वह..."

"सीधे-सीधे बोल क्यों नहीं देते कि नहीं पता।"

"पता है, याद नहीं आ रहा-बहुत हिट गाना है..."

"सही बोलिए न, हार गए न? हार गए, अरे... लूजर, लूजर, लूजर..." वह एक बच्चे की तरह करने लगी। मैं उसकी खुशी में अपनी खुशी महसूस कर रहा था।

"अब चुप भी रहो, कितना बोलोगी; तुम्हें याद है न कि मैं भी एक विश

माँग सकता हूँ।''

"हाँ याद है, मगर छोटा सा कोई ऐसा विश माँगिए, जिसे मैं अभी पूरा कर सकूँ।''

"ठीक है तुम मुझे...'' बोलकर मैं रुका।

"हाँ... "

"तुम न मुझे...''

"आगे तो बोलिए!''

"तुम मुझे आप-आप बोलना बंद करो, मुझे ऐसा लगता है कि मैं उम्रदराज हूँ।''

"मगर मुझे तो इसकी आदत लग गई है, फिर भी मैं कोशिश करूँगी।''

"कितनी रात हो गई है न; अब हमें सोना चाहिए।''

"पहले मैं एक बात कहना चाहती हूँ।''

'क्या?'

"लूजर, लूजर, लूजर...हार गए न मुझसे।'' उसे जीतने की खुशी थी, इसलिए खुद को रोक नहीं पा रही थी। मैंने उसे शांत करते हुए कहा,

"यदि मेरा दोस्त होता तो तुम नहीं जीत पाती।''

"नहीं, मुझे कोई नहीं हरा सकता; वैसे आप किस दोस्त की बात कर रहे हैं?''

"वही, जो मेरे साथ क्लास आता था; तुम उससे बात कर चुकी हो।''

"अरे वो...क्या नाम है उसका?''

"वह नाम जो मेरे लफ़्ज़ों पे सबसे पहले आता है- संदीप।''

"मुझसे भी पहले!'' उसने मासूमियत भरे लफ़्ज़ों में कहा। इस प्रश्न से मैंने अन्दाजा लगा लिया कि हमारी बातें और लम्बी खिचने वाली थीं।

मैंने प्रिया को हमारी दोस्ती के बारे में सब कुछ बताया। पाँचवी क्लास से लेकर उसके घर जाने तक, सभी खास बातें, जो हमारी दोस्ती को बेमिसाल बनाती थीं।

"इतना खास है संदीप आपके लिए, भगवान आपकी दोस्ती बनाए

रखे।''

''हमारी दोस्ती हमेशा बनी रहेगी।''

कुछ देर हम चुप रहे, फिर मैंने उसे प्यार से पुकारा,

'प्रिया...!'

'क्या?'

''कल क्लास भी जाना है, अब हमें सोना चाहिए।''

''हाँ, मगर एक बात और क्या कल क्लास के बाद आप अपनी कॉपी मेरी एक सहेली को दे सकते हैं? उसे जरूरत है।''

''ठीक है।''

''थैंक यू!''

''गुडनाइट।''

''गुडनाइट।''

प्रिया इस रात को यादगार बनाने में सफल रही। यह रात सच में एक यादगार रात बन गई, जिसे मैंने बार-बार याद किया। प्यार के इजहार के बाद एक गजब की खुमारी छा जाती है, जो मुझपर छा गई थी। मैं याद कर रहा था बीते पल... किस तरह मेरी बात प्रिया से हुई और जब हम मिले, तो हम एक दूसरे को पहले से जानते थे। कितना अजीब था वह लम्हा-शायद खुशनुमा।

मेरे मोबाइल का स्क्रीन चमका... यह प्रिया का मैसेज था

''मैं इस वक्त याद कर रही हूँ कि किस तरह हम मिले; जैसे ऊपर वाले ने हमें मिलाया हो। मैं तुमसे बहुत प्यार करती हूँ और मुझे पता है कि तुम मुझे हमेशा खुश रखोगे; मैं तुम्हारे विश को पूरा करने की कोशिश कर रही हूँ; अब सो जाओ...''

मैं मुस्कुराया। जो मैं सोच रहा था.वही प्रिया भी सोच रही थी।

* * *

अगले दिन, क्लास समाप्ति के बाद।

''हैलो प्रिया, तुम किधर चली गई और तुम्हारी सहेली किस तरफ है?''

क्लास से सारे विद्यार्थी बाहर निकल गए थे। मुझे प्रिया और उसकी सहेली कहीं नहीं दिख रही थीं।

"मुझे भूख लग गई है, मैं रूम जा रही हूँ और मेरी सहेली क्लास के बाहर ही होगी; उसने व्हाइट कलर की ड्रेस पहनी है, ठीक से देखो..."

"ठीक है, मैं देख रहा हूँ।" मैंने अपनी नजरें इधर-उधर दौड़ाई।

"मिल गई।" मैंने कहा।

"ठीक है-उसे कॉपी दे दो।"

आज वह मुझे आप-आप नहीं बोल रही थी। फोन काटकर मैं उसकी सहेली की तरफ बढ़ा। वह मुझे देखकर मुस्कुरा रही थी या मुस्कुराकर देख रही थी-पता नहीं।

"प्रिया की सहेली आप ही हैं न?"

"हाँ, मगर आप मुझे प्रिया की सहेली के अलावा कोमल भी बुला सकते हैं।" वह मुस्कुराते हुए बोली, साथ में मैं भी मुस्कुराया।

"ये लीजिए मेरी कॉपी; मगर हाँ, समय पर लौटा दीजिएगा।" मैंने अपनी कॉपी उसकी ओर बढ़ाते हुए कहा।

"थैंक यू, वैसे आप प्रिया को कितने दिनों से जानते हैं?" उसने कॉपी अपने बैग में रखते हुए पूछा।

"सॉरी, मैंने दिन नहीं गिने।" मैंने मजाक में कहा। वह मुस्कुराई।

"आप मेरे साथ समोसा खाना पसंद करेंगे?"

"नहीं... मैं..."

"क्योंकि मैं प्रिया जितनी खूबसूरत नहीं हूँ?"

"नहीं ऐसी कोई बात नहीं है, आप तो बेहद खूबसूरत हैं, मैं बस बाहर का खाना पसंद नहीं करता।"

"अच्छा तो मैं चलता हूँ।" कुछ क्षण रुककर मैंने कहा।

"अरे रुकिए, मुझे आपसे एक चीज और पूछना है।"

'क्या?'

जब तक वह कुछ बोलती, उसके मोबाइल पर किसी का फोन आ गया।

“एक मिनट रुकिएगा,” बोलकर उसने फोन रिसीव किया। मैं इधर-उधर देखने लगा। वह बात कर रही थी।

“ओह, मुझे जाना होगा।” उसने फोन काटकर कहा।

“मगर आप पूछना क्या चाहती थीं?”

“वो...वो मैं भूल गई।”

“कोई बात नहीं।”

हम दोनों अपने-अपने रास्ते निकल पड़े। हर रोज की तरह मैंने अपने रूम जाने का रास्ता सैंडिश कम्पाउण्ड ही चुना। कुछ दूर चलने के बाद मेरे मोबाइल पर प्रिया का फोन आया।

“जहाँ हैं वहीं रुक जाइए!” उसने कहा।

मैं नहीं रुका, फिर भी बोला,

“हाँ मैं रुक गया हूँ, बोलो।”

“झूठ क्यों बोल रहे हैं, आप नहीं रुके हैं।”

मैं अचानक रुक गया और इधर-उधर देखने लगा। एक मिनट के लिए तो मैं दंग रह गया। वह मेरी नजरों के सामने थी।

“आपको क्या...लगा कि आप बच जाएँगे...” जब तक कि मैं इस वाक्य को समझ पाता, उसने मेरी बाँह पर पाँच मुक्का बड़ी ही तेजी में मार दिया। तब मुझे समझ में आया कि यह अंताक्षरी में हारने का दंड था। हर दिन की तरह वह मासूम दिख रही थी। उसने पीले रंग की टॉप और ब्लैक कलर की जींस पहनी थी। उसके टॉप पर लिखा था, ‘गॉड इज बिजि, में आई हेल्प यू?” पढ़कर मैं मुस्कुराया। हम दोनों साथ चलने लगे। मुझे उससे कई प्रश्न पूछने थे, मगर उसके सामने आ जाने के बाद...

यह पहली बार था, जब हम पार्क में मिले और पहली बार हमारे हाथों की अंगुलियों ने एक दूसरे को छुआ-बस कुछ क्षण के लिए।

“शर्त तो दस मुक्के की लगी थी, फिर तुमने पाँच ही क्यों मारा?” मैंने चलते-चलते पूछा।

“वो इसलिए, यदि मैं आज ही आपको सारा मुक्का मार देती, तो अगली बार किस बहाने से मिलती।” उसने मेरी ओर देखकर कहा-बहुत प्यार

से।

“तुम बहुत आगे तक सोचती हो; वैसे तुम्हारी सहेली को मेरी कॉपी की बहुत ज्यादा जरूरत थी।” मैंने आगे देखते हुए कहा। वह मेरी ओर देखकर हँसने लगी और बोली,

“आपको (शायद वह तुम बोलना फिर भूल गई थी।) पता चल गया मेरा प्लान।”

“हाँ, जब मैंने तुम्हारी सहेली को देखा; जो रोज क्लास आती है, उसे मेरी कॉपी की क्या जरूरत? और वह मुझे अपनी बातों में उलझाए रखी, ताकि तुम मुझसे पहले यहाँ पहुँच सको-उसे फोन भी तुमने ही किया था न?”

मेरे जेम्स बाण्ड वाले दिमाग को देखकर वह आश्चर्य से बोली,

“हाँ! आपको कैसे पता?”

“पहले तो ये आप-आप करना बंद करो और ये क्या पहनी हो?”

“क्यूँ? क्या हुआ है इसमें...?” उसने प्यार से कहा। मैंने उसे वह वाक्य पढ़कर सुनाया, “गॉड इस बिजि, में आई हेल्प यू?”

“क्या खराबी है इसमें?” बोलते हुए उसने फिर से मेरी बाँह पर मुक्का मारा।

“सात हो चुके हैं।”

‘क्या!’

“सात बार मार चुकी हो और तीन बचा है।” मैं बोलकर शरारती अन्दाज में उससे आगे बढ़ गया और उसने अन्दाजा लगाया कि मैं मुस्कुराया।

“रुको रुको, अभी बताती हूँ कितना बचा है।” वह बोलते हुए मेरे नजदीक आने लगी। मैं दो कदम आगे बढ़ा, फिर पीछे मुड़कर उसे देखा, फिर दो कदम आगे बढ़ा, पीछे मुड़कर उसे देखा। मैंने ज्यादा फुर्ती नहीं दिखाई। वह दौड़कर मेरे पास आई और मेरी बाँह कसकर पकड़ ली और फिर से मुक्का मारने लगी।

“हे...हे...ये क्या है? ये तो तीन से कहीं ज्यादा हैं, आऊ...हो गया, हो गया।” मैं निवेदन कर रहा था। वह आहिस्ते से मार रही थी, ताकि मुझे चोट न लगे। वहाँ पर मौजूद लोग हमें देख रहे थे। कुछ कॅपल्स हमारी ओर इशारा

कर रहे थे... शायद वह अपने पार्टनर को देखने को कह रहे थे कि हमारे बीच कितना प्यार है।

"अच्छा चलो वहाँ बैठते हैं।" मैंने प्रिया से कहा, मगर अनजाने में मेरा इशारा उस जगह पर चला गया, जहाँ एक दिन मैं और रिया बैठे थे। उस दिन को मैं नहीं भूला-फ्रेंडशिप डे। मैं शांत हो गया। प्रिया अभी तक मेरी बाँह पकड़े हुए थी। मैं उस जगह को देख रहा था-एकटक।

"क्या हुआ?" उसने पूछा।

"कुछ नहीं।" मैंने जताया कि कोई बात नहीं।

"तो चलो..."

"नहीं, कहीं और बैठते हैं, वहाँ धूप है।"

"मगर मुझे तो वहाँ धूप नहीं दिख रही।"

"नहीं प्रिया...वहाँ धूप है, जो खुशियों को जलाकर राख कर देती है।" मैंने आवेश में आकर कहा।

"पता नहीं क्या-क्या चलता रहता है तुम्हारे दिमाग में; चलो वहाँ बैठते हैं।" उसने दूसरी जगह की ओर इशारा किया और मुस्कुराई।

हम एक चबूतरे पर जाकर बैठ गए। मैं उसे ही देखे जा रहा था। ऐसा लग रहा था जैसे मैं किसी सुन्दर स्वप्न में था। हाँ, मैं जानता था कि जो कुछ भी हो रहा था, सब सच था, फिर भी सब कुछ इतना जादुई लग रहा था। यहाँ तक कि उस पार्क में हमारे आस-पास की हवा भी अलग लग रही थी। हम दोनों खामोश थे। अचानक से माहौल शांत हो गया था, दिन सुहाना लगने लगा। हवा के झोंके उसके बालों को उड़ा ले जाना चाहते थे, मगर वह बालों को अपने कान के पीछे समेट लेती। दिन बदला-बदला सा लग रहा था। आज ज्यादा धूप नहीं थी, बस हवाएँ चल रही थी... सुहावनी हवाएँ...

"रणवीर, एक मैजिक देखोगे!" उसने खामोशी को चीरते हुए कहा-उसने मुझे मेरे नाम से पुकारा। मैंने प्यार से अपना सिर हिलाया। उसने अपनी कॉपी का एक सादा पेज निकाला और बोली,

"अब अपना हाथ इस पेज पर रखो।" मैंने अपना हाथ उस पेज पर रख दिया और उसे देखने लगा। वह कितनी व्यस्त लग रही थी, या यूँ कहूँ कि व्यस्त कम और मासूम ज्यादा लग रही थी।

"अपनी अँगुलियाँ तो फैलाओ, ताकि मैं तुम्हारे हाथ का निशान ले सकूँ..." उसने बहुत प्यार से कहा। मैंने चुपचाप अपनी अँगुलियाँ फैला दी। वह कलम से मेरे हाथ का निशान लेने लगी, जिसके क्रम में उसके कोमल हाथ मुझे छू रहे थे। उसके बाल, कंधे से उतरकर नीचे लटक रहे थे, वह मासूम लग रही थी; एकदम परियों की तरह... उसका चेहरा खुशी से दमक रहा था।

"हम्म...हो गया, अब अपना हाथ हटा सकते हो।" उसने कहा। मैंने अपना हाथ उस पेज से हटा लिया। पेज पर मेरे हाथ का निशान काफी डरावना लग रहा था। वह उस निशान के साथ अपनी कारीगरी करने में व्यस्त हो गई। मुझे समझ नहीं आ रहा था कि वह क्या करना चाहती थी। उसने प्रत्येक अँगुली के निशान में तीन लकीर खींचे, जैसे हमारी अँगुलियों में निशान होते हैं। इस तरह से एक अँगुली में तीन खाने बन गऐ, कुल पन्द्रह खाने हुए। एक अँगुली के खानों में मेरे पसंदीदा तीन फलों के नाम लिखे, फिर अगले खानों में तीन फूलों के। इस तरह पाँचों अँगुलियों के तीनों खानों में मेरी पसंदीदा चीजें लिख दी। मुझे आश्चर्य हुआ कि उसने आखरी तीन खानों में- रिया, शाम्भवी और प्रिया क्यों लिखा? उसका उत्तर मुझे कुछ देर बाद मिला। वह इन तीन चीजों में मेरी सबसे पसंदीदा चीज बताने वाली थी, जिसमें आखरी था- 'मेरी सबसे अच्छी दोस्त कौन है?'

उसके अनुसार सब कुछ तैयार था। फिर उसने अपना ट्रिक स्टार्ट किया उसने मुझे कलम थमाया और उस पेज पर लगातार लकीरों खिचने को कहा, जब तक कि वह स्टॉप ना बोल दे। वह मेरी खिंचे लकीरों को गिनती और खानों में मौजूद तीन पसंदीदा चीजों में सबसे पसंदीदा एक चीज बता देती। मेरा मुँह सूखा जा रहा था, जब बारी आखरी खाने की थी, जिसका परिणाम बताने वाला था कि मेरी सबसे अच्छी दोस्त कौन थी।

"यदि परिणाम में प्रिया का नाम नहीं आया तो पता नहीं वह क्या कर बैठेगी।" मैंने खुद से कहा और डरते-डरते उसकी तरफ देखा, उसका दमकता चेहरा मुरझाया हुआ था। नाम शाम्भवी का निकल आया था। मैं यह भी नहीं कह सकता था कि मैं इन सब चीजों को नहीं मानता, क्योंकि पिछले चार बार में मैंने अपनी सहमति जताई थी, कि उसका खेल कितना सच्चा है-कितना सही बता रहा है। उसने मेरे हाथ से कलम लेकर अपनी कॉपी में रख दिया और हम दोनों के बीच रखे उस पेज को हटाकर मेरे करीब आई। उसने दोनों हाथों से मेरी बाँह प्यार से पकड़ी और अपना सिर मेरे कंधे पर टिका दिया। किसी ने

सही ही कहा है कि लड़कियों को समझ पाना सबके बस की बात नहीं... जब तक कि मैं अपना दिमाग चलाता, उसने मेरी ओर देखा और प्यार से बोली,

"पता है, तुम्हारी सबसे अच्छी दोस्त में मेरा नाम क्यों नहीं आया?"

'क्यों?' मैंने धीरे से कहा। हमारी साँसें टकराईं। उसने अपना सिर फिर से मेरे कंधे पर टिका दिया।

"क्योंकि मैं तुम्हारी सिर्फ दोस्त नहीं, प्रेमिका हूँ, जो तुमसे बेहद प्यार करती है।" उसने मासूमियत भरे शब्दों में कहा। उसके हाथों का घेरा सख्त हो गया। मैंने अपने कंधे पर गरमाहट महसूस की। वह उसके आँसू थे।

उस पार्क में हम दोनों के अलावा और कोई नहीं था, ऐसा मुझे महसूस हो रहा था। मुझे लग रहा था जैसे उस पार्क में केवल हम दोनों ही हों। मैंने पीछे से अपने हाथ से उसकी बाँह को पकड़ा। उसे अपने बाहों में घेर लिया। मुझे अजीब सी अनुभूति हो रही थी, जो पहले कभी नहीं हुई थी। पता नहीं ये हसीन लम्हा कहाँ था मेरा। मेरी प्रेमिका, जो मुझसे बेहद प्यार करती थी, वह मेरी बाँहों में थी। मैं उस लम्हे को जीता रहा, उसे महसूस करता रहा। सुहावनी हवा चलती रही और वह मेरी बाँहों से लिपटी रही...

बाइस

मई

हम दोनों दूध और मिश्री की तरह घुल गए थे। सब कुछ अच्छा लगने लगा था। प्रिया ने जैसे मेरे सारे गमों को दूर ही कर दिया था। मेरे चेहरे पर हमेशा मुस्कुराहट बनी रहती थी। ऐसा लग रहा था कि मेरी सारी ख्वाहिशें पूरी हो गई थीं, मुझे अब कुछ नहीं चाहिए था। क्लास में भी मैं अच्छा करने लगा था और स्पोकन की क्लास; वहाँ तो मेरी अलग पहचान बन चुकी थी। मेरी स्पोकन क्लास पूरी हो गई थी, फिर भी कभी-कभी सर मुझे बुलाते थे और अपनी बात रखने का मौका देते थे। जूनियर विद्यार्थियों को मैं बोलने का तरीका सिखाने लगा था... उनके लिए तो मैं मोटिवेशनल स्पीकर बन गया था। रास्ते पर चलते वक्त यदि वे मिल जाते, तो सभी गुड-मॉर्निंग बोलने लग जाते। ये सब हुआ था प्रिया के प्यार की वजह से... मुझे ऐसा लग रहा था जैसे मुझे

पहली बार प्यार हुआ हो... और सच्चाई भी यही थी।

मैं प्रिया के जितने करीब जाता जा रहा था, प्यार को उतना ही समझता जा रहा था। चारों तरफ खुशियाँ ही खुशियाँ थीं। मगर गम तो जैसे खुशियों को हराने में ही लगा रहता है। रात के दस बज रहे थे। खाना-पीना खाकर मैं सुस्ता रहा था। संदीप के पापा ने मुझे फोन किया। उन्होंने जो कहा, उसे सुनने के बाद मुझे जितनी खुशी हुई, उससे कहीं ज्यादा दुःख हुआ। उन्होंने बताया कि संदीप पूरी तरह से ठीक हो गया है, मगर वह अब भागलपुर में नहीं रहेगा, उसे यहाँ का पानी सूट नहीं करता; वह राहुल के साथ फिर से पटना में रहेगा। यह सुनकर मुझे काफी दुःख हुआ। इतने दिन इन्तजार करने के बाद ये होना था, मैंने सोचा भी नहीं था।

रात जैसे कटने ही नहीं पा रही थी। यह सब मैंने प्रिया को बताना ठीक समझा। अपने दर्द को बाँटने के लिए मैंने प्रिया को फोन किया और सारी बातें बताईं।

"नहीं प्रिया, तुम नहीं समझोगी मेरी जज्बात को; मैं उसके बिना नहीं रह पाऊँगा।" मैं उदास स्वर में बोला।

"ओह! वह कोई हमेशा के लिए तो नहीं जा रहा है न; वह तो पढ़ने जा रहा है, फिर वापस आ जाएगा।" वह जिस प्रकार बोली, उसी प्रकार एक दिन मैंने उसे समझाया था, जब उसकी सहेली जा रही थी। मगर मैं खुद को ही नहीं समझा पा रहा था।

"हाँ, मुझे पता है कि वह वापस आ जाएगा, मगर उसके बिना मैं कैसे रह पाऊँगा...? पहले तो मैं एक आस लगाए बैठा था कि वह आएगा, मगर अब..."

"फिलहाल वह नहीं है तो क्या, मैं तो हूँ न तुम्हारे पास," शायद उसने मेरा मूड चेंज करने के लिए कहा। मैं उसे कैसे समझाता कि प्यार और दोस्ती में क्या और कितना फर्क होता है। मैं बोला,

"मगर उसकी जगह और कोई नहीं ले सकता है।" और मेरी आँखें नम हो गयीं। जब वह बीमार था, तो उसके ठीक होने की मन्नत में रोज माँगता था, मगर अब वह मुझसे दूर जा रहा था।

“खुद को सँभालो रणवीर...” वह धीरे से बोली।

“कभी-कभी डर भी लगता है प्रिया, कहीं ऐसा न हो कि वह मुझसे दूर जाकर मेरी दोस्ती को भूल जाए...” मेरी आँख से आँसू की एक बूँद टपकी।

“ऐसा नहीं होगा रणवीर, यह सब तो पढ़ाई लिखाई में चलता रहता है; कोई यहाँ पढ़ता है, कोई वहाँ पढ़ता... ऐसा थोड़ी न है कि वह तुमसे दूर चला जाएगा तो तुम उससे बात भी नहीं कर पाओगे; बात तो होती रहेगी न; मैं खुद उससे बात करूँगी... हम दोनों उससे बात करेंगे और कभी-कभी उसे बुला भी लेंगे।” वह बहुत प्यार से समझाते हुए बोली। उसकी बातों से मुझे थोड़ी उम्मीद नजर आई। मुझे प्रिया पर पूरा विश्वास था, कि वह मुझे सँभाल लेगी, मुझे अकेलेपन का जरा भी अहसास नहीं होने देगी। मैंने मन को शांत करने के लिए फोन रख दिया, ताकि मैं न कोई सवाल करूँ और न ही मुझे कोई जवाब मिले... मगर मैं अपने मस्तिष्क में उमड़ रहे खयालों को नहीं रोक पा रहा था।

आखिर संदीप यह फैसला क्यों ले रहा था?

यहाँ से जाने से पहले तो उसके ऐसे विचार नहीं थे।

हम दोनों तो बहुत अच्छे से रह रहे थे, फिर भी...उसने मुझे बताया भी नहीं और अचानक मुझे यह जानकारी उसके पापा ने दे दी।

उसने फोन क्यों नहीं किया?

अगले दिन, शाम 6 बजे।

मैं बिछावन पर बैठा था और संदीप के बारे में सोच रहा था। अचानक मेरे मोबाइल की घंटी बजी। यह संदीप के पापा का नम्बर था। मैंने फोन उठाया।

‘हैलो!’ संदीप बोला।

“हाय! तुमने फोन किया है, मुझे लगा तुम्हारे पापा हैं।” मैं खुश होते हुए बोला।

“हाँ, मेरा सिम बंद हो गया है, चालू करवाना होगा।”

“अब तो तुम ठीक हो न?”

“हाँ...ठीक हूँ; मेरे पापा से तुम्हारी बात हुई न?”

‘हाँ।’ मैंने निराश होकर हामी भरी।

“तो क्या, तुम भी जाना चाहोगे?”

“इतनी जल्दी ये फैसला लेना...फिर घरवालों से...” मैं धीरे से बुदबुदाया। शायद वह मेरी आर्थिक तंगी को समझ रहा था। वह बोला,

“हाँ...यह बात तो है, मगर मेरे साथ कुछ जल्दी हो गई; एक दिन राहुल आया था मेरे घर पर, उसी ने मेरे घर वालों को फोर्स किया कि मैं पटना में ही रहूँ, बस यही कारण है कि मुझे जाना पड़ रहा है।” वह अफसोस जताते हुए बोला।

“मैं भी जाना चाहता हूँ, मगर...”

“अच्छा छोड़ो न यारा; एक बार मुझे वहाँ ठीक से सेट हो जाने दो, फिर तुम भी आ जाना।” वह खुश होकर बोला। फिर भी उसके स्वभाव से ऐसा नहीं लग रहा था कि वह मेरे बारे में उतना सोचता था, जितना मैं उसके बारे में सोचता था, उसके ठीक होने की मिन्नतें माँगता था।

आज रात का खाना मैंने नहीं बनाया। ऐसा लग रहा था, जैसे मुझसे वह दूर जा रहा था। रोज की तरह प्रिया मुझे हँसाने की कोशिश करती रही, मगर मैं अपनी ही दुनिया में खोया रहा।

अगली सुबह।

मैं जगा। मेरे सिर में काफी दर्द हो रहा था। कुछ देर मैं बिछावन पर बैठा रहा, फिर अपना मोबाइल चेक किया। प्रिया के सात मिस्डकॉल थे। मैंने तुरंत उसे फोन किया।

“हैलो, गुड मॉर्निंग प्रिया!”

“पहले यह बताओ कि इतनी देर से तुम कहाँ थे?” वह गुस्से में बोली। मैंने घड़ी की तरफ देखा, दस बजकर पन्द्रह मिनट हो रहे थे।

“सॉरी प्रिया...” मैं प्यार से बोला।

“सॉरी-वॉरी मत बोलो! तुमको पता है न कि मैं कितनी परेशान हो जाती हूँ।” वह गुस्से में बोली, मगर उसमें मासूमियत छलक रहा था।

“मैं सोया था न, इसलिए तुम्हारी कॉल नहीं ले पाया”

“मैं यहाँ सोच रही हूँ कि आखिर फोन क्यों नहीं उठ रहा है? एक तो अकेले रहते हो और एक बार भी नहीं सोचते हो कि मुझपर क्या बीत रही होगी।”

“मुझसे कभी ऐसी गलती हुई है क्या; वह तो बस मेरी तबियत थोड़ी खराब है, इसलिए...”

“क्या! आपकी तबियत खराब है। हे भगवान! मैं भी न आपको क्या-क्या बोले जा रही हूँ; आपने पहले क्यों नहीं कहा।” उसने अंतिम शब्द को बड़े ही मासूमियत से कहा। जब भी वह इस तरह बोलती थी, मैं कल्पना करता था कि इस वक्त उसने कैसा मुँह बनाया होगा। और हाँ, उसका एक स्वभाव मुझे बड़ा ही प्यारा लगता था। जब वह मुझ पर गुस्साती थी तो मुझे ‘तुम’ कहकर बुलाती थी और जब नर्मी दिखानी होती थी तो ‘आप’ कहकर बुलाने लगती थी। मगर मैं उससे कहता था कि वह मुझे ‘तुम’ ही बुलाए।

“थोड़ा सा ही है, ठीक हो जाएगा।”

“आपके पास थर्मामीटर है?”

“हाँ, है न।”

“तो एक-एक बात बताना होगा क्या; जल्दी से लगाकर देखिए न कि कितना बुखार है।” वह इन हालात में हमेशा गुस्से से बोलना शुरू करती थी और प्यार से अपने शब्दों को विराम देती थी। मैंने कलमदानी से थर्मामीटर निकाला और बाँह में लगाया।

“लगा लिए हैं।”

“झूठ बोल रहे हो, अभी तो कुछ पता ही नहीं चला।”

“हेडफोन से बात कर रहा हूँ।”

“ओ...ठीक है, दो मिनट रुको।”

“पता है मुझे।”

“हाँ तुम महान जो हो, अभी चुपचाप रहो।”

कुछ देर बाद मैंने थर्मामीटर देखा। मुझे यकीन नहीं हो रहा था कि मुझे इतना बुखार था। मैं बोला,

''हाँ... बुखार तो है-एक सौ दो डिग्री।'' मैं थोड़ा उदास हो गया।

''बस हो गया न मन ठंडा; अब कौन खाना-पीना बनाएगा।'' इस बार उसके सारे शब्द गुस्से में निकले।

''आज तुम झगड़ा करने के ही मूड में हो क्या; तब से डाँटे जा रही हो।''

''तब क्या आरती उतारूँ।'' वह धीरे से बोली।

''ठीक हो जाएगा, तुम परेशान मत हो।'' मैंने प्यार से समझाया।

''तुम आराम करो, मैं दवाई लेकर आती हूँ,'' वह बिछावन से कूदी। मैंने महसूस किया।

''कोई जरूरत नहीं है... यह ब्वायज होस्टल है, तुम्हारे ससुर का घर नहीं।''

''अच्छा, मैं दवाई भिजवाती हूँ, तुम अपने जगह का नाम बताओ तो, तिलकामाँझी में रहते हो, यह तो पता है, मगर किस जगह, किस लॉज में...''

''छोड़ो न, ठीक हो जाएगा।''

''ठीक है, तब करो जो-जो करना है।'' वह इतने जोर से भड़की कि मुझे उसे अपना पूरा पता देना पड़ा। प्रिया ने फोन रख दिया और मैं वापस बिछावन पर लेट गया।

लगभग आधे घंटे बाद।

किसी ने दरवाजा खटखटाया। मैं उठा और दरवाजा खोला। दरवाजा खोलते ही मैं हक्का-बक्का रह गया।

''ये कैसा बचपना है! जब मैंने उसे आने से मना किया था, तो फिर वह क्यों आ गई।'' मैं बुदबुदाया। रेड कलर की टॉप, ब्लैक कलर की जींस, कंधे पर स्कूल बैग लटकाए और चेहरे पर मासूमियत भरी मुस्कान लिए, प्रिया मेरे सामने खड़ी थी।

''अरे पगली।'' बोलते हुए मैंने उसका हाथ पकड़कर अंदर की ओर खींचा और दरवाजा लॉक कर दिया। भगवान का शुक्र था कि दो-तीन दिन पहले ही मैंने रूम साफ किया था, वरना मेरी सारी पोल खुल जाती कि मैं फोन पर डींगें हाँकता था कि मैं कितना साफ-सुथरा रहता हूँ।

''रणवीर, फूल नहीं बरसाओगे? तुम्हारा महबूब आया है...'' बोलकर

वह बिछावन पर बैठ गई। हमारी नजरें एक दूसरे को देख रही थीं। प्रिया ने अपना हाथ अपने गाल पर रखा था और वह मुस्कुरा रही थी। उसने मेरा हाथ पकड़कर मुझे अपने पास बिठाया।

''तुम्हें किसी ने देखा तो नहीं?'' मैंने पूछा।

''नहीं, आज रविवार है न; लगता है तुम्हारे होस्टल के सारे लड़के घोड़ा बेचकर सो गए हैं।'' उसकी इस बात से मुझे राहत मिली और मेरे चेहरे पर हल्की सी मुस्कुराहट आई।

''जाओ, फ्रेश होकर आओ, तब न दवाई खाओगे।'' उसने कहा और फिर मुझे उठाया। मैं धीरे से दरवाजा खोलकर बाहर निकला।

कुछ देर बाद हम दोनों बिछावन पर शरीर को दिवाल से टिकाए बैठे थे।

''यह केक मैं आपके लिए लाई हूँ।'' वह केक (एक पॉकेट वाला बिस्कुट केक) का पैकेट फाड़कर मेरी ओर बढ़ाते हुए बोली।

''कभी-कभी मैं कन्फ्यूज हो जाता हूँ; कभी तुम मुझे 'तुम' कहती हो तो कभी 'आप,' दोनों में से कोई एक बोलो न; 'तुम' ही बोलो।''

''ठीक है, अब केक तो खाओ।'' वह मुस्कुराई। मैंने केक का एक टुकड़ा उठाकर खाया। मेरे खाते ही उसने अपनी नजर मुझसे हटा ली।

''क्या हुआ?'' मैंने खाते-खाते पूछा।

''जरा भी नहीं हुआ कि पहले एक मुझे खिलाएँ।''

''ये लो।'' मैंने केक का एक टुकड़ा उसकी ओर बढ़ाते हुए बोला।

''खुद ही खा लो।'' वह अब भी दूसरी ओर देख रही थी।

''हाँ... ये हुई न बात।'' इतना कहकर मैंने केक का दूसरा टुकड़ा भी खा लिया।

''आ...हा, हा हा...फिर से अपने-अपने खा लि...या...।'' वह नकली रोना रोते हुए बोली।

''अच्छा इस बार लो।'' मैंने फिर से केक का एक टुकड़ा उसकी ओर बढ़ाया। इस बार उसने मेरी तरफ देखा और मुँह खोला। मैंने उसे केक खिलाया। खिलाने के क्रम में मेरी अँगुलियों ने उसके कोमल होंठों को छुआ और मेरे अंदर एक बिजली सी दौड़ गई।

“क्या हुआ?” उसने पूछा।

“कुछ तो नहीं।”

मैं उसे बाहों में भर लेना चाहता था, मगर मैंने खुद को रोका। प्रिया, बिछावन से उठी और पानी की बोतल लेकर मेरे पास आई। बोतल मुझे थमा कर उसने अपने बैग से दवाई निकाली। दवाई को देखकर मुझे याद आया कि मेरी तबियत खराब थी। उसके आ जाने से मैं भूल गया था। उसमें एक जादुई कला थी। वह मेरे पास आई और मुझे दवाई खिला दी और फिर मुझे लिटा दिया।

“तुम भी सो जाओ न मेरे बगल में।” मैंने कहा।

“नहीं, मैं नहीं सो सकती।” वह मुस्कुराते हुए बोली।

‘क्यों?’

“वह इसलिए, क्योंकि यदि मैं सोऊँगी, तो तुम नहीं सो पाओगे और सोओगे नहीं तो ठीक नहीं हो पाओगे!

“यह ज्ञान देने के लिए धन्यवाद!”

“अब चुपचाप सो...उसने मेरे सिर पर हाथ फिराया। मुझे सोने का जरा भी मन नहीं था (किसी को भी नहीं करेगा, खासकर तब... जब एक खूबसूरत सी लड़की आपके बगल में बैठी हो)। मैं उसे ही देख रहा था, वह मुझे देख रही थी। मैंने अपना हाथ उसकी ओर बढ़ाया। उसने मुस्कुराकर मेरा हाथ थाम लिया और बोली,

“रणवीर, यदि मुझे हाथ पैर-धोना हो, तो मैं कहाँ धोऊँगी?”

मैंने इस प्रश्न की कल्पना नहीं किया था। जब आपका हाथ किसी सुंदर लड़की के हाथों में हो, तो आप किसी रोमांटिक वाक्य की अपेक्षा करते हैं।

“प्रिया! यह कहीं से भी रोमांटिक नहीं है।”

“बताओ न!”

“बालकनी में नल लगा हुआ है, वहीं।” मैं मुस्कुराया।

“थैंक यू, चलो अब सो जाओ।”

दवाई और उसके सिर सहलाने का असर होने लगा। मेरी आँखें भारी होने लगीं।

12.00 बजे।

मेरी आँखें खुलने को कर रही थीं। मैं एक अच्छी खुशबू महसूस कर रहा था। मैंने अपनी आँखें खोली और धीरे से उठकर बैठ गया। प्रिया को पता नहीं चला कि मैं जग चुका था। वह व्यस्त थी। मैं जिस खुशबू को महसूस कर रहा था, वह प्रिया का कमाल था। वह मेरे लिए रोटी और सब्जी बना चुकी थी, शायद हमारे लिए (मैंने रोटियों की संख्या देखकर अनुमान लगाया)। वह फर्श साफ कर रही थी। कितना अच्छा लम्हा था वह। मैं बिछावन पर बैठा था, वह खाना बना रही थी।

''अरे, तुम कब जगे?'' वह मेरी ओर देखकर बोली। मैं खामोश रहा उसे मुस्कुराता देखता रहा।

''मैं हाथ धोकर आती हूँ।'' वह बोलकर बालकनी की ओर चली गई।

मैं बेहतर महसूस कर रहा था। वह वापस आई। तौलिये से हाथ पोंछकर मेरी कलाई पकड़ी... जैसे डॉक्टर पकड़ते हैं।

''हम्म...बुखार तो कम हुआ है।'' वह ऊपर देखकर बोली। मैं उसका मासूम चेहरा देख रहा था।

''चलो मुँह हाथ धो लो, फिर खाना खायेंगे।'' वह बोली

''कुछ देर मेरे पास बैठो न।'' मैंने कहा।

''नहीं, पहले खाना खाते हैं, नहीं तो ठंडा हो जाएगा।''

मैं बिछावन से उतरा और नल के पास गया।

''क्या सोच रहे हो? वह तुम्हारे साथ है!'' मेरे अन्दर से आवाज आई। नल से निकल रहे पानी की आवाज भी एक संगीत की तरह लग रही थी। वह मेरे साथ थी, मेरे पास...

मेरे आने तक उसने खाना परोस दिया था... एक ही थाली में। वह नीचे बैठी थी; मेरे बैठने का इन्तजार कर रही थी। मैं बैठा। उसने अपनी आँखों से इशारा किया कि मैं खाना शुरू करूँ। मैंने रोटी का टुकड़ा तोड़ा और उसमें सब्जी मिलाई। मुझे कुछ याद आया। मैंने पहला निवाला उसकी ओर बढ़ाया। वह खुश हुई-मैंने उसे खिलाया।

खाने के बाद हम फिर बिछावन पर बैठ गए, जिस तरह पहले बैठे थे।

वह चुप थी, मैं भी चुप था। बात करनी थी, मगर बात कौन करता, क्योंकि खामोशी अपने बेहतरीन रूप में बात कर रही थी। खामोशी को भेदते हुए मेरे मन में एक खयाल आया, अचानक। "क्या मुझे उसे किस करना चाहिए!" उसके बाद क्या था? जैसा कि मेरे साथ हमेशा होता था, दिल और दिमाग के बीच जंग।

दिल- हाँ।

दिमाग- नहीं।

दिल- क्यों नहीं? यह कितना अच्छा मौका है।

दिमाग- क्या! तो तुम मौके की तलाश में थे!

दिल- कहीं वह मेरा इन्तजार कर रही हो।

दिमाग- पहले शीशे में खुद को देखो।

दिल- बकवास बंद करो।

दिमाग- जाओ जो करना है।

दिल- धन्यवाद!

दिमाग- एक सेकेंड इन्तजार करो।

दिल- प्लीज तुम चुप हो जाओ।

दिमाग- ठीक है जैसा तुम सही समझो।

कभी-कभी मुझे लगता है कि मैं हर काम दिल से लेता हूँ, क्योंकि जीत प्रायः उसी की होती है। और सच कहूँ जब भी ऐसा होता है मुझे यह बहुत अच्छा लगता है।

मैंने गहरी साँस ली और उसकी तरफ घूम गया। हम अब एक दूसरे के सामने थे। मैंने आहिस्ते से उसे अपनी बाँहों में भरा। मैं उसकी प्रतिक्रिया देखना चाहता था। मैंने उसकी आखों में देखा। मेरी प्रिया मेरी बाहों में थी। मैं उसे किस करने वाला था। हमारी आँखें एक दूसरे से बातें कर रही थीं। वे समझ रही थीं कि क्या होने वाला था। लेनिक किस्मत ने बीच में दखल दिया और प्रियंका दी ने बड़ी बहन का होना जताया। उन्होंने प्रिया के मोबाइल पर फोन किया। मेरे सपने को चूर-चूर करने के लिए इतना काफी था। इससे पहले कि मैं किस कर पाता, वह प्रियंका दी से बात करना चाहती थी। फोन उठाने से

पहले उसने घड़ी की ओर देखा।

''हे भगवान! एक बज गए हैं,'' वह लगभग चीखते हुए बोली। वह बात करने लगी और मैं हैरान था कि किसी की टाइमिंग इतनी अच्छी कैसे हो सकती है? प्रियंका दी इतनी पक्की कैसे हो सकती है? मैं मुड़झा-मुड़झा सा जबकी वह चंचलता के साथ फोन पर बात कर रही थी,

''हाँ, हाँ मुझे पता है।''

''ठीक है दी बस पाँच मिनट,'' वह अपनी आँखों को खोलने और बन्द करने लगी।

"ठीक है, आप वहीं रुकिये।" बोलकर उसने फोन काटा। वह मेरी तरफ देखने लगी। फिर उसने साँस अन्दर की ओर खींची, जिससे उसकी नाक सिकुड़ गई, जिसका मतलब था उसे जाना होगा।

"वह मेरा इन्तजार कर रही हैं।" उसने कहा।

"पता है।" मैंने सिर हिलाया।

"हे...यह क्या है?" अचानक उसकी नजर मुझसे हट कर, मेरी किताबों के बीच दबी उस डायरी पर पड़ी, जिसमें मेरी प्रेम-कहानी दफन थी।

"यह तुम्हारे लिए नहीं है।" मैंने उसे रोका। वह बिछावन पर घुटनों के बल थी, मेरी डायरी को किताबों के बीच से निकालने के लिए।

"क्या तुम इसमें हमारी बातें लिखते हो?" वह प्यार से बोली और फिर अपना हाथ डायरी की ओर बढ़ाया।

"नहीं, इसमें कुछ पुरानी यादें हैं, जिसे मैं लोगों के बीच लाना नहीं चाहता।" मैंने फिर उसे रोका।

"लोगों और मुझमें काफी फर्क है।" बोलकर उसने एक झटके में डायरी निकाल ली और अपने सीने से लगा लिया। मुझसे बचकर वह बिछावन से नीचे उतर गयी। वह मुझे इस नजर से देख रही थी, जैसे उसके लिए वह डायरी बेहद जरूरी हो। मैं बिछावन पर बैठा रहा और उससे हार मान लिया। उसने डायरी बैग में रख ली और इशारा किया कि अब उसे जाना है। मैं बिछावन से उतरा और दरवाजे के पीछे लगे हेंगर से अपने कपड़े उतारने लगा।

"तुम मुझे छोड़ने मेरे रूम तक नहीं जा रहे हो; मेरा इन्तजार प्रियंका दी

कर रही हैं... मैंने उन्हें नहीं बताया है कि मैं तुम्हारे साथ हूँ।'' वह मुझे तैयार होने से रोकते हुए बोली। मैं खामोश रहा। कपड़े वहीं टँगे रहने दिए और धीरे से रूम के बाहर निकलकर देखा कि कहीं कोई था तो नहीं।

''बाहर कोई नहीं है, जल्दी चलो।'' मैं पुनः रूम के अन्दर झाँककर जल्दी में बोला। वह खिलखिलाई और जल्दी से बाहर निकली। मैंने रूम लॉक किया और हम हॉस्टल से निकल गए।

हम बाहर सड़क पर चल रहे थे। मैं खुद को काफी अनकंफर्टेबल फील कर रहा था, क्योंकि इस वक्त मैंने सिर्फ हाफ पैंट और एक पुरानी टी-शर्ट पहन रखी थी। मैं अपने पैरों को देख रहा था। जल्दबाजी में मैंने घिसी-पिटी हवाई चप्पल पहन ली थी, जिसे में बाथरूम जाने के प्रयोग में लाता था। मुझे खुद पर हँसी आ रही थी, कि मैं इस वेशभूषा में एक खूबसूरत लड़की के साथ चल रहा था। आस-पास के कुछ जाने-पहचाने लोग हमें देख रहे थे, मगर मैं उन्हें अनदेखा करता जा रहा था। मैं उनके मन में छिपि टिप्पणियों को समझ पा रहा था, फिर भी मैं बेफिक्र था, क्योंकि उन्हें इस बात का अन्दाजा भी नहीं होगा कि जो खूबसूरत लड़की मेरे साथ चल रही थी, कुछ देर पहले मेरी बाँहों में थी।

'रणवीर!' उसने मेरी बाँह पकड़ी और मुझे रोका, फिर बोली,

''वो रही प्रियंका दी, अब तुम वापस जाओ, मैं उनके साथ चली जाऊँगी।''

मेरी प्रिया जाने वाली थी, मेरे पास कुछ हसीन यादों को छोड़कर। हम इस तरह अचानक मिले और एक अच्छा समय साथ गुजारा। मैं सोच रहा था कि ऐसा हसीन पल दोबारा आएगा या नहीं,

''क्या हुआ? मैं जाऊँ न!'' उसने अपनी भवें ऊपर की ओर करते हुए कहा। मैंने खामोश रहकर हामी भरी।

''दिल छोटा मत करो, अगली बार हमारी किस, मिस नहीं होगी।'' वह मुस्कुराते हुए बोली... एकदम मजाकिया अन्दाज में और फिर वह प्रियंका दी की ओर चल दी। मैं उसे दूर जाता देख रहा था। मेरे चेहरे पर मुस्कुराहट धीरे-धीरे फैलती जा रही थी। एक खूबसूरत लड़की ने मुझसे किस की बात की; ज़ाहिर है, वह मुझ पर विश्वास करती थी, मेरी भावनाओं को समझती थी। आखिर उसके दिल में मेरी एक अलग जगह थी।

वह प्रियंका दी के पास पहुँची। मैं उनका चेहरा साफ-साफ नहीं देख पाया। दोनों एक ऑटो में बैठ गयीं और ऑटो आगे बढ़ गयी। मैं भी वापस अपने रूम के लिए लौट पड़ा। कुछ मिनटों बाद मैं अपने रूम में था। मैं काफी खुश था। खुशी से मैंने अपने हाथ फैलाए और शरीर को बिछावन पर गिरा दिया। मुझे देखकर कोई यह अन्दाजा नहीं लगा सकता था कि आज मेरी तबियत खराब थी। मैं खुद को तरोताजा महसूस कर रहा था। आखिरकर मैंने उसे फोन किया और एकाएक बोल उठा,

"तुम कितनी अच्छी हो, मैं कितना खुशनसीब हूँ..." मैं उसकी तारीफ करता रहा, वह सुनती रही। वह अब भी रास्ते में थी; उसके आस-पास की हलचल को मैं सुन पा रहा था।

"अब थोड़ा आराम कर लो; मैं तुम्हारी डायरी पढ़कर खुद फोन करूँगी।" एक बार फिर उसने मुझे याद दिलाया। मैंने फोन रखा और उन हसीन लम्हों को फिर से जीने की कोशिश करने लगा। उस पल को याद करने लगा, जब वह मेरे लिए खाना बना रही थी, मेरी बाँहों में थी, मेरे साथ चल रही थी।

वैसे वह दिन वहीं खत्म नहीं हुआ। रात के ग्यारह बज रहे थे। इस बीच मैं प्रिया को फोन कर चुका था। उसका कहना था कि किसी कारणवश वह डायरी नहीं पढ़ पाई है और कुछ मिनट पहले ही पढ़नी शुरू की है। जब वह पूरा पढ़ लेगी, वह फोन करेगी।

नींद से मेरी आँखें बंद हो रही थीं। बीच-बीच में मुझे यह खयाल आता कि प्रिया इस वक्त डायरी की कौन सी लाइनें पढ़ रही होगी (जो महज एक कल्पना थी)। मैंने अपनी आँखें बंद होने दीं, इस सोच में कि प्रिया मुझे जगा देगी।

अधखुली आँखों से मैंने अपना मोबाइल हाथ में लिया और नोटिफिकेशन चेक किया। प्रिया मेरी डायरी पढ़ चुकी थी। उसने मुझे एक लंबा मैसेज भेजा था, जो एक बजे का था और अभी दो बज रहे थे। लंबे मैसेज को देखकर मैं काफी हैरान था, क्योंकि वह मुझे ज्यादा मैसेज नहीं भेजती थी, भेजी भी तो इतना लम्बा-

"अभी तुम्हारे जीवन की कथा खत्म की है रणवीर। डायरी के कुछ पन्ने पर मेरे आँसू गिर गए थे, जिसे ठीक करने में मेरे नाखून से वे पन्ने खराब हो गए हैं। रिया के लिए तुम्हारा प्यार कितना सच्चा और निःस्वार्थ था, मगर भगवान इतने निर्दयी कैसे हो सकते हैं? उन्होंने ऐसा क्यों किया? चलो जो भी हुआ मगर मैं इस बात से खुश हूँ कि तुम मेरे जीवन में हो। मैं वादा करती हूँ तुम्हारे जीवन में अब कोई तकलीफ नहीं आने दूँगी। तुमने बहुत कुछ सह लिया है रणवीर मगर अब नहीं। मैं तुमसे बहुत प्यार करती हूँ और हमेशा करती रहूँगी।"

मैं उसके मैसेज का जवाब नहीं दे पाया। नींद, मेरी भावनाओं पर हावी हो गई।

तेइस

दिन बीत रहे थे। इन बीते दिनों में मेरे जीवन में कुछ बदलाव हुए। मुझे एक रूम पार्टनर की जरूरत थी, नहीं तो मुझे दूसरे के साथ एडजस्ट करना पड़ता, जो मेरे लिए काफी कठिन था। अमित भागलपुर आ चुका था और उसे एक अच्छा रूममेट मिल गया था। आखिरकार मुझे अपना हॉस्टल छोड़ना पड़ा। अमित के बार-बार जोर देने पर मुझे उसके हॉस्टल में एक सिंगल रूम मिला, जो रूम ऑनर जल्दी किसी को नहीं देते थे।

संदीप का सामान मुझे वहीं छोड़ना पड़ा। रूम ऑनर ने उसके सामान को ज़ब्त कर लिया, उसने रूम भाड़ा अभी तक नहीं दिया। उसने कहा था कि वह रूम भाड़ा भी दे देगा और यहीं से सामान के साथ पटना चला जाएगा। मैं अपने रूम को आखरी बार देख रहा था और जी भर कर देख लेना चाहता था। मेरा सारा समान ऑटो पर लोड हो चुका था, मगर मैं रूम को निहार रहा था। वहाँ प्रिया की यादें थीं।

मेरे जीवन में बदलाव से ज्यादा बदलाव, प्रिया में हुआ। मुझे अहसास हुआ कि प्रिया डायरी पढ़ने के बाद पहले से कहीं ज्यादा मेरे करीब आ चुकी थी। उसने मेरे नाम को हटाकर एक बहुप्रसिद्ध टाइटल दे दिया था- जानू...(जितने प्यार से वह इस शब्द को बोलती थी, उसे दर्शाया नहीं जा

सकता।) और वह भी मुझसे एक प्यारा सा टाइटल चाहती थी, इसलिए मैंने भी उसे एक घिसा-पिटा टाइटल बेबी...दे दिया। उसे इस बात की जरा भी फिक्र नहीं थी कि मैंने उसे घिसा-पिटा टाइटल दिया था, बल्कि वह उसी टाइटल को और भी प्यार से बोलना सिखाती थी। वह चाहती थी कि मैं उसे प्यार से बुलाऊँ, जिसका प्रयास मैं हमेशा करता था।

15 मई

"क्या मैं कह दूँ कि मैं बीमार हूँ और रुक जाऊँ?" उसने एक बच्चे की तरह प्यारे ढंग से सवाल किया।

"नो बेबी..."

मैं नहीं चाहता था कि उसका पूरा ध्यान उसके कॉलेज से हटकर मुझ पर केंन्द्रित हो जाए। कल सुबह उसके कॉलेज से लड़कियों को ट्रिप पर ले जाया जा रहा था, जिसमें कुछ शर्तें थीं। उसे पहली शर्त बिलकुल भी पसंद नहीं थी, कि वह एक बार ही किसी को फोन कर सकती थी। उसका फोन जमा कर लिया जाता। हम दोनों ही एक दूसरे से बिछुड़ना नहीं चाह रहे थे... एक दिन के लिए भी नहीं।

"तो फिर मैं कल सच में चली जाऊँ?"

"हाँ, इस बीच मुझे भी पता चल जाएगा कि मैं तुम्हारे बिना एक दिन भी रह पाता हूँ या नहीं।"

"तब तो मुझे रुकना ही पड़ेगा।" वह आत्मविश्वास के साथ बोली, फिर मुस्कुराई।

"तुम्हें सो जाना चाहिए, नहीं तो कल समय पर जग नहीं पाओगी।" मैं आश्वस्त होकर बोला। मैं नहीं चाहता था कि वह सोए। नए रूम में मुझे कुछ अच्छा नहीं लग रहा था। ऐसा लग रहा था जैसे मैंने अपनी खूबसूरत यादें कहीं छोड़ दी हों। बार-बार मैं अपने पुराने रूम को याद कर रहा था।

"हे...क्या हुआ? चुप क्यों हो?" वह बोली।

"कुछ नहीं।"

"वैसे मुझे कल बाय बोलने तो आओगे न!

"तुम सभी लड़कियों के बीच में कैसे जाऊँगा? मुझे अच्छा नहीं लगेगा और उन्हें भी।"

"प्लीज...जानू...दूर से ही बोल देना।"

"मैं कोशिश करूँगा।"

हमारी बात यहीं खत्म नहीं हुई। उसने मेरी दिनचर्या को अपने हिसाब से सेट कर दिया। कल सुबह मैं क्या करूँगा? क्या बनाऊँगा? कैसे बनाऊँगा? और भी सब कुछ (सिवाय कुछ चीजों को छोड़कर।) ताकि उसके बिना एक दिन मैं व्यस्त रहूँ और वह दिन निकल जाए। हाँ, सबसे खास बात जिसे उसने बार-बार दोहराया, मैं फोन पर किसी से बात न करूँ; वह कभी भी फोन कर सकती है और व्यस्त टोन सुनना उसे पसंद नहीं।

अगली सुबह

"गुड मॉर्निंग! मैं जग गई हूँ और नहाने जा रही हूँ।" मेरे लिए प्रिया ने यह मैसेज छोड़ा था, जो सुबह पाँच बजे का था। मैं उससे एक घंटा लेट था। मैं बिछावन पर बैठा रहा, जबकि मुझे जल्दी-जल्दी फ्रेश हो जाना चाहिए था। मेरे मोबाइल पर प्रिया का फोन आया।

"हैलो जानू...तुम आ तो रहे हो न?"

"तुमलोग कितने बजे निकलोगी?"

"क्या! मैंने कहा तो था कि हम सवेरे निकलने वाले हैं।"

"मगर मैंने तो अभी तक ब्रश भी नहीं किया है।"

"ओह, मैंने बताया था कि आज तुम्हें कब क्या करना है, फिर भी...हमलोग बस पन्द्रह मिनट के अन्दर निकलने वाले हैं।" मुझे अहसास हुआ कि वह मुझे बिना देखे नहीं जाना चाहती थी। मैं उसे उदास नहीं करना चाहता था। मैं बिछावन से उठा।

"सॉरी बेबी, मगर मैं आ रहा हूँ।" मैं शर्ट की बटन खोलते हुए बोला और हेंगर से दूसरी शर्ट उतारी।

"प्लीज जल्दी करना और हाँ, अच्छे से आना..."

मैंने फोन काटा और जल्दी-जल्दी कपड़े पहनने लगा। कुछ ही मिनटों

में मैंने खुद को इतना व्यस्त पाया कि मुझे यह भी खयाल नहीं रहा कि पहले मुझे मुँह धोना था फिर कपड़े पहनने थे। मैं सब कुछ जल्दी-जल्दी कर रहा था। रूम से चाभी लेकर मैं बाहर निकला, फिर बुदबुदाया,

"कम से कम मुँह तो पोंछ लूँ।" मैं फिर अन्दर गया और तौलिये से अपना मुँह पोंछकर बाहर निकला। मुझे इतनी हड़बड़ी थी कि मैं ठीक से रूम लॉक भी नहीं कर पा रहा था।

सीढ़ियों पर मेरे पैरों की आवाज गूँज रही थी। मैं जल्दी-जल्दी उतरने का प्रयास कर रहा था। भगवान का शुक्र था कि मुझे जल्दी ही ऑटो मिल गई। प्रिया का फोन आया। मैंने तुरंत रिसीव किया।

"हैलो, कहाँ तक पहुँचे...? अब हमारी बस निकलने वाली है और मेरा मोबाइल भी..."

"हैलो, हैलो, तुम्हारी आवाज नहीं आ रही है।" मैं चिंतित होकर बोला। उसने अपनी बात भी पूरी नहीं की थी कि कॉल कट गयी। शायद वह बोलना चाहती थी कि उसका मोबाइल भी जमा होने वाला है। वह बहुत जल्दी में थी। मैं असफल हो चुका था। ऑटो अपने रफ्तार से आगे बढ़ रही थी। मैं मोबाइल को मजबूती से पकड़े हुए था।

"सब मेरी गलती है, मुझे जल्दी जग जाना चाहिए था।" मैंने खुद को फटकार लगायी।

"आपको कहाँ उतरना है?" ऑटो वाले ने चाल धीमी करते हुए पूछा। मुझे अंदाजा नहीं था कि मैं कहाँ था। मैं पीर-बाबा चौक पर था। ऑटो से बाहर एक नजारे ने मेरे चेहरे पर मुस्कुराहट ला दी। मैं खुशी से मुस्कुराता हुआ नीचे उतरा और ऑटो वाले को पैसे दिए। ऑटो वाले ने ऑटो आगे बढ़ा दी। मेरे सामने व्हाइट कलर की बस खड़ी थी। बस के पीछे प्रिया के कॉलेज का बैनर लगा था। कुछ लड़कियाँ बस पर चढ़ रहीं थीं, उनसे मोबाइल लिया जा रहा था, मगर प्रिया उस लाइन में कहीं नहीं थी। शायद वह पहले ही बस पर बैठ गई थी। जब तक कि मैं उससे मिलने की कोई तरकीब निकालता, तरकीब खुद मेरी ओर देख रही थी। प्रिया की वह सहेली, जिसे मैंने अपनी कॉपी दी थी, वह मेरी ओर देख रही थी। शायद वह समझ रही थी कि मैं वहाँ क्यों खड़ा था। वह बस के अन्दर गयी। मैंने यह उम्मीद की, कि अब प्रिया कोई न कोई बहाना कर के बाहर निकल जाएगी और हम दोनों एक दूसरे को देख लेंगे।

मेरी नजर गेट पर टिकी थी।

"वह निकल क्यों नहीं रही है?" मैं बुदबुदाया। इसका उत्तर मुझे एक ध्वनि ने दिया। शीशे पर हाथ से थपथपाने की ध्वनि। प्रिया मुझे बस के पीछे वाले शीशे से देख रही थी और शीशे पर थपथपा रही थी, ताकि मेरा ध्यान उसकी ओर जाए। मैं उसे देखकर मुस्कुराया। वह सुन्दर लग रही थी। उसने अपना हेयर स्टाइल अन्य दिनों से कुछ ज्यादा ही सिम्पल ढंग से रखा था। वह कॉलेज ड्रेस में थी। उसकी आँखें मुझसे बहुत कुछ कह रही थीं। मैं कल्पना कर रहा था कि वे क्या बोल रही होंगी-

"बिलकुल केयरलेस हो गए हो; मैंने कहा था न कि जल्दी जग जाना। यदि आज तुम नहीं आते तो मैं तुमसे गुस्सा हो जाती, तुमसे बात भी नहीं करती..." फिर उसने मेरी कल्पना को रोका और इशारा किया- क्या हुआ? मैंने अपना सिर बाँए-दाँए हिलाया- कुछ नहीं। हम दोनों चुप थे, फिर भी बातें हो रही थीं। वह मुझे देख रही थी और मैं उसे।

बस स्टार्ट हो गई और थोड़ी सी हिली।

"अपना ध्यान रखना।

"तुम भी फोन पर कहीं लग मत जाना, मैं फोन करूँगी।"

हालाँकि हम दोनों ने जुबां से कुछ नहीं कहा। बस खुल गई। मैं एक-दो कदम आगे बढ़ा और अपना दायाँ हाथ ऊपर करके हिलाया-बाय। उसने भी अपना हाथ हिलाया- बाय, बाय और फिर जल्दी से अपनी सीट पर बैठ गई।

मैं अपने रूम के लिए निकल पड़ा, मगर जितनी ही तेजी में मैं यहाँ आया था, उतनी ही धीमी रफ्तार में। मैंने ऑटो नहीं किया। मैं चाहता था कि समय किसी तरह से कट जाए। मैं रूम पर पहुँचा। प्रिया के बताए दिनचर्या के मुताबिक कुछ भी नहीं हो रहा था। मुझे टाइम पर खाना बना लेना था, टाइम पर खा लेना था, जबकि मेरी यह हालत थी कि मैंने अभी ब्रश भी नहीं किया था।

दोपहर का समय।

मैं खुद को बेहद तनहा महसूस कर रहा था। एक तो मैं नए रूम में था और प्रिया भी मुझसे दूर थी। मन बहलाने के लिए मैं अमित के रूम जा सकता

था, मगर उसे क्लास करने से फुरसत नहीं मिलती थी और मैं नहीं चाहता था बचे समय में मैं उसे डिस्टर्ब करूँ। हाँ, मगर वह कभी-कभी मेरे रूम पर आ जाता था।

मैं मोबाइल में फिल्म देख रहा था, हॉलीवुड की, जबकि मुझे बॉलीवुड की लव स्टोरी पसंद थी। मैं नहीं चाहता था कि मुझे प्रिया की याद आए। मेरे सामने स्क्रीन चमक रहा था, कान में कारों के टकराने की आवाजें एवं गोलियों की आवाजें सुनाई पड़ रही थीं, मगर यह सब मेरे सामने धुँधला दिख रहा था। मेरे ख़यालों को स्क्रीन की चमक और धूम-धड़ाके की आवाज, रोक पाने में असमर्थ थी। बार-बार मुझे प्रिया की यादें सता रही थीं। कभी वह मेरे सामने मुस्कुरा देती, तो कभी रूठी हुई नजर आती। मुझे कुछ प्रश्नों ने घेर रखा था-

क्या सभी के साथ ऐसा ही होता है?

क्या मैं उसके बिना एक दिन भी नहीं रह सकता?

क्या उसकी भी यही हालत होगी?

मेरी आँखें अब भी स्क्रीन पर टिकी थीं। फिल्म अब भी चल रही थी, मगर मैं प्रिया के बारे में सोच रह था।

अभी वह क्या कर रही होगी?

कहीं वह मुझे फोन करना तो नहीं भूल गई?

अचानक मोबाइल की आवाज दोगुनी हो गई। मैं ख़यालों से बाहर निकला। यह मेरा रिंगटोन था। स्क्रीन पर प्रिया का नाम चमक रहा था। मैं मुस्कुराया और तुरंत फोन रिसीव किया।

"हैलो मम्मी, प्रणाम!" वह बड़े प्यार से बोली। मैं कुछ क्षण समझ नहीं सका कि उसने ऐसा क्यों कहा। फिर मैं तुरंत समझा कि बात क्या हो सकी थी।

"खुश रहो...।" मैंने कहा।

"क्या...? आवाज नहीं आ रही, हैलो...हैलो..." वह ऊँची आवाज में बोली। मैं मुस्कुराया। मैं सब समझ रहा था कि वह क्या कहने की कोशिश कर रही थी।

"हैलो!" इस बार वह धीरे से बोली। मैं समझ गया कि वह अपनी कोशिश में कामयाब हो गई।

"हाँ बोलो मैं सुन रहा हूँ।"

"जानू...कुछ खाए या नहीं?" वह काफी चिंतित होकर बोली, जिससे मुझे एक प्रश्न का उत्तर मिल गया-उसकी हालत मेरी जैसी ही थी। एक मिनट के लिए मैं एकदम सुन्न हो गया। उसके एक वाक्य ने मेरे कई ख़यालों को मात दे दिया।

"क्या हुआ?" उसने पूछा।

"कु...कुछ नहीं; हाँ मैंने खाना खा लिया है।"

"मैं भी, यानि हम सब भी अभी खाने वाले हैं।"

"तुम्हें तो पहले अपनी मम्मी से बात करनी चाहिए थी।" मैंने कहा।

"मम्मी को मैं सँभाल लेती हूँ, मगर अपने दिल को नहीं।" उसने प्यार छलकाते हुए कहा। मैं खामोश रहा।

"मैं तुम्हें मिस कर रही हूँ यार..." वह फिर बोली।"

"मैं भी।"

"अ, अ...अच्छा मम्मी अब मैं खाने जा रही हूँ; हमलोग रात तक पहुँच जाएँगे, प्लीज तुम सोना नहीं, मैं फोन करूँगी...।" बोल कर वह फोन रख दी। मैं मुस्कुराया। फिल्म फिर से चलने लगी। मैंने उसे बंद किया और लेट गया। अब मेरे कानों में सिर्फ आवाज गूँज रही थी, धूम-धड़ाके की नहीं, बल्कि वह आवाज, जिसने मेरे ख़यालों को मात दे दिया थी-जानू...कुछ खाए या नहीं?

रात का समय।

रात के नौ बज रहे थे। बहुत दिनों बाद मैं अपने जज्बात को लिख रहा था। इस चक्कर में मैंने खाना भी नहीं बनाया था। मुझे फिर वही वाक्य सुनाई दिया- कुछ खाए या नहीं? इस बार इस वाक्य में जानू गायब था और ऐसा लगा जैसे मुझ पर किसी ने टिप्पणी की। मैंने पीछे मुड़कर देखा, अमित मेरे रूम के अन्दर झाँक रहा था।

"अन्दर आ जाओ।" मैंने कहा।

"कुछ खाए या नहीं?" उसने फिर पूछा और अन्दर आ गया। मैंने

अपनी कलम रोक दी और बोला,

"नहीं, आज बनाने का मन नहीं किया।"

"हाँ... पता नहीं क्यों, मेरा भी..."

जिस तरह उसने मुझसे खाना खाने के बारे में पूछा, मुझे लगा कि वह मुझे अपने यहाँ खाने के लिए बोलेगा, मगर यहाँ दोनों की हालत एक ही थी।

"मेरे पास कुछ नाश्ता है, तुम खा सकते हो।" मैंने कहा।

"नहीं, मैं तो तुमसे कुछ कहने आया था; यह बात मैंने अपने रूममेट से कही, मगर वह नहीं माना।" वह उदास होकर बोला।

'क्या?'

"तुम्हें पता है, आज हमारे हॉस्टल में एक लड़के का बर्थडे है?"

"नहीं, किसका है?"

"नीचे सेकेंड फ्लोर में, बाथरूम के बगल में जिसका रूम है।" उसने ऐसे कहा, जैसे उसका ही कोई हो। मैं मुस्कुराया। मैं समझ रहा था कि उसका निशाना किस ओर था।

"नहीं अमित, वह नया है, पता नहीं उसे कैसा लगेगा।" मैं मुस्कुराते हुए बोला और अपनी एक अँगुली से इशारा किया- नहीं।

"वही तो...वह नया है, हमें उसकी मदद करनी चाहिए।" वह बोल उठा।

"मदद! सीधे-सीधे यह क्यों नहीं बोल देते कि..."

"जब तुम समझ ही रहे हो..." उसने मुझे बीच में रोककर कहा।

"मगर बिना बुलाए वह क्या सोचेंगे! नहीं, मैं नहीं जाऊँगा।"

"यार समझते क्यों नहीं हो; वैसे भी उसके दो-चार समोसे हम खा भी लेंगे तो क्या होगा?"

"तुम्हें कैसे पता कि वे समोसा खिला रहे हैं?"

"तुम्हें उसकी खुशबू नहीं आ रही है क्या?" उसने अपना चेहरा मेरे नजदीक लाकर धीरे से कहा।

"बिलकुल नहीं।" मैं पीछे हटा।

"फिर तुम्हारी जीभ क्यों चल रही है?"

"सब तुम्हारी गलती है; तुम ही समोसा-समोसा बोल-बोलकर मन ललचा दिए।"

"लालच बुरी बला है, चलो उसकी मदद करते हैं।"

"मगर हम यूँ अचानक पार्टी में शामिल कैसे होंगे?"

वह मुस्कुराया, क्योंकि उसे मेरी हामी का संदेश मिल गया।

"अपने दोस्त पर विश्वास है न? हम धीरे-धीरे पार्टी का हिस्सा बनेंगे और समोसा मिलते ही निकल लेंगे," उसने ऐसे कहा, जैसे हम कोई क्राइम करने वाले हों।

कुछ ही देर बाद हम दोनों उस लड़के के रूम में चोरों की तरह झाँक रहे थे। रूम सज चुका था, धीमी आवाज में गाना बज रहा था। उस फ्लोर के सभी लड़के उस रूम में थे। दो लड़के काफी परेशान लग रहे थे। वे रिबन के फूल बनाने की कोशिश कर रहे थे मगर, उनसे नहीं हो पा रहा था।

"अरे, ऐसे नहीं, यह तो मुझे आता है मैंने बहुत बार बनाया है।" बोलते हुए अमित अन्दर गया। मैं एक कदम आगे बढ़ा, मगर फिर रुक गया। अमित ने रिबन अपने हाथ में लिया और उसे धूमाने फिराने लगा।

"रणवीर जरा वह लाल धागा देना।" अमित ने कहा, ताकि मैं अन्दर आ सकूँ। मैं अन्दर गया और झट से वह धागा नीचे से उठाकर उसे दे दिया। मैं असहज महसूस कर रहा था, मगर अमित सहज था। ऐसा लग रहा था जैसे उन लोगों से उसकी सालों की दोस्ती हो।

हम पार्टी का हिस्सा बन चुके थे। केक कटने वाला था। होम थियेटर में गाना बदलकर बर्थडे सॉन्ग लगा दिया गया था और आवाज बढ़ा दी गई थी। गाने के बीच एक लड़की बोल रही थी, "डीजे...डीजे..." मुझे हँसी आ रही थी। केक कटा और आखिरकार वह समय आया, जिस मकसद से हम यहाँ आए थे। हम लोगों के बीच समोसा बँटने लगा। एक लड़का सबके हाथ में पेपर लपेटकर समोसा दे रहा था। मैं और अमित एक-दूसरे से कुछ दूरी पर खड़े थे। उसने मेरी ओर देखा, अपनी आँखें बड़ी की और पेट पर हाथ फिराया। वह कुछ ज्यादा ही खुश था; असल में हमदोनों ही। नए हॉस्टल में मैं पहली बार इस तरह खुश था।

गाना बदलकर डांसिग सॉन्ग लगा दिया गया। सभी के समोसे खत्म होने वाले थे। कुछ लड़के पेपर से अपना हाथ पोंछ रहे थे। कुछ ही देर में सभी झूमने लगे। कुछ लड़के ऐसे झूम रहे थे जैसे उन्हें अपनी पैंट निकालनी हो और कुछ ने तो अपनी शर्ट उतार भी ली। अमित झूम-झूमकर मुझे इशारा कर रहा था कि अब हमें यहाँ से निकलना चाहिए। फिर मैंने उसे इशारा किया- कुछ देर और रुकते हैं... मगर वह कुछ और भी इशारा कर रहा था। उसके दोनों हाथों में समोसा था। यह वह समोसा नहीं था, जो उसे दिया गया था, बल्कि यह वह समोसा था जो उसने खुद लिया था, यानि पास रखे ट्रे से उठाया था। वह चाहता था कि अब हम निकलें। मैंने उसे इशारा दिया ठीक है, निकलते हैं। हम झूमते-झूमते रूम से बाहर निकल गए।

बाहर निकलते ही मैंने एक जोरदार ठहाका लगाया, जिसे मैं बहुत देर से रोके रखा था। मुझे हर बात पर हँसी आ रही थी। किस तरह हम पार्टी का हिस्सा बने, समोसे खाये और दो समोसे ले भी लिए।

"ये क्या है अमित?" मैंने हँसते हुए, समोसे की ओर इशारा किया।

"एक तुम्हारे लिए है..." वह गंभीर होकर बोला और एक समोसा मेरी ओर बढ़ाया। मैंने समोसा लिया और मैं मुस्कुराकर बोला,

"इस दिन को मैं याद रखूँगा यार......." वह भी मुस्कुराया फिर हम अपने-अपने रूम चले गए। दस बज चुके थे। ये एक घंटा कैसे बीत गया पता नहीं चला। मैंने मोबाइल देखा... 9.30 बजे प्रिया के दो मिस्डकॉल थे।

"ओह! मैं उसका फोन रिसीव नहीं कर पाया। शायद अब वह सो गई होगी।" मैंने खुद से कहा। मैं उसे फोन करना चाहता था, मगर मैंने नहीं किया यह सोच कर कि वह थक गई होगी और आराम कर रही होगी। मैंने बल्ब ऑफ किया और बिछावन पर लेट गया। कुछ देर के मजे में मैंने उसका दिल दुखाया। उसने कहा था कि वह फोन करेगी, मैंने फिर भी लापरवाही बरती। मझे फिर से उदासी घेर रही थी, मगर यह ज्यादा देर तक नहीं टिक पाई। मेरे मोबाइल में रिंग हुआ। यह उसी का फोन था।

"हैलो जानू...सो गए थे क्या?" वह चंचलता भरे शब्दों में बोली। उसकी आवाज से ऐसा नहीं लग रहा था कि वह थकी हुई थी।

"नहीं, मगर तुम क्या कर रही थी?"

“मैं जैसे ही यहाँ पहुँची तो तुम्हें फोन किया, मगर तुमने तो उठाया ही नहीं, फिर मैं नहाने चली गई, अभी-अभी आई हूँ।”

मैंने महसूस किया कि वह अपने बाल सँवार रही थी। मैंने खामोश रह कर उसे कुछ समय दिया। वह भी खामोश रही। मैं उसके तैयार होने की प्रतीक्षा कर रहा था। मैं चाहता था कि उसे अपने दिल का हाल सुनाऊँ, अपने चंद अधूरे अल्फाज उसे सुनाऊँ, अपने भावनाओं को बयां करूँ कि उसके बिना मेरा क्या हाल हो गया था।

“हम्म...अब मैं अपनी ट्रिप के बारे में बताती हूँ।” वह बिछावन पर चढ़ते हुए बोली-ऐसा मुझे अहसास हुआ। वह इस तरह बोली, जैसे मुझे बताने के लिए बेताब हो। वह काफी खुश थी। इससे पहले की वह अपनी ट्रिप के बारे में बताती, मैंने अपनी बात रखी, ताकि मैं धीरे-धीरे दिल की हालत उसे बता पाऊँ,

“पता है तुम्हारे बिना मेरा क्या हाल हो गया था?”

“मेरे बिना! ये क्या बोल रहे हो? अभी कौन सी मैं तुम्हारे पास हूँ? ये सब तुम्हारे दिमाग में बैठ गया है।”

‘क्या? मैं कुछ समझा नहीं।’

उसने फिर से प्यारे शब्दों में अपनी बात रखी-एकदम फिल्मी स्टाइल में,

“मैं हमेशा तुम्हारे पास हूँ... हाँ माना कि हमारा जिस्म अलग है, मगर हम दो जिस्म एक जान हैं। जब तुम साँसें लेते हो, क्या तुम मुझे महसूस नहीं करते? हम हमेशा साथ हैं, इसे ही तो प्यार कहते हैं।”

मेरा मुँह खुला का खुला रह गया। इस रूप में मैंने उसे पहले कभी नहीं सुना था। मेरे लिखे चंद अल्फाज उसके आगे धरे के धरे रह गए। अब मैं खामोश उसे सुनना चाहता था।

“क्या हुआ?” उसने पूछा।

“कुछ तो नहीं।” मैंने ऐसा जताया कि मैं भी उसी की तरह सोचता हूँ।

“क्या मैं अपनी ट्रिप के बारे में बताऊँ!” वह फिर उसी अन्दाज में बोली।

“हम्म...”

वह शुरू हो गयी और बोलती रही। वह तरोताजा अंदाज में बात कर रही थी। उसकी किसी बात पर मैं कल्पना करता कि वह इस वक्त किस तरह मुँह बनाई होगी, कब अपनी आँखें बड़ी कर रही होगी, कब अपनी नाक सिकुड़ा रही होगी। मैं उसे सुनता रहा और कल्पना करता रहा। वह कभी सोचने लगती मैं उसे समय देता। वह खिलखिलाती, मैं भी खिलखिलाता।

कुछ दिन बाद - सुबह का समय।

मेरी नींद प्रिया के फोन से टूटी। उस दिन हमारे बीच काफी अनबन हुई, जिसका अनुमान मुझे कुछ दिनों से हो रहा था। उसके पीछे का कारण था, मेरा बर्ताव।

"जब से नए रूम में आए हो, तब से मैं देख रही हूँ कि तुम उखड़े-उखड़े से रहने लगे हो, ठीक से बात भी नहीं करते।" वह मुझ पर चिल्लाई। मैं चुप रहा... शायद कुछ कहना नहीं चाहता था। वह चाहती थी कि जितने प्यार से वह मुझसे बात करती है, मैं भी करूँ। जितने प्यार से वह मुझे जानू बुलाती है मैं भी उसे उतने ही प्यार से बेबी बुलाऊँ। न जाने मुझे क्या हो गया था, मैं उसे खुश नहीं रख पा रहा था। वह मुझपर चिल्लाए जा रही थी और मैं ऐसा बर्ताव कर रहा था जैसे मेरे कानों में आवाज ही नहीं जा रही हो।

"आखिर क्या बात है, कुछ बताते क्यों नहीं...!" -वह कुछ देर रुकी और फिर चिल्लाई।

मुझ पर कोई प्रभाव नहीं पड़ा। मैं खामोश रहा। अचानक वह शांत हुई और प्यार से पूछी, "क्या तुम कहीं घूमने जाना चाहते हो?"

खामोशी।

"तो फिर क्या चाहते हो...!" वह फिर से चिल्लाई।

"यह कैसा बर्ताव कर रही हो तुम! मैं कुछ नहीं बोल रहा और तुम चिल्लाए जा रही हो।" मैंने भी चिल्लाने की कोशिश की।

"ज्यादा चिल्लाओ मत।"

"चुप रहो! तुम्हें जरा भी अन्दाजा है कि मैं यहाँ किस तरह रह रहा हूँ? मेरा जरा भी मन नहीं लगता है।"

“मन लगाओगे तब तो लगेगा; तुम कुछ करते ही नहीं हो।”

“क्या करूँ बोलो।” मैंने जोर देकर पूछा।

“नाचो, गाओ या कहीं घूमने जाओ और क्या?”

“ओ...तो पहले मैं नाचता था, गाता था - पहले भी तो अकेला रह रहा था, फिर भी मन लग रहा था, मगर यहाँ क्यों नहीं लग रहा है?” मैंने इस तरह पूछा, जैसे उसे मेरे प्रश्नों का जवाब देना ही होगा। इस बार वह नहीं चिल्लाई। वह शांत होने लगी। उसकी साँसें तेज चल रही थीं। मैं उसे सुन पा रहा था। हम दोनों खामोश थे। कुछ देर रुककर वह बोली,

“पता है, जब तुम उस रूम में थे, तब तुम्हें एक आशा थी कि तुम्हारा दोस्त संदीप आएगा-तुम्हारे पास; मगर यहाँ...यहाँ तुमने वह आशा खो दी है। तुम्हें पता है कि तुम्हें अकेले ही रहना है... यही अकेलापन तुम्हें परेशान कर रहा है...” वह चुप हो गई। मैं दंग रह गया। मेरे अन्दर कुछ प्रश्न तैरने लगे-

क्या वाकई में मैं इसी उत्तर की तलाश में था?

क्या सच में अकेलापन मुझे परेशान कर रहा है?

क्या सच में मैंने आशा खो दी है?

अचानक मेरे दिमाग में एक और प्रश्न ने अपनी जगह बना ली-

क्या वह मुझे भूल गया है?

मुझे घबराहट होने लगी। मेरी धड़कनें तेज चलने लगीं, माथे पर पसीना आने लगा।

“मगर एक बात याद रखना, तुम अकेले नहीं।” वह फिर से बोली-बड़े ही प्यार से। उसके इस वाक्य ने मुझ पर जादू-सा कर दिया। खुद-ब-खुद ठंडी हवाएँ चलने लगीं। मेरा पसीना सूखने लगा।

“तुम उससे बात क्यों नहीं कर लेते?” वह फिर बोली।

“मैं उसे बहुत बार फोन कर चुका हूँ, उसका नम्बर ऑफ है।” मैं उदास होकर बोला।

“तुम उसके घर फोन कर सकते हो, उससे बात हो जाएगी।”

यह मुझे पता था कि उसके घर पर फोन करने से उससे बात हो जाएगी, मगर मेरे अन्दर कुछ चल रहा था-

क्या मैं उससे बात कर पाऊँगा?

क्या उसे प्रिया के बारे में बता पाऊँगा?

मैं उससे छिपा भी तो नहीं सकता और यदि बताऊँ तो पता नहीं वह क्या मान बैठे।

ये सब मेरे पुराने ख़यालात थे, जो मुझे हमेशा घेर लेते थे। मैं इनसे निकल नहीं पाता था।

यदि मैं उससे छिपाता हूँ तो इसका मतलब यह होगा कि मैं उसका सच्चा दोस्त नहीं और बताता हूँ तो कहीं हमारी दोस्ती पर आँच न आ जाए।

''क्या हुआ-कहाँ खो गए?'' उसने टोका।

''हाँ... हाँ।'' मैं एकदम से बोल उठा।

''फोन लगाओ उसे,'' उसने याद दिलाया। मैंने अचानक उससे एक प्रश्न पूछा, जो मैं कई दिनों से पूछना चाहता था,

''क्या तुम्हारे साथ कभी ऐसा हुआ है कि तुम्हें कई प्रश्नों ने घेर लिया हो और तुम उस मायाजाल से निकल नहीं पा रही हो?''

''मुझे एक साथ कई प्रश्न नहीं घेरते, क्योंकि मैं प्रश्नों को एक-एक कर सॉल्व करते जाती हूँ; वैसे तुमने यह क्यों पूछा?''

''ऐसे ही।''

मैंने जिस उम्मीद से उससे यह प्रश्न पूछा था, वह उस पर खरी उतरी। उसके पास मेरे सभी प्रश्नों के जवाब थे। मैं जिन बात से परेशान रहता था, वो सारी बातें उसके लिए छोटी सी बात थीं। शायद मेरी परेशानियों और गमों को दूर करने के लिए ही वह मेरी जिन्दगी में आई थी। उसने ठीक कहा कि उसे कई प्रश्न एक साथ नहीं घेरते, क्योंकि वह एक-एक कर प्रश्न को सॉल्व करती है और एक मैं था, जिसने कभी कोशिश ही नहीं की...

मुझे संदीप को फोन करना होगा... उसे सारी बातें बतानी होगी, तभी मैं इस मायाजाल से निकल पाऊँगा।

मैं उठकर बैठ गया और दिवाल से अपनी पीठ टिका दी। मैंने ठान लिया था कि आज मैं उससे बात करके ही रहूँगा।

''तुम लाइन पर रहोगी या मैं तुम्हारा फोन काट दूँ?''

“नहीं, मैं लाइन पर रहूँगी।” उसने तुरंत जवाब दिया।

मैंने संदीप के घर फोन लगाया।

‘हैलो!’ संदीप बोला।

“हाँ, पहचाने?”

“नहीं, कौन?”

मुझे अपने दोस्त पर गुस्सा आया। मुझे पता था कि वह जानबूझकर बोला।

“लगता है गलत जगह लग गया है, सॉरी।” मैंने भी जानबूझकर कहा।

“हे...फोन मत रखना, मैं मजाक कर रहा था।” वह हँसते हुए बोला।

“मजाक! इतने दिनों से तुम मजाक ही कर रहे हो... एक फोन भी नहीं कर सकते हो और तुम्हारा नम्बर अब तक ऑफ है।” मैं गंभीर होकर बोला। मैं नहीं चाहता था कि मैं हँसी-मजाक से बात शुरू करूँ और एक गंभीर मुद्दे तक पहुँचूँ।

“ओह-हो, तुम्हें पता है न कि मेरा...”

“हाँ मुझे पता है; वैसे पटना कब जा रहे हो?”- मैंने उसे रोककर पूछा।

“हाँ, अब चार-पाँच दिन में, क्योंकि इस महीने का रूम भाड़ा भी तो लग ही जाएगा; वहाँ जाकर सारा हिसाब-किताब कर लूँगा और फिर उसी दिन पटना निकल जाऊँगा।” वह आलस्य के साथ बोला। प्रिया लाइन पर थी। मुझे समझ नहीं आ रहा था कि मैं शुरू कैसे करूँ; कैसे मैं प्रिया का परिचय करवाऊँ। मैं हिम्मत जुटा रहा था।

“एक गाना याद है संदीप, जो हमने साथ-साथ गाया था।” मैंने बात को मुद्दे की ओर मोड़ा।

“कौन सा?”

मैंने गाना शुरू किया,

“रहने दो छोड़ो भी जाने...दो यार...”

वह भी मेरे साथ गाने लगा,

“हम न करेंगे...प्यार...”

फिर हम हँसने लगे। वह बोला,

''हाँ हाँ, याद है वह दिन।''

''और तुम्हें प्रिया याद है?'' मैंने अचानक से पूछ डाला।

''कौन प्रिया?''

''वही, मैथ क्लास वाली-ब्लू ड्रेस; उसका नाम प्रिया है।''

''अच्छा वो...'' उसकी मुस्कुराहट थम गई। ऐसा लग रहा था जैसे वह कुछ सोच रहा था।

''अच्छा संदीप, एक बात का जवाब दो- यदि न चाहते हुए भी वह चीज तुम्हें मिल जाए तो तुम क्या करोगे?''

''तुम भी न रणवीर; सवाल अटपटा है, मगर मैं इसका जवाब दूँगा।''

''पिहू...पिहू...यहाँ आओ...'' उसने अपनी भतीजी को आवाज देकर बुलाया, जो पाँचवीं क्लास में पढ़ती थी। फिर मेरा ही प्रश्न उससे पूछा, वह बोली,

''मैं उसे भगवान का गिफ्ट समझकर अपने पास रख लूँगी।'' फिर वहाँ से दौड़कर भाग गई।

''मैं उसे भगवान का गिफ्ट समझकर अपने पास रख लूँगी।'' उसकी आवाज मेरी अन्तरात्मा में फिर से गूँज पड़ी। मेरे चेहरे पर मुस्कुराहट छा गई।

''सुन लिया यार...पता है मैंने ऐसा क्यों किया; क्योंकि तुम्हारे इस बचकाने सवाल का जवाब कोई बच्चा ही दे सकता था। तुम ऐसे क्यों हो यार? जिस सवाल का जवाब एक बच्चे को भी पता है, तुम उस सवाल को लेकर परेशान क्यों रहते हो?''

''पता नहीं मेरे साथ ऐसा क्यों होता है; मगर एक सवाल और है, प्लीज...''

''तुम्हें पता है न रणवीर, पिहू जा चुकी है और मैं उसे दोबारा नहीं बुलाऊँगा।'' वह हँसते हुए बोला।

''प्लीज, इसका जवाब मैं तुमसे सुनना चाहता हूँ।''

''ठीक है पूछो।''

“यदि चाहते हुए भी वह चीज तुम्हें न मिलकर किसी और को मिल गई तो?”

खामोशी।

“यही न कि तुमसे वह चीज छीन ली गई।” खामोशी को चीरते हुए मैंने कहा।

“बिलकुल भी नहीं... बल्कि मैं तो यह सोचूँगा कि मैं उसके लिए बना ही नहीं। ऐसा हर किसी के साथ होता है; यह जरूरी नहीं कि जिसे हम चाहें वह चीज हमें मिल जाए; हमें उसके बारे में सोचकर निराश नहीं होना चाहिए, बल्कि यह सोच लेना चाहिए कि जो हुआ ठीक हुआ।”

मैं उसकी बात सुनकर दंग रह गया। मैं कुछ बोलना चाहता था।

“रहने दो रणवीर, तुमसे नहीं होगा, मैं अपना परिचय खुद देती हूँ।” प्रिया बोल उठी। वह आजिज हो गई थी। शायद उसने यह उम्मीद छोड़ दी थी कि मैं उसका परिचय संदीप से करवाऊँगा। जबकि मैं बात को मुद्दे की ओर ले जा रहा था। मुझे पता था कि प्रिया के अचानक बोल देने से संदीप पर क्या प्रतिक्रिया होगी। वह कन्फ्यूज होते हुए बोला,

“ए...ए...एक मिनट, अब ये कौन है!”

“संदीप, तुम मेरी बात सुनो, मैं तुम्हें बताने ही वाला था।” मैं घबराते हुए बोला।

‘क्या?’

“वो सब छोड़ो, तुम मेरी बात सुनो।” प्रिया बोली। वह समझ नहीं रही थी कि इस तरह हम मुद्दे से भटक जायेंगे और हमारे बीच अनबन हो जाएगी।

“प्लीज, तुम पहले अपना नाम बताओ।” संदीप बोला।

‘प्रिया।’

खामोशी।

हम काफी देर तक खामोश रहे। बात बढ़ानी थी, मगर बढ़ाता कौन?

“अच्छा मुझे सारी बात समझ में आ गई।” आखिर संदीप, खामोशी तोड़ते हुए बोला... मगर जिस अन्दाज में वह बोला, ऐसा लगा जैसे पता नहीं वह क्या समझ पाया। यह मेरी समझ से बाहर था।

“मैं थोड़ा और क्लिअर कर देती हूँ।” प्रिया बोली। मुझे उस पर गुस्सा आ रहा था। एक तो वह बीच में बोल दी और संदीप से ऐसे बात कर रही थी, जैसे कोई छोटी सी बात हो और वह उसे यूँ सॉल्व कर देगी। मैं खामोश रहा, क्योंकि क्या बोलूँ, समझ नहीं आ रहा था। मैंने सब कुछ प्रिया पर छोड़ दिया। उसने संदीप को बताना शुरू किया कि किस तरह हमारी बात हुई... किस तरह हम दोस्त बने? मैं उससे अनजाने में मिलने गया, जबकि वह पहले से ही जानती थी कि मैं वही लड़का था, जिसे वह पसंद करती थी, फिर भी उसने यह बात छिपाए रखा। जब मैंने उसे देखा तो मैं इस रिश्ते को वहीं खत्म कर देना चाहता था, मगर उसने रिस्ता कायम रखने पर फोर्स किया।

जब वह यह सब बता रही थी मैं मुस्कुरा रहा था। कुछ देर के लिए मेरी घबराहट खत्म हो गई थी। वह हमारे बारे में कुछ नहीं भूली थी, उसे सब याद था। वह जिस अन्दाज में बता रही थी, मुझे लग रहा था कि मैं किसी परीलोक में बैठकर किसी दिलकश परी से कहानी सुन रहा होऊँ। सच में उसमें एक जादुई अदा थी, जो हर मुश्किल को दूर कर देती थी। वह बोले जा रही थी, हम दोनों शांति से सुनते जा रहे थे। बीच-बीच में वह यह अहसास दिलाना नहीं भूलती, कि वह मुझसे कितना प्यार करती है। मुझे भी यह सब सुनने में काफी अच्छा लग रहा था। मैं अपनी प्रेमकथा, अपनी ही प्रेमिका से सुन रहा था (बड़े किस्मत वालों को यह मौका मिलता है)। वह लगभग आधे घंटे तक बोली, जिसमें शुरूआत से लेकर हमारे बीच हुई आज की अनबन तक की बातें थीं। अन्ततः वह यह भी बताना नहीं भूली कि मैं उसे उतने प्यार से नहीं बुलाता, जितने प्यार से वह मुझे बुलाती है।

“क्यों रे रणवीर! ऐसा क्यों करते हो?” संदीप ने मुझे फटकार लगाई। मुझे काफी आश्चर्य हुआ। संदीप पर नहीं, बल्कि प्रिया पर। उसने महज आधे घंटे में मेरे बचपन के दोस्त को अपनी ओर कर लिया। संदीप के इस प्रश्न ने मेरे कई प्रश्नों पर पानी फेर दिया। वे प्रश्न, जिनसे मैं परेशान रहता था; जिनके उत्तर ढूँढ़ने की शक्ति मैं नहीं जुटा पा रहा था।

“प्रिया, तुम सच में जादुई हो।” मैंने खुद से कहा।

“जवाब दो।” संदीप ने टोका।

“न न...नहीं, ऐसी कोई बात नहीं है।” मैं अचानक बोला और बोलने में अटका।

“तुम कब से हकलाने लगे!” संदीप बोला और वे दोनों हँसने लगे।

“अगली बार मैं यह शिकायत नहीं सुनूँगा।”

“आ...न...”

“लो, अब बहरे भी हो गए।” प्रिया बोली और फिर वे दोनों हँसने लगे। सच भी तो यही था कि प्रिया के इस जादुई अंदाज ने मुझे हकला, अंधा और बहरा, सब बना दिया था।

“वैसे तो मैं चार-पाँच दिन के बाद पटना जाता, लेकिन अब तुम दोनों की जोड़ी को देखने का बड़ा मन कर रहा है, इसलिए मैं परसों ही भागलपुर आ रहा हूँ।” संदीप खुश होकर बोला। खुश मैं भी था, मगर उसके इस व्यवहार ने मुझे आश्चर्य में डाल दिया था।

“क्या मैं संदीप से यह प्रश्न भी पूछ लूँ?” मैंने अन्दर ही अन्दर उस प्रश्न के बारे में सोचा, जो हमेशा कि तरह मेरे दिमाग में चल रहा था... मगर मैंने खुद को रोका।

“मेरे लिए आधा बैग चॉकलेट लाना मत भूलना।” प्रिया एक बच्चे की तरह बोली।

“आधा क्यों, पूरा बैग भरकर लाऊँगा।” संदीप खुशी से बोला। वे दोनों फिर हँस पड़े-मैं मुस्कुराया। कोई इस बात कि कल्पना भी नहीं कर सकता कि कुछ देर पहले मैं और प्रिया एक दूसरे से झगड़ रहे थे; वह मुझ पर चिल्ला रही थी और कुछ हद तक मैं भी। सब कुछ अच्छा हो गया और ये सब किया प्रिया ने और मेरे दोस्त की तो बात ही कुछ अलग थी।

फोन रखने के कुछ देर बाद संदीप ने मुझे एक मैसेज किया-

“तुम दोनों से इस तरह बात करके काफी खुशी हुई; मैं काफी खुश हूँ कि तुम दोनों एक हो गए, वरना पता नहीं क्यूँ मुझे ऐसा लगता था कि मेरी वजह से तुम्हारी हँसी छिन गई... मेरी गलतफहमी ने तुम दोनों को अलग कर दिया; और हाँ, मैंने कहा था न कि यदि चाहकर भी मुझे वह चीज नहीं मिली, तो मैं समझूँगा कि मैं उसके लिए बना ही नहीं; यही सच्चाई है, उसके लिए तुम बने हो, मैं नहीं।”

“थैंक यू दोस्त।” मैंने रिप्लाइ दिया और साथ में ढेर सारे स्माइली ऑयकॉन भी भेजे।

“मेरा दोस्त लाजवाब है...!” आखिरकार मैं खुशी से चिल्ला उठा।

चौबीस

आखिर वह दिन आ ही गया। संदीप आने वाला था। सुबह के आठ बज रहे थे। मैं नहा -धो कर तैयार हो रहा था। उसकी बस आने ही वाली थी। बीते दो दिनों में मैंने संदीप के बारे में प्रिया को कुछ खास चीजें बताई, कि उसके सामने कैसी ड्रेस पहननी है, कौन सी हेयर स्टाइल रखनी है... यहाँ तक कि हमने दो दिन तक उसी की बात की।

मैं उसे रिसीव करने के लिए निकला।

“कहाँ जा रहे हो रणवीर?” अमित ने बर्तन माँजने के क्रम में पूछा।

“बस स्टैंड; संदीप आ रहा है न!” बोलकर मैं निकल पड़ा।

मैं बार-बार मोबाइल में टाइम देख रहा था। अपनी नजरें आने वाली बसों पर दौड़ा रहा था। मैंने उसे देखा। वह बस पर खड़ा था-कंधे पर बैग लटकाए।

“हे...तुम आ चुके हो...।” उसने बस से उतरते हुए कहा।

मैं उसे देखकर मुस्कुराया। इतने महीने बाद मैं उसे देख रहा था। उसका पहनावा बदल गया था। उसने सारी चीजें ब्रांडेड पहनी थी। उसकी शर्ट नीले कलर की थी। शर्ट की बायीं ओर छाती पर एक बड़े ब्रांड का टैग भी लगा था। उसकी जींस, वह भी काफी स्टाइलिश थी और उसके जूते, जो उस वक्त काफी पॉपुलर थे।

“वाह यार! तुम तो काफी बदल गए हो!” मैंने आँखें बड़ी करते हुए कहा।

“बदलाव ही तो जिन्दगी है दोस्त।”

‘हम्म...’

“चलो, पहले कहाँ चलना है; टाइम कम है मेरे पास-आज मेरी ट्रेन भी है 5.30 बजे।”

"अच्छा उसके बारे में बाद में बात होगी, चलो पहले मैं तुम्हें अपना रूम दिखाता हूँ।" हम साथ-साथ चलने लगे। वहाँ से मेरा रूम बगल में ही था। चलते-चलते मेरी नजर उसके शर्ट के टैग पर पड़ी। वैसे एक टैग तो मेरी भी शर्ट के कॉलर के पीछे थी, जिसमें हिन्दी अक्षर में टेलर का नाम लिखा था। उसकी जींस स्टाइलिश एवं काफी नई थी और मेरी प्लेन-क्रिम कलर की, जिसे पाँच छह दिन लगातार पहनने से उसकी चमक खत्म हो गई थी। उसने मॉडर्न जूते पहने थे और मैंने फीते वाली चप्पल-जिसके ऊपर कीचड़ चढ़ गई थी और मेरे अँगूठे को छू रही थी।

"क्या हमें इस तरफ जाना है?" उसने पूछा।

"नहीं, इस तरफ।" उसके इशारे को मैंने गलत बताया और अपने हॉस्टल की ओर इशारा करते हुए आगे बढ़ा।

वह मेरे बिछावन पर बैठा था और मैं उसके लिए नाश्ता निकाल रहा था। मेरे रूम में जगह की कमी थी, फिर भी सब अच्छा लग रहा था।

"लो, इसे खाओ।" मैंने प्लेट उसकी ओर बढ़ाते हुए कहा।

"मुझे उससे मिलवाओगे कब?" वह प्लेट पकड़ते हुए बोला।

"हाँ, अब हम उधर ही जाएँगे; तुम खाओ, मैं उसे फोन करता हूँ।"

मैंने प्रिया को फोन किया।

"हैलो, संदीप आ गया क्या?" उसने पूछा; शायद वह तैयार हो रही थी।

"हाँ, वह आ गया है और बैठकर कुटुर-मुटर खा भी रहा है।"

वह मुस्कुराई। संदीप ने कुटुर-मुटर वाली ध्वनी को कम करने की कोशिश की और धीरे-धीरे चबाने लगा।

"तुम तैयार तो हो न? अब हम निकलने वाले हैं।" मैंने कहा।

"हाँ हाँ, मैं तैयार हूँ।"

"ठीक है हम दस-पन्द्रह मिनट में पहुँचते हैं।"

हम उसके पास जा रहे थे, मगर उसके बाद का कोई प्लान नहीं था। समझ में नहीं आ रहा था कि क्या किया जाए। जो हो रहा था मैंने होने दिया।

मैं रूम से बाहर निकला। अपने चप्पल में लगे कीचड़ को साफ किया,

फेसवॉश से चेहरे को वॉश किया और बालों में जेल लगाकर उसे सेट किया। मैंने कपड़े भी चेंज कर लिए। बहुत दिनों के बाद मैं इस तरह तैयार हो रहा था। ऐसा मैंने अंतिम बार कब किया था, पता नहीं... मैं बस उसके लिए अच्छा दिखना चाहता था।

"हो गया यार, हो गया, अब बस भी करो; मुझसे अच्छे ही दिख रहे हो।" संदीप बोला। शायद वह समझ रहा था कि मैं ये सब क्यों कर रहा था।

"बस हो गया..." मैंने खुद को शीशे में देखकर कहा। मैंने रेड कलर की शर्ट पहनी थी, जिसपर ब्लैक कलर की पतली पट्टियाँ थीं और एक ब्लैक कलर की सिम्पल सी जींस। इस ड्रेस में मैं प्रिया के सामने पहले कभी नहीं गया था। मैं सोच रहा था कि मैं उसे अन्य दिनों से अलग दिखूँगा।

"हैलो प्रिया...हम तुम्हारे हॉस्टल से कुछ ही दूरी पर हैं, अब तुम आओ।"

"ठीक है-ठीक है, मैं आती हूँ।" वह जल्दी में बोली और फोन काट दी।

मैं और संदीप कच्ची सड़क पर खड़े थे। हमारे ठीक सामने एक छोटा सा मंदिर था। हम उसे देखकर टाइम पास कर रहे थे। असल में हम मंदिर नहीं, बल्कि वहाँ आई लड़कियों को देख रहे थे कि वे किस तरह पूजा कर रही थीं। बीच-बीच में मैं अपनी बायीं ओर नजर दौड़ा देता; वह उधर से ही आने वाली थी।

कुछ देर के बाद मैंने उसे देखा। हाँ, वह वहीं थी, हमारी ओर आ रही थी। संदीप, मंदिर की ओर देख रहा था और मैं अपनी परी की ओर। उसने व्हाइट कलर की सलवार कमीज पहनी थी। मैंने ही उससे कहा था कि वह सलवार पहनकर आए और हेयर स्टाइल भी सिम्पल रखे। वह एक परी लग रही थी। व्हाइट ड्रेस में वह चमक रही थी। मैं उसकी मुस्कुराहट देख पा रहा था। शायद इस बार भी वह प्रियंका दी और खुशबू दी से बहाना करके निकली थी, क्योंकि उसने अपने साथ अपना स्कूल बैग भी ले लिया था (ऐसा मेरा मानना है कि जब कोई लड़की अपने साथ बिना किसी वजह के स्कूल बैग लेकर निकलती है, तो जरूर वह किसी बहाने से निकलती है)। उसने अपना मोबाइल निकाला और टाइप करने लगी। मेरे मोबाइल में बीप हुआ। मैं समझ गया कि उसने मुझे मैसेज किया। मैंने मैसेज पढ़ा, "क्या बात है, आज बड़े

हैंडसम लग रहे हो!''

मैंने उसका रिप्लाइ नहीं दिया, बस एक स्माइल दी।

वह हमारे करीब आकर खड़ी हो गयी। उसके व्हाइट सलवार पर हल्के ब्लू कलर के बहुत सरे फूल बने थे... कहीं छोटे फूल, कहीं बड़े फूल। संदीप की नजर एकाएक उस पर पड़ी और वह बोल उठा,

''अरे वाह! मैं तो बेवजह उन लड़कियों पर नजर दौड़ा रहा था, ऑरिजिनल हीरोइन तो यहाँ है...।'' वह अपनी तारीफ सुनकर मुस्कुराई और अपने दायें हाथ से अपना मुँह ढका। वह अपनी मुस्कुराहट छिपाना चाहती थी।

''तो अब हम चलें?'' मैंने कहा।

उसने मुस्कुराते हुए सिर हिलाया। हम चलने लगे। सड़क की बायीं ओर प्रिया थी, फिर मैं और मुझसे एक-दो कदम पीछे मेरे ठीक बगल में संदीप। मैंने चलने के लिए कह तो दिया था, मगर हम कहाँ जा रहे थे, इसका अन्दाजा हमें नहीं था... या शायद सिर्फ मुझे, क्योंकि प्रिया सोच रही थी कि उसे हम दोनों के साथ चलना है और संदीप सोच रहा होगा कि मेरा कोई प्लान है। मैंने यह सब समय पर छोड़ दिया, यह सोच कर कि जब इतना कुछ हो गया तो आगे भी कुछ न कुछ हो जाएगा।

''तुम्हें याद है न प्रिया, मैंने तुम्हें यहीं रोका था।'' संदीप बोला। प्रिया उसकी ओर देखकर मुस्कुराई।

''और तुम्हें याद है न कि आगे हमारी क्लास है, जो आज हमने छोड़ दी।'' मैंने कहा।

''मुझे तो कॉलेज भी छोड़नी पड़ी।'' प्रिया उदास होकर बोली।

''क्या! तुमने कॉलेज छोड़ दिया; चलो-चलो तुम पहले कॉलेज कर लो।'' संदीप मज़ाक में बोला।

''नहीं...मैं दोबारा तैयार नहीं हो सकती...पता है कितना मेहनत लगता है।'' वह एक बच्चे की तरह बोल उठी और चलते-चलते रुक गई। मैं और संदीप हँसने लगे।

''अच्छा-अच्छा, चलो, कॉलेज मत जाना।'' संदीप बोला। हम फिर से चलने लगे, लेकिन इस बार मैं उन दोनों के बीच से निकल गया, ताकि वे

दोनों कुछ बातें कर सकें। अब प्रिया बायीं ओर थी उसके साथ संदीप चल रहा था और मैं उन दोनों से दो-तीन कदम आगे था।

"हे, क्या तुम चॉकलेट खाओगी?" संदीप ने पूछा। उसे एक चॉकलेट की दुकान दिखी।

"नहीं...वैसे मैंने चॉकलेट लाने को कहा था, मेरे लिए लाए?" वह मुस्कुराते हुए बोली (आज वह ज्यादा ही मुस्कुरा रही थी)।

"हाँ मैंने लाया है - वह मेरे बैग में है।" संदीप भी मुस्कुराकर बोला।

हम कुछ दूर और आगे बढ़े। संदीप ने फिर पूछा,

"प्रिया, क्या तुम गोलगप्पे खाओगी?"

मैंने खुद से कुछ प्रश्न पूछे-

यदि मैं प्रिया के साथ चल रहा होता तो क्या उससे यह सब पूछता?

क्या मुझे भी प्रिया से पूछना चाहिए कि वह कुछ खाएगी तो नहीं?

क्या लड़कियाँ इन सब चीजों से ज्यादा प्रभावित होती हैं?

क्या आगे से मुझे भी ऐसा करना चाहिए?

"प्लीज चलो न, एक-दो खा लेना।" संदीप बोला। उसकी आवाज ने मुझे रोका। मैं पीछे मुड़ा। वे मुझसे पीछे रुके हुए थे। मैं उनके पास जाते हुए बोला,

"इसे तो खाने का मन होगा ही, ये तो बस इसके नखरे हैं।"

प्रिया ने मेरी बाँह पर एक मुक्का मारा। मैं अपनी बाँह सहलाते हुए बोला,

"उफ़...! ये कब छूटेगा?"

हम गोलगप्पे वाले की तरफ बढ़े। इस बीच संदीप ने मुझसे पूछा,

"ये जो प्रिया ने तुम्हें मारा, तुम्हें चोट लगी क्या?"

"बिलकुल नहीं।"

"अच्छा, मैं बस जानना चाहता था कि लड़कियों के हाथ से चोट लगती है या नहीं।" बोलकर वह मुस्कुराया।

हम गोलगप्पे वाले के पास जाकर खड़े हो गए।

“मैं नहीं खाऊँगा, तुम दोनों खाओ।” मैंने कहा।

इस बात पर प्रिया बोल उठी,

“देख रहे हो न संदीप, असली नखरेबाज कौन है।”

“हे...मेरा मजाक उड़ा रही हो; अब तो मैं नहीं ही खाऊँगा।”

“इसे खाने का तो मन है ही संदीप, ये सब तो इसके नखरे हैं।”

वे दोनों हँसने लगे। मुझे प्रिया पर प्रयोग किए उस वाक्य पर बड़ा पछतावा हो रहा था। उसने मेरे ही वाक्य को उलटाकर मुझ पर टिप्पणी कर दी और हद तो तब हो गई, जब गोलगप्पे वाले ने सबसे पहला प्लेट मेरी ओर बढ़ाया और मैंने चुपचाप प्लेट ले लिया।

“मैं तुम दोनों की एक फोटो खींचना चाहता हूँ।” संदीप अपना मोबाइल निकालते हुए बोला।

मैं और प्रिया दोनों करीब ही थे।

“चलो प्रिया, रणवीर को गोलगप्पा खिलाओ, मैं फोटो लेता हूँ।” वह फिर बोला।

‘क्या!’ प्रिया ने आँख और मुँह दोनों बड़ी की।

“क्या क्या, खिलाओ।”

“नहीं, बहुत सारे लोग हैं, मैं नहीं।”

“उससे क्या हुआ... जल्दी करो, नहीं तो मैं तुम दोनों को यहीं छोड़कर चला जाऊँगा।”

“अच्छा ठीक है।”

मेरी परी ने एक गोलगप्पा मेरी ओर बढ़ाया। मैंने अपना मुँह खोला। संदीप ने हमारी फोटो ली और फिर बोला,

“चलो प्रिया, अब वह तुम्हीं खा लो।”

मैंने अपनी आँखें बड़ी करते हुए प्रिया की ओर देखा। वह क्या करने वाली थी। उसने संदीप की बात नहीं मानी, उसने मुझे गोलगप्पा खिलाया। मुझे कुछ राहत मिली... यह सोचकर कि वह मेरी ओर थी। संदीप मुस्कुराया, फिर हम दोनों।

हमारे कदम पीर-बाबा चौक पर जा रुके। किसी को कुछ पता नहीं था कि आखिर हम जा कहाँ रहे थे।

'अब?' संदीप बोला।

"अब क्या?" मैं बोला।

"तुम दोनों मजाक तो नहीं कर रहे हो न!" प्रिया बोली।

"तुम्हीं बताओ हमें कहाँ जाना चाहिए?" मैंने प्रिया से पूछा।

"मुझे क्या पता?" प्रिया बोली।

"इसका मतलब है कि हम यूँ ही चल रहे थे?" संदीप मेरी ओर देखकर बोला।

"तुम दोनों चुप रहो! अब मेरी बात सुनो।" प्रिया परेशान होते हुए बोली।

हम दोनों ने उसकी ओर देखा।

"चलो सैंडिश कम्पाउण्ड ही चलते हैं।" उसने जल्दी अपना फैसला दिया। हमने प्रिया की बात मान ली। कम्पाउण्ड हमसे कुछ ही कदमों की दूरी पर था। हालाँकि कम्पाउण्ड का गेट आगे चलकर था, मगर रोड क्रॉस करते ही कम्पाउण्ड की दिवाल टूटी हुई थी-हम अन्दर वहीं से गए।

"अपने बारे में कुछ बताओ प्रिया।" संदीप चलते-चलते बोला।

'क्या?'

"कुछ भी; ऐसी कोई इच्छा, जो तुम पूरा करना चाहती हो।"

"हाँ, एक है।"

'क्या?' संदीप और मैं दोनों एक साथ बोल उठे।

प्रिया मुस्कुराते हुए बोली,

"मैं न हॉल में मूवी देखना चाहती हूँ; मैंने कभी नहीं देखी... मैं देखना चाहती हूँ कि वहाँ देखने में आखिर लगता कैसा है।"

मैं और संदीप दोनों हँसने लगे। कितनी मासूमियत से उसने इस छोटी सी ख्वाहिश को व्यक्त किया।

"इतनी सी बात, चलो अभी पूरा कर देता हूँ।" संदीप बोला।

“नहीं, अभी नहीं।” प्रिया ने साफ इन्कार किया।

“वहाँ देखो!” प्रिया एक बच्चे की तरह खिलखिलाते हुए बोल उठी और एक जगह की ओर इशारा किया, जहाँ कुछ बच्चे झूला झूल रहे थे। प्रिया की आँखें यह साफ बयां कर रही थीं कि उसे भी झूलने का मन था। हम उस झूले की ओर बढ़े। हमारे पहुँचने तक वे बच्चे झूले को छोड़कर जिराफ की गर्दन को चुन चुके थे (फिसलनपाटी)।

“चलो-चलो, तुम दोनों बैठो, मैं झूलाता हूँ।” संदीप बोला।

प्रिया तुरंत एक बच्चे की तरह झूले पर बैठ गई।

“नहीं नहीं, हम दोनों प्रिया को झुलाते हैं।” मैंने कहा।

“अरे, तुम समझ नहीं रहे हो-इससे तुम दोनों का प्यार बढ़ेगा, जल्दी बैठो।” संदीप बोला। प्रिया मेरी ओर देख रही थी, शायद वह चाहती थी कि मैं उसके साथ बैठूँ। यह बात संदीप भी समझ रहा था। उसने मेरा हाथ पकड़कर झूले पर बिठाया।

“ये लो, झूलो...” संदीप ने बोलते हुए झूले को पीछे से धक्का दिया। हम आगे की ओर गए। प्रिया ने एकाएक मेरा हाथ पकड़ लिया-हम एक खुशनुमा पल में थे। हम दोनों एक-दूसरे को देख रहे थे। हम फिर पीछे की ओर आए। संदीप ने फिर धक्का दिया। मेरा दिल अन्दर ही अन्दर संदीप को बोल रहा था-

कितने साफ दिल के हो तुम मेरे दोस्त! मैं ख्वामख्वाह ही प्रश्नों में उलझ कर परेशान था; तुम्हें कितनी खुशी है कि मैं और प्रिया एक साथ हैं।

“ये लो, झूलो...” संदीप ने एक जोरदार धक्का दिया। हम काफी वेग में आगे बढ़े। प्रिया चिल्लाई और उसने मेरी बाँह कसकर पकड़ ली।

“ये लो...झू...लो...” उसने पहले से भी ज्यादा जोरदार धक्का दिया। हम पहले से भी ज्यादा वेग के साथ ऊपर की ओर उठे। प्रिया जोर से चिल्लाई,

“आ...संदीप...रोको...!”

“झूलो...” उसने फिर वैसा ही धक्का दिया। प्रिया फिर चिल्लाई और संदीप को फटकार लगाई,

“मैं उतरूँगी तो बहुत मारूँगी तुम्हें, प्लीज रोको इसे!”

मैंने प्रिया की साँसें तेज होते हुए महसूस की। वह घबरा गई थी। मैंने पीछे संदीप की ओर देखा ओर बोला,

“अब रोक दो, वह घबरा गई है।”

संदीप ने झूले को रोका। मैंने प्रिया की ओर देखा कि वह शांत हुई या नहीं। उसने अपना हाथ गले पर रखा था और गहरी साँसें ले रही थी।

“तुम ठीक हो!” मैंने पूछा।

‘हम्म...’ वह गहरी साँसें लेते हुए बोली।

प्रिया को देखकर संदीप बिलकुल शांत था... शायद उसे अन्दाजा नहीं था कि प्रिया की यह हालत हो जाएगी।

“सॉरी प्रिया, मुझे नहीं पता था कि...”

“कोई बात नहीं।” संदीप को रोकते हुए प्रिया बोली।

“मगर सिर्फ सॉरी से काम नहीं चलेगा, मेरी परी को परेशान करने का मुआवजा देना पड़ेगा।” मैंने कहा। हम अभी भी झूले पर बैठे थे।

“हाँ हाँ क्यों नहीं, बताओ...”

“मैंने जो कहा था, वह तो लाए ही नहीं, अब क्या।” वह फिर संदीप को रोककर बोली।

“मैंने कहा तो था कि वह बैग में है, मगर मेरा बैग तो रणवीर के रूम में है, चलो वहीं चलते हैं।”

खामोशी।

वह मेरी ओर देख रही थी। एकाएक मुझे उसकी एक बात याद आई-

अगली बार हमारी किस, मिस नहीं होगी।

मैं मुस्कुराया, क्योंकि इस बार उसका रूम पर जाना खतरे से खाली नहीं था।

“वैसे मुझे इसके नए रूम को देखने का बड़ा मन है, मैं हमेशा कल्पना करती हूँ कि ये किस तरह रहता होगा।” वह नीचे देखकर धीरे से बोली।

“तो फिर चलो, देरी किस बात की है।” संदीप बोला।

“नहीं नहीं! इसका वहाँ जाना खतरे से खाली नहीं है... ग्यारह बज गए हैं, सभी ने अपना दरवाजा खुला छोड़ा होगा, कहीं किसी ने इसे देख लिया तो बड़ी मुसीबत हो जाएगी।” मैं घबराते हुए बोला।

संदीप- वो सब मैं सँभाल लूँगा।

मैं- नहीं-नहीं, बात को समझो, मैं वहाँ नया हूँ।

संदीप- कुछ नहीं होगा, तुम बस चलो।

मैं- तुम मरवाओगे।

हम दोनों की अनबन के बीच प्रिया खामोश थी। मुझे यह अहसास हुआ कि प्रिया चाहती थी कि इस अनबन में संदीप की जीत हो।

आखिरकार वहीं हुआ। मुझे संदीप के आगे हार माननी पड़ी। मैं खुद भी हारना चाहता था, मगर आगे की बात सोचकर मैं घबरा गया था।

“प्रिया, मैं अब भी कह रहा हूँ वहाँ कोई चॉकलेट नहीं है।” मैंने कहा।

“कोई बात नहीं, मैं सिर्फ तुम्हारा रूम देख लूँगी।”

खामोशी।

अगले ही पल हम रूम के लिए निकल पड़े।

11.20 बजे।

हम मेरे हॉस्टल के आगे खड़े थे। कोई कुछ नहीं बोल रहा था। कुछ क्षण रुककर संदीप बोला, “अब देखो मैं क्या करता हूँ; तुमदोनों बस मेरे पीछे रहो और जब मैं इशारा करूँ मेरे साथ आगे बढ़ जाना।”

मैं और प्रिया तैयार थे। संदीप हम दोनों से आगे था। वह हॉस्टल में प्रवेश किया, उसके पीछे-पीछे हमदोनों भी। सामने एक रूम का दरवाजा खुला था, इसे पार कर के हमें सीढ़ी पर चढ़ना था। संदीप उस रूम में झाँकते हुए रूम में मौजूद लड़के से पूछा,

“अमित है क्या?”

“नहीं, वह ऊपर रहता है।” उस रूम से एक लड़के की आवाज आई।

“ओ, थैंक यू।” बोलकर उसने दरवाजा सटा दिया और हमें इशारा

किया कि हम उसके पीछे बड़ें। हम उसके पीछे-पीछे बढ़े और जल्दी से सीढ़ी पर चढ़ गए। प्रिया मुस्कुरा रही थी। उसे पकड़े जाने का जरा भी डर नहीं था। हम दूसरे फ्लोर पर आ गए। संदीप ने फिर वही किया।

"अमित है क्या?"

"नहीं, वह ऊपर वाले फ्लोर पर रहता है।" रूम से एक लड़के की आवाज आई।

"थैंक यू।" बोलकर उसने दरवाजा सटा दिया और हम फिर आगे बढ़े।

हम मेरे फ्लोर पर थे और अब डरने की कोई बात नहीं थी। सामने अमित का रूम था। वह रूम पर नहीं था। उसके ठीक सामने मेरा रूम था। मैंने आराम से रूम खोला, फिर हम अन्दर गए।

"सब ठीक-ठाक से हो गया।" संदीप अन्दर से रूम लॉक करते हुए बोला।

मेरा छोटा सा रूम भरा-भरा लगने लगा और एक खुशबू महकने लगी, जो मेरी परी के आने से हो रही थी।

"ये खुशबू कहाँ से आ रही है?" संदीप ने शायद जानबूझकर पूछा।

"इन फूलों से।" मैंने प्रिया की ड्रेस की ओर इशारा किया। वह मुस्कुराई और फिर से अपनी मुस्कुराहट छिपाने की कोशिश की। हम तीनों खड़े थे। प्रिया मेरे रूम का मुआयना कर रही थी।

"तुम्हारा रूम कितना प्यारा है..." प्रिया बड़े प्यार से बोली।

"तुम्हें तो सब कुछ प्यारा ही लगता है; अब रूम कबसे प्यारा होने लगा।" मैंने कहा। उसने अपना मुँह टेढ़ा किया और अपनी बैग को टेबल पर रख दिया, फिर जल्दी से अपनी सैंडल खोलकर बिछावन के ऊपर जा कर बैठ गई। उसने अपनी पीठ दिवाल से टिकाई। उसकी बायीं बाँह भी दिवाल से चिपक गई। संदीप कुर्सी पर बैठ गया और मैं पैर लटकाकर बिछावन पर। उस वक्त एक अजीब सा माहौल बन गया। कोई कुछ भी नहीं बोल रहा था। हम काफी देर तक चुप रहे। एक बड़ी चुप्पी के बाद संदीप बोला,

"अब मुझे अपने रूम चलना चाहिए; सारा सामान भी समेटना है और मेरी ट्रेन भी है-5.30 बजे।"

“मैं अभी ही बोल देता हूँ कि तुम आज नहीं जाओगे; तुम्हारे पास टाइम भी कम है और तुम थक भी जाओगे।” मैंने विरोध जताकर कहा।

“तुम कल सबेरे जा सकते हो, 6.51 पर एक ट्रेन है।” प्रिया बोली।

“देखता हूँ, पहले तो मुझे रूम जाना होगा।”

उसके हाव-भाव से ऐसा लगा कि वह भी रुकना चाहता था... शायद मेरा छोटा रूम देख कर वह थोड़ा आश्वस्त था। वह कुर्सी पर से उठा और मुस्कुराता हुआ बोला,

“प्रिया, तुम चॉकलेट के लिए जिद कर रही थी न; एक चॉकलेट मैं छोड़कर जा रहा हूँ।” बोलकर वह दरवाजे के पास गया।

“बदमशवा...!” प्रिया बोल उठी, क्योंकि वह चॉकलेट मैं ही था, वह ये बात समझ गई थी। संदीप हँसता हुआ बाहर निकला।

“अमित को साथ ले लेना...” मैंने बिछावन से उतरकर आवाज दिया।

“नहीं, मैं वहाँ ही किसी से मदद ले लूँगा...” कहते हुए वह चला गया। मैंने दरवाजा अन्दर से लॉक कर लिया और वापस बिछावन पर बैठ गया। अब माहौल पहले से भी ज्यादा पेचीदा लग रहा था। मैं सोच रहा था-

हम फोन पर कितनी बातें करते हैं; एक दूसरे को कितनी बार यह अहसास दिलाते हैं कि हम एक-दूसरे से बेहद प्यार करते हैं... फिर जब भी सामने होते हैं ये आँखों से बातें क्यों होने लगती हैं। हमने अभी तक आमने-सामने एक-दूसरे को वह मैजिकल बर्ड भी नहीं कहा।

मैं बेताब था उससे यह सुनने को। वह इधर-उधर देख रही थी। मैंने कुछ शब्द बोले, जिसका कोई तुक नहीं था। मैं नीचे जमीन को देख रहा था। शायद वह मुझे समय दे रही थी कि मैं अपने रूम में ही सहज हो जाऊँ। अपने ही रूम में ऐसी स्थिति का सामना करने में मैं असमर्थ था और एक लड़की जो शायद कुछ हसीन लम्हों के ख्वाब में मेरे सहज होने का इंतजार कर रही थी।

जब यह चुप्पी असहज होने लगी और इसे तोड़ने के लिए मुझे शब्द नहीं मिले, तो मैं बिछावन से उतरा, पानी की बोतल उठाई और एक-दो घूँट पिया।

“प्रिया, तुम पानी लोगी?” मैंने गिलास में पानी भरते हुए पूछा। उसने कोई जवाब नहीं दिया।

“प्रिया तुम्हें...” मैंने अपना वाक्य पूरा भी नहीं किया था कि देखा वह मेरे पीछे खड़ी थी।

“पानी चाहिए क्या?” मैंने वाक्य पूरा किया। उसने मेरे हाथ से गिलास लिया और पानी पीने लगी। पीते वक्त भी वह मुझे ही देख रही थी। उसने पानी पी लिया, मगर कुछ नहीं बोली। बस मेरे थोड़े और करीब आई और अपनी बाँहे फैला दी (गिलास अब भी उसके हाथ में ही था)। उस एक सेकेंड में मेरे शरीर में उत्तेजना कई गुना बढ़ गई। ऐसा लग रहा था जैसे मेरी नसों में खून उबल रहा हो। मैं एक अत्यंत सुखद अहसास से बस एक लम्हे की दूरी पर था। यह पहली बार नहीं था, मगर एक लंबे समय अंतराल के बाद हो रहा था।

वह हवा के एक झोंके की तरह आई और मुझे अपनी बाँहों में भर लिया। मैंने भी उसका साथ दिया। मेरा बायाँ हाथ उसकी पीठ पर था और दायाँ हाथ कमर को घेरे हुए था। इस तरह मैंने पहली बार एक लड़की को अपनी बाँहों में भरा था। मैंने उसे महसूस किया और अपने लिए उसकी भावनाओं को भी। उसने गिलास मेरे पीछे रखकर मुझे जकड़ लिया और अपना चेहरा मेरे बाएँ कंधे पर टिका दिया। मैं धड़कनों को महसूस कर रहा था; यह उसकी थी या मेरी, पता नहीं। उसके शरीर की गर्मी ने मेरे शरीर की गर्मी को हरा दिया। मैं पूरी तरह शांत था। वह मुझे अपनी बाँहों में जकड़ती जा रही थी। यह क्षण ऐसा था, जैसे मेरी नसों में नई जान जागृत हो रही हो, जैसे सूखे के बाद बारिश की बूँदें बरस रही हों; एक पल में मेरे मस्तिष्क में एक दृश्य घूमा। यह दृश्य तब का था, जब मैं पहला प्यार खोने के बाद टूट गया था, बिखर गया था। मगर इस वक्त मैं संतुष्टि का अनुभव कर रहा था। मैंने अपना सिर उसके कंधे पर टिकाया तो मेरे गालों पर आँसुओं की धाराएँ बह गयीं। उसने यह महसूस किया, लेकिन कुछ नहीं बोली। इसके बजाय उसने मुझे कसकर पकड़ा और कान में आहिस्ते से बोली,

“आई लव यू।”

एकाएक मेरी धड़कनें तेज चलने लगीं। मैं एक क्षण में हज़ार बातें कहना चाहता था मगर मैं चुप था फिर भी। मुझे ऐसा प्रतीत हो रहा था जैसे वह मुझे सुन सकती थी। मैं कुछ बोल नहीं पाया। अपना सिर उसके कंधे पर टिका रहने दिया और उसे कसकर जकड़ लिया।

जब मैंने संदीप को प्रिया से मिलवाया, तब तक मैंने इस हसीन अनुभव

के बारे में सोचा तक नहीं था। कभी-कभी खुशियाँ हमारे जीवन में बिन बताए चली आती हैं, जो हमें बेहद खुशनुमा पल दे देती हैं। मुझे नहीं पता कि हम कितनी देर वहाँ एक दूसरे को बाँहों में भरे खड़े रहे। मैंने उसे पीछे की ओर धक्का दिया और हम बिछावन के पास आ गए। हम दोनों ने अपना सिर एक दूसरे के कंधे से हटाया। मैंने उसे मजबूती से पकड़कर उठाया और बिछावन पर बिठा दिया। उसने मेरी आँखों में झाँका। मेरे चेहरे से आँसू पोंछे। मैं मुस्कुराया। फिर उसने मुझे पीछे किया। वह बिछावन से उतरी और अपना बैग खोला। वो अपने साथ मेरी डायरी लायी थी। वह मुझे देना नहीं चाहती थी। अब भी वह उसे इस तरह देख रही थी, जैसे पहली बार देख रही हो। मैं देख सकता था कि मेरी डायरी ने उसे गहराई तक छुआ था। उसकी आँखों में मेरे लिए सहानुभूति थी। उसने वह डायरी मुझे दिखाकर टेबल पर किताबों के ऊपर रख दिया और फिर खुद-ब-खुद बिछावन पर बैठ गई। मैंने अपनी एक कॉपी निकाली, जिसमें मैंने उसके लिए कुछ अल्फाज लिखे थे-जब वह अपनी ट्रिप पर गई थी।

मैं उसके बगल में बैठा। उसने बड़ी उत्सुकता से मेरी कॉपी अपने हाथ में ली। वह मेरे अल्फाजों को पढ़कर मुस्कुराई। वे अधूरे थे। उसने पन्ना पलटा

"यह एक गाना है, जो मैंने तुम्हारें लिए लिखा था- जब तुम ट्रिप पर गई थीं।" मैं मुस्कुराते हुए बोला। उसने कॉपी मोड़कर रख दिया और प्यार से बोली,

"क्या तुम मेरे लिए गाओगे नहीं!"

मैंने हामी भरते हुए सिर हिलाया। वह मेरा गाना सुनने की प्रतीक्षा करने लगी। उसकी आँखें चमक रही थीं और मुझे निहार रही थीं। मैं मुस्कुराया और उसके प्रति अपना प्यार जताया। फिर मैंने गाना शुरू किया,

"हम्म...दिल कितना..." मैंने उसकी ओर देखा और चुप हो गया। मुझे लगा कि मैं अच्छा नहीं गा पा रहा था और मुझे शरम आने लगी।

"गाओ न! कितना अच्छा तो गा रहे थे।"

"दिल कितना...पागल है...तेरे प्यार में, दिल कितना...पागल है...ये धड़के तो है तो सिर्फ तेरे लिए..." जब मैं उसके लिए गा रहा था, तो पता नहीं क्यों और कैसे ऐसा हुआ कि मेरे बगल वाले रूम में कुछ कूटने की आवाज आने लगी। प्रिया और मैंने एक दूसरे को देखा... कुछ क्षण के लिए हम दोनों

का ध्यान उस कूटने वाली ध्वनि की ओर चला गया और हम एकाएक हम दोनों के होठों पर मुस्कान फैल गई।

"जानू... सही तो है वो बैकग्राउण्ड म्यूजिक दे रहे हैं, तुम मत रुको।" उसकी आँखें मेरी ओर ही लगी थीं। मैंने फिर शुरू किया।

"दिल कितना...पागल है...तेरे प्यार में, दिल कितना पागल है...ये धड़के तो है तो सिर्फ तेरे लिए... न धड़के तो..." मैं अपना वाक्य पूरा नहीं कर पाया। उसने अपना हाथ मेरे होंठों पर रख दिया और मुझे चुप किया। शायद न धड़के वाला वाक्य उसे पसंद नहीं आया। उसने मुझे फिर से बाँहों में भर लिया। मैंने उसे धीरे से पकड़ा।

"मैं तुम पर चिल्लाई थी न!" वह मेरे कान में बोली। वह उस दिन की बात कर रही थी, जब हम दोनों के बीच अनबन हुई थी। शायद वह सॉरी बोलना चाहती थी, मगर बोल नहीं पा रही थी।

"तुम कितने अच्छे हो और मैं तुम पर चिल्लाई," वह फिर बोली।

"कोई हसीना जब चिल्लाती है तो और भी हसीन हो जाती है।" मैं मजाकिया स्वर में बोला। वह मुस्कुराई। मैं उसके ऊपर झुका और वह बिछावन पर झुक गई। हमारे पैर अब भी हवा में थे। उसने अपने आपको करीब-करीब मेरे ऊपर छोड़ दिया। उसकी बाँहें मेरी गर्दन के इर्द-गिर्द थीं और मेरे हाथ उसके बदन को सहला दे रहे थे। इस बीच मेरी अंगुलियों ने उसके पीठ पर बँधी डोरी को छुआ। मैं मुस्कुराया, वह शरमा गई मगर हमारी आँखें एक दूसरे को निहारती रहीं, फिर मैंने उसे बीछावन पर छोड़कर उसके बालों को सहलाया। उसने अपनी आँखें बन्द कर लीं। वह एकदम शांत थी। उसकी सुंदरता मुझे पल-पल मदहोश कर रही थी। मैं उसकी गर्दन के करीब आया और बिना एक शब्द कहे वहाँ किस कर लिया। उसकी बाँहों का घेरा और भी सख्त हो गया और उसने अपना चेहरा उठाते हुए मुझे अपनी गर्दन तक आने दिया। मैं वहाँ उसे किस करने लगा। फिर मैं रुका। हमारे चेहरे एक-दूसरे के करीब आ गए। हमारी गर्म साँसें एक दूसरे को छू रही थीं। हमारे होंठ भी एक-दूसरे को छूना चाहते थे, या यूँ कहूँ कि छूने के लिए बेकरार थे। हम कुछ नहीं बोल रहे थे। हमारी खामोशी माहौल को और भी रोमांटिक बना रही थी। न जाने उस पल हमें क्या हुआ... हमारे होंठों ने एक-दूसरे को प्यार से छुआ...मैंने उसके नीचे का होंठ धीरे से दबाया। उसने पूरी गर्मजोशी के साथ

जवाब दिया और मेरी पीठ पर उत्तेजना के साथ हाथफिराने लगी। उसके मुँह का स्वाद मेरे मुँह के स्वाद के साथ घुलता जा रहा था। वह पल एकदम नशीला था, बिलकुल उसकी आँखों की तरह जिसमें डूब जाने के बाद निकलने का मन ही न करे। मुझमें जोश भरता जा रहा था। मैं उसे गर्मजोशी के साथ किस करने लग गया। कभी उसके निचले होंठ को, कभी ऊपरी होंठ को। मेरी बाँहों में एक खूबसूरत लड़की थी और मेरे होंठ उसके होंठों को छू रहे थे, बिना किसी रोक-टोक के।

उस वक्त मैं सब कुछ भूल गया था। सब कुछ भूलकर मैं उस एक पल को जी रहा था.. मेरे जीवन का बेहतरीन पल। हम एक-दूसरे से लिपटते रहे, एक-दूसरे को किस करते रहे। यह सिलसिला काफी देर तक चला। मुझे नहीं पता कि किसने अपनी आँखें पहले खोलीं, मगर वे एक दूसरे से बातें कर रही थीं। मेरी नजर उसके होंठ पर गई, फिर उसकी गर्दन पर, जहाँ मैंने किस किया था। अचानक मेरी नजर उसके सलवार सूट पर बने एक फूल पर पड़ी। यह फूल ठीक वहीं था, जहाँ संदीप की शर्ट पर एक ब्रांड का टैग लगा था। मैंने उस फूल को छूने के लिए अपना हाथ बढ़ाया, मगर उसने मेरे हाथ की अँगुलियों के बीच अपनी अँगुलियाँ डाल दी और कसकर पकड़ लिया, शायद वह मुझे ऐसा करने से रोक रही थी। मैंने अपना गाल उसके गाल से स्पर्श किया। मेरे होंठ उसके दाएँ कान के पास थे। मैं धीरे से बोला,

''तुम्हें पता है न, कि मैं ऐसा कुछ नहीं करूँगा जो तुम्हें पसंद न हो, क्योंकि मैं तुमसे, सिर्फ तुमसे प्यार करता हूँ।''

उसने मेरा चेहरा थामा और मुझे निहारने लगी। उसने करवट लेने की कोशिश की। मैंने उसकी सहायता की। मैं उसके ऊपर से खिसककर बिछावन पर आ गया। उसने करवट ली और फिर हम एक-दूसरे को देखने लगे। मैं स्वयं को यह कहने से रोक नहीं पाया, ''पता है तुमने मुझे नया जीवन दिया है, जैसे मेरी आत्मा को पूर्ण जाग्रत किया है। एक बार प्यार को खोने के बाद मैं यह मान बैठा था कि यह एक छलावा है बस! इसी कारण मैं सोचता था कि अब मैं कभी किसी से प्यार नहीं करूँगा। फिर तुम आई जिसने मुझे अहसास दिलाया कि प्यार आज प्यारा है, जो केवल स्वच्छ आत्मा में वास करता है। खैर, वह मेरा अतीत था और तुम मेरी आज हो, कल हो...''

वह गौर से मेरी ओर देख रही थी। हम बातें करने लगे, अपने दिल का

हाल एक-दूसरे को बताने लगे। हमें अच्छा लग रहा था। बीच-बीच में वह मेरे हाथों को चूमती। वह पूरी तरह सहज हो गई थी।

लगभग शाम होने चली थी। मैंने संदीप को फोन किया। वह सामान समेट चुका था... बस कुछ हिसाब-किताब बाकी था। मैंने कहा कि मैं प्रिया को लेकर हॉस्टल से बाहर निकल जाऊँगा और हम सड़क पर उसका इन्तजार करेंगे। संदीप से बात करने से प्रिया समझ गई कि अब हमें निकलना होगा। वह बिछावन से उतरी और सीधे अपने बैग के पास गई। बैग से उसने अपनी पर्स निकाली, फिर उसमें से कंघी। उसने बाल बनाए, फिर पर्स से लिपस्टिक निकालकर होंठों पर लगाया, फिर बैग से एक रूमाल निकालकर अपनी आँखें पोंछने लगी। वह तैयार हो रही थी। मैंने उसका बैग उठाया।

"अरे! लगता है जैसे कोई पिटारा हो; यह तो खत्म होने का नाम ही नहीं ले रहा है। हा.. हा.. हा.. मैं हँसने लगा। वह नहीं हँसी। मेरे हाथ से बैग छीनकर अपनी सारी चीजें फिर से उसमें रखने लगी। और फिर सैंडल पहनते हुए बोली, "देखो, बाहर कोई है तो नहीं।"

"इस वक्त तो सभी मार्केट गए होंगे।" मैंने रूम खोलते हुए कहा।

हम बड़ी आसानी से हॉस्टल से बाहर निकल गए... मगर बाहर हम पकड़े गए। हमारे सामने एक शख्स खड़ा था, जिसे मैं भली-भाँति जानता था। उसने हमें साथ देख लिया। प्रिया ने मेरी बाँह पकड़ी थी। मेरे चेहरे पर मुस्कुराहट थी, जो धीरे-धीरे कम हो गई। वह शख्स और कोई नहीं, बल्कि अमित था। वह चुप था। बस हमें देखे जा रहा था। शायद उसने यह भी अनुमान लगा लिया था कि हम हॉस्टल के तरफ से आ रहे थे। मैं किसी तरह यह बहाना बनाकर निकला, "आकर सब बताता हूँ।"

आखिरकार वही हुआ, जैसा मैं चाहता था। मेरी और प्रिया की जिद ने संदीप को रोक लिया। वैसे भी वह जाने की स्थिति में नहीं था, वह थक गया था। हम प्रिया को छोड़ने के लिए उसके हॉस्टल तक गए। पूरे रास्ते वह मेरा हाथ थामे रही। इस बार मैं संदीप की नकल उतारता गया-तुम कुछ खाओगी तो नहीं, तुम कुछ पियोगी तो नहीं। जब भी मैं इस तरह का प्रश्न पूछता, प्रिया और संदीप हँसने लगते।

रात के 10 बज रहे थे।

आज रात का खाना अमित ने बनाया। मुझे एक खूबसूरत लड़की के साथ देखकर वह मुझे भाव देने लगा था।

संदीप, अमित और मैं, तीनों मेरे रूम में थे। मैं कुर्सी पर बैठा था और वे दोनों बिछावन पर। अमित जानना चाहता था कि वह लड़की कौन थी। वैसे उसने अनुमान लगा ही लिया था, मगर हमारे मुँह से सुनना चाहता था। मैं कुछ बताने की हालत में नहीं था। संदीप ने उसे सारी बातें बताईं और आज के बारे में कुछ ज्यादा ही मिर्च-मसाला लगा दिया, फिर भी मैंने विरोध नहीं जताया।

"हे...चलो तुम उसे फोन करो और मुझसे भी परिचय करवाओ।" अमित बोला।

मैं चुप था।

"क्या हुआ? फोन लगाओ।"

"पता नहीं वह क्या सोचेगी; यही कि मैंने उसके साथ बिताए पल अपने दोस्तों के साथ शेयर किए।" मैं सोचकर बोला।

"मैं वह सब नहीं जानता, उसे फोन करो।" अमित जिद मचाते हुए बोला। मैं चुप रहा और अपना मोबाइल हाथ में लिया। अमित इस उम्मीद में शांत हुआ कि मैं फोन लगाऊँगा, मगर मैंने ऐसा नहीं किया; समय देखकर मोबाइल पुनः टेबल पर रख दिया।

"हे! ये क्या, तुमने फोन नहीं किया; प्लीज करो न, मैं उसकी आवाज सुनना चाहता हूँ; मैं यह देखना चाहता हूँ कि जितनी खूबसूरत वह दिखती है, क्या उसकी आवाज भी उतनी खूबसूरत है?" उसने मेरी परी की तारीफ की। मेरे चेहरे पर मुस्कुराहट आ गई और मैंने यह दिखाने के लिए फोन किया कि उसकी आवाज कितनी खूबसूरत थी। रिंग हुआ। अमित ने मेरे हाथ से मोबाइल ले लिया और फोन स्पीकर पर डाल दिया।

"हैलो जानू...मैं तुम्हीं को याद कर रही थी।"

"हैलो मैडम जी, मैं बोल रहा हूँ।" अमित एक वाचमैन की तरह बोला।

"क...क कौन?" प्रिया शरमाते हुए बोली।

"मैं मैडम जी, मैं।"

"वाचमैन की तरह क्या बोल रहे हो, ठीक से अपना परिचय दो न।" संदीप बोला। प्रिया के हँसने की आवाज आई।

"मैं रणवीर का दोस्त अमित।"

"हाँ, रणवीर ने मुझे आपके बारे में बताया था।"

"आपने मुझे देखा है?"

'नहीं...'

"आज आप दोनों की चोरी जिसने पकड़ी, वह मैं ही था।"

"ओ...अच्छा...।" वह हँसते हुए बोली।

"और कुछ बताइए आज क्या-क्या हुआ?" अमित ने आँख मारी।

'म...तलब...' वह शरमाते हुए बोली।

हम सब हँसने लगे। प्रिया के हँसने की भी हल्की सी आवाज आई।

"अच्छा छोड़िए, वैसे आपकी आवाज काफी अच्छी है।"

"थैंक यू! ये तो आपके दोस्त ने भी नहीं कहा।"

"बंदर क्या जाने अदरक का स्वाद।"

वे दोनों हँसने लगे। मैंने अमित को आँखें दिखाई कि वह मेरी बेइज्जती न करे। उन दोनों ने कुछ देर बातें की, फिर अमित ने फोन मुझे दे दिया।

"मेरे लिए इतना ही काफी है, अब नेक्स्ट टाइम।" बोलते हुए वह रूम से बाहर निकल गया। मैंने स्पीकर ऑफ किया।

'हैलो!' मैंने कहा। संदीप अपनी धुन में था। मेरी किताबों का मुआयना कर रहा था।

"हैलो, अचानक उसे फोन क्यों दे दिए? मैंने जानू बोला, पता नहीं वह क्या सोच रहा होगा।" वह शरमाते हुए बोली।

"क्या सोच रहा होगा, जब उसने हमें साथ देख ही लिया तो फिर।"

"ठीक है, वैसे ये सब छोड़ो, पता है मैं कितनी परेशान हूँ..." उसने मासूमियत से कहा।

'कितनी?'

"पागल, ये पूछो क्यों हूँ!" वह चीखी, मगर प्यार से।

"ओह! सॉरी, क्यों हो?"

"वह सीन याद आने लगता है।" वह और ज्यादा प्यार से बोली।

"कौन सा सीन?" मैंने जानबूझकर पूछा।

"मैं मारूँगी तुम्हें...सच में!"

मैं हँसने लगा। उसने फिर प्यार से पूछा,

"क्या तुम्हें याद नहीं आता?"

'क्या?'

"जाओ मैं तुमसे बात नहीं करूँगी; सारे लड़के एक जैसे ही होते हैं।" वह चिल्लाई।

"ऐसा नहीं है बेबी..." मुझे उसे शांत करने का सूत्र पता था, जिसका प्रयोग मैंने किया। वह एकदम से शांत हो गई। मैं फिर बोला,

"रूम में संदीप था न, इसलिए वैसे बोल रहा था।" मैं बालकनी की ओर बढ़ा, गुन-गुनाते हुए, "जो हाल है तेरा, वही हाल है मेरा..."

वह मुस्कुराई। मैंने फिर कहा,

"वैसे तुम भी कुछ कम नहीं थी, तुममें इतनी एनर्जी आई कहाँ से?"

मैंने उस पल को याद किया और मुस्कुराया।

"क्या...! ज्यादा बनो मत!" वह धीरे से बोली।

मैं हँसा। धीरे-धीरे हम उस पल की बातें करने लगे। वह अपनी भावनाओं को एकदम सहज होकर बताने लगी। मैं भी उसमें खोने लगा।

"क्या गुटुरगूँ हो रही है?" संदीप ने पीछे से एकाएक टोका। हम हँसने लगे।

"संदीप है क्या?" मोबाइल से प्रिया की आवाज बाहर आई (मोबाइल मैंने कान से अलग कर लिया था)।

"हाँ, लो बात करो, शायद वह बात करना चाहता है।" मैंने मोबाइल संदीप को दिया। वे दोनों बात करने लगे। कुछ देर बाद हम अन्दर गए, लाइट ऑफ की और एक ही बिछावन पर सो गए। वह अब भी बात कर रहा था। मैंने

उसे बात कर लेने दिया। कुछ देर में उसकी आवाज मुझे कम सुनाई देने लगी। मैं अपनी दुनिया में जा रहा था; ख़यालों की दुनिया में...

आज के दिन ने हमें कितना करीब ला दिया। वह कितनी सहज थी और जोशीली भी। अभी भी वह कितनी सहजता से बात कर रही थी। वह कितनी अच्छी है... भगवान ने उसे मेरे लिए ही बना कर भेजा है।

मेरी आँखें भारी होने लगीं। शायद यह उसका बुलावा था, ताकि मैं उसे ख़यालों में देख सकूँ। उसे छू सकूँ, उसे जी सकूँ। वहाँ जाने से पहले बस मैं यही बोल पाया,

''ऐ... अब फोन रख दो, सवेरे तुम्हारी ट्रेन है।''

पच्चीस

''वह चला गया न?'' प्रिया उदास होकर बोली

'हम्म...'

''वह क्यों चला गया?''

संदीप को स्टेशन पर छोड़कर मैं रूम पर आ गया था और क्लास जाने की तैयारी कर रहा था। मैं खुद को जानबूझकर व्यस्त कर रहा था, ताकि मुझे संदीप की याद न आए... मगर प्रिया एक बच्चे की तरह सवाल पे सवाल किए जा रही थी। मैं उसे भटकाने की कोशिश कर रहा था, मगर ऐसा करने में मैं असमर्थ था। मैं रूम में घूम रहा था। कभी कुकर की सीटी की ओर ध्यान देता, तो कभी बेवजह अपनी किताबों को ठीक करने लगता।

''बोलो न!'' वह फिर बोली।

''उसे पढ़ाई करने जाना था प्रिया...''

''तुम उसे एक दिन और क्यों नहीं रोक लिये? कितने खुश थे तुम उसके साथ।'' मैं खामोश अपनी किताबों को ठीक करने में लगा रहा। मुझे हमारी दोस्ती के दिन याद आ रहे थे। कितने हसीन पल हमने साथ गुजारे। आखिर मैं खुद को रोक नहीं पाया और बोला,

''जब तुमने एक दिन उसके साथ कुछ पल बिताए, कुछ देर बातें कीं तो

तुम्हें ऐसा लग रहा है कि वह एक दिन और रुक जाता तो अच्छा होता; तो जरा महसूस करो कि वह मेरे बचपन का दोस्त है, हम हमेशा साथ रहते थे और वह मुझसे दूर चला गया तो मुझ पर क्या बीत रही होगी।''

खामोशी।

* * *

कुछ दिन बीत गए। मेरे और प्रिया की नोक-झोंक में अब एक नाम और जुड़ गया था- संदीप का। प्रिया के नखरे पहले से ज्यादा बढ़ गए थे, क्योंकि मैं और संदीप दोनों मिलकर उसके नखरे उठाने लगे थे। वह बात-बात पर गुस्सा होने लगी थीं, ताकि हम दोनों उसका मनोरंजन करें। उसे एक और आदत लग गई थी, वह थी मेरी शिकायत करने की। जब भी संदीप कॉन्फ्रेंस पर होता, प्रिया मेरी शिकायत लेकर बैठ जाती। इसका उद्देश्य यह था कि मैं अपनी होने वाली शिकायतों को कम करने की कोशिश करूँ।

साथ ही साथ उसने अपने टाइटल को खुद ही चेंज किया, जिसका एक कारण था। मैंने एक परीक्षा दी थी। यदि मैं पास हो जाता तो एक-दो महीने की ट्रेनिंग के बाद मुझे एक कंप्यूटर ट्रेनर के रूम में नियुक्त किया जाता और मुझे मासिक तनख्वाह भी मिलने लगती... मैं अपने पैरों पर खड़ा हो जाता। इसी वजह से प्रिया की एक नई ख्वाहिश जग गई थी और वह थी मुझसे शादी करने की मेरे घर आने की। इसी वजह से उसने खुद को एक टाइटल दिया- 'रणवीर की दुलहनियाँ' और मेरे टाइटल के आगे एक अपनापन जोड़ दिया था 'मेरा,' यानि 'मेरा रणवीर,' 'मेरा जानू'। कभी-कभी वह प्यार से एक गीत गुन-गुनाने लगती-'' मेरा रणवीर, मेरा जानू... बड़ा सोना कि दे दूँ सारा प्यार उसको...'' वह जब भी इसे गाती, मेरे चेहरे पर मुस्कान आ जाती। वह बहुत प्यारी बन गई थी और जहाँ प्यार होगा, वहाँ प्यारा सा अनबन तो होगा ही। हमारे बीच हुई एक छोटी सी अनबन-

''इसे समझा दो संदीप, कि दोबारा ये इस तरह नाराज न होए, वरना मैं मनाउँगी नहीं।'' प्रिया बोली।

संदीप, प्रिया और मैं-तीनों कॉन्फ्रेंस कॉल पर थे और प्रिया मुझे मेरी हरकतों से बाज आने को कह रही थी। दरअसल हुआ कुछ ऐसा था-

बहुत दिनों बाद मुझे स्पोकन क्लास बुलाया गया। मैं प्रिया को बताकर क्लास गया। जब मैं क्लास से वापस रूम जा रहा था, तो मैंने देखा कि प्रिया,

प्रियंका दी के साथ हँसती खिलखिलाती मार्केटिंग करके वापस लौट रही थी। उस वक्त मुझे उसे देखकर गुस्सा आ गया। मैंने उस वक्त यही सोचा कि वह मेरे कहीं जाने पर घूमती-फिरती है, आज पकड़ी गई। मैं अपने दोस्तों के बीच था। मेरी नजर उससे मिली। उसकी हँसी एकाएक रुक गई। उसने प्रियंका दी को आगे बढ़ने को कहा और मेरे पीछे भागी-भागी आयी।

"प्लीज मेरे जानू, कुछ गलत मत समझना, मैं सब बताती हूँ।"

मैंने उसकी बातों को अनदेखा किया और आगे बढ़ता रहा। मैं नहीं चाहता कि मेरे दोस्तों के बीच हमारा झगड़ा हो। मैंने बस यही कहा,

"फोन पर बात करते हैं।"

वह नहीं मानी और मेरे पीछे-पीछे आने लगी।

"प्लीज रूम जाओ।" मैंने फिर कहा। मेरे सभी दोस्त उसे ही देख रहे थे। वह फिर भी नहीं मानी, मेरे पीछे-पीछे पीर-बाबा चौक तक आ गयी। मुझे लगा कि अब सुन लेना चाहिए।

'बोलो।'

मेरे दोस्त मुझसे आगे बढ़ गए, तब प्रिया बोली,

"मुझे पता है कि तुम क्या सोच रहे होगे, मगर वैसा है नहीं; मेरा कहीं जाने का मन नहीं था, अचानक प्रियंका दी का मन हो गया और साथ में वो मुझे भी ले लीं, ऐसा नहीं है कि आने के बाद मैं तुम्हें नहीं बताती।"

मैंने कोई प्रतिक्रिया नहीं दी। बस उसकी बातों को सुना। वह बोलने में जरा भी नहीं अटकी... शायद वह सही बोल रही थी।

"तुम समझ रहे हो न मेरे जानू...?"

"ठीक है तुम जाओ, फिर फोन पर बात करते हैं।"

"तुम मुझे छोड़ने नहीं जाओगे?"

"मेरे दोस्त मेरा इन्तजार कर रहे हैं।" मैं अपनी नजर उससे हटाकर बोला।

"ठीक है मैं चली जाऊँगी।" वह उदास होकर बोली और वहाँ से चल दी।

रूम आकर उसने संदीप को कॉन्फ्रेंस में लिया और मुझे मेरी हरकतों से

बाज आने को कहा।

"तुमने सुना न रणवीर, वह मनाएगी नहीं।" संदीप बोला।

मैं चुप रहा। प्रिया फिर बोली,

"और पता है संदीप, मैं रोते-रोते रूम आई, लेकिन वह अपनी दुलहनियाँ को देखने नहीं आया।"

"क्यों रे! क्यों इस नाजुक सी फूल को रुलाता है?" संदीप ने फटकार लगायी।

"और उसने मुझे फोन भी नहीं किया।" वह प्यार से बोली।

"देखो तो किस तरह रुला दिया...बोलो प्रिया इसे क्या सजा दिया जाय?"

"छोड़ो न, जब मैं उसके घर जाऊँगी तो सारा हिसाब-किताब बराबर कर दूँगी।"

"उस सबमें अभी कम से कम पाँच साल है।" मैंने कहा।

"तब तक सूद बढ़ेगा, क्या संदीप!" प्रिया हँसते हुए बोली और संदीप भी हँसने लगा। मैं मुस्कुराया।

"चलो अभी सॉरी बोलो और प्रॉमिस करो कि फिर दोबारा इस तरह नहीं करोगे।" संदीप बोला।

मैं कुछ क्षण रुका और शांत होकर प्यार से बोला,

"सॉरी प्रिया, गलती मेरी ही थी; मुझे समझना चाहिए था, मगर दोबारा ऐसी गलती नहीं होगी।"

"चलो मैंने अपने जानू को माफ किया।" वह प्यार से बोली और फिर हम तीनों हँसने लगे।

* * *

मई महीना भी हमने बड़े प्यार से गुजारा। अब जून का महीना आ गया था। इसी महीने रिजल्ट निकलने वाला था। मैं उसे हमेशा बोलता कि इस परीक्षा में पास होना मेरे लिए कितना जरूरी है। मेरे परिवार की मुझसे कितनी उम्मीदें जुड़ी हैं। यदि मैं कमाने लगता हूँ तो हमारी काफी दिक़्क़तें कम हो जाएँगी। कैसे भी कर के पापा मुझे पढ़ा रहे हैं। आनंद भाई जो भी कमाते हैं वह

उन्हीं की खर्च में निकल जाता है; ऐसे में मैं कमाने लगता हूँ तो परिवार को काफी हेल्प मिलेगी और इसी पैसे से मैं भी कोई अच्छी नौकरी ले लूँगा। बातों बातों में कुछ ऐसी भी बातें सामने आ जातीं, जिससे हम दोनों की आँखें नम हो जातीं। हम एक दूसरे को सँभालते। हमें अच्छा लगता।

4 जून 2015

"हे...प्रिया! मेरा रिजल्ट आ गया, मैं पास हो गया..." मैं खुशी से झूमते हुए बोला।

"सच! देखा मैंने कहा था न कि मेरा जानू पास हो जाएगा।" वह मुझसे भी ज्यादा खुशी से बोली। उसके बगल से खुशबू दी और प्रियंका दी की चिल्लाने की आवाज आई,

"हमें पार्टी चाहिए..."

"नहीं, अभी तुम कोई पार्टी नहीं दोगे, ये मेरा ऑर्डर है।" प्रिया बोली।

"तब कब?" प्रियंका दी बोलीं।

"ट्रेनिंग पूरा होने के बाद।"

"उससे पूछो न कि ट्रेनिंग कितने दिन की है।" खुशबू दी बोलीं।

"दो महीने की; लास्ट अगस्त तक खत्म हो जाएगी।" प्रिया के पूछने से पहले ही मैंने जवाब दिया। मेरी बात उसने उन्हें बताई। उन्होंने फिर कहा,

"बस दो महीने, ये तो यूँ बीत जाएँगे, प्रिया तुम अपना मुँह छोटा मत करो।"

"मैं मुँह छोटा कहाँ कर रही हूँ, मैं तो दो साल, दस साल, बीस साल, जितना साल वेट करना होगा मैं करूँगी।"

"सच में न!" मैंने पूछा।

"ये भी कोई पूछने वाली बात है।"

"मुझे वहीं रहना होगा, कम-से-कम बात करनी होगी; तुम ये सब कर लोगी न, या मुझे भूल जाओगी?" मैंने मजाक में हँसते हुए पूछा।

"मार लगेगी तुमको..." बोलकर वह रुकी और फिर बोली,

"वैसे भी क्लास में छुट्टी होने वाली है; मैं कुछ दिन घर में रहूँगी, दो महीने तो बस में यूँ बीत जाएँगे।"

"हम्म...मैं तुम्हें मिस करूँगा।"

"मैं नहीं करूँगी क्या! अरे, एक बात पूछना ही भूल गई, तुम्हें कब जाना होगा?"

"चौदह तारीख को वहाँ चले जाना है, पन्द्रह से ट्रेनिंग शुरू है।"

कुछ दिन बाद

प्रिया घर चली गई थी। उसके घर गए तीन दिन हो गए थे और दो दिन से वह एक ही जिद पर अड़ी थी कि मैं उसके घर आऊँ, सबसे मिलूँ।

"मगर तुम्हें दिक्कत क्या है?" वह जिद मचाते हुए बोली।

"मैं क्या करूँगा वहाँ जाकर? अभी तो मैं इस काबिल भी नहीं हुआ हूँ कि तुम्हारा हाथ तुम्हारे घर वालों से माँग सकूँ।"

"वो मैं तुम्हारे पापा से माँग लूँगी, मगर पहले तुम मेरे घर आओ।" वह जिद्दी थी, फिर भी मजाकिया थी। मैं चुप था। वह फिर बोली,

"अरे अभी मेरे पापा भी नहीं हैं घर पर।"

"ये सब जरूरी है क्या?"

"हाँ, मैंने मम्मी से कह भी दिया है तुम्हारे बारे में... तुम्हारा काम मैंने आसान कर दिया है, प्लीज तुम आओ।"

"मगर मुझे अजीब लग रहा है।"

"अजीब-वजीब कुछ नहीं, एक बार तुम मेरे घर आओ और तुम कल ही आ रहे हो।"

"क्या! कल तो नहीं ही..."

"क्यों? क्यों नहीं? मैं अपने हाथों से तुम्हारे लिए डिश बनाकर रखूँगी।"

"फिर भी प्लीज, मैं कल नहीं जा पाऊँगा, मेरे सभी कपड़े भी गंदे हैं।"

"कहीं तुम बहाना तो नहीं कर रहे हो?" उसने शक करते हुए पूछा।

“नहीं...सच में।”

“तो परसों फाइनल रहा, तुम परसों आ रहे हो।”

“ठीक है, मैं परसों आ रहा हूँ, खुश!”

“बहुत खुश।” बोलकर वह फिर वह गीत गुन-गुनाने लगी,

“मेरा रणवीर, मेरा जानू...बड़ा सोना कि दे दूँ सारा प्यार उसको...”

12 जून, सुबह के 8.30 बजे।

उसकी एक जिद और भी- कि मैं सवेरे निकलूँ। मैं उसके घर जाने के लिए तैयार हो रहा था। मैंने सफेद शर्ट और हल्के ब्लू कलर की जींस पहनी। संयोग से मुझे एक बाइक भी मिल गई। अमित का दोस्त घर से उससे मिलने आया था। वह एक दिन तक रुकता, इसलिए अमित ने उसकी बाइक मुझे दे दी। सब कुछ ठीक था, मगर मेरा मन मुझसे बार-बार यही पूछ रहा था, “क्या तुम ठीक हो?”

जिसका उत्तर भी मैं निडरता के साथ नहीं दे पाता। मैं अकेला महसूस कर रहा था। कई तरह के खयाल मेरे दिमाग में आ-जा रहे थे-

मैं अकेला हूँ। मुझे तो यकीन नहीं हो रहा कि मैं अपनी प्रेमिका के घर जा रहा हूँ। क्या जमाना आ गया है; मैं वहाँ जाकर क्या करूँगा? कैसे बात करूँगा? पता नहीं। क्या मुझे प्रिया की बुराई करनी चाहिए या बढ़ा-चढ़ाकर उसकी तारीफ करनी चाहिए? भगवान का शुक्र है कि उसके पापा घर पर नहीं हैं। मुझे थोड़ी परिपक्वता दिखानी चाहिए, एक जिम्मेदार नेता की तरह। उफ्फ! नेता नहीं, एक जिम्मेदार आदमी की तरह।

मैं उसके घर के लिए निकला, मगर मेरे खयाल वहीं नहीं थमें... वे चलते रहे-

उसका घर कैसा होगा? मेरे घर जैसा या उससे कहीं गुना अच्छा? क्या उसके परिवार के अलावा और भी लोग वहाँ रहेंगे?

मुझे पता है उसके पास एक कार भी है और मैं इस खटारे पर सवार हूँ।

क्या मुझे यह खटारा उसके घर से पहले ही रोक देनी चाहिए?

उफ्फ! मैं यह सब क्या सोच रहा हूँ?

मैंने खुद को शांत किया और प्रिया को फोन कर के उसके घर का रास्ता समझता गया। इस सफ़र में एक अलग-सा ही अहसास था।

आखिरकार मैं उसके घर तक पहुँचा। उसके घर के सामने मैंने बाइक रोकी, जो रास्ते में पहले भी तीन बार बंद हो चुकी थी। उसका घर सड़क के किनारे था, इसलिए मुझे वह खटारा उसके घर के अन्दर ले जाना था। मैंने गहरी साँस ली और सामने सफेद रंग के घर को देखने लगा। मेरी नजर ग्रिल के बाद वाले गेट पर पड़ी। वह भागी-भागी मेरे पास आ रही थी... मेरी परी...उसने पिंक टी-शर्ट और व्हाइट जींस पहनी थी। उसका चेहरा खिला-खिला था। उसके बाल भीगे थे, शायद कुछ देर पहले ही उसने स्नान किया था। जब मैं उससे उसके घर का पता पूछ रहा था, शायद वह बाल सुखा रही थी।

वह ग्रिल के पास आई। उसने ग्रिल खोला और मुझे अन्दर आने का इशारा किया। बाइक स्टार्ट करने से पहले मैं बुदबुदाया, "प्लीज, एक बार में स्टार्ट होना।"

वैसा ही हुआ। बाइक एक बार में स्टार्ट हुई। मैंने बाइक आगे बढ़ाई और ग्रिल के पार होने के बाद रोक दी।

"इसे वहाँ गैरेज में लगा दो।" उसने ग्रिल लगाकर गैरेज की ओर इशारा किया। मेरा मन किया कि उसे वहीं छोड़ दूँ... कितना परेशान किया उसने मुझे। इससे अच्छा था कि मैं ऑटो से आ जाता, मगर जो हुआ सो हुआ। मैंने बाइक गैरेज में लगा दी। वह भी मेरे पास आई। मैं उसके घर को देख रहा था, कितना साफ-सुथरा था। उसके दरवाजे पर आम के पेड़ थे और झूले भी। ऐसा लग रहा था जैसे घर वस्तुओं के हिसाब से बनवाया गया हो। सभी चीजें उचित जगहों पर थीं।

"इसका मतलब है तुम काफी अमीर हो, नहीं!" मैंने बुदबुदा कर उसे कोहनी मारी।

"चुप रहो!" कहते हुए उसने आँखें दिखाईं और फिर मुस्कुराई भी। उसने इधर उधर देखा और मुझसे लिपट गई। मैं तो जैसे जम सा गया, मुझे इसका ज़रा भी खयाल नहीं आया था।

"मैं इसे कितना मिस कर रहा था पता है!" मैंने उसके कान में कहा।

“मैं भी...”

फिर उसने मुझे छोड़ा और इस तरह रिएक्ट किया जैसे कुछ हुआ ही न हो। मैं चाहता था कि यह देर तक चले। मुझे अपना ध्यान प्रिया से हटाकर घर की ओर केंद्रित करने में कुछ समय लगा। वह मुझे घर के भीतर ले गई। मैंने अपने सामने उसकी माँ को देखा। वह मुस्कुराई। मैंने भी मुस्कुराते हुए उनके पैर छुए।

“यहाँ बैठो बेटा।” उन्होंने सोफे की ओर इशारा करते हुए कहा। मैं बैठा।

“मैं अभी आई,” बोलते हुए प्रिया अपनी माँ के साथ किचन की ओर चली गई। मेरी नजरें किसी को ढूँढ़ रही थीं। प्रिया की छोटी बहन स्नेहा को। वह कहीं नजर नहीं आ रही थी। मैं खुद को उसके घर में सहज करने की कोशिश कर रहा था। मुझे कमरे का माहौल अच्छा लगा। कमरे के एक कोने में टीवी रखा था, जिसके स्टीकर भी नहीं उखड़े थे। टीवी से थोड़ी ही दूर पर टेबल लगा था, जिसके चारों ओर कुर्सियाँ लगी हुई थीं। दूसरे कोने में अलमीरा थी, जिसमें कुछ किताबें और बहुत सारे अलग-अलग तरह के सजावट के सामान रखे थे। मेरे दायें तरफ के कोने में अन्दर जाने का एक और दरवाजा था, वहीं से किचन और बाकी के कमरों में रास्ते जाते होंगे-प्रिया और उसकी माँ वहीं से गयी थीं।

कुछ देर बाद उस दरवाजे से कोई आया। एक सुंदर लड़की, जिसने ब्लैक जींस और व्हाइट कलर की टॉप पहन रखी थी। उसके हाथ में ट्रे था, जिसमें एक शीशे के ग्लास में साफ्टड्रिंक रखा था। मैंने उस लड़की को पहचानने में जरा भी गलती नहीं की। वह स्नेहा थी (प्रिया की छोटी बहन)। उसने ड्रिंक मेरे सामने वाले छोटे से टेबल पर रख दिया और खाँसी, जैसे वह मुझे चिढ़ा रही हो।

उस दरवाजे से फिर एक लड़की आई। उसे मैं नहीं जानता था। उसके हाथ में भी कुछ था, मगर वह मुझे देने के लिए नहीं थे। वह खुद ही खा रही थी। शायद वह काजू खा रही थी।

“मेरी दोस्त पूजा।” स्नेहा ने उसकी ओर इशारा करते हुए कहा।

“आपको कैसा लग रहा है यहाँ आकर?” पूजा एकाएक बोल उठी और मेरे बगल में आकर बैठ गई। मैं कुछ बोल नहीं पाया। असल में मुझे इस प्रश्न

का उत्तर अभी तक नहीं मिल पाया था।

'पूजा...' स्नेहा, पूजा को देख कर बुदबुदाई और मुझे देखकर मुस्कुराई।

"काजू..." पूजा ने अपने काजू से भरे हाथ मेरे आगे फैलाए।

मैंने जल्दबाजी में फैसला लिया, मुझे लेना चाहिए या नहीं? फिर मैंने उसके हाथ से एक काजू उठाया।

तो इस तरह से सब कुछ शुरू हुआ। सॉफ्ट ड्रिंक, काजू और नाश्ते का ढेर वगैरह-वगैरह। स्नेहा, उसकी सहेली पूजा और उसकी माँ इन सब के बीच घिरा मैं...बातचीत का सिलसिला शुरू हुआ। उसकी माँ के सवाल थे, "मेरे घर में सब कैसे हैं?" मेरे मन में बहुत कुछ दौड़ा, मगर मैंने खुद को शांत करते हुए बड़े विनम्रता के साथ एक ही लाइन में जवाब दिया, "सब ठीक हैं।" मैंने अपनी नजर स्नेहा की तरफ की और मन-ही-मन में पूछा, "तुम्हारी दीदी की इन्ट्री कब होगी?" पता नहीं उसने मेरे मन की बात कैसे जान ली। उसने भी मुझे आँखों से इशारा किया कि मैं थोड़ा और इन्तज़ार करूँ, फिर वह और उसकी सहेली मुस्कुराने लगीं।

पूजा ने एक प्लेट उठाया। मैंने सोचा कि वह खुद खाएगी, मगर उसने प्लेट मेरी ओर बढ़ाते हुए कहा,

"समोसे तो आपने खाए ही नहीं।"

"हाँ-हाँ बेटा समोसे लो।" उसकी माँ ने कहा। और यही सब चलता रहा-

"सेब ले लीजिए।"

"थैंक्स, थैंक्स।"

"और आप सॉफ्ट ड्रिंक लेंगे?"

"बस बस बस! बहुत हो गया..."

नाश्ते में ही मैंने इतना खा लिया कि पेट में जगह ही नहीं बची। मुझे डर था कि मैं प्रिया के हाथ का बना खा पाऊँगा भी या नहीं। करीब-करीब आधा घंटा हो गया था, मगर प्रिया का कोई अता-पता नहीं था। बीच-बीच में स्नेहा और पूजा एक दूसरे को देखकर मुस्कुरातीं।

"लो आ गई हीरोइन।" स्नेहा उठकर प्रिया की ओर जाते हुए बोली।

मेरी परी मेरी आँखों के सामने थी, एकदम शांत; जबकि स्नेहा उसके साथ मुस्कुराती हुई हमारे पास आई। मेरी परी में कुछ बदलाव दिखे। उसने अपने बाल बाँध लिए थे, होंठों में लिपस्टिक लगा था और कानों में चमकदार इयररिंग्स लटक रहे थे। वह मेरे ठीक सामने आकर बैठी। हम चुप थे। हमारे अन्दर अब एक हिचक थी, सबके सामने बात करने की। मैंने सोचा कि कमरे में बैठा हर शख्स कुछ घंटों के कहीं चला जाए, जिससे हम एक-दूसरे को देखते रह सकें।

बातों का सिलसिला फिर से शुरू हुआ। इस बार मैं खुद को सहज महसूस कर रहा था। प्रिया मेरे बारे में अपनी माँ को बताने लगी कि मेरी इंग्लीश स्पोकन कितनी अच्छी है, मैं किसी भी मुद्दे को कितनी सरलता, मगर बेहतरीन तरीके से लोगों के सामने रखता हूँ। यहाँ तक की उसने यह भी कहा कि मुझे संगीत से कितना लगाव है। बस मुझे इस बात का डर था कि वह मुझे गाने के लिए न बोल दे। उसने मेरी ओर देखा। वह समझ गई कि वह मेरी कुछ ज्यादा ही तारीफ कर रही थी। फिर उसने मेरी ट्रेनिंग के बारे में बताया, माँ खुश हुईं हमने काफी देर बातें कीं।

बारह बज चुके थे। हम डायनिंग टेबल की ओर बढ़े। कुर्सियाँ खीचीं और बैठ गए... सिवाय प्रिया के। उसका मन था कि खाना वही परोसे और फिर हम सब के बीच बैठकर खाए। अब तक मैं भी अपने पेट में खाने के लिए जगह बना चुका था, जिसके बारे में प्रिया ने कहा था कि वह मेरे लिए बनाएगी। वह मेरा पसंद जानती थी।

मेरे सामने स्नेहा और पूजा बैठी थीं। मेरे दाहिने बगल माँ और मेरे बाएँ बगल की कुर्सी खाली थी, शायद वहाँ प्रिया बैठती। वह टेबल पर डिशों को सजाने में लग गयी। मैं शांत उसे देख रहा था कि ये सब वह कितनी सरलता के साथ कर रही थी। चावल, पनीर, चटनी इन सब की मिलीजुली खुशबू वातावरण में फैल रही थी।

खाना बढ़ाने में सब एक-दूसरे की मदद कर रहे थे।

"रुको, मैं देती हूँ।" प्रिया ने मुझे रोका और मेरी थाली में खाना परोसने लगी। मैं उसकी ओर देख रहा था। सबकी थाली में खाना परोसने के बाद प्रिया भी बैठी, उसी कुर्सी, पर जो मेरे बगल में खाली थी। सब खाना खाने लगे। मैंने जैसे ही पहला निवाला लिया... मैं जानता था कि वे उत्सुक आँखें मुझसे

कुछ सुनना चाहती थीं। मैंने उसकी हसीन आँखों में देखा और उससे कहा, "तुम बहुत अच्छा खाना बनाती हो।" पता नहीं ये शक्ति मुझमें कहाँ से आई। उसकी माँ हमें देख रही थीं। वह मुस्कुराई।

पूजा ने पनीर का एक टुकड़ा तोड़कर मुँह में लिया और बोली,

"पता है, यह पनीर उस दुकानदार के पास लास्ट पैकेट ही बची थी, वो तो मैं..."

"पूजा...!" स्नेहा ने पूजा को कोहनी मारते हुए टोका और मुझे देख कर मुस्कुराई।

खाना खाने के बाद हम फिर उसी सोफे पर बैठे... सिवाय प्रिया के। वह किचन में काम करने लगी। इस बार हँसी-मजाक का दौर चला। मैंने कुछ चुटकुले सुनाए। हम लोगों के बीच माँ भी हँस रही थीं। मैं उनकी हँसी में अलग तरह की हँसी को महसूस कर रहा था। उनकी हँसी यह साफ बयां कर रही थी कि मैंने उन्हें प्रभावित किया। मैं उन्हें एक अच्छा लड़का लगा।

अगले ही कुछ पल बाद मुझे अपने मोबाइल पर प्रिया का मैसेज देख कर बहुत आश्चर्य हुआ। मैं सोच रहा था कि उसने ऐसा क्यों किया। मैंने मैसेज पढ़ा-

"मैं दो मिनट में फोन करूँगी; तुम बाहर जाओ, फोन रिसीव करने के लिए... किसी को पता नहीं चले कि मैं फोन कर रही हूँ।"

और उसने फोन किया। मैंने ऐसे नाटक किया जैसे मेरे किसी दोस्त का फोन आया हो और मैं उससे बात कर रहा हूँ। मैंने बरामदे के दूसरे कोने में जा कर उससे पूछा,

"तुम कहाँ से फोन कर रही हो?"

"चुपचाप मेरी बात ध्यान से सुनो," उसने कहा, समझाने की कोशिश करते हुए।

और अगले मिनट मैंने यह सब कहा :

'क्या?'

"तुम पागल हो क्या?"

"पूरा यकीन है?"

“तुम भी न अजीब हो, क्या यह सही समय है?”

“स्नेहा और पूजा हमारी मदद करेंगी।”

“तुमने मुझे पहले क्यों नहीं बताया?”

“तुम्हें पूरा यकीन है, वो दोनों कर पाएँगी?”

“ठीक है।”

मैं वापस अन्दर गया और सोफे पर बैठ गया। माहौल बिलकुल वैसा ही था, जैसा मैं छोड़कर गया था। किसी को शक नहीं हुआ। किसी को क्या, सिर्फ माँ को; क्योंकि स्नेहा और पूजा को हमारे प्लान के बारे में पहले से पता था। वे मेरी ओर देख रही थीं, आँखें चमकाकर। मैं प्लान को लेकर जोश में था, जिसके बारे में मैंने और प्रिया ने अभी-अभी बात की थी। मैं यही मना रहा था कि सब ठीक-ठाक से हो जाए।

स्नेहा अपने स्कूल की बातें करने लगी। उसे क्या पसंद है, क्या पसंद नहीं है, उसके दोस्त कौन-कौन से हैं; यहाँ तक उसने यह भी बताया कि जब उसके सोचे मुताबिक कुछ नहीं होता तो वह कितना गुस्सा हो जाती है, उसका खून खौलने लगता है। धीरे-धीरे मुझे बात समझ आई। दरअसल स्नेहा की बातें हमें अपने प्लान से जोड़ रही थीं। मैंने सोचा भी नहीं था कि वह इतनी तेज निकलेगी।

“हर चीज मैं पहले से ही सेट करके रखती हूँ... अब देखिए न, कल मेरे एक बेस्ट फ्रेंड का बर्थ डे है और मैंने अभी ही सोच लिया है कि मैं अपनी फेवरेट रेड कलर की ड्रेस पहनूँगी।” स्नेहा ने कहा।

“अच्छा, ये तो अच्छी बात है।” मैंने कहा।

“आप वह ड्रेस देखना चाहेंगे?”

“हाँ, क्यों नहीं।”

“चलिए न मैं आपको वह ड्रेस दिखती हूँ।”

“चलिए न आंटी आप भी।” पूजा ने कहा। हम उठे और भीतर जाने के लिए बढ़े।

“दरअसल हमारा घर कुछ अस्त-व्यस्त है, इसलिए हम आपको अन्दर नहीं ले जा रहे थे; मगर आप बार-बार तो नहीं आएँगे न।” स्नेहा दरवाजे की

ओर आगे बढ़ते हुए बोली। हम उसके पीछे आगे बढ़े।

''ये है हमारा किचन।'' स्नेहा किचन की ओर इशारा करते हुए बोली। मैंने किचन के अन्दर झाँका। किचन में प्रिया थी। वह बर्तन साफ कर रही थी। वह मुझे देखकर मुस्कुराई।

''चलिए, चलिए और आगे चलिए।'' स्नेहा आगे बढ़ी। मैं भी आगे बढ़ा। मेरे पीछे माँ और पूजा थीं।

''यह है मेरा और दीदी का कमरा।''

हम अन्दर गए। मेरी आँखें दाएँ से बाएँ की ओर घूमने लगीं। कमरे में रखी अलग-अलग चीजों को देखने लगीं। मेरी नजर बिछावन पर पड़ी, जहाँ वह सोती होगी; शायद यहीं से वह मुझसे फोन पर बात करती होगी। हेंगर में टँगे उसके कपड़े...

लेकिन मुझे अपने ख़यालों की दुनिया से निकलकर वह देखना था, जो प्लान का हिस्सा था। स्नेहा मुझे अलग-अलग खानों में, उसकी किताबें, उसके गिफ्टस दिखा रही थी और फिर उसने अपनी अलमारी खोली।

''अब मैं अपनी ड्रेस दिखाती हूँ।'' वह अपने कपड़ों के बीच उस ड्रेस को ढूँढ़ने लगी। ''यहीं तो रखी थी, कहाँ गई?'' वह बुदबुदाई।

''एक मिनट मैं वहाँ देखती हूँ'' वह भागी-भागी कमरे के दूसरे कोने गई, जहाँ और भी कपड़े थे। ''यहाँ भी नहीं है, कहाँ गई?'' वह उदास होते हुए बोली।

''दीदी...दीदी...मेरी रेड वाली ड्रेस देखी हो क्या?'' वह आवाज देते हुए किचन की ओर गई। किचन से दोनों बहनों की आवाजें आने लगीं... शायद वे दोनों लड़ रही थीं। मैं समझ रहा था कि वे क्या करना चाहती थीं।

''मम्मी...इससे पूछो इसने किससे पूछकर ऐसा किया।'' स्नेहा वापस आते हुए बोली। पीछे से प्रिया भी आई। स्नेहा की आँखों में आँसू थे। मैंने अनुमान लगा लिया कि वे जरूर ही पानी होंगे।

''क्या हुआ? तुम रो क्यों रही हो?'' उसकी माँ ने पूछा।

''ओह मम्मी! मैं इसकी ड्रेस लेकर गई थी और वह मेरे हॉस्टल में ही छूट गई है, इसलिए ये मुझसे झगड़ रही है।'' प्रिया बोली, तौलिये से हाथ पोंछते हुए।

“नहीं, नहीं...मुझे वह ड्रेस ला कर दो...” बोलते हुए स्नेहा बिछावन पर लेट गई।

“हाँ... वह ड्रेस इस पर अच्छी लगती है।” पूजा ने जानबूझकर उदासी भरे शब्द निकाले और स्नेहा के पास जाकर बैठ गई। मैंने भी अपना दिमाग लगाया। मैंने मोबाइल में दो मिनट बाद का अलार्म लगाया, ताकि मेरे मोबाइल की घंटी बजे।

“अह! अह...! मुझे वह ड्रेस लाकर दो,” स्नेहा रोते हुए बोली, मगर मैंने देखा कि वह मुस्कुरा रही थी।

“मैं कहाँ से लाकर दूँ... इसके लिए मुझे हॉस्टल जाना होगा।” प्रिया उस पर चिल्लाई।

“दीदी, ला दीजिए इसे, नहीं तो आप जानती ही हैं कि कितनी जिद्दी है यह, खाना-पीना सब छोड़ देगी।” पूजा बोली। मैं मन में उसे यही कह रहा था कि अब रहने भी दो, जरूरत से ज्यादा मत करो। जब तक कि माँ कुछ बोलतीं, मेरे मोबाइल की घंटी बजी। सभी को लगा कि मेरा फोन आया। सभी चुप हो गए। मैंने पॉकेट से मोबाइल निकाला और अलार्म ऑफ करके पीछे मुड़ा।

“हाँ, हैलो!”

“ओफ्फ! हेलमेट तो मैं भूल गया,” मैं धीरे से बोला, इतने भी धीरे नहीं कि वे मुझे सुन न सकें। उन्हें सुनाकर ही केवल मैं ही बोल रहा था :

“नहीं नहीं, चार से पाँच तो मेरी क्लास है।”

“मैं छह बजे यहाँ पहुँच जाऊँगा।”

“ठीक है, तुम चिन्ता मत करो-बाय।”

फोन रखकर मैं वापस उन लोगों के बीच शामिल हुआ। मैं जैसा चाहता था, उसकी माँ ने ठीक वैसा ही प्रश्न किया, “क्या हुआ बेटा?”

“कुछ नहीं, वो दरअसल मुझे बाइक अपने दोस्त को देनी थी; उसे सवेरे कहीं निकलना है, मगर मैं हेलमेट भूल गया, इसलिए मुझे लाकर देना होगा। मैंने उसे बोल दिया है कि क्लास करने बाद मैं लाकर दे दूँगा।” बोलकर मैं रुका, फिर मन में सोचा कि कहीं मैं ज्यादा तो नहीं बोल गया।

“आप तो उधर जा ही रहे हो न तो आप ही इसकी ड्रेस ला दो।” पूजा

बोली। एक पल के लिए मुझे लगा कि बने-बनाए पर पानी फिर गया, मगर प्रिया ने बात को सँभाला।

"नहीं, लड़कों का वहाँ जाना मना है और वह ड्रेस मैंने अपने बक्से में रख दिया है।" "तो तुम भी चली जाओ न उनके साथ, फिर उनके साथ वापस लौट आना।" बोलते हुए स्नेहा उठकर बैठी।

"हाँ, ये हो सकता है।" पूजा बोल पड़ी।

"तुम कोई दूसरी ड्रेस नहीं पहन सकती क्या?" उसकी माँ उस पर बिगड़ते हुए बोलीं।

"नहीं नहीं नहीं... मुझे लाकर दो।" स्नेहा अपने पैर बिछावन पर पटकते हुए बोली।

"ठीक है, प्रिया इसे ला कर दे दो, नहीं तो यह नहीं मानेगी।" उसकी माँ बोलकर बाहर निकल गईं। हम सब खुशी से झूम उठे। हमारा प्लान कामयाब हो गया।

इस ड्रामें में थोड़ा समय लगा। सवा एक बज गए थे। मैंने माँ के पैर छुए और जाने की सहमति ली। माँ बरामदे में खड़ी रहीं। मेरे और प्रिया के साथ स्नेहा और पूजा भी गैरेज तक आयीं। मैंने बाइक निकाली और स्टार्ट की।

"ज्यादा चिपककर मत बैठना।" स्नेहा मुस्कुराते हुए बोली।

"मुस्कुराओ मत! मम्मी देख रही हैं; जब तक मैं न आऊँ उदास रहो।" प्रिया बाइक पर चढ़ते हुए बोली।

'चलें?' मैंने पूछा।

'हम्म...'

"वैसे स्नेहा और पूजा थैंक यू... तुम दोनों कितनी अच्छी हो।" मैंने कहा। वे दोनों मुस्कुराईं। मैंने बाइक आगे बढ़ाई। प्रिया ने हाथ हिलाकर उन दोनों को बाय कहा-उन दोनों ने भी हाथ हिलाया।

"अब मेरी जान में जान आई।" उसने मुझे कसकर पकड़ते हुए कहा। उसकी छुअन मुझे अच्छी लगी।

"तुम दोनों बहन तो एक नम्बर की ड्रामेबाज हो।"

"हाँ, हूँ, वैसे... इन्हीं ड्रामें की वजह से हम साथ हैं... मुझे यकीन नहीं मेरी ख्वाहिश पूरी होने वाली है।"

"तुम्हें लगता है हमें टिकट मिलेगी?"

"मैं पहली बार मूवी देखने जा रही हूँ और मैंने सारा इन्तजाम कर लिया है।"

"वो कैसे?" मैंने बाइक की स्पीड घटाकर पूछा।

"प्रियंका दी और खुशबू दी मूवी देखने गयी हैं, मैंने उन्हें कह दिया है कि हमारे लिए भी टिकट कटा लें।"

"अच्छा तो इतना यकीन था ड्रामे पर।" मैंने हँसते हुए कहा।

"वैसे तुम्हारा भी ड्रामा कम नहीं था।"

हम दोनों हँसने लगे।

हम सिनेमा हॉल के अन्दर अपनी सीट पर बैठे थे। मैंने प्रियंका दी और खुशबू को हमारी इस मदद के लिए थैंक्स बोला। हमें काफी अच्छी सीट मिली थी। प्रिया कुछ ज्यादा ही बोल रही थी। पता नहीं यह उसकी घबराहट थी या जोश या प्लान में सफल होने की खुशी। उसकी हिम्मत और ड्रामे की मैंने बहुत तारीफ की।

फिल्म शुरू हुई। एक चमकदार रोशनी परदे पर पड़ी। मैंने वही रोशनी प्रिया की आँखों में भी देखी।

"थैंक यू मेरे जानू..." वह अत्यंत प्यारे स्वर में बोली। मैं मुस्कुराया। मुझे खुशी थी कि मैंने उसकी इच्छा पूरी कर दी। उसने मेरा हाथ पकड़ा और फिर हम फिल्म देखने लगे। यह मेरे जीवन का कमाल का अनुभव था, जिसे मैंने यादगार बनाने में कोई कसर नहीं छोड़ी।

शाम के लगभग पाँच बजे हम बाहर निकले। बाहर निकलते ही हमने खुद को मुसीबतों में घिरा पाया। पिछले कुछ घंटे भर में तेज बारिश हुई थी। चारों तरफ कीचड़ और पानी फैला था। बादल अब भी नहीं छटे थे, ऐसा लग रहा था कि वे फिर बरसेंगे। प्रियंका दी और खुशबू दी को रूम जाने की हड़बड़ी थी और मुझे प्रिया को घर छोड़ना था। उसका मुँह सूखा जा रहा था।

बारिश का कोई ठिकाना नहीं था कि वे कब बरस जाएँ।

मैंने खुशी-खुशी सबसे विदा लिया। वे अपने रूम के लिए निकल गयीं, मैं और प्रिया उसके घर के लिए।

हम जीरो माइल भी नहीं पहुँचे थे कि वह चीखी

"अब ये क्या मुसीबत है!"

मैं अपने होंठ में होंठ दबाए था। हमारे आगे बहुत सी गाड़ियाँ रुकी थीं, जो भयंकर जाम होने का संकेत था। एक बाइक वाला आकर हमारे पास रुका और बोला,

"उफ्फ...ये तो घंटों की जाम है।"

"क्या!" प्रिया मेरे कंधे पर हाथ रखकर फिर चीखी। वह बाइक वाला भी समझ गया कि उसे उस लड़की को डराना नहीं चाहिए। उसने अपने पैरों के बल बाइक थोड़ी आगे बढ़ा ली।

वहाँ जो कुछ भी दिखाई दे रहा था, सब गीला-गीला... कहीं कीचड़ तो कहीं पानी का जमाव, ऊपर से काला अँधेरा भी।

"लो, अब यही बच गया था।" किसी ने हमारे पीछे से कहा। बूँदा-बाँदी शुरू हो गई। मैंने बाइक के आईने में देखा कि वह किस तरह परेशान थी।

अचानक हमारे आगे वाली गाड़ियाँ बढ़ने लगीं। मैंने भी बाइक आगे बढ़ाई। सभी गाड़ियाँ धीरे-धीरे आगे बढ़ रही थीं। लगभग आधे घंटे बाद हम जीरोमाइल पहुँचे और फिर सभी गाड़ियाँ खड़ी हो गयीं। बारिश की बूँदें भी ज्यादा तेज होने लगी थीं। कई लोग अपनी दुकानें बंद करने लगे थे।

"तुम एक मिनट यहीं रुको।" बोलकर मैं बाइक से उतरा। वह वहीं बैठी रही। मैं एक दुकान की तरफ बढ़ा। अपने हाथ से मैं बार-बार माथे से पानी हटा रहा था।

मैं वापस उसके पास आया।

"चॉक्लेट! अभी क्यों लाए!" वह मेरे इस पागलपन को देखकर आश्चर्य से बोली।

मैं कुछ नहीं बोला, वापस बाइक पर बैठ गया। वह फिर बोली,

"तुम्हें खाना है तो खाओ, मैं नहीं खाऊँगी।"

“ये न तुम्हारे लिए है न मेरे लिए; ये तो मैंने स्नेहा और पूजा के लिए लिया है; आखिर उन्होंने कितनी मेहनत की...” मैं मुस्कुराते हुए बोला। मैंने आईने में देखा कि उसका मुँह आश्चर्य से खुला था। फिर उसने अपना दोनों हाथ मेरे कंधे पर रखा और अपना सिर मेरे पीठ पर टिका दिया।

सिनेमा हॉल में एक अच्छा वक्त बिताने के बाद हम बेचैनी और निराशा के दौर से गुजरेंगे, इसका अनुमान मुझे नहीं था। मेरे साथ एक लड़की थी, जिसने अपने घरवालों से झूठ बोला और मेरे साथ आने में कामयाब रही। उसकी माँ ने मुझ पर विश्वास किया था कि मैं प्रिया को सही-सलामत घर पहुँचा दूँगा। मगर इस परिस्थिति पर मेरी एक नहीं चली।

“मेरे मोबाइल की बैटरी खत्म हो गई है; शायद मम्मी फोन कर रही होंगी।” वह निराश स्वर में धीरे से बोली।

मैं उसके लिए कुछ नहीं कर पा रहा था। मैं सिर्फ आगे के दृश्य को देख रहा था और भगवान से मना रहा था कि ये सब जल्दी खत्म हो जाए। बड़ी-छोटी कारें अपना रास्ता बनाने में लगी थीं। सड़क पर कोई भी गाड़ी लाइन में नहीं थी। सब अपने-अपने ढंग से रास्ता बनाने में लगे थे, जिसके कारण कोई भी आगे नहीं बढ़ पा रहा था। क्या अफरा-तफरी थी।

मैं कुछ नहीं कर पा रहा था। मुझे गुस्सा आ रहा था।

“सब तुम्हारी वजह से हुआ... मैंने कहा था कि यह सही समय नहीं है।” मैं उस पर बिगड़ते हुए बोला। मुझे पता नहीं था कि उस पर इस बात का क्या प्रभाव पड़ेगा। उसने अपना सिर मेरी पीठ से हटाया। मैंने आईने में देखा कि वह रो रही थी। बारिश की पानी के बीच उसके गालों पर आँसुओं की धारायें बह रही थीं। वह रोते-रोते बोली,

“तो क्या मैं तुमसे मिले बिना ही तुम्हें जाने देती?” बोलकर वह रुकी। उसने आँसू पोंछे, जो रुकने का नाम नहीं ले रहे थे। वह फिर बोली,

“मैं चाहती थी कि जाने से पहले तुम्हारे साथ कुछ पल बिताऊँ, ताकि उन्हीं के सहारे मैं दो महीने काट सकूँ।” उसमें कितनी मासूमियत थी और मैं उस पर बिगड़ा। अब मुझे खुद पर गुस्सा आने लगा कि मैंने उसे रुलाया। मन ही मन मैंने खुद को एक चाँटा मारा। मैं उसे सॉरी भी नहीं बोल पाया... बस अपना सिर नीचे कर लिया।

उसने अपना बायाँ हाथ मेरे कंधे से हटाया और वहाँ अपनी ठुड्डी अटका दी।

पंद्रह मिनट गुजर गए थे, मगर हमारी बाइक एक इंच भी आगे नहीं बढ़ी थी। वह बेहद डरी हुई थी। माहौल अधिक तनाव से भर गया। ट्रैफिक जाम... घर से दूर-वह भी झूठ बोलकर। वह लड़की जिसने कुछ हसीन पल गुजारने चाहे थे, वह अब एक अलग तरह की परिस्थितियों में घिरी थी। मैंने उस लड़की से वादा किया था कि उसे हमेशा खुश रखूँगा, उसे भीगने दे रहा था और खुद को कोस रहा था। मेरे मन में कुछ खयाल भी उमड़ रहे थे-

आखिर यह ट्रैफिक खत्म हो जाएगी, मैं उसे उसके घर पहुँचा दूँगा और हमारा साथ यहीं खत्म हो जाएगा। मैं उससे दूर चला जाऊँगा। यह पल मुझे बार-बार याद आयेंगे। आखिर आज आखरी बार मैं उसे देखूँगा।

इस सब से मैं इमोशनल हो रहा था, रोमांटिक हो रहा था।

''हमारा प्यार कितना अनमोल है, हम इस वक्त भी साथ हैं।'' मेरे मुँह से यह शब्द खुद-ब-खुद निकले।

'हम्म...' वह मुस्कुराई।

''जिस तरह हम दोनों ने एक-दूसरे को देखा, जिस तरह हमारी समस्याएँ खुद दूर हो गईं और जिस तरह से हम अभी हैं, ऐसा लगता है एक दूसरे के लिए ही बने हों।'' मैं प्यारे अंदाज में बोला।

''अब मैं कुछ कहूँ?'' उसने धीरे से पूछा।

'हाँ।'

''मैं कबसे तुम्हें एक बात कहना चाहती हूँ, पता है क्या?''

'क्या?'

''तुमने उस बात से मेरा दिल जीत लिया... उसी दिन मैं जान गई कि हम कभी अलग नहीं हो सकते; भगवान भी चाहें तो भी, जब तुमने अपने रूम में मेरे कान में कहा- 'मैं ऐसा कुछ नहीं करूँगा जो तुम्हें पसंद न हो, क्योंकि मैं तुमसे, सिर्फ तुमसे प्यार करता हूँ।' मुझे अच्छा लगा कि उसने मेरी ही लाइनें मुझसे भी प्यारे अंदाज में प्रकट की। उसने दोनों हाथों से मेरी कमर को कस कर पकड़ा। अब मुझे ऐसा लगने लगा जैसे यह ट्रैफिक न ही टूटे तो बेहतर है। वह धीरे से फिर बोली-

“तुम तो मेरे फ्यूचर के राइटर हो-तो प्लीज कुछ सुनाओ न इस पल के बारे में... मैं तुमसे कुछ सुनना चाहती हूँ।”

“मगर क्या? मेरे पास तो अभी कहने को...”

“बस कुछ भी कहो। तुम कुछ भी बोलते हो तो दिल को सुकून मिलता है।” उसने मुझे रोकते हुए कहा, फिर अपनी आँखें मूँद लीं। उसके मासूम चेहरे को मैं बिगाड़ना नहीं चाहता था, इसलिए मैं सोचने लगा, जो इस वक्त के मुताबिक हो और कुछ रोमांटिक भी।

“ये ट्रैफिक न ही टूटे तो बेहतर है,

ये हल्की बारिश ना ही छूटे तो बेहतर है।

चुप रहूँ मैं भी, चुप रहो तुम भी...

चुप रहें हम दोनों, मगर बातें हों आँखों से तो ही बेहतर है।

क्या है प्यार? क्या है अहसास?

यह सब मैं नहीं जानता।

डूब जाने दें खुद को एक-दूसरे में तो ही बेहतर है...”

पता नहीं ये अल्फाज मेरे मस्तिष्क में कहाँ से आ गए। शायद ये प्यार का जादू था। मैंने बहुत ही रोमांटिक अंदाज में उसे यह सुनाया। उसकी पकड़ और सख्त हो गई।

“देखना एक दिन तुम अच्छे राइटर बन जाओगे।” उसकी आँखें अब भी बंद थीं।

“हाँ हाँ, बन गया राइटर।” मैंने मजाकिया अंदाज में कहा और बाइक स्टार्ट की। उसने अपनी आँखें खोलीं। उसके चेहरे पर मुस्कुराहट फैल गई। उसकी आँखें फिर से चमकने लगीं। मेरे उन अल्फाजों की ठीक उल्टा प्रतिक्रिया हुई। ट्रैफिक खुल गया... गाड़ियों के काफिले आगे बढ़ने लगे, मैंने बाइक आगे बढ़ाई।

अगले ही पल हमने ट्रैफिक से मुक्ति पा ली। मगर परेशानी वहीं नहीं टली थी। हमारी बाइक आगे बढ़ रही थी, मगर बड़ी मुश्किल से। सड़क पर कोई, लाइट नहीं थी और बाइक की लाइट काम नहीं कर रही थी। हमारे आगे केवल लहरें उठ रही थीं, उसके साथ पत्ते और प्लास्टिक भी। हम दोनों पूरी

तरह भीग चुके थे। वह काँप रही थी। मैं भी खुद को अन्दर से काँपता हुआ महसूस कर रहा था। हमारे कपड़े शरीर से चिपक गए थे। ऐसा नहीं था कि मुझे डर नहीं लग रहा था। उस वक्त मैं काफी डरा था, इस बात से कि कहीं कोई हमें रोक कर बद्तमीजी न करने लगे (इस बात से हर कोई डर सकता है, जब रास्ता सुनसान हो और पीछे की सीट पर एक खूबसूरत लड़की बैठी हो)।

इतनी मुसीबतें कम नहीं थीं कि एक और आगे आकर खड़ी हो गई। हमारे आगे सड़क पर एक गड्ढा बन गया था, जिसमें कीचड़ था और इससे निकल पाना कठिन लग रहा था।

"प्रिया, तुम उतरकर आगे बढ़ो, मैं बाइक निकालने की कोशिश करता हूँ।"

वह धीरे-धीरे आगे बढ़ी। उसका पैर कीचड़ में डूब गया, मगर वह उस गड्ढे से बाहर निकल गई। अब मेरी बारी थी। मैंने बाइक आगे बढ़ाई और वह कीचड़ में जा फँसी! उस सुनसान रास्ते में एक अलग तरह की शांति थी और सबसे तेज आवाज हो रही थी बाइक के एक्सिलरेटर की। जैसे-तैसे करके मैंने बाइक उस कीचड़ से निकाल ली।

अब जैसे ही वह बैठने वाली थी, वह चिल्लाई,

"मेरी सैंडल उसी में रह गयी!"

मुझे कीचड़ में फँसा देखकर वह इतने सदमें में थी कि वह भूल गई थी उसके एक पैर की सैंडल कीचड़ में फँसी रह गई थी। मैं बाइक पर से उतरा और उसके रोकने से पहले ही कीचड़ में जा घुसा। मैंने महसूस किया कि मेरे मौजे तक में कीचड़ जा चुका था, जूते तो कीचड़ से सन चुके थे। हद तो तब हुई, जब मैंने अपना हाथ उस कीचड़ में डाला और उसकी सैंडल निकाली (किसी ने यूँ ही नहीं कहा है कि प्यार में सब जायज है।)। वह लम्हा गजब का था, जब मैंने कीचड़ से सैंडल निकालकर उसे पहनाया।

7.15 बजे।

हम उसके घर के बिलकुल करीब थे।

"अरे। उस तरफ नहीं, इस तरफ चलो।" वह बोली।

"मगर..."

“तुम बस चलो, यह मेरे घर का पिछला रास्ता है।”

बारिश खत्म हो चुकी थी। हम पिछले गेट पर खड़े थे। प्रिया मेरे मोबाइल से स्नेहा से बात कर रही थी।

कुछ ही देर बाद पिछला गेट खुला और स्नेहा ने एक थैला प्रिया की ओर बढ़ाया, शायद उस थैले में वही रेड कलर की ड्रेस थी। मैं आश्चर्य में था कि इतना कुछ होने के बाद भी प्रिया, प्लान भूली नहीं थी।

“चलो, अब आगे के रास्ते से।” वह फुसफुसाकर बोली।

मैंने बाइक गैरेज में रोकी। हमने देखा कि माँ बरामदे पर खड़ी थीं। उन्होंने अपनी बेटी को देखा, चैन की साँस ली और माँ वाला गुस्सा दिखाते हुए घर के अंदर चली गईं। स्नेहा हमारे पास थी। वह हमें इस स्थिति में देख कर समझ गई थी कि हम कीचड़ में फँसे थे। उसने मोटर स्टार्ट किया और एक बच्चे की तरह पानी के फुहारे हमारे पैरों पर मारने लगी। मैं उसे देख कर मुस्कुराया और उसके हाथ से पाइप लेकर नीचे रख दिया। पानी नीचे बहने लगा।

“स्नेहा, तुमने जो हमारी मदद की, इसके लिए तुम्हें जितनी बार थैंक्स कहूँ कम है।” मैंने शांत होकर कहा। दोनों मुझे देख रही थीं। शायद यदि कोई और होता तो इस वक्त ऐसा नहीं कर पाता।

“ये लो, एक तुम्हारे लिए और एक पूजा के लिए।” मैंने वो बड़ी चॉकलेट जो मेरे पॉकेट में थी, उसे देते हुए कहा। वह मुस्कुराई।

हाथ-पैर के साथ मैंने बाइक भी धो डाली और फिर हम तीनों अंदर गए। मैं आगे था। मैंने देखा कि उसकी माँ सोफे पर बैठी हुई थीं। जैसा कि हर माँ महसूस करती, वह भी गुस्से में थीं। मैं नहीं चाहता था कि प्रिया को डाँट लगे, इसलिए बिना एक शब्द कहे मैं उनके सामने घुटनों के बल बैठ गया। मैंने उनकी आँखों में देखा और बहुत शालीनता के साथ कहा, “प्रिया की कोई गलती नहीं है; ये तो मेरी जिद थी वह बाइक पर आए वरना वह ऑटो से चली आती।” (मेरे मन में एक बात और चल रही थी कि मैं हेलमेट तो लाया ही नहीं, कहीं मैं पकड़ा न जाऊँ।) दरवाजे के पास खड़ी दोनों बहनें मुझे देख रही थीं। माँ ने मेरे कंधे को पकड़कर उठाया और स्वयं भी उठीं।

“प्रिया, जाओ कपड़े बदल लो।” उन्होंने प्रिया की ओर देखकर कहा।

प्रिया रूम के अन्दर जाने लगी, साथ में स्नेहा भी।

"तुम कहाँ चली... देख रही हो न तुम्हारे जिद का नतीजा; मिल गई न तुम्हें तुम्हारी ड्रेस-अब खुश हो!" उन्होंने स्नेहा को फटकार लगाई।

"इन्हें तौलिया दो और जाओ-जाकर चाय बनाओ।" उन्होंने फिर कहा। स्नेहा अन्दर चली गई। मेरे शरीर से पानी चू कर फर्श पर बह रहा था। मुझे इसका अफसोस था।

"बेटा, आज रात तुम यहीं रुक जाओ, हमारे पास..."

"नहीं आंटी।" मैंने उन्हें रोका और फिर बोला,

"मुझे निकलना होगा, यहीं पास में मेरे दोस्त के घर; वह मुझे कई बार फोन कर चुका है।"

उन्होंने फिर कुछ नहीं कहा। स्नेहा तौलिया लेकर आई। मैं अपना शरीर पोंछने लगा। माँ और बेटी रसोई की तरफ चली गईं। मुझे अफसोस था कि मैंने उनसे दोस्त का बहाना किया। दरअसल मैं उन पर बोझ नहीं बनना चाहता था।

मैं सोफे पर अकेला बैठा अपने ख़यालों में खोया था...

अभी मुझे अपने रूम पर होना चाहिए था, अपने सामान को पैक कर लेना चाहिए था। उसके बाद एक अच्छी नींद भी ले लेनी चाहिए थी, लेकिन मैं वहाँ नहीं हूँ। गीली जींस और गीली शर्ट में मैं अपनी गर्लफ्रेंड के घर चाय बनने का इन्तजार कर रहा हूँ। कहीं मेरी तबियत...

'चाय!' स्नेहा ने मेरे ख़यालों में दखल देते हुए कहा और चाय, टेबल पर रख दी।

कुछ देर बाद मैंने उन सबसे विदा लिया। प्रिया और स्नेहा मेरे साथ गैरेज तक आईं, जबकि उसकी माँ बरामदे पर ही रुकीं। प्रिया ने मुझे कई बार रोकने की कोशिश की, मगर इस बार वह असमर्थ रही। वह डरी हुई थी। उसे पता था कि रास्ता कितना कठिन था। वह तो शुक्र था कि बाइक की लाइट अपने-आप ठीक हो गई। मैं बाइक पर बैठा और उसे देखा। मैं उसे जी भर कर देख लेना चाहता था।

"हम फिर मिलेंगे।" मैंने उसकी आँखों में देखकर कहा।

"हम्म... मैं तुम्हारा इन्तजार करूँगी।"

मैंने बाइक बढ़ाई। मेरे पीछे वे दोनों मुझे हाथ हिलाकर बाय बोल रही थीं। मैं आईने में देख रहा था, जब तक कि हम एक-दूसरे की आँखों से ओझल न हो गए।

छब्बीस

उससे दूर - 14 जून, मिरचाइबाड़ी (कटिहार)।

कुछ औपचारिकताएँ निभाने के बाद, मुझे उस जगह से परिचित करवाया गया, जहाँ ट्रेनिंग दी जाने वाली थी। सड़क के किनारे, लंबी-चौड़ी चारदिवारी से घिरा ट्रेनिंग सेंटर, जिसके अन्दर सारी सुविधाएँ थीं। मेन गेट से लगभग पचास मीटर की दूरी पर हॉस्टल था, हॉस्टल से कुछ ही दूरी पर ट्रेनिंग हॉल एवं कछ औपचारिकताओं के लिए छोटे-छोटे कार्यालय और उसके-दायीं ओर मेस।

मुझे हॉस्टल के अन्दर ले जाया गया और मुझे मेरा रूम दिखाया गया। रूम में मेरे अलावा और भी चार लड़के थे। मुझे दरवाजे के सामने वाली सीट मिली। हॉस्टल के पीछे बाथरूम था, लगभग 20-30 मीटर की दूरी पर। बाथरूम जाने के रास्ते में घास उग गई थी। वहाँ एक नीम का पेड़ था, पेड़ के नीचे एक चापाकल, जो सूखा हुआ था, क्योंकि वहाँ हर जगह नल लगे हुए थे।

मैं सब कुछ छोड़कर एक नई जगह पर था... एक नई शुरूआत के लिए। यह दिन मेरे जीवन में एक बदलाव लेकर आया था। मैं एक उम्मीद के साथ यहाँ आया था। यहाँ आकर मैं काफी कुछ सोचने लगा था। मेरे घर वाले खुश थे कि मैं कुछ करने के योग्य हो गया था। मेरे यहाँ आने से पहले उन्होंने मुझसे बहुत सी बातें की, मेरी जिम्मेदारियों के बारे में। वे मुझे परिपक्व होता देख रहे थे। अब उन्हें एक उम्मीद दिख रही थी उन्नति की। जो पैसे वो मुझे भेजते थे, अब वे घर के कामों में आने वाले थे। वैसे भी उन्होंने जितना किया, वह मेरे लिए बहुत था; अब मेरी बारी थी।

ट्रेनिंग का पहला दिन - सुबह 10 बजे।

हम सब ट्रेनिंग हॉल में बैठे थे। सबके लिए एक छोटा सा केबिन बना हुआ था और सभी के आगे एक कंप्यूटर रखा था। सबसे आगे एक स्टेज बना हुआ था और दिवाल पर एक बोर्ड लगा था। सर आए और स्टेज पर चढ़े। उनके आगे माइक लगी हुई थी। उन्होंने बोलना शुरू किया, "आज ट्रेनिंग का पहला दिन है, इसलिए आप लोगों को कुछ जानकारियाँ दी जाएँगी और साथ ही नियम एवं शर्त का एक फार्म दिया जाएगा। मैं कुछ शर्तें पढ़ रहा हूँ, इसी फार्म में आपको हस्ताक्षर कर जमा कर देना है।" उन्होंने फार्म दिखाया। सभी ध्यान लगाए बैठे थे। उन्होंने फिर बोलना शुरू किया,

"सबसे पहले मैं यह बता दूँ कि ट्रेनिंग पीरियड में यानि 10-4 आप प्राइवेट फोन कॉल्स नहीं ले सकते हैं; घर एवं रिश्तेदारों से आपको सुबह 6-9 बजे एवं शाम 4-8 बजे के अन्दर ही किसी समय में बात कर लेना है और दूसरी बात, बिना किसी ठोस कारण के ट्रेनिंग बीच में ही छोड़कर जाने पर जुर्माना लगेगा... तीसरी बात, यहाँ सभी सलीके से तैयार होकर आयेंगे, यह नहीं कि बनियान पहनकर आ गए।"

सभी हँसने लगे। आज का माहौल ऐसा ही रहा, हँसी मजाक वाला। हमने नियम एवं शर्त का फार्म भरा और कार्यालय में जमा कर दिया। एक तरह से मुझे यह सब अच्छा लग रहा था... फार्म लेने के लिए लाइन में खड़े रहना; फिर फार्म जमा करने के लिए लाइन में लगना और अपनी पारी का इन्ताजार करना।

शाम 4.15 बजे।

मैं नीम के पेड़ के नीचे था। अपनी माँ से फोन पर बात कर रहा था। मुझे बात करने की सबसे अच्छा जगह यही लगी। उनसे कुछ देर बात करने के बाद मैंने प्रिया को फोन किया।

"हैलो मेरे जानू...पता है मैं तुम्हें कितना मिस कर रही थी और तुमने सुबह फोन क्यों नहीं किया...?"

"हाँ हाँ, मैं तुम्हें सब बता रहा हूँ।" मैंने उसे रोका, नहीं तो वह और बोलती।

“अच्छा पहले वहाँ के बारे में बताओ, वहाँ तुम्हें कोई दिक्कत तो नहीं हो रही है न?” वह उदास स्वर में बोली। आखिरकार उससे रहा नहीं गया।

“वहीं तो मैं बता रहा हूँ; मैं यहाँ ठीक-ठाक से सेटल हो गया हूँ और कुछ बातें हैं, जो तुम्हें जाननी जरूरी हैं।”

‘क्या?’ शायद उसने अनुमान लगाया कि उसके लिए अच्छी खबर नहीं होगी।

“मैं जिस रूम में रहता हूँ, उस रूम में चार और लड़के रहते हैं; यदि कभी मैं तुम्हारा फोन काट दूँ तो समझ जाना कि मैं बात नहीं कर सकता और हाँ, यहाँ सभी को फोन पर बात करने का समय दिया गया है सुबह 6-9 और शाम 4-8 बजे के बीच।” मैं जल्दी-जल्दी उसे यह सब बता रहा था। मैं अपनी ही धुन में था। अचानक मैंने सोचा कि कहीं वह निराश तो नहीं हो रही है। अपनी बातों को छोड़कर मैंने उसे प्यार से पुकारा,

‘ऐ...’

“हम्म...तब से अपना ही रूल बताए जा रहे हो, मेरा यहाँ क्या हाल हो रहा है पता है।” शायद वह रो रही थी। हाँ वह रो रही थी, मैं उसे महसूस कर रहा था।

“ऐ...तुम ऐसा करोगी तो कैसे चलेगा हाँ; ये मत सोचो कि मैं तुमसे दूर हूँ, बस ये सोचो कि मैं जल्दी ही तुम्हारे पास आने वाला हूँ।” मैंने उसे प्यार से समझाया। इस बार उसने कुछ नहीं कहा। मैं उसे महसूस कर रहा था, वह अब भी रो रही थी। मैंने फिर प्यार से कहा, “तुम्हें याद है तुमने ही एक बार कहा था कि हम हमेशा पास हैं... हमारा जिस्म अलग है, मगर हम दो जिस्म एक जान हैं।”

“तुम्हें अब तक याद है!” वह आँसू पोंछते हुए बोली।

“तुम्हारी एक भी बात नहीं भूला मैं।” मेरी आँखें भी नम हो गई थीं। मैंने तुरंत रूमाल से आँखें पोंछ ली।

“अच्छा ये छोड़ो, यह बताओ कि वहाँ लड़कियाँ भी हैं क्या?”

“हाँ हैं न,बहुत सारी और बहुत खूबसूरत।”

“क्या! नहीं तुम मजाक कर रहे हो।” वह फिर रोने लगी। इस बार शरारत से। मैं हँसने लगा। मेरी हँसी पर वह चिल्लाई,

“सही बोलो न; तुम मजाक कर रहे हो न!”

“और नहीं तो क्या? वैसे काफी फिक्र है मेरी, या फिर मुझ पर यकीन नहीं है?”

“ऐसी कोई बात नहीं है, मगर आजकल की लड़कियों का कोई भरोसा नहीं।”

“तुम तो ऐसे बोल रही हो जैसे तुम अकबर के जमाने की हो।”

“तुम नहीं सुधरोगे; हमेशा मेरा मजाक उड़ाते रहते हो।”

उसका मूड बदल चुका था। वह पहले की तरह हो गई थी। वह फिर प्यार से बोली, “अच्छा ये बताओ...”

‘क्या?’

“अपनी दुल्हनियाँ को मिस तो करते हो न?”

मैं फिर हँसने लगा, लेकिन वह नहीं हँसी और मुझे फटकार लगाई,

“इसमें हँसने की कौन सी बात है, क्या मैं यह भी नहीं पूछ सकती?”

“हाँ पूछ सकती हो, वो तो मैं बस ऐसे ही...” मैं अपनी हँसी रोकते हुए बोला।

“तो फिर बताओ!”

“मिस तो बहुत करता हूँ और खासकर उस कीचड़ वाली रात को (मैं बारिश वाली रात भी बोल सकता था, मगर उस दिन कीचड़ हम पर ज्यादा हावी था)।

“सच में मैं भी; वह दिन कितना अच्छा था न?” वह मुस्कुराते हुए बोली।

‘हम्म...’

“अच्छा अब लव के बारे में बताओ।”

“मैं कुछ समझा नहीं।”

“प्यार तो करते हो न मुझसे?”

“क्या! ये क्या पूछ रही हो...” मैंने मुस्कुराते हुए कहा।

“ओह! तुम नहीं समझोगे; पूछना पड़ता है, क्योंकि तुम्हारा जगह

बदला, आस-पास के लोग बदले, तुम्हारा काम बदला तो यह भी जानना जरूरी है न कि कहीं तुम्हारा पागल दिमाग तो नहीं बदल गया...'' वह हँसते हुए बोली। हम दोनों हँसने लगे। हाँ मुझे याद है, हम काफी देर तक हँसते रहे।

दूसरा दिन

सुबह साढ़े-चार बजे मेरे मोबाइल के रिंगटोन ने सबको जगा दिया। मैंने शर्मिंदगी के साथ फोन काटा। यह प्रिया का फोन था। शायद वह भागलपुर चली गई थी। मैं बाहर निकलकर पेड़ के पास गया और प्रिया को फोन किया।

''हैलो, गुड मॉर्निंग!'' वह आधी नींद में थी।

''समय देख रही हो!'' मैंने गुस्से में कहा।

मुझे बुरा लग रहा था, मेरी वजह से मेरे साथ रहने वालों की नींद हराम हुई। इस वक्त मुझे इस पेड़ के नीचे अजीब लग रहा था।

''मैं तुम्हें मिस कर रही थी।'' उसकी साँसों के साथ उसकी आवाज आई।

''समझने की कोशिश करो; मैं भी तुम्हें मिस करता हूँ, मगर मेरी कुछ मजबूरियाँ हैं जो तुम्हें भी समझनी हैं।'' मैंने उसे समझाते हुए कहा।

''हम्म... मैं समझती हूँ, मगर क्या करूँ, तुम्हारी आवाज सुनने को मन करता है।''

''मेरे साथ भी ऐसा होता है, मगर तुमने ही तो कहा था न कि मुझे अपने परिवार के लिए कुछ करना चाहिए, तभी वे हमारा साथ देंगे, इसलिए मुझे कुछ समय दो; कुछ कर लेने दो, फिर हम दोनों बहुत सी बातें करेंगे, ठीक!'' मैंने उससे बहुत ही प्यार से कहा, ताकि वह मेरी परिस्थितियों को समझ सके।

''हाँ... बहुत सी बातें करेंगे।'' वह एक बच्चे की तरह बोली।

शाम 4 बजे।

आज की ट्रेनिंग खत्म हुई। सभी बाहर जाने लगे। मैं रुका, वापस अपनी सीट पर जाकर बैठ गया। मैं कुछ करना चाहता था... एक मेल। रेडियो एक्टीव 90.4 एफ एम में मैंने एक मेल किया, अपनी परी के लिए-

हाय आर जे मेरी परी मुझसे खफा है; मैं उससे दूर हूँ और उसे टाइम नहीं दे पा रहा हूँ, मैं चाहता हूँ कि आप उसे अपने अंदाज में समझायें कि मैं उसे बहुत मिस करता हूँ और बहुत जल्द उसके पास वापस आ जाऊँगा, फिर हम बहुत सी बातें करेंगे... फिलहाल मेरी स्वीट सी परी के लिए कोई रोमांटिक सॉन्ग प्ले कर दीजिए।

मेल करके मैं वहाँ से निकला। अब तक सभी निकल चुके थे। मैं कल्पना कर रहा था कि आरजे उसे किस तरह समझा रहे होंगे। मुझे पता था कि वह रेडियो सुन रही होगी, क्योंकि इस वक्त मैं जब भी उससे बात करता था, रेडियो बजने की आवाज आती थी।

शायद मेरा किया सफल हुआ। उसने मुझे फोन किया।

"हैलो मेरे जानू..." वह काफी उत्साहित थी।

"तुमने सुना?"

"हाँ, मुझे अच्छा लगा! मैं तुम्हारी स्वीट सी परी हूँ...?" वह बड़े ही खूबसूरत अन्दाज में बोली।

"और नहीं तो क्या; एक तुम ही तो हो, जिसे मैं कोई भी टाइटल दे सकता हूँ मेरी स्वीट परी," मैंने उस शब्द को अपने स्वर में बोला-प्यार से।

"सो...स्वीट।"

"पता है, आज मुझे पता चला कि मुझे सिर्फ ट्रेनिंग हॉल में नहीं बैठना है, बल्कि रूम पर भी तैयारी करनी होगी; ज्यादा से ज्यादा मेहनत करनी होगी तभी मुझे प्लस प्वाइंट्स मिलेंगे।" मैंने अपने मन की बात कही।

'ओ...'

"वैसे तुम क्लास तो जा रही हो न?"

"हाँ, जा रही हूँ।"

"हम्म...अच्छा है; चलो अभी मैं फोन रखता हूँ, नाश्ता करके फिर करूँगा और सुनो, शायद न भी कर पाऊँ इसके लिए सॉरी।" मैंने उदास हो कर कहा।

"कोई बात नहीं, हम कल बात करेंगे।

पाँचवा दिन

पता नहीं क्यों मेरी कई कोशिशों के बाद भी वह समझने में असमर्थ थी और मैं समझाने में। उसका फोन अन्टाइम्ली आ ही जाता था। मुझे छुपते-छुपते उससे बात करनी पड़ती थी। ऐसा नहीं था कि मैं उससे बात करना नहीं चाहता था... मैं भी उससे बात करना चाहता था, मगर मैं अपनी परिस्थितियों से भी वाकिफ था। मैं अपना मोबाइल साइलेंट मोड में रखने लगा था। वह मुझे ट्रेनिंग पीरियड में भी फोन कर देती थी। मैं जब भी ट्रेनिंग करके बाहर निकलता, उसके कई मिस्डकॉल होते। जब मैं इसका कारण पूछता, तो वह कहती कि वह मुझे अहसास दिला रही थी कि वह मुझे कितना याद करती है।

ट्रेनिंग की तैयारी और ऊपर से प्रिया की इस हरकत से मैं तनाव में रहने लगा था। मैं एक बदलाव की खोज में था, मगर इस ओर मैं ज्यादा दिमाग नहीं लगा पा रहा था। सवेरे उठकर तैयार होना, खाना खाना, कुछ तैयारी करना फिर ट्रेनिंग हॉल पहुँचना, वहाँ से निकलकर कल की तैयारी में पूरी तरह व्यस्त हो जाता था। इस व्यस्त भरे समय में भी मैं प्रिया के लिए समय निकाल लेता था। उसे यह अहसास नहीं होने देता था कि मैं उसकी हरकतों से परेशान था और न ही कभी उसे ऐसे शब्द कहे, जिससे उसे बुरा लगे। मैंने सोच लिया था कि इस रविवार तक मैं कोई न कोई तरकीब निकाल लूँगा, जिससे हमारी समस्यायें खत्म हो जाएँगी।

सातवाँ दिन - रविवार।

काफी कुछ सोचने-विचारने के बाद मैं इस मुद्दे पर आया कि हमें एक रूटीन की जरूरत थी, जिसमें यह लिखा हो कि हमें कब बात करनी है और कब मैं व्यस्त हो सकता हूँ।

आखिरकार दोपहर तक मैंने ऐसी रूटीन तैयार कर ली और उत्साहित हो कर प्रिया को फोन किया (इस वक्त मैं अपने रूम में था, जबकि बाकी लड़के मार्केट गए थे)।

“हैलो, अब फ्री हो गए?” वह बोली। वह मुझे पहले भी फोन कर चुकी थी और मैंने कुछ समय माँगा था।

“हाँ हो गया, बस एक रूटीन बना रहा था।”

‘‘जब देखो, कुछ न कुछ करते रहते हो, अब मुझे उस रूटीन के बारे में कुछ बताने मत लगना।’’

‘प्रिया!’ बोलकर मैं रुका।

‘क्या?’

‘‘यह रूटीन हमारे लिए है।’’ मैंने धीरे से कहा।

‘‘रूटीन! हमारे लिए?’’

‘‘हाँ और इसमें लिखा है कि कब-कब हमें बात करनी है।’’

‘क्या!’ वह हँसी और फिर मजाक के ढंग से बोली,

‘‘मम्मी को बताऊँ क्या कि आपका बेटा कौन-कौन सी रूटीन बना रहा है?’’

‘‘प्रिया, मैं चाहता हूँ कि तुम इसे सीरियस में लो।’’ मैंने गंभीर होकर कहा। मैं चाहता था कि वह इसे समझे, न कि हँसी-मजाक में समय निकाल दे।

‘‘अच्छा ठीक है।’’ उसने अपनी हँसी रोकी।

‘‘चलो एक कॉपी और कलम निकालो, मैं रूटीन से पहले तुम्हें कुछ बता देता हूँ, मैं सवेरे उठता हूँ ...’’ मैं अपनी बात पूरी नहीं कर पाया। वह फिर हँसी और हँसते-हँसते बोली,

‘‘सवेरे तो मैं भी उठती हूँ...’’

‘प्रिया!’

‘‘अच्छा ठीक है; वैसे एक बात बोलूँ, मैंने ऐसी रूटीन के बारे में पहली बार सुना है।’’ बोलकर वह फिर हँसने लगी। मैंने अपने माथे पर हाथ रख दिया। मैं एक बार फिर असमर्थ होने की कगार पर था। मैं उसे शांत भी करना चाहता था और डाँटना भी नहीं चाहता था। मैंने मौन धारण कर लिया। अगले ही पल वह शांत हो गई।

‘‘पता है मेरी स्वीट परी, मेरी लाइफ कैसी हो गई है?’’ मैंने उदास स्वर में कहा।

‘‘क्या हुआ मेरे जानू को?’’ वह भी उदास स्वर में बोली। शायद मेरे नाटक का असर उस पर हुआ। दरअसल मैंने एक तरकीब ढूँढ़ी। मैं चाहता था कि बातों ही बातों में मैं उसे अपने रूटीन के बारे में बता दूँ। मैंने अपना नाटक

शुरू रखा,

"कुछ नहीं, बस थोड़ा सा व्यस्त हो गया हूँ; मुझे पाँच बजे सबेरे उठना होता है, फ्रेश होने के बाद यहाँ हल्का नाश्ता दिया जाता है; खाकर हम अपने वर्क पर लग जाते है, जो ट्रेनिंग के दौरान दिया जाता है।"

"वही खाए हुए शाम तक रह जाते हो?" वह चिंतित होते हुए बोली। मुझे राहत मिली कि वह मेरी बातों में आ रही थी।

"नहीं नहीं, दोपहर में ब्रेक होता है, उसी समय खाना खिलाया जाता है। खाना खिलाने का एक निश्चित समय होता है... यदि कोई समय पर नहीं खा पाया, तो बाद में उसे खाना नहीं मिलता।"

"ओ... लेकिन तुम समय पर खा लेना, चाहे मैं कितना ही फोन करूँ।"

इसी तरह मैं उसे सब कुछ बताता गया और अन्त तक पहुँचा,

"तो अब बात यह है कि मैं अपनी परी के लिए टाइम कब निकालूँ?"

"हाँ, इस बारे में कुछ करो, मैं बहुत परेशान हूँ।"

मैंने मन में सोचा कि यही तो मैं तुम्हें बताने की कोशिश कर रहा हूँ, मगर तुम लड़कियाँ समझो तब न।

"मैंने सोचा है इस बारे में... सवेरे फ्रोश होने से पहले मैं तुम्हें जगा दूँगा और फिर फ्रेश होने के बाद कुछ देर बात कर लूँगा और फिर नाश्ता करके ट्रेनिंग हॉल चला जाऊँगा, या जाने से पहले दो तीन मिनट तुमसे बात कर लूँगा।"

"हाँ, ये ठीक रहेगा।"

"ट्रेनिंग खत्म होने के बाद 4.15 बजे तो मैं फोन कर ही देता हूँ; बात करने के बाद मैं अपनी तैयारी में लग जाऊँगा।"

'हम्म...'

"मगर! मगर रात को 9 बजे रात का खाना खाकर मैं रूम के अन्दर नहीं जाऊँगा, बल्कि कुछ देर तुमसे बात करूँगा और रविवार को तो हम इसी तरह कभी भी बात कर सकते हैं, सिवाय खाना-खाने के समय को छोड़कर।"

वह मुस्कुराई। शायद वह खुश थी कि मैं उसके बारे में सोच रहा था। आखिरकार मैं सफल हुआ। सारी बातें बताकर मैंने उसे रूटीन भी लिखवा

दिया और उसने उसे दिवाल पर चिपका दिया।

यह दिन यहीं खत्म नहीं हुआ; हमने और भी बहुत सारी बातें कीं... उसके घर के बारे में, ट्रैफिक में फँसे उन हसीन लम्हों के बारे में और हमारे अंतिम मिलन के बारे में। यहाँ तक कि हमने यह भी कल्पना कर ली कि यदि मैं उस दिन उससे यह नहीं कहता कि मैं सिर्फ तुमसे प्यार करता हूँ तो क्या होता! क्या होता जब हम अपनी हद भूल जाते! क्या होता जब हम वह कर जाते, जिसकी गवाही हमारी आत्मा नहीं दे रही थी।

चौदहवाँ दिन - रविवार।

हमारी गाड़ी पटरी पर आ गई थी। सब कुछ ठीक हो गया था। मेरी बनाई रूटीन से हमें काफी मदद मिल रही थी। जब मैंने रूटीन बनाई थी तो बस एक ही चिंता थी कि यह काम करेगी या नहीं; मगर इसने तो कमाल कर दिया।

मेरे नीम के पेड़ के पास पहुँचते-पहुँचते वह फोन कर देती थी और ट्रेनिंग खत्म होने के बाद भी। रात को भी वह अपने मोबाइल को अपने पास रखती थी और मेरे फोन करते ही खुशी से झूम उठती थी।

जैसे-जैसे दिन बीत रहे थे, वह खुश हो रही थी। यह महीना खत्म होने को था और बार-बार वह मुझे याद दिलाती थी कि जब हम साथ होंगे, क्या-क्या करेंगे... क्या पकाएँगे? क्या खाएंगे? कभी-कभी तो वह अपनी कल्पनाओं में इतनी खो जाती कि बड़े मकानों, महँगी कारों और कभी ऐसी जीवनशैली की बात करने लगती जो कभी संभव ही न हो। उसकी कल्पनाओं से मुझे डर लगने लगता... लेकिन फिर, मैं इन सबको नकार देता और स्वयं को समझाता कि वह अपने भविष्य को लेकर सपने बुन रही है। मैं स्वयं से कहता कि इसमें डरने की कोई बात नहीं है, कम से कम वह मुझसे इतनी बड़ी-बड़ी उम्मीदें तो कर रही है, यानी वह मुझे इस काबिल समझती है।

जुलाई

मैं अपनी दुनिया में खुश था, या यूँ कहूँ कि व्यस्त था... गम में डूबने का समय ही नहीं मिलने लगा था। मैं अपने आस-पास के लोगों को देखता; वह

भी मेरी तरह व्यस्त थे, अपने काम के प्रति ईमानदार थे; सब अपने परिवार की खुशियों के लिए।

अपने काम में चाहे मैं कितना भी व्यस्त था, मगर अपनी परी के लिए टाइम निकाल ही लेता था। मैं उसके लिए प्यार भरी लाइनें भी लिखता था। मुझे पता था कि मैं शायर नहीं, मगर मुझे ऐसा करने में अच्छा लगता था। जो भी मैं उसके लिए फील करता, एक पन्ने में लिखकर उसे सँभालकर रख देता। मैं चाहता था कि जब हम दोबारा मिलें, मैं उसे यह सौंप दूँ। इसे पढ़कर वह मुस्कुराए, खिलखिलाए, उसकी आँखें भी नम हो जाएँ, हमारा प्यार और भी गहरा हो जाए।

मेरे अचानक मुस्कुरा देने से, बार-बार मोबाइल लेकर बाथरूम की ओर जाने से मेरे साथ रहने वालों को पता चल गया था कि मेरी कोई प्रेमिका है, जिससे मैं बेहद प्यार करता हूँ, जिसके लिए मैं जीता हूँ... मगर उनका कहना था कि कुछ दिन मुझे उसकी यादों के सहारे ही काम चलाना चाहिए। एक बार यह ट्रेनिंग पूरी हो गई, फिर हर लम्हा उसके साथ बीतेगा। मैं उनकी बातों से वाकिफ था, उनकी बातों में सच्चाई थी।

दिन बीत रहे थे। ट्रेनिंग का भार बढ़ता ही जा रहा था। हर दिन परेशानी से भरा था, मगर इन सबसे मैं महसूस कर रहा था कि मैं परिपक्व होने लगा था। ट्रेनिंग भी एक नौकरी की तरह लग रही थी। स्पीच सुनना, प्रोजेक्ट तैयार करना-उसे समझाना और कार्यालयों के चक्कर लगाना और अन्य लोगों को भी भाग-दौड़ करते देखना... इन सबसे मुझे नया अनुभव प्राप्त हो रहा था।

चौबीसवाँ दिन - 8 जुलाई, बुद्धवार।

इन दिनों काम का भार कुछ ज्यादा था और दो दिनों से मैं रूटीन के अनुसार प्रिया से बात नहीं कर पा रहा था। शाम के 4.30 बजे थे। मैं नीम के पेड़ के नीचे न होकर छत के नीचे था... अपने बिछावन पर बैठा कुछ कागजाती काम कर रहा था। यह बात उसे पसंद नहीं थी। वह चाहती थी कि मैं उससे बात करूँ। वह बार-बार मेरे मोबाइल पर फोन कर रही थी। मेरा मोबाइल साइलेंट था। काम के दौरान मेरी नजर मोबाइल पर पड़ती, स्क्रीन पर प्रिया का नाम चमक रहा होता। मैं काम भी कर रहा था और फिर से किसी

बदलाव की उम्मीद कर रहा था। मैंने अपनी आँखें उम्मीद के साथ बंद कीं। मेरे सामने अँधेरा था और बहुत सारी ध्वनियाँ गूँज रही थीं-

क्या करूँ... क्या करूँ...

करना क्या है! शायद तुम कुछ भूल रहे हो?

मगर क्या?

जब तुम किसी मुसीबत में रहते हो तो किसे याद करते हो?

भगवान को।

उसके बाद?

हाँ, उसे मैं कैसे भूल सकता हूँ।

एक वही तो है जो मुझे समझता है, जो हर रिश्ते से ऊपर है, सबसे अलग सबसे खास, मेरा जिगरी दोस्त संदीप।

मेरी आँखें खुलीं। मैं खुद को चिन्तामुक्त महसूस कर रहा था। ऐसा लग रहा था जैसे किसी ने माइन्ड का रिफ्रेश बटन दबा दिया हो। मैं मोबाइल लेकर बाहर निकला। प्रिया का फोन अब भी आ रहा था। मैं पेड़ के नीचे पहुँचा। फोन आना बंद हो गया। मैंने पहले संदीप को फोन करना सही समझा। मैंने उसे फोन किया... उसे सारी बातें बताईं... रूटीन के बारे में, प्रिया की हरकतों के बारे में और साथ ही अपनी जिम्मेदारियों के बारे में। मैं चाहता था कि वह मेरी मदद करे। मैंने फैसला उस पर छोड़ दिया।

"ओह हो... इसलिए तो मैं कहूँ।" वह बोलकर रूका।

'क्या?'

"कुछ दिनों पहले मैंने उसे फोन किया था। उसने कुछ देर बात की, फिर बोलने लगी कि उसे तुम्हारी याद आ रही है, उसे तुमसे बात करनी है फिर उसने फोन काट दिया।"

"हाँ आजकल ऐसा ही बर्ताव करती है; पता नहीं क्यों वह डरी-डरी सी रहती है और हर दिन कुछ न कुछ बुरा सपना देख लेती है... कुछ करो यार..." मैंने उदास स्वर में कहा।

"ठीक है यार... तुम उदास मत हो, अपनी ट्रेनिंग पर ध्यान दो, मैं कुछ न कुछ करता हूँ।"

“उसका फोन आ रहा है, मैं कॉन्फ्रेंस करता हूँ।” बोलकर मैंने प्रिया का कॉल रिसीव किया।

“मैं फोन करती हूँ तो टाइम नहीं मिलता है और अभी किससे बात कर रहे थे?” वह गुस्से में बोली। मैंने बिना एक शब्द कहे कॉन्फ्रेंस एक्टीव कर दिया।

“हैलो... प्रणाम!” संदीप मजाकिया अंदाज में बोला।

“खुश रहो...” वह ऐसे बोली, जैसे उसका गुस्सा समाप्त हो गया हो। उसने संदीप की आवाज पहचान ली। संदीप हँसा, साथ में मैं मुस्कुराया।

“और बताओ क्या हाल है? तुम तो मुझे समय ही नहीं देती।” संदीप ने कहा।

“मेरा रणवीर मुझे समय देता है क्या? जरा पूछो उससे?”

“यह सब वह तुम्हारे लिए ही तो कर रहा है... देखो उसे तुम्हारी कितनी फिक्र है। वह नौकरी लेने वाला है, पता है क्यों? क्योंकि वह तुम्हें अपने घर लाना चाहता है-बहू बनाकर।” उसने जल्दी में बोल डाला।

“अरे पागल! बहू बना कर नहीं, दुलहनियाँ बनाकर।” वह शरमाते हुए बोली।

“हाँ हाँ, वही; जब तुम सब जानती हो तो समझती क्यों नहीं हो?”

“समझती हूँ... मगर उसके बिना मन नहीं लगता... उसे बोलो कि दो दिन के अन्दर मेरे पास आए।” वह एक बच्चे की तरह बोली।

“लेकिन क्यों?” मैंने कहा।

“क्योंकि मैं तुम्हें गले से लगाना चाहती हूँ।” वह एकाएक बोल उठी, शायद उसके दिमाग से निकल गया था कि संदीप भी लाइन पर था।

“संदीप... तुमने कुछ सुना तो नहीं?” वह शरमाते हुए फिर बोली। संदीप और मैं हँसने लगे। हमारे हँसने से वह और ज्यादा शरमा गई।

“अच्छा अच्छा, शरमाओ मत! बस इसी तरह तुम दोनों खुश रहो और हँसी-मजाक करते रहो।” संदीप हँसते हुए बोला।

हम काफी देर तक बात करते रहे। मैं पेड़ के नीचे बैठ गया, क्योंकि आज मुझे अपनी बहुत सारी शिकायतें सुननी थीं। मैंने उसे दिल खोलकर बोल

लेने दिया। बीच-बीच में मैं और प्रिया झगड़ने भी लगते, फिर संदीप हमें शांत करता। वह बोलता कि वह मेरे वापस आने पर मेरी खबर लेगा और प्रिया की सारी ख्वाहिशें पूरी करवाएगा। मुझे अपने दोस्त पर पूरा यकीन था कि वह इन्हीं सब बातों से प्रिया को बहलाए रखेगा और मैं ट्रेनिंग पूरी होने के बाद फिर से उसके पास चला जाऊँगा।

अट्ठाइसवाँ दिन - रविवार, सुबह 10 बजे।

मैं मार्केट के लिए निकला था। साथ ही प्रिया से बात भी हो रही थी और संदीप भी लाइन पर था (पिछले कुछ दिनों से संदीप मेरी काफी मदद कर रहा था वह प्रिया को बहलाए रखता था। उसने प्रिया से कह दिया था कि जब भी उसे मन न लगे वह उसे फोन कर सकती है)।

"संदीप इससे पूछो कि दो दिन के अन्दर वह क्यों नहीं आया?" प्रिया बड़े प्यार से बोली।

"मैं गया था और तुम्हें गले से भी लगाया, क्या तुम्हें पता नहीं चला," मैंने कहा।

"मैं सब समझती हूँ, तुम दोनों अपनी प्यारी-प्यारी बातों से मुझे बहला रहे हो।" उसकी आवाज में मासूमियत थी।

"नहीं प्रिया... और पता है प्रिया, जब वह लौटकर तुम्हारे पास आएगा, तो तुम्हारे लिए एक बड़ा सा टैडिबीयर लाएगा।" संदीप बोला।

"नहीं, मुझे कुछ नहीं चाहिए, मुझे मेरा रणवीर चाहिए।" वह ऐसे बोली, जैसे रोने वाली हो।

"मैं तो हमेशा से तुम्हारे पास हूँ।"

"एक बात पूछूँ। सही-सही बताओगे?" उसने इमोशनल होते हुए कहा।

"हाँ, पूछो," मैंने कहा-बड़ी ही ईमानदारी से।

"ट्रेनिंग खत्म होने के बाद तुम्हें कहाँ नौकरी मिलेगी?"

उसके इस प्रश्न पर मैं मुस्कुराया। मुझे यह अहसास हुआ कि उसे डर था कि कहीं मैं यहीं नौकरी न करने लग जाऊँ।

"हे... कहीं तुम यह तो नहीं सोच रही हो न कि मैं यहीं रह जाऊँगा?"

"पता नहीं क्यों मुझे तो ऐसा ही लगने लगा है।"

"ऐसा नहीं है; मैंने फॉर्म भरने वक्त ही ये सारी बातें क्लीयर कर दी है कि मुझे जॉब भागलपुर में मिले, इसलिए इस बात से बिलकुल भी नहीं घबराना।"

उसे थोड़ी राहत मिली। मैं मार्केट पहुँच चुका था। हम तीनों ने कुछ देर बात की; फिर संदीप ने फोन रखा। मैं और प्रिया लाइन पर ही रहे। वह मुझसे पूछती रहती कि मैं किस जगह पर हूँ और क्या खरीद रहा हूँ? इसके अलावा वह मुझे कुछ सुझाव देती, जो एक बच्चे को दी जाती है-मैं बायीं तरफ से चलूँ, आगे-पीछे देखकर रोड क्रॉस करूँ, मुझे क्या खरीदना चाहिए और क्या नहीं? मैं थक गया होऊँगा, मुझे जूस पी लेना चाहिए। उसकी कई बातों को मैं नजरअंदाज भी कर देता।

मैं एक कपड़े की दुकान में था। प्रिया फोन रख चुकी थी। मैं खुद के लिए अन्डर गार्मेंटस खरीद रहा था। जब मैं बाहर निकला तो मेरी नजर एक दुकान पर पड़ी। पता नहीं क्यों मैं उस दुकान की ओर आकर्षित हुआ। ऐसा मेरे साथ पहले कभी नहीं हुआ था। वह दुकान थी एक श्रृंगार की। मैं उस दुकान के अन्दर गया।

"क्या चाहिए आपको?" उस दुकान में खड़ी एक खूबसूरत लड़की ने कहा, जबकि एक महिला, जो उसकी माँ हो सकती थी वह कुर्सी पर बैठी अखबार पढ़ रही थी। मैं सवाल का जवाब सोच रहा था कि मुझे क्या चाहिए? मैं चुप था... अपनी नजरें इधर-उधर दौड़ा रहा था। सेल्स गर्ल ने मुझे सोचने का समय दिया और फिर बोली,

"आप किसी को गिफ्ट देना चाहते हैं क्या?"

"हाँ, ऐसी ही कोई चीज दिखाइए।"

उसने मुझे कई तरह की चीजें दिखाई अँगूठी माला, ब्रेसलेट और बहुत कुछ, जिसका मैं नाम भी नहीं जानता था। इन सब चीजों में मैंने ब्रेसलेट चुनी। सेल्सगर्ल ने ब्रेसलेट की बॉक्स खोली और तरह-तरह की ब्रेसलेट दिखाने लगी। मैं जिस भी ब्रेसलेट को हाथ में लेता, वह उसकी तारीफ करने लग जाती। मैं जानबूझकर फिर दूसरी ब्रेसलेट हाथ में ले लेता और फिर वह उसकी

तारीफ करने लग जाती। मगर मैंने खुद की सुनी और एक ब्रेसलेट पसंद की, जिसपर चमकीले मोतियों से सजावट की गई थी। यह प्रिया पर अच्छी लगती।

मैं वापस हॉस्टल आया। प्रिया को नहीं बताया कि मैंने उसके लिए कुछ खरीदा है। उस ब्रेसलेट को मैंने सँभाकर अपने बैग में रख दिया।

ट्रेनिंग के एक महीने पूरे हुए

यह एक महीने जैसे भी बीते, मगर बीत गए इसकी मुझे बेहद खुशी थी। प्रिया दिन गिन रही थी मेरे वापस लौटने का। उसने यह एक महीने कैसे काटे, यह मैं समझ सकता था। भागलपुर में हम रोज एक दूसरे को देखते थे, देखकर मुस्कुराते थे, कभी-कभी गोलगप्पे भी खाते थे और देर रात तक बातें करते थे। मगर अब हम उस दुनिया से अलग थे, लेकिन एक आशा थी कि हमारे जीवन में वे पल फिर से आयेंगे।

शाम 4.30 बजे।

हर रोज की तरह मैं अपने स्थान पर था (पेड़ के नीचे) और प्रिया से बात कर रहा था। वह उदास थी या यूँ कहूँ कि अब उसे रहा नहीं जा रहा था मुझे बिना देखे। वह चाहती थी कि मैं उसके पास जाऊँ, उससे बातें करूँ और उसे अपनी बाँहों में भर लूँ।

"तुम नहीं आओगे तो मैं ही चली जाऊँगी," वह एक बच्चे की तरह बोली।

"मैं तो रोज तुम्हारे पास आता हूँ...।" मैं प्यार से बोला।

"कहाँ आते हो? नहीं आते हो... इस रविवार को आ जाओ न, फिर तुम उसी दिन चले जाना।"

'प्रिया...'

"तुम बस स्टैंड उतरना, मैं वही रहूँगी, तुम्हें गले से लगाऊँगी, हम कुछ देर बातें करेंगे और फिर तुम चले जाना..."

उसके इस बचपने पर मैं कुछ नहीं बोल पाया। कितनी मासूमियत थी उसमें। एक तरह से मैं काफी खुशकिस्मत था, जो मुझे इतना प्यार करने वाली

मिली थी। मैं उसका दिल तोड़ना नहीं चाहता था, मगर मुझे कहना पड़ा,

"नहीं प्रिया, मैं नहीं आ सकता।"

कितनी कठिनाई हुई होगी उसे खुद को सँभालने में जब उसने यह बात सुनी होगी। उसकी हर बात में उम्मीद थी, मगर मैंने उसकी उम्मीद को तोड़ दिया। आखिर किया भी क्या जा सकता था? एक तरफ उसकी जिद थी तो दूसरी तरफ मेरा परिवार; हमारी खुशियाँ और हमारा भविष्य।

19 जुलाई - रविवार, दोपहर 2 बजे।

वह मेरी बाँहों में थी, मगर महज मेरी कल्पना में (सभी लड़के मार्केट गए थे, शायद काई फिल्म देखने)। मैं बिछावन पर लेटा प्रिया से बात कर रहा था। उसकी जिद को तो मैं पूरा नहीं कर पाया, मगर उसे मैं अपने साथ कल्पनाओं की दुनिया में ले आया था। इससे वह थोड़ी-बहुत संतुष्ट थी।

"तुम्हें डर नहीं लग रहा है? यूँ मेरे होस्टल के सामने मुझे अपनी बांहों में घेरे रहने से..." उसने धीरे से कहा।

"तुम्हें लग रहा है क्या?" मैंने भी धीरे से कहा।

"जब मैं यहाँ रहती हूँ, तो मुझे डर नहीं लगता।"

"कहाँ? होस्टल के आगे?" मैंने जानबूझकर कहा।

"नहीं! तुम्हारी बाहों में।" वह चीखी और फिर प्यार से बोली।

मैं मुस्कुराया। मेरे शरीर में उत्तेजना बढ़ रही थी। मैं उसे सच में बाँहों में भरना चाहता था, उसकी जुल्फों से खेलना चाहता था, उसकी आँखों में आँखें डालकर कहना चाहता था कि मैं उससे कितना प्यार करता हूँ। मेरे मन में हो रहा था कि मैंने जो उसके लिए अल्फाज लिखे हैं, वह उसे सुनाऊँ; मगर मैंने खुद को रोका। मैं चाहता था कि मैं वह पन्ने उसे तब दूँ, जब हमारा मिलन हो।

"मेरे जानू..." उसकी आवाज के साथ उसकी साँसों की फरफराहट को मैंने महसूस किया।

'हम्म...' मेरी आँखें बंद थीं; शायद उसकी भी।

"मुझे कहीं दूर ले चलो, जहाँ हम दोनों के अलावा और कोई नहीं हो।"

मैं चुप रहा, उसने भी मुझे नहीं टोका। मैंने आँखें बंद रखी और एक

जगह की कल्पना करते हुए बोला,

"पता है हम अभी कहाँ हैं?"

'कहाँ?'

"एक नई दुनिया में, जहाँ हमारे सिवाय और कोई नहीं है; क्या तुम बहुत सी फूलों की खुशबू महसूस कर रही हो?"

"हम्म... कर रही हूँ।"

"हमारे चारों ओर रंग-बिरंगे फूल लगे हैं और उनकी खुशबू हमें मोहित कर रही है। तुम नीचे घास पर बैठी हो और मेरा सिर तुम्हारे गोद में है... वहाँ जरा भी गर्मी नहीं है, ताजी ठंडी हवा चल रही है।"

"और मैं तुम्हारे बालों को सहला रही हूँ।" उसकी आवाज भारी होने लगी थी... शायद उसे नींद आने लगी थी। मैं उसे कल्पनाओं की दुनिया में लाने में सफल हो गया था। वह शांत थी, उस पल को महसूस कर रही थी और मैं भी उस पल में डूबा था।

"मुझे नींद आ रही है।" उसने कहा।

एक मिनट के लिए मुझे ऐसा लगा कि वह कल्पना से बाहर निकल गई थी; फिर भी मैंने खुद को यह पूछने से रोका कि क्या मैं फोन रख दूँ?

मैंने उसे समय दिया, ताकि मुझे पता चल सके कि अब भी वह कल्पना में थी या नहीं। "क्या मैं तुम्हारे बगल में सो जाऊँ?" उसने बड़ी मासूमियत से कहा, यानि की अब भी वह कल्पना में थी।

"ठीक है।"

"मैं सो जाती हूँ।" बोलते हुए शायद उसने करवट बदली और फिर बोली,

"पता है, मैंने अपना सिर तुम्हारे दिल के पास रखा है और तुम्हारी धड़कनें सुन रही हूँ।"

"जो सिर्फ तुम्हारे लिए धड़कता है।" मैंने जोड़ा, ताकि माहौल रोमांटिक हो सके।

"पता है अभी मैंने क्या किया?"

'क्या?'

“तुम्हारे दिल के पास किस किया।” वह शरमाते हुए बोली।

कुछ देर हम खामोश रहे। फिर प्यार से उसने एक प्रस्ताव रखा,

“चलो, अब मेरी पीठ से अपना हाथ हटाओ, मैं अपना सिर तुम्हारी बाँह पर रख कर सोना चाहती हूँ।”

“ठीक है।”

“हम्म... अब तुम्हें क्या दिख रहा है?”

अब मेरी कल्पना में वह रंग भरने लगी थी।

‘आकाश।’

“हम दोनों का नाम भी लिखा हुआ है वहाँ पर।”

“हाँ... कितना अच्छा दृश्य है।” मैंने उसका समर्थन किया।

अब वह पूरी तरह डूब चुकी थी और अपनी नई-नई कल्पनाएँ सामने ला रही थी। वह कभी चिड़ियाँ दिखाती, कभी फूल, कभी शादी की बात...हम कल्पनाओं की उड़ान में काफी दूर तक उड़ते रहे। उसने मुझसे शादी की, मेरे घर आई और वे सारी बातें कही, जो उसके दिल में थीं।

अब मेरे घर का दृश्य शुरू हो गया था। वह कितने बजे उठेगी; क्या बनाएगी; क्या नहीं बनाएगी... यदि मेरी माँ उस पर बिगड़ेंगी, तो वह उनका गुस्सा मुझ पर उतारेगी, मुझसे झगड़ेगी, बात भी नहीं करेगी और मुझे ही उसे मनाना होगा। वह रुकने का नाम ही नहीं ले रही थी। वह अपनी इच्छाओं को कल्पनाओं के साथ जोड़ती जा रही थी और मैं हामी भरता जा रहा था। आखिरकार उसने यह भी तय कर लिया कि हम अपने बच्चों (वह एक लड़का और एक लड़की चाहती थी।) के क्या नाम रखेंगे।

बात यहीं खत्म नहीं हुई; अब बात हमारे बच्चों पर आ गई थी, जो लगभग एक चिंता का विषय बन गया था। हम उसे अच्छी परवरिश देंगे, उसे अच्छे स्कूल में पढ़ाएँगे, उनका जन्मदिन किस तरह मनाऐंगे? क्या पकाएँगे? किसे-किसे आमंत्रित करेंगे।

इस बीच बात हमारे माँ-बाप पर आई। हमारे बच्चे उन्हें दादा-दादी कह कर बुलाएँगे। यदि बच्चे उसकी बात नहीं मानेंगे, तो वह उनपर बिगड़ेगी, हो सकता है वह उन्हें सजा भी दे (वे सजा जिनमें माँ का प्यार छुपा होता है)।

बीच-बीच में हम अपने बच्चों को नाना-नानी के घर ले जाएँगे।

ऐसी ही कई बातें उसने मुझसे कही... या यूँ कहूँ कि एक दृश्य दिखाया, जो उसने अपने दिल में बसाए रखा था। मुझे याद नहीं कि हमने कब फोन रखा, कब हमारी आँखें लगीं।

मेरी नींद, प्रिया के दोबारा फोन करने से टूटी। समय हो रहा था-6.15।

''हैलो, संदीप लाइन पर है।'' उसने जल्दी में कहा।

''तुम दोनों को क्या हो गया है!'' संदीप ने आश्चर्य से पूछा। जबकि उसने मुझे आश्चर्य में डाल दिया। मैं कुछ समझ नहीं पाया कि वह क्या कहना चाहता था।

''क्या हुआ?'' मैंने पूछा।

''मैंने पहले प्रिया को फोन किया। वेटिंग बताया, फिर मैंने तुम्हें फोन किया, मगर तुमने भी नहीं उठाया।''

''क्या! तुमने फोन किया था।''

''वही तो... मुझे समझ नहीं आ रहा है कि हमें पता क्यों नहीं चला?'' प्रिया मुस्कुराते हुए बोली। मैंने अपना कॉल लॉग चेक किया। मुझे देखकर काफी आश्चर्य हुआ, उसके चार मिस्डकॉल थे। मैं कुछ बोलता कि प्रिया बोल उठी,

''अरे संदीप... तुम नहीं समझोगे, हम किसी दूसरी दुनिया में थे।''

मैं और प्रिया हँसने लगे। हमें अहसास हुआ कि उस पल हम कितना खो गए थे।

''अरे अरे... मुझे भी कुछ बताओगे या खुद ही हँसोगे।'' संदीप बोला।

''तुम्हारे जानने वाली बात नहीं है, यह हम दोनों की बात है।'' प्रिया शरारती अन्दाज में बोली।

''क्या मैं तुम दोनों का कुछ नहीं हूँ?''

''अरे, ऐसी बात नहीं है।'' मैंने कहा।

संदीप वह बात जानने के लिए अड़ गया कि मेरे और प्रिया के बीच क्या

बात हुई थी। आखिर मुझे उसे सुनानी पड़ी-एक झूठी कहानी; जिसे छुपाने का कोई मतलब ही नहीं था। उसने अन्दाजा लगा लिया कि मैंने उसे एक झूठी कहानी सुनाई है।

"अच्छा... मान गए तुम लोग को; मुझे तुम लोगों ने झूठी बात बताई है।" संदीप उदास स्वर में बोला।

"अच्छा-अच्छा ठीक है, उदास मत हो, मैं सही बात बताती हूँ।" प्रिया बोली। उसके बाद वह बोलती रही। कुछ बातें उसने छुपाई भी, मगर हमारी काल्पनिक दुनिया के बारे में बताई कि उसने मुझसे शादी की, मेरे घर आई, हमने अपने बच्चों के नाम भी रखे और हम उनके जन्मदिन में उसे जरूर बुलाएँगे।

"काश... मेरे पास भी ऐसी ही प्रेमिका होती!" संदीप बोला।

"नहीं नहीं संदीप, हम डाइरेक्ट तुम्हारी शादी ही करवा देंगे, इतनी बातें भी नहीं सोचनी पड़ेगी।" प्रिया बोली। हम-हँसने लगे। मेरी आत्मा को संतुष्टि मिल रही थी, मैं अपने दोस्त और अपनी प्रेमिका दोनों की हँसी सुन रहा था।

26 जुलाई - रविवार, सुबह 10 बजे।

एक रविवार ही था, जिस दिन हमारी बातें देर तक हो पाती थीं। हर बार की तरह मेरे रूम के लड़के मार्केट गए थे। मैं बिछावन पर लेटा था। मैंने सोचा था, पिछले रविवार की तरह इस रविवार को भी रोमांटिक बना दूँगा, मगर इस बार मैं असफल रहा। वह मुझपर चिल्ला रही थी और मैं उसे समझा रहा था।

"क्यों? क्यों चुप रहूँ!" वह एक बार फिर चिल्लाई।

"चलो... इक बार... फिर से... अजनबी बन जाएँ... हम दोनों..." मैं गुनगुनाया, मगर उतने अच्छे से नहीं, जितने में वह मान जाती।

"प्लीज मुझे बहलाने की कोशिश मत करो।" उसने हिदायत दी। मैंने चुप्पी साध ली।

"वह तो संदीप है, जो मेरा मन बहला देता है और किसी तरह मैं दिन काट लेती हूँ; तुम्हारे फोन का इन्तजार करूँगी तो कभी बात ही नहीं होगी।" वह गुस्से में बोल कर रूकी," यह बताओ कि खुद से एक बार भी फोन करते हो!" वह फिर बोली। मैं खामोश रहा, क्योंकि सच्चाई कहने की हिम्मत नहीं

हो रही थी।

"चुप क्यों हो, बताओ!"

"चुप इसलिए हूँ..."

"अब चुप ही रहो; संदीप का फोन आ रहा है, मैं कॉन्फ्रेंस कर रही हूँ।" उसने मुझे रोका और संदीप को लाइन पर लिया।

"आज क्या बात हो रही है?" संदीप मजाकिया अन्दाज में बोला।

"होना क्या है, झगड़ा हो रहा है।" प्रिया बोलकर रोने लगी, जो उसकी एक्टिंग भी हो सकती थी, क्योंकि लड़कियों के अस्त्र और शस्त्र उनके आंसू होते हैं।

"कहीं मैंने गलत वक्त पर तो फोन नहीं कर दिया?"

"नहीं संदीप, तुमने बिलकुल सही समय पर फोन किया है, प्लीज मुझे बचाओ!" मैंने कहा।

"संदीप, उसे डाँटो... उसने मुझे रुलाया।" वह रोते-रोते एक बच्चे की तरह बोली।

"नहीं संदीप, उसके आँसुओं पर मत जाना; अभी वह मुझे डाँट रही थी और मैं चुप था।"

"बस करो! वह रो रही है।" संदीप ने मुझे फटकार लगायी और प्रिया को चुप कराने लग गया।

"चुप हो जाओ प्रिया, प्लीज ऐसे मत करो; तुमने सुना न मैंने उसे डाँटा, प्लीज चुप हो जाओ।"

"उससे पूछो कि वह मुझे क्यों हमेशा रुलाता रहता है?" वह पहले से भी ज्यादा रोते हुए बोली। मैंने महसूस किया, वह सच में रो रही थी।

"मैंने पहले भी कहा था न रणवीर, कि ऐसी शिकायत मैं फिर नहीं सुनूँगा और तुमने इसे रुलाया।" वह गम्भीर होते हुए बोला।

"मैंने नहीं रुलाया, वह अपने आप रोने लगी।" मेरे मुँह से निकल गया, जबकि मैं माँफी माँगना चाहता था।

"हाँ... मैं अपने आप रोने लगी... मैं ऐसे ही रोने लगती हूँ, जब मुझे लगता है कि तुम मुझसे दूर जा रहे हो।"

“ऐसा नहीं है प्रिया, देखो मैं यही हूँ तुम्हारे पास तुम्हारे करीब...”

खामोशी।

“वैसे भी मैं तुमसे दूर किसके पास जाऊँगा? किसका कर्म फूटा है जो मुझे अपनाए?” मैंने शरारत भरे लफ़्ज़ों में कहा।

“देख रहे हो न संदीप, मुझे चिढ़ा रहा है।” वह मासूमियत भरे लफ़्ज़ों में बोली। इस बार उसका रोना कम हुआ।

“चलो रणवीर, सॉरी बोलो।” संदीप ने कहा।

“सॉरी से काम नहीं चलेगा।”

“तो क्या मैं उठक-बैठक करूँ?” मैंने कहा।

“नहीं, कुछ और...”

‘क्या?’

“तुम समझ रहे हो; बोलो, नहीं तो मैं फिर रोने लगूँगी।”

“आई लव यू मेरी स्वीट परी...” मैंने बिना एक क्षण गँवाए प्यार से कहा।

“यही तो पहले बोलना था न, लव यू टू...।” वह भी प्यार से बोली। जब तक मैं कुछ बोलता, संदीप बोल उठा... एकदम मजाक में, “एक बात बताऊँ, मुझे बहुत शरम आई, मैं तो पानी-पानी हो गया; हाय... कितना अच्छा लगता है, किसी लड़की से यह शब्द सुनने में।”

“संदीप! तुमने कान बंद क्यों नहीं किया?” वह शरमाते हुए बोली।

अनबन खत्म हुई। हम तीनों शरारती बातें करने लगे, एक दूसरे की टाँग खिंचाई करने लगे। हँसी-मजाक का दौर शुरू हुआ। मैं और संदीप बचपन की बातें शेयर करने लगे। मैंने एक बात कही, जिससे प्रिया जोर-जोर से हँसने लगी। बात यह थी कि मिडिल स्कूल में मैंने संदीप के पिछवाड़े में सूई भोंक दी थी और वह जोर से उछला था। मेरी बात खत्म होते ही संदीप ने एक बात कही, जिससे प्रिया और जोर से हँसी और मैं खामोश रहा। मिडिल स्कूल में संदीप ने मुझसे जानबूझकर कुत्ते के मल पर पैर रखवा दिया था... यह कह कर कि अगले दिन सड़क पर मुझे पैसे मिलेंगे। जब मैंने पैर रख दिया, तब पता चला कि मुझे कुछ नहीं मिलने वाला-सिवाय मल के। प्रिया ने भी अपनी

बचपन की यादें शेयर की, मगर उसने कभी कुत्ते के मल पर पैर नहीं रखा था और न रखवाया था। सच में मेरे साथ कुछ ज्यादा ही बुरा हुआ था। उस पल को याद करते हुए मैंने संदीप को मजाक में भला-बुरा कहा, मगर वे दोनों चुप नहीं रहे-हँसते रहे। मैंने उस पल को कई बार याद किया... किस तरह संदीप के कहने पर मैंने एक झटके में मल पर पैर रख दिया था।

इन सब बातों के अलावा, रोमांस की बातें भी हुईं, जब रात को सिर्फ हम दोनों बात कर रहे थे। उसने मुझे कई बार कहा कि वह मुझसे प्यार करती है। उस बात के लिए उसने माफी भी माँगी, जिसका आरोप सवेरे उसने मुझ पर लगाया था। हम दोनों के बीच जो कुछ भी हुआ, उसके लिए उसे माफी माँगने की जरूरत नहीं थी, मगर वह यह दिल से करना चाहती थी। उसने और भी कई बातें याद दिलाईं कि वह बहुत बार बेवजह ही मुझ पर चिल्ला चुकी है और हर बार मैंने ही उसे शांत किया है। यानि मैं उसे समझता हूँ क्योंकि मैं उससे प्यार करता हूँ। अब तक वह मेरे ऊपर कई प्रस्ताव रख चुकी है- मैं क्या करूँ, क्या न करूँ, कैसे बाल कटाऊँ, क्या बनाऊँ, कैसे बनाऊँ, और मैंने उसके सभी प्रस्ताव माने हैं, लेकिन बदले में मैंने उसे यह सब करने को कभी फोर्स नहीं किया है... यानि वह जैसी है मुझे अच्छी लगती है। उसके कपड़े-उसकी हेयर स्टाइल और उसका रहन-सहन; इसका मतलब है मेरा प्यार उसकी आत्मा से है, बाहरी दिखावे से नहीं। वह मेरे अन्दर की बात अपने लफ़्ज़ों में मुझे सुना रही थी। मुझे अच्छा लग रहा था... वह मुझे समझ सकती थी।

उसने एक-आध अपने मन की बात भी बताई। जब हम पहली बार मिले, उसके बाद वह कुछ ज्यादा ही सजने-सँवरने लगी थी, ताकि मैं उसकी ओर ज्यादा आकर्षित होऊँ। कुछ दिन उसने ऐसा ही किया, मगर हर दिन मैंने उसे एक ही नजर से देखा... इसी बात से वह मेरी ओर ज्यादा आकर्षित हुई। उसे काफी खुशी थी कि उसकी पसंद मैं था।

महीने का आखरी दिन - 31 जुलाई, शुक्रवार।

महीना खत्म होने में बस एक रात बची थी। ट्रेनिंग के दौरान मेरी कोई भी शिकायत नहीं हुई थी। मैंने किसी को भी शिकायत का मौका नहीं दिया था। वहाँ के कई लड़के और सर मुझे मेरे नाम से पुकारने लगे थे। मैं खुश था कि मैं अपने काम को निष्ठापूर्वक कर रहा था। अगले दिन से मुझे और कुछ

और लड़कों पर ट्रेनिंग का भार कम होने वाला था। हमें दोपहर में ही छुट्टी मिलने वाली थी... यानि अब मैं दोपहर में भी अपनी परी से बात कर सकता था। मैंने उसे यह बात नहीं बताई थी। मैं उसे चौंका देना चाहता था।

कुछ दिनों से मैं एक खास शख्स से चैट कर रहा था, जिसके साथ मेरी बहुत सी यादें थीं। उस शख्स के बारे में प्रिया नहीं जानती थी और संदीप ने भी उसे कभी नहीं देखा था। वह अपनी दुनिया में था और मैं अपनी दुनिया में। हम एक दूसरे को ई-मेल करते थे। कभी-कभी वह हफ़्तों तक रिप्लाइ नहीं दे पाता था, मगर उसका एक रिप्लाइ चेहरे पर मुस्कान ला देती थी। ट्रेनिंग हॉल में मुझे जब भी समय मिलता, मैं उसे मेल कर देता और उसके रिप्लाइ का इन्तजार करता। वह जल्द ही आने वाला था, अपनी दुनिया से निकलकर मेरी दुनिया में। मैंने उसे अपनी प्रेम कहानी के बारे में कुछ नहीं बताया था। मैं चाहता था कि जब वह मुझसे मिलने आए मुझे नौकरी करता पाए। मैंने उसे बता दिया था कि मुझे नौकरी मिलने वाली है। उसने भी अपने बारे में बहुत कुछ बताया और साथ में अपनी फोटो भी भेजी। काफी बदल गया था वह।

सताईस

अगस्त - महीने का पहला दिन।

रोज की तरह सुबह मेरी आँखें खुलीं। आज मेरा मन खुश था। मैंने सब कुछ अन्य दिनों की तरह किया; नाश्ता किया, कुछ प्रोजेक्ट पूरे कर लिए और तैयार होकर ट्रेनिंग हॉल पहुँचा। ऐसा लग रहा था जैसे आज ही ट्रेनिंग का आखरी दिन हो।

दोपहर 12.30 बजे हमें खाना खाने की अनुमति मिली; साथ ही मुझे और कुछ अन्य लड़कों को एक खास अनुमति मिली... खाना खाने के बाद हमें वापस ट्रेनिंग हॉल नहीं आना था। मैं भागा-भागा मेस की ओर बढ़ा, जैसे कोई बच्चा स्कूल में छुट्टी होने के बाद भागता है। खाना सबसे पहले मैंने ही खत्म किया और झूमते हुए रूम की ओर बढ़ा। मेरे साथ रहने वाले एक लड़के को भी छुट्टी मिली थी, मगर मैं जानता था कि वह रूम में नहीं रहेगा। इतने दिन साथ रहने से हम एक-दूसरे को जान चुके थे। वह लड़का इसी शहर का था

और उसने बताया था कि अब हर रोज वह चोरी-छिपे ट्रेनिंग के बाद घर जाएगा और फिर चार बजे वापस लौट आएगा।

एक बजने में कुछ देर बाकी थे। मैं अपने रूम में था। मैंने प्रिया का नम्बर डायल किया और अपनी शर्ट की बटन खोलने लगा। फोन से एक लड़की की आवाज आने लगी,

''आप जिस व्यक्ति को कॉल कर रहे हैं, वह किसी दूसरे नम्बर पर व्यस्त है...'' उस लड़की पर मुझे गुस्सा आया और उसकी आवाज भी मुझे अच्छी नहीं लगी। मैंने फोन काट दिया। कपड़े चेंज करके मैं आराम से बिछावन पर बैठा और फिर प्रिया को फोन किया। इस बार जैसे ही वह लड़की बोली, मेरी परी ने उसे भगाया और आश्चर्य से चीख उठी,

''हैलो! आज सूरज किस तरफ से निकला है!''

''हम्म... वैसे लाइन पर कौन है?'' मैंने जानबूझकर पूछा, जबकि मुझे पता था कि लाइन पर कौन हो सकता था।

''संदीप है और कौन होगा; मैं कॉन्फ्रेंस करती हूँ।''

वह काफी खुश थी। ऐसा लग रहा था जैसे कब से प्यासी हो और मैंने पानी से भरा ग्लास उसकी ओर बढ़ा दिया हो।

''अरे वाह यार! तुमने तो हमें चौंका ही दिया।'' संदीप बोला।

''बहुत दिन बाद मुझे खुश कर पाया है।'' प्रिया बोली।

''लेकिन यदि अपनी ट्रेनिंग से भाग आए हो तो यह गलत बात है, अब कुछ ही दिन तो बचे हैं।'' संदीप ने कहा।

''अब मुझे भी कुछ बोलने का मौका दो यार...''

''हाँ हाँ, बोलो,'' प्रिया एक्साइटेड होते हुए बोली।

''अब हर दिन मैं तुमसे इस समय में भी बात कर पाऊँगा, क्योंकि अब मेरी ट्रेनिंग 10 से 12.30 बजे तक ही होगी।''

''क्या! सच में!'' वह खुशी से झूमते हुए बोली। उसकी खुशी का कोई ठिकाना नहीं था। मुझे अहसास हुआ कि उसने अपनी आँखें बड़ी की होगी।

''अरे वाह! वैसे कब तक चलेगी तुम्हारी ट्रेनिंग?'' संदीप ने कहा।

''पन्द्रह अगस्त को मेरा जानू स्वतंत्र हो जाएगा...'' प्रिया बोली। शायद

उसने अपनी बाँहें भी फैलाई होगी।

"नहीं नहीं, पूरा महीना लग जाएगा।" मैंने कहा।

"ये क्या बात हुई; दो महीने तो पन्द्रह अगस्त को पूरे हो रहे हैं न!" वह उदास होते हुए बोली।

"यहाँ पर तुम्हारी तरह कोई दिन नहीं गिन रहा है प्रिया... मैं सितम्बर की पहले तारीख को तुम्हारे पास रहूँगा।"

"नहीं अट्ठाईस अगस्त को, तुम्हारे जन्मदिन के दिन।"

"ठीक है, मैं उसी दिन तुम्हारे पास चला आऊँगा।" मैंने उससे तंग आ कर कहा।

"...और मेरी बाँहों में," उसने जोड़ा।

हम तीनों हँसने लगे। मैंने फिर से हामी भरी।

कुछ देर बात करने के बाद, मैं चाह रहा था कि संदीप फोन रख दे। हम काफी देर तक बात करते रहे, मगर संदीप ने फोन रखने का नाम भी नहीं लिया। मैं कुछ पकाऊ बातें करने लगा और आखिर उसे यह बोलकर फोन रखना पड़ा कि वह दोबारा फोन करेगा। अब हम दोनों को एक-दूसरे से बात करने का मौका मिला। एक मिनट के लिए तो खामोशी छा गई थी, मगर इस खामोशी को उसकी मधुर आवाज ने तोड़ा। उसे मेरी चिन्ता थी। उसने मुझसे कई बार पूछा कि मैं टाइम पर खाना खाता हूँ या नहीं; जबकि उसे सब पता था कि यदि मैं टाइम पर नहीं खाऊँगा तो मुझे खाने को नहीं मिलेगा। वह मुझे अहसास दिला रही थी कि उसे मेरी चिन्ता है। मेरे यह बोलने पर कि मैं टाइम पर खा लेता हूँ, उस पर भी उसे चिन्ता थी इस बात से कि मुझे रोटी छोटी-छोटी मिलती होंगी और दाल की कटोरी भी छोटी होगी।

चिन्ता की बातें खत्म हुईं। धीरे-धीरे हँसी मजाक वाली बातें हुईं। हम बहुत हँसे। फिर बातें रोमांटिक होने लगीं... एक-दूसरे की आँखों में डूब जाने की, खुद को एक दूसरे की बाँहों में छोड़ देने की, सब कुछ भूल कर एक लम्हे को जीने की...

जब तक कि मुझे डिस्टर्ब करने रूम में लड़के आते, मैं सो चुका था, असल में हमदोनों सो चुके थे। ऐसा लग रहा था जैसे हम एक-दूसरे की बाँहों में बाँहें डालकर सोए हों।

अगले दिन, रविवार सुबह 10 बजे।

मैं प्रिया को फोन कर रहा था, मगर वह कोई जवाब नहीं दे रही थी। यह बात तो तय थी कि वह क्लास नहीं गई होगी और न ही आज के बारे में उसने कुछ बताया था। मैं परेशान था, यह सोचकर कि वह बिना बताए कहाँ चली गई। उसका फोन न उठाना यह सिद्ध कर रहा था कि वह संदीप से भी बात नहीं कर रही थी। मैंने संदीप को फोन किया। रिंग हुआ, मगर वह भी कॉल लेने के लिए अनुपस्थित था। मैं गहरी सोच में पड़ गया।

अगले ही पल संदीप का फोन आया।

"हैलो रणवीर, मैं नहाने गया था, अभी देखा कि तुम्हारा मिस्डकॉल है।"

"हाँ... वो प्रिया फोन नहीं उठा रही है; तुम्हें पता है कि वह कहाँ गई होगी?" मैं चिंतित होकर बोला।

"हो सकता है उसने अपना मोबाइल साइलेंट करके चार्ज में लगाया हो।"

"हाँ... हो सकता है, लेकिन उसने पहले ऐसा नहीं किया है; अच्छा कोई बात नहीं।" मैंने धीरे से कहा।

"मैं कुछ देर बाद फोन करता हूँ, कपड़े पहन रहा हूँ।" बोलकर उसने फोन रख दिया। मैंने खुद को तसल्ली दी कि सब ठीक है और अपने प्रोजेक्ट पर ध्यान केंद्रित करने लगा, जबकि रूम में दो लड़के लैपटॉप पर फिल्म देख रहे थे और दो बाहर गए थे।

मेरे सामने कुछ पन्ने पड़े थे और मैं कलम को अपनी अँगुलियों से फँसाकर उसे हिला रहा था। मेरा मन विचलित था। कुछ देर बाद मेरा मोबाइल बजा। रूम में मौजूद लड़कों ने विरोध नहीं जताया। यह प्रिया का फोन था।

"सॉरी..." उसने अफसोस ज़ाहीर किया। उसकी आवाज सुनकर मुझे राहत मिली

"कोई बात नहीं; फोन क्यों नही उठा रही थी?"

"मैं चार्ज में लगाकर सब्जी मंडी चली गई थी।"

"ओ... पता है मैं कितना परेशान हो गया था... संदीप को भी फोन

किया, उसे भी तुम्हारे बारे में कुछ नहीं पता था।''

''लेकिन कल रात को ही तो मैंने उसे बताया था कि मेरी सब्जी खत्म हो गई है और मुझे कल लाना है।''

''कितने बजे रात में बात हुई थी?''

''यही 10-11 बजे।'' उसने तुरंत जवाब दिया।

''इसलिए बैटरी खत्म हो गई।''

''कभी-कभी ही रात को बात होती है।'' वह मुस्कुराई, फिर शर्मिंदगी जताई। उसे अहसास हुआ कि यह बात मुझे अच्छी नहीं लगी। मेरे मोबाइल में बीप हुई। संदीप फोन कर रहा था; मैंने कॉन्फ्रेंस एक्टिव किया।

''हैलो, तो मिल गई प्रिया!'' संदीप ने कहा।

''हाँ, मिल गई, मगर तुमने बताया नहीं कि उसने तुम्हें बताया था कि वह कहाँ गई है।''

''असल में मैं नहाकर तुरंत आया था... हाँ, हाँ, मुझे याद आया, उसने कहा था कि वह मंडी जा रही है।''

''मुझे तो कुछ समझ में नहीं आ रहा है कि तुम दोनों ऐसे क्यों बोल रहे हो; वह बोली कि रात में बात हुई और तुम्हारी बातों से ऐसा लग रहा है कि सवेरे हुई है।'' मैंने गुस्से में कहा।

''प्लीज गुस्साओ मत, मैं ही भूल गई थी कि हमारी बात मेरे मंडी जाने से पहले हुई थी।'' उसने मुझे समझाते हुए कहा।

''तुम लोग आजकल ज्यादा ही भुलक्कड़ होते जा रहे हो।'' मैं अब भी गुस्से में था।

''अच्छा ये सब हटाओ; प्रिया, तुम उसे अपनी नई ड्रेस के बारे में बताओ।'' संदीप ने कहा।

''नई ड्रेस!'' मुझे आश्चर्य हुआ कि आखिर हो क्या रहा था।

''संदीप, क्यों बोले ड्रेस के बारे में!'' वह चीखी।

संदीप हँसा। मैं खामोश रहकर मामले को समझने की कोशिश कर रहा था।

“मैंने एक पिंक कलर की ड्रेस खरीदी है और मैं सोची थी कि यह मैं तब पहनूँगी, जब तुम आओगे, मगर इसने भांडा फोड़ दिया।” वह गुस्साई, फिर फुसफुसाते हुए बोली।

“जब सरप्राइज ही देना चाहती थी तो संदीप को क्यों बताई?”

“उसे थोड़े ही देना चाहती थी।” प्रिया मुस्कुराते हुए बोली। न जाने क्यों, मुझे आज उन दोनों का बर्ताव अच्छा नहीं लग रहा था। शुरू-शुरू में ही उन दोनों ने भूलने-भालने वाली बातें की... फिर अब सरप्राइज वाली बात।

“एक बात पता है संदीप, आज से मैं अपने जानू को रोज मैसेज करूँगी, आज मैंने मैसेज पैक डलवाया है।”

“सारा मेरा ही मैसेज फार्वर्ड करोगी।” संदीप ने कहा।

“एक मिनट, यानि कि तुम उसे मैसेज करते हो!” मैंने उन्हें रोककर पूछा, इससे पहले कि प्रिया कुछ बोलती।

“हाँ, रोज करता है और रिप्लाइ देने में मेरा बैलेंस खत्म हो जाता है।” प्रिया बोली।

“यानि मैसेज पैक मेरे लिए नहीं गुस्से उसके लिए डलवाई हो!” मैंने गुस्से में कहा।

“हे हे... तुम दोनों लड़ो मत यार, ठीक है आज से मैं नहीं करूँगा।”

“बात मैसेज करने और न करने की नहीं है, बात छिपाने की है।” मैंने कहा।

“ओह! ये कौन सी बड़ी बात है जो... आज तुम भी मैसेज पैक डलवा लेना, फिर हम दोनों चैट करेंगे।”

आज का दिन ऐसे ही बीता... खुद को समझाने में कि आखिर हो क्या रहा था? दोपहर में मैंने थोड़ा आराम किया और फिर शाम में मार्केट निकल गया। बेवजह काफी दूर तक पैदल चलता रहा-घूमता रहा। मेरी नजर कभी प्रेमी जोड़ो पर पड़ती और मैं उनमें खुद को देखता। अब बहुत ही कम समय बचा था- हमारे मिलन में। मुझे नौकरी मिलने वाली थी, इसी कारण मैंने खुद को बाँधे रखा था। मेरा मन ऊब चुका था-रोज की इस भागदौड़ से। ऐसा लग रहा था कि कब यह दौर खत्म हो और मैं अपनी परी के पास चला जाऊँ। दो वजहों से मैंने खुद को रोके रखा था; पहली यह कि मेरे परिवार वालों को मुझसे

काफी उम्मीद थी... उन्होंने मेरे लिए बहुत कुछ किया था, अब मेरी बारी थी... दूसरी यह कि मैं अपनी परी को खुश रख पाता, हमारे सपने थोड़े बहुत सच हो जाते, भविष्य में मुझे आगे बढ़ने में मदद मिलती।

रात होने को थी, मैं वापस होस्टल पहुँचा, बहुत सी यादों को कुरेदकर; अपनी पारिवारिक स्थिति को याद कर, कि किस तरह वे मुझे जोड़-जोड़कर पैसे भेजा करते थे; खुद बहुत सारे दुःखों को झेले, मगर मुझे किसी चीज की कमी नहीं होने दी। हर पर्व-त्यौहार में उन्होंने सब दिया जो अन्य बच्चों को मिलता था, मगर उनकी तुलना में हमारी पारिवारिक स्थिति उनसे काफी बदतर थी। मैं वह दृश्य नहीं भूल सकता, जब बारिश में हमारी छत चूने लगी थी और बड़ी मुश्किल से मरम्मत हो पाई थी। एक यह भी कारण था कि उन्होंने मुझे घर से दूर रखा, ताकि मैं उन तकलीफों को न झेलूँ। मुझे भी कुछ करना था, जिससे अब उन्हें तकलीफों का सामना न करना पड़े।

अगले दिन, दोपहर 1.30 बजे।

मेरी बात प्रिया से हो रही थी। कल मैंने भी मैसेज पैक डलवा लिया था और सवेरे हमने चैटिंग भी की। उसने बहुत सारे प्यार भरे मैसेज भी भेजे थे। मैं पूछने पर मजबूर हो गया कि वे मैसेज उसने कहाँ से एकत्र किए? जवाब था, सारे मैसेज संदीप ने भेजे थे। मैंने काफी हैरानी से पूछा, "क्या! ये प्यार भरे मैसेज उसने भेजे हैं।"

"ओह! छोड़ो न, मुझे कोई फर्क नहीं पड़ता... शायद भेजने के लिए कुछ नहीं मिला होगा इसलिए भेज दिया।" उसने कहा, जैसे बात को रफू कर रही हो।

"और बताओ कैसी हो?"

"अच्छी हूँ... वैसे यह सवाल तुमने एक अरसे बाद पूछा; वैसे आज-कल तुम उदास लगते हो, क्यों?"

"नहीं... बस ऐसे ही।" उदास स्वर में बोलकर मैं रुका और फिर पूछा,

"संदीप से बात हुई क्या?"

"हाँ, वह अपने एक दोस्त के पास गया है-आता ही होगा।"

मैं उसके मैसेज की तारीफ करना चाहता था, क्योंकि वे दिल को छू लेने

वाले थे, मगर मैंने खुद को रोका, क्योंकि उसने सारे मैसेज फॉर्वर्ड किए थे। मैं खुलकर कुछ बोल नहीं पा रहा था। मैंने याद किया, महीने का पहला दिन, किस तरह मैं खुश था, यह सोचकर कि अपनी परी से बात करूँगा... मगर बातें सिर्फ हम्म और हाँ में हो रही थीं। कुछ देर बाद प्रिया के मोबाइल पर संदीप का फोन आया।

"शैतान का नाम लिया और शैतान हाजिर।" उसने संदीप को लाइन पर लेकर कहा।

"हैं... मैं शैतान हूँ और तुम क्या हो!" संदीप ने चिढ़ाते हुए कहा।

"चुप रहो! पता है रणवीर... इसने मेरा नाम चुड़ैल रखा है।" वह चिढ़ते हुए बोली।"अच्छा, यानि उसे लड़कियों की सही पहचान है।" मैंने मजाक में कहा। संदीप जोर से हँसा... मैं मुस्कुराया। अब माहौल थोड़ा बदला।

"तुम दोनों एक जैसे हो..." वह चिल्लाई और इस माहौल का फायदा उठाते हुए फिर बोली,

"मेरे जन्मदिन पर नहीं आना; फिर पूछती हूँ।"

"नहीं रणवीर, तुम अपनी ट्रेनिंग पर ध्यान दो, जन्मदिन तो ऐसे ही आता रहता है।" संदीप ने चेतावनी दी। उसकी इस बात से साफ जाहिर था कि उसे प्रिया का जन्मदिन मालूम था। उसका जन्मदिन मेरी ट्रेनिंग खत्म होने से पहले था... चौबीस अगस्त को।

"तुम्हारे जन्मदिन में तो मैं वहाँ जाऊँगा और साथ में माँ को भी ले जाऊँगा।" मैंने कहा।

"क्या! सचमें? मैं अपनी सासू माँ से मिल पाऊँगी!"

"हाँ, एक बात मैंने तुम्हें नहीं बताई थी कि मैं इस ट्रेनिंग के दौरान दो दिन की छुट्टी ले सकता हूँ और मैंने पहले ही सोच रखा था कि तुम्हारे जन्मदिन के दिन मैं छुट्टी लूँगा।"

"कितना सोचते हो तुम मेरे बारे में और एक मैं हूँ कि हमेशा चिल्लाती रहती हूँ।" उसने प्यार जताते हुए कहा।

"मगर सचेत हो जाओ प्रिया! उसने कहा कि वह अपनी मम्मी को भी लेकर जाएगा; यानि तुम्हें काफी सारे सवालों के जवाब देने पड़ सकते हैं।" संदीप ने उसे डराया।

“तो क्या हुआ, मैं खाना बनाना नहीं जानती हूँ क्या!” वह एक बच्चे की तरह बोल उठी। मैं और संदीप हँसने लगे। न जाने उसने ऐसा क्यों सोचा कि मेरी माँ उससे यही पूछेगी कि उसे खाना बनाना आता है या नहीं?

“चलो, अब बंदर की तरह हँसना बंद भी करो।” वह बोलकर रुकी, मगर हम नहीं रुके। उसने फिर अपनी बात रखी, “मैं भी अपनी मम्मी और स्नेहा को बुला लूँगी।

“हाँ, ये तो बहुत अच्छा रहेगा।” मैंने कहा।

“कोई मुझे भी बुलाएगा?” संदीप ने कहा।

“तुम खीर में हड्डी क्यों बनोगे?” प्रिया हँसते हुए बोली।

“खीर में हड्डी नहीं चुड़ैल, कबाब में हड्डी होता है।” संदीप ने सुधार करते हुए कहा। “हड्डी तो बनोगे न!” बोलकर वह जोर-जोर से हँसने लगी। उसकी इस बात पर हम भी हँसने लगे। हँसने के दौरान मैंने कहा, “नहीं संदीप तुम भी आ जाना।” और हम फिर हँसने लगे।

रात 9:30 बजे।

“अरे! इतनी रात में तुम कभी फोन नहीं करते थे।” उसने आश्चर्य से कहा।

“मैं तो बाद में बताऊँगा, पहले ये बताओ कि तुम दोनों इतनी रात को क्या गुटुरगूँ कर रहे हो?” मैंने मजाक और शक दोनों ही भाव को मिलाकर कहा।

“रात तुम्हारे लिए होगी, हम तो अभी खाना ही बना रहे हैं; मैं संदीप को सिखा रही थी कि पनीर को अलग तरीके से कैसे बनाया जाता है-जो एक बार तुमने मुझे बताया था।” फोन से तलने-छौंकने की आवाज आ रही थी।

“मैं भी लाइन पर हूँ।” संदीप ने कहा।

“डिश बनाना सीख गए?” मैंने पूछा।

“खुशबू से तो लग रहा है।” उसकी आवाज व्यस्त स्वर में निकली। शायद वह खाना बनाने में व्यस्त था।

“अभी तक तुमने नहीं बताया कि फोन कैसे किए?” प्रिया ने याद

दिलाते हुए पूछा।

“दरअसल लाइट चली गई है और गर्मी बहुत ज्यादा है, इसलिए हमें छत पर आने दिया गया है; बहुत सारे लड़के छत पर हैं और मैं उनसे कुछ दूर-तुमसे बात कर रहा हूँ।” मैंने अपने चारों ओर का मुआयना करते हुए कहा।

“इसलिए तो कहूँ...”

“हे भगवान! गर्मी कितनी है, तुम्हें नहीं लग रही है?” मैंने कहा।

“इसे क्या गर्मी लगेगी, इसके रूम में तो इनवर्टर है; गर्मी से तो मैं मर रहा हूँ-लाइट होने के बावजूद।” संदीप ने कहा।

मैं खामोश हो गया, क्योंकि इतने दिनों तक मुझे यह इनवर्टर वाली बात पता नहीं थी। यह बात कोई बड़ी बात नहीं थी, मगर जो बात मैं नहीं जानता था, वह संदीप को पता थी। एक पल के लिए मुझे जलन सी हुई, फिर मैंने खुद को यह कहकर सँभाला कि ‘शायद बात करने के लिए उन्हें और कुछ नहीं मिलता होगा, इसलिए यही सब बातें करते होंगे।’

“क्यों? लाइट होने के बावजूद क्यों?” प्रिया ने खामोशी तोड़ते हुए कहा।

“फैन ऑफ है और गैस ऑन है, रोज बताना होगा क्या!” संदीप ने कहा।

‘सॉरी...’ प्रिया गुनगुनाते हुए बोली।

क्षण भर के लिए मैंने सोचा कि- इसका मतलब है वे रोज रात में बात करते होंगे। कुछ देर बाद संदीप ने फोन रखा। अब हम दोनों बात करने लगे। मैंने छत पर अपनी चादर बिछाई और लेट गया। हूँ और हाँ से बात आगे बढ़कर भविष्य की हुई, कि हम उसके जन्मदिन पर क्या करेंगे? वह एक्साइटेड थी मेरी माँ से मिलने के लिए और साथ ही उदास भी थी, क्योंकि उसके जन्मदिन के ठीक तीन दिन बाद मेरा जन्मदिन था और उसे पता था कि हम साथ नहीं रहेंगे। उसने एक फैसला लिया कि उसके जन्मदिन के दिन ही मैं अपना भी जन्मदिन मना लूँ।

हॉस्टल के कुछ लड़के मुझे घूर रहे थे। शिकायत कर देने के डर से मैंने फोन रखा और हम चैट करने लगे। मैंने उससे कहा कि वह कोई भी मैसेज फॉर्वर्ड न करे, बस जो भी दिल में आए वही भेजे। हमने प्यार भरे वाक्यों के

साथ गर्मजोशी भरे मैसेज भी किए और अन्ततः मैंने यह कह कर मैसेज करना बंद किया कि मुझे सवेरे जगना है।

अट्ठाईस

पिछले कुछ दिनों में मैंने यह महसूस किया कि प्रिया और संदीप एक-दूसरे के काफी करीब आ गए थे... दोनों एकदूसरे को समझने लगे थे। प्रिया को सब पता रहता था कि कब संदीप उठता है, कब नहाता है, कब खाता है और कब वह कहीं जा सकता है। यही सारी बातें संदीप को भी प्रिया के बारे में पता थीं। मैं आश्चर्य में था कि वे एक-दूसरे के बारे में ऐसी चीजें भी जानते थे, जो मुझे भी पता नहीं था। मुझे उन दोनों का इतना पास आ जाना अच्छा नहीं लग रहा था। हद तो तब हुई, जब प्रिया ने बताया कि जब संदीप उसका फोन नहीं उठाता है, तो वह उसके रूममेट राहुल को फोन करती है। इस बात पर मैं उस पर बहुत बिगड़ा और संदीप पर भी, क्योंकि मैं नहीं चाहता था कि वह राहुल जैसे लड़के से बात करे। मैंने प्रिया को हिदायत दी कि वह उस कमीने इंसान से बात न करे और संदीप को भी समझाया कि वह प्रिया को उससे दूर रखे।

राहुल से भी मेरी अनबन हुई। मैंने उसे फटकार लगाई और हिदायत दी कि वह प्रिया से बात न करे। मेरी हर बात पर उसकी एक ही प्रतिक्रिया थी,

"हे ब्रो, मेरा कोई गलत इरादा नहीं है, बस जस्ट फॉर फन।" उसके इस वाक्य पर मुझे सबसे ज्यादा गुस्सा आया। मेरा खून खौल रहा था। मेरी प्रिया हँसी-मजाक के लिए नहीं थी, कि जिसे मन आया उसके साथ हँस लिए, उसे छेड़ दिए। उस पर सिर्फ मेरा अधिकार था; उसकी हँसी पर भी और उसके आँसुओं पर भी।

न जाने क्यों, मैं बात-बात पर गुस्साने लगा था। मेरा अनुमान था कि राहुल की नीयत कभी अच्छी नहीं हो सकती थी और मैं सही भी था, क्योंकि मैं उससे भली भाँति परिचित था। लड़कियों से वह किस अन्दाज में क्या-क्या बात कर सकता है, मुझे इसका अनुमान था। इस गुस्से में मैंने संदीप को भी भला-बुरा कह डाला,

"तुमने क्यों राहुल को प्रिया का नम्बर दिया? मैं यहाँ हूँ, इसका यह

मतलब नहीं है कि वह अकेली है; वह सिर्फ मेरी है... सिर्फ मेरी! हमदोनों के बीच कोई नहीं आ सकता!''

मैं चिड़चिड़ा हो गया था। सोचने-समझने और समझाने की हिम्मत खो दी थी मैंने। जब मैंने संदीप को भला-बुरा कहा, मैं होश में नहीं था, मेरा मानसिक संतुलन खो चुका था (यह जानकर कि आपकी प्रेमिका रोज एक कमीने इंसान से बात करती है, ऐसा होना स्वाभाविक है)। मैंने रात-तक खुद को शांत किया और मैसेज बॉक्स में मैसेज टाइप करने लगा-

''सॉरी संदीप, मैं तुम पर भड़का-क्योंकि जो बात मुझे पता चली, उसे मैं बरदाश्त नहीं कर पाया। प्लीज तुम गुस्सा मत हो, तुम तो मेरे बारे में सब जानते हो कि एक त्रासदी से मैं किस तरह निकल पाया हूँ। जब तुम नहीं थे, मुझे प्रिया ने ही सँभाला, मेरे सुख-दुःख में मेरे साथ रही और मेरी पुरानी यादों को मिटाने में एक महत्वपूर्ण भूमिका निभाई। जब मुझे पता चला कि वह राहुल से बात करती है तो मेरी पुरानी यादें ताजा हो गईं। किस तरह रिया ने मुझे धोखे में रखा और अपनी जिंदगी से मुझे निकाल फैंका। मैं अकेला हो गया था और उसी अकेलेपन ने मुझे फिर से डराया। तुम्हें पता है संदीप, रिया की उस हरकत से मैं इतना टूट गया था कि...

छोड़ो वह सब बातें... मैं आज जो भी हूँ, दोस्ती और प्यार की बदौलत हूँ; तुमदोनों ही मेरे जीवन के एक अहम किरदार हो, जिसे मैं खोना नहीं चाहता, इसलिए मैं तुम्हें कुछ करने के लिए बोल रहा हूँ, प्लीज इसे गलत मत समझना-तुम प्रिया से बात करना कम कर दो, जब-तक कि मैं वापस न आ जाऊँ, इससे राहुल को भी बात करने का मौका नहीं मिलेगा।''

इस उम्मीद के साथ मैंने मैसेज सेंड किया कि वह मेरी बात पे अमल करे। मैंने मुख्य मुद्दा राहुल को बनाया, मगर मेरे मन में बहुत से ख़यालात आ-जा रहे थे।

कहीं ऐसा तो नहीं कि संदीप के दिल में प्रिया के लिए कुछ है और वह राहुल से कहवाना चाहता है। मुझे याद है वह प्रिया को प्यार भरे मैसेज भेजा करता था। आखिर वह भी तो राहुल के साथ रहता है। कहते हैं-संगत से गुण आत हैं संगत से गुण जात- कहीं राहुल के साथ रहते-रहते संदीप की आदतों पर बुरा प्रभाव पड़ गया हो!

मगर वह मेरा विश्वासपात्र दोस्त है, वह ऐसा कैसे सोच सकता है?

हो सकता है कि मैं इतने दिनों से उससे दूर हूँ, जिससे मैं ये सब सोचने लगा हूँ।

अचानक मुझे एक फिल्म की याद आई, जिसमें हीरो अपनी पत्नी पर शक करता है कि उसका उसके दोस्त के साथ चक्कर चल रहा है। इस गलत-फहमी की वजह से हीरो अपनी पत्नी से अलग हो जाता है और हीरो की जिंदगी में सिर्फ गम बच जाते हैं। इस दृश्य ने मुझे एक जाना-पहचाना संदेश दिया कि रिश्ते विश्वास पर टिके हैं; जहाँ विश्वास नहीं वहाँ कोई रिस्ता नहीं, इसलिए मुझे अपने दोस्त और अपनी प्रेमिका पर विश्वास रखना चाहिए। मेरा मन पहले से कुछ ज्यादा शांत हुआ। अगले ही पल मेरे मोबाइल पर संदीप का मैसेज आया-

"तुम्हारे लिए तो मेरी जान हाजिर है मेरे दोस्त, फिर ये कौन सी बड़ी बात है; मेरा उद्देश्य तुम्हारे दिल को ठेस पहुँचाना नहीं था, वह तो मजाक-मजाक में राहुल ने उसका नम्बर ले लिया-मैं उसे समझा दूँगा कि वह उससे बात न करे।"

फिर एक और मैसेज आया-एक मजेदार चुटकुला। मैं मुस्कुराया। मैंने कुछ सोचा और फिर प्रिया के लिए मैसेज टाइप करने लगा-

"मुझे पता है प्रिया, कि मैंने तुम्हें बहुत कुछ कह दिया; मुझे खुद पर कन्ट्रोल रखना चाहिए था, मगर मैंने हर सीमाए तोड़ दीं। यदि तुम राहुल से बात करती थी तो उसमें तुम्हारी कोई गलती नहीं थी; तुम तो उसे संदीप के रूममेट के हैसियत से फोन करती थी, मगर वह एक नम्बर का कमीना इंसान है और मुझे यह पसंद नहीं था कि तुम उससे बात करो। मेरे समझाने का तरीका गलत था, मुझे अपने किए पर पछतावा है, प्लीज मुझे माफ कर देना और तुम्हें पता है न मेरी स्वीट परी-जहाँ प्यार होता है वहीं ऐसी छोटी-छोटी अनबन होती है। मुझे पता है मैं तुमसे दूर हूँ, मगर वादा करता हूँ जब मैं वापस आऊँगा, तो तुम्हें हर वह खुशियाँ दूँगा, जिसकी तुम हकदार हो।"

मैसेज सेंड होते ही मुझे राहत मिली। ऐसा लगा जैसे दिल का बोझ उतर गया। बहुत देर के बाद मैंने अपना सिर उठाया। देखा कि सारे लड़के अपने प्रोजेक्ट के आखरी पड़ाव पर थे और मैं अब तक शुरूआती। मैंने कलम उठाया और पन्ने पर टिकाया... अपने प्रोजेक्ट के किसी काम के लिए नहीं, बल्कि अपनी परी के लिए अपनी दिल की बातें लिखने के लिए। आज मैंने

खुद को नहीं रोका, जी भरकर लिख लेने दिया। उस पन्ने पर मुझे अपनी गलती स्वीकारने में अच्छा लग रहा था, अच्छा लग रहा था अपनी परी की प्रशंसा करने में, उसके लिए प्यार भरे वाक्य लिखने में (आज को मिलाकर कुल सात पन्ने हो गए थे, जो मैंने प्रिया को देने रखे थे)।

मैंने अपना मोबाइल चेक किया। प्रिया का कोई मैसेज नहीं था, मगर तीन मिस्डकॉल थे। मैं रूम से बाहर निकलकर सीढ़ियों की ओर बढ़ा। मुझे पता था कि छत पर जाने का रास्ता बंद था, फिर भी। मैं सीढ़ी पर बैठ गया और प्रिया को फोन किया।

'हैलो,' वह धीरे से बोली।

'हाँ!' मैं लज्जित स्वर में बोला।

"खाना खाए?"

'हाँ।' जबकि मैं आज का खाना मिस कर चुका था। मुझे झूठ बोलना पड़ा, ताकि उसे मेरी चिंता ना हो।

"तुमने संदीप से क्या कहा है? यही कि मुझसे बात करना कम कर दे?"

'हाँ।' मैं पछतावे के भाव से बोला।

"क्यों? क्यों कहा? उसकी क्या गलती थी? यही, कि वह मुझे हर मिनट खुश रखता था?" वह रो पड़ी और फिर रोते हुए बोली, "एक वही तो है जो हम दोनों के बीच हुए झगड़े को निपटाता है... एक वही है जो तुम्हारे आने तक मुझे खुश रखने की कोशिश कर रहा है; एक वही है जो तुम्हारे इतना कुछ बोलने पर भी ऊँची आवाज में बात नहीं करता और तुमने उसे..." वह फूट-फूटकर रोने लगी। मैं कुछ नहीं बोल पाया। मैं किसी काबिल नहीं था; न उसे रोकने के और न ही उसे सॉरी बोलने के। मुझे अहसास हुआ कि संदीप के लिए प्रिया की जो भावनाएँ थीं, वह एकदम सच्ची थी। वह उसके लिए रो रही थी, जो उसे खुश रखता था, हँसता था और उसका सबसे अच्छा दोस्त बन चुका था। मैं उसके आँसुओं के आगे हार गया और लज्जित महसूस करने लगा। मैंने उसे चुप करने की कोशिश की और यह इजाजत दी, कि वह उससे बात करे, जितनी मर्जी हो वह बात करे। फिर उसने खुद को सँभाला और अपने आँसू पोंछे। मैं उसे बस शुभरात्रि बोल पाया। और कुछ बोलने की

हिम्मत नहीं थी मुझमें, क्योंकि मैंने उसका दिल दुःखाया, उसके आँखों में आँसू लाए।

रात भर मैं करवटें बदलता रहा और उसका रोना मुझे याद आता रहा। कब सुबह हुई, पता नहीं। मैं बस यही मना पाया कि काश वह एक बुरा सपना होता।

उन्तीस

उस दिन के बीते कुछ दिन हो गए थे, जिस दिन मैंने उसे रुलाया था। शायद वह यह बात भूल गई थी, मगर मैं नहीं भूल पाया था। अन्दर ही अन्दर मैं शर्मिंदगी महसूस कर रहा था। अब बस यही चाहता था कि समय जल्दी से गुजरे और मुझे यहाँ से छुट्टी मिले -मैं अपनी परी के पास जाऊँ, उससे ढेर सारी प्यारी बातें करूँ। मुझे वह दिन याद था, जब वह चाहती थी कि मैं उसके पास आऊँ और उसे बाँहों में भर लूँ। अब मुझे उससे कहीं ज्यादा तमन्ना हो रही थी कि मैं उसे बाँहों में भरूँ, उसके बालों के साथ खेलूँ और उसके मासूम चेहरे को देखता रहूँ।

जिस दिन मैं संदीप पर बिगड़ा था और प्रिया को रुलाया था, उस दिन से मैं उन दोनों के सामने नीचा हो गया था। दोनों का व्यवहार मेरे प्रति बदला-बदला सा लगने लगा था। संदीप मुझसे कम बोलने लगा था और कॉन्फ्रेंस पर भी ज्यादा देर नहीं टिकता था। उसके ऐसा करने से प्रिया का दिल छोटा हो जाता; फिर बात करने के लिए कुछ बचता ही नहीं, मजबूरन मुझे फोन रखना पड़ता। जब भी मैं संदीप से अकेले में बात करता, वह दो ही बातें बोलता कि उसने राहुल से बोल दिया है कि वह प्रिया से बात न करे और वह खुद भी उसे मैसेज नहीं करता-हाँ, वह एक-दूसरे से बात किए बिना नहीं रह सकते।

ऐसा हुआ, जो कभी सोचा न था

मैंने उन दोनों को स्वतंत्र छोड़ दिया था और उनसे बात करना भी कम कर दिया था। मैं चाहता था कि मेरे आने तक वे मेरी गलतियाँ भूल जाए और खुश रहें। मुझे खुद पर यकीन था कि वापस जाकर मैं माहौल फिर से पहले की

भाँति खुशनुमा कर दूँगा। मगर एक चीज मैं भूल गया था, कि पतंग में जितनी ढील दी जाती है, वह उतनी ही ऊपर उठती है। मैं अपने जीवन की सबसे बड़ी त्रासदी से क्षण भर की दूरी पर था, इसका मुझे जरा भी अन्दाजा नहीं था। इस भयंकर त्रासदी के काल्पनिक दृश्य कभी-कभी मुझे डराते थे, मगर मैं उसे फटकार कर अपने जहन से निकाल देता था। मैं जीवन के किसी कठिन रास्ते पर नहीं था... शायद मेरे जीवन का रास्ता यहीं खत्म होने वाला था। यही एक पल था, जिसने मुझे अन्दर तक झकझोरकर रख दिया। मैं मानने से इन्कार कर रहा था कि मेरे साथ क्या हुआ। जिस बात से मैं हर क्षण डरता था, आखिर उसने मुझे अपने लपेटे में ले ही लिया। जिस बात का जिक्र मैंने खुद से भी नहीं किया, उसने मुझे मार डाला!

उस दिन को मैं कैसे भूल सकता हूँ! स्वतंत्रता-दिवस के ठीक एक दिन पहले की रात-14 अगस्त की रात, मेरे लिए मातम की रात। मैं जस का तस बिछावन पर बैठा था, जबकि सभी लड़के खाना खाकर आ गये थे। प्रिया ने मुझे एक मैसेज भेजा था-एक मजेदार चुटकुला... वही मजेदार चुटकुला, जो मुझे संदीप ने भेजा था। जब मैंने प्रिया से पूछा कि यह चुटकुला उसे किसने भेजा, तो उसने कहा कि उसकी किसी सहेली ने। जबकि ऐसा नहीं था, वह चुटकुला उसे संदीप ने भेजा था, क्योंकि उस मैसेज के नीचे संदीप का नाम शॉर्ट में लिखा था और प्रिया उसे एँडिट करना भूल गई थी। उन दोनों की यही बात मुझे पसंद नहीं आई; जब दोनों एक-दूसरे को मैसेज भेजते ही थे, तो फिर छिपाने की क्या बात थी? क्यों प्रिया बोली कि वह मैसेज उसकी सहेली ने भेजा है? जब रिश्ते विश्वास पर ही टिके हैं तो फिर यह झूठ क्यों? यह कोई बड़ी बात नहीं थी, मगर इस छोटी सी बात में बहुत बड़ी बात छिपी थी और सबसे बड़ी बात-मुझे पता था कि उसके हॉस्टल में इनवर्टर था, मगर उसने मुझे मैसेज करके कहा था कि उसे गर्मी लग रही है और वह छत पर सोने जा रही है, मैं उसे फोन न करूँ। मुझे शक था कि जरूर कोई बात है, वरना वह मुझे मैसेज पर फोन न करने को नहीं बोलती।

मैं फोन पे फोन किए जा रहा था; कभी प्रिया को-कभी संदीप को... मगर दोनों व्यस्त थे। जाहिर था कि वे एक-दूसरे से बात कर रहे थे। मैं जानना चाहता था कि क्या वे वही बात कर रहे थे जो मैं सोच रहा था। मैं बस कॉल रिसीव होता देखना चाहता था, मगर हर बार मेरी कॉल वेटिंग में जा रही थी। मैंने बिछावन पर एक जोरदार मुक्का मारा। सबकी नजरें मुझ पर पड़ीं।

शर्मिंदगी से मैं रूम के बाहर आ गया। मैंने रीडायल करना नहीं छोड़ा। बरामदे पर मैं इधर-उधर कर रहा था। इस वक्त मुझे जरा भी डर नहीं था... न किसी के शिकायत करने का और न ही निष्कासित कर देने का। कुछ लड़कों ने मुझे बाथरूम जाने के दरम्यान देखा। उस वक्त मैंने एक बनियान, पुरानी सी हाफ पैंट और लेदर के जूते पहन रखे थे (जल्दबाजी में मैं जूते पहनकर ही बाहर निकल गया था)।

''एक मिनट रुक जाओ, मैं फोन कर रहा हूँ।'' संदीप ने मैसेज किया। वह एक मिनट मैंने गिनती गिनकर काटा। उसका फोन आया।

'हैलो!' मैं इतना ही बोल पाया। उसके बाद मेरे जुबान से कोई भी शब्द नहीं निकल पा रहे थे। मैं क्या पूछूँ? क्या कहूँ? उसपर बिगड़ूँ या प्यार से बात करूँ, कुछ समझ नहीं आ रहा था। आखिरकार उसने मुझे याद दिलाते हुए कहा, ''तुम्हें याद है रणवीर, एक बार तुमने मेरे जन्मदिन पर कहा था कि मैं तुमसे कोई एक चीज माँगूगा और तुम दोगे; शायद आज वह दिन आ गया है।''

उसने जो कुछ कहा, मेरी समझ में कुछ नहीं आया... और जो आया, मैं भगवान से मना रहा था कि बात वह न हो। मैं उससे पूछ भी नहीं पाया कि वह क्या माँगना चाहता था? मैं चुप रहकर उसकी भावनाओं को समझने की कोशिश कर रहा था। उसने फिर अपनी बात रखनी शुरू की, बड़े ही सलीके से। ''फिल्म के डायलॉग भी कितने सही होते हैं न?-एक लड़का और एक लड़की कभी दोस्त नहीं रह सकते। मुझे नहीं पता कि प्यार कैसे होता है, क्योंकि इसका अहसास मुझे कभी नहीं हुआ था, मगर अब होने लगा है। मैं उसके बिना नहीं रह सकता हूँ। मुझे पता है कि तुम्हारे मन में कई प्रश्न उठ रहे होंगे, इसलिए मैं सीधे पॉइंट पर आता हूँ,'' बोलकर वह रुका, एक गहरी साँस ली और फिर बोला, ''मुझे प्रिया चाहिए और तुम इन्कार नहीं कर सकते, क्योंकि हम दोनों को एक-दूसरे से प्यार हो गया है, हम एक-दूसरे के बगैर नहीं रह सकते।''

उसकी इस बात से मुझ पर कई प्रतिक्रियाएँ हुईं। मेरी आँखें फैल गईं, दिल की धड़कन एकाएक कई गुणा ज्यादा बढ़ गई, मेरे शरीर में कंपन होने लगा, पैर और जमीन की पकड़ाव कम होने लगी... ऐसा लगा जैसे किसी ने अचानक मेरे पैरों तले जमीन खींच ली... मैं बरामदे से नीचे, जमीन पर कूदा

और मेन गेट की तरफ चलने लगा।

"हे... तुम मजाक कर रहे हो न!" मैंने मुस्कुराने की कोशिश की, मगर ऐसा लगा जैसे मैं रो दूँगा। उसने कोई उत्तर नहीं दिया।

"मुझे पता है कि इन दिनों मैं उसे समय नहीं दे पा रहा हूँ, बात-बात पर गुस्सा होने लगा हूँ और मैंने उसे रुलाया भी; इसलिए तुम दोनों ने यह प्लान बनाया है।" मैंने आँसू को बहने से रोका। उसने फिर कोई जवाब नहीं दिया। मैं प्रतीक्षा कर रहा था कि वह हँसे, ठहाके लगाए और कहे कि मैं मजाक कर रहा था। मैं गेट के पास पहुँच गया था। मैंने गेट खोला और बाहर निकल गया। पता नहीं इतनी शक्ति मुझमें कहाँ से आई। कुछ ही कदमों बाद सड़क शुरू हुई। मैं सड़क पर चढ़ गया और तेजी से चलने लगा।

"तुम कुछ बोल क्यों नहीं रहे हो?" मैंने पूछा। मेरे पैर अब तक काँप रहे थे। सड़क पर चल रहे वाहनों की आवाज मुझे साफ-साफ सुनाई नहीं दे रही थी। मेरे कान सिर्फ संदीप को सुनना चाहते थे; वे प्रश्न का उत्तर सुनने को चीख रहे थे।

"प्रिया लाइन पर है।" उसने इतना ही कहा और प्रिया को लाइन पर लिया।

"प्रिया, मुझे तुम दोनों की यह हरकत बिलकुल भी पसंद नहीं आई।" मैंने एक कॉमेडियन की तरह कहा, ताकि उसकी हँसी छूट जाए... मगर ऐसा नहीं हुआ। मैं सुन्न हो गया। मेरी आँखें फिर से फैलीं और मुँह खुल गया, जब मैंने उसका रोना सुना। वह रोने लगी। उसका रोना वास्तविक था। वह खुद को रोक नहीं पा रही थी, बस रोए जा रही थी। उसने बस एक ही शब्द कहा, "मुझे माफ कर दो।"

मेरे दिल पर एक भयानक झटका। मेरी मांसपेशियाँ नहीं हिल पा रही थीं। मेरा अपने ऊपर से कंट्रोल खत्म हो गया था। मुझे बार-बार उसका कहा याद आ रहा था, "मुझे माफ कर दो।" जो स्पष्ट कर रहा था कि यह सच था, कोई मजाक नहीं। मेरी आँखों से आँसू की धारायें बहने लगीं। मेरे ठीक सामने किराने की कई दुकानें थीं, जहाँ बैठे लोग मुझ पर हँस रहे थे... शायद वे मुझे पागल ही समझ रहे थे (उस वक्त मुझे कोई फर्क नहीं पड़ रहा था)। मैं बिना कुछ सोचे समझे इधर-उधर भागने लगा, या यूँ कहूँ कि सड़क पर दौड़ने लगा, कभी इस छोर तो कभी उस छोर। मैं अपने भाग्य पर कसकर चिल्लाया।

मेरे मुँह से लार निकल आया, आँसुओं की धाराएँ मेरे मुँह में गयीं। ''ये नहीं हो सकता...!'' मैं चिल्लाया। मैंने मोबाइल को अब भी कान से लगाए रखा था। संदीप चुप था और प्रिया रो रही थी।

''क्यों किया ऐसा...? कब हुआ... ये सब? यूँ अचानक... तु...तुम...'' मेरा गला बैठा जा रहा था।

''प्लीज, तुम हॉस्टल चले जाओ।'' प्रिया बोली।

''नहीं...!'' मैं चीखा। मेरे पीछे एक कार एकाएक आ कर रुकी।

''मरना है क्या! पागल कहीं का।'' ड्राइवर ने कहा। मैंने उसे जगह दिया। वह आगे निकला और मैं फिर चीखने लगा, ''मैं जी नहीं पाऊँगा।''

मैंने देखा कि मेरे साथ रहने वाले लड़के गेट से निकलकर मेरी ओर भागे आ रहे थे। मैं दिशाहीन, दौड़ रहा था और चीख रहा था। मैं सड़क पर भी वैसे ही दिशाहीन था जैसे अपने जीवन में। पैदल जा रहे कुछ लोग तो मुझे पूरी तरह पागल समझ रहे थे और मेरी अवहेलना कर रहे थे। चलती गाड़ियों और बजते हॉर्न के शोर के बीच मैं बस यही रट लगाए था, ''ऐसा नहीं हो सकता! मैं जी नहीं पाऊँगा! सब कुछ खत्म हो जायेगा।''

बीच-बीच में मैं पीछे मुड़कर भी देख रहा था। वे लड़के मेरे पास आते जा रहे थे। मैं उनसे अपनी नजरें छिपा रहा था, शायद ही उन्होंने मुझे इस अवस्था में देखा था। वे अवाक थे और तेजी से मेरी ओर आ रहे थे।

''देखो रणवीर, इस तरह मत करो, हम शांति से बैठकर बात कर सकते हैं।'' संदीप बोला। शायद वह मुझ पर गुस्सा था।

''नहीं...अब बहुत देर हो चुकी है... क्यों किया तुमने ऐसा! मैं जी नहीं पाऊँगा।''

इस तरह अचानक मैं इस सदमें को बरदाश्त करने योग्य नहीं था। मेरा बचपन का दोस्त, जिसने मुझे कभी कोई तकलीफ नहीं दी; वह मेरी जिंदगी को नर्क बना देगा ऐसा मैंने सोचा नहीं था। वो कहते हैं न- जब कोई दूसरा हमें दुःख देता है तो तकलीफ होती है, मगर जब कोई अपना; जो दिल के सबसे करीब हो, वह दुःख पहुँचाये तो वह बरदाश्त से बाहर हो जाता है। कुछ ऐसा ही हुआ मेरे साथ। दोस्ती का मतलब दोस्त पर हक जमाना नहीं होता। यह समर्पण होता है, सम्मान होता है, विश्वास होता है। मगर इस विश्वास को

उसने इस कदर तोड़ा कि उसे वापस जोड़ा भी नहीं जा सकता... और मेरी परी; उसने ऐसा क्यों किया? मैंने तो उससे प्यार किया। जब कोई किसी से प्यार करता है तो यह सोचकर नहीं कि आगे क्या होगा? उन दोनों ने मुझे तोड़ दिया, ऐसा लग रहा था जैसे मेरे हजारों घावों के निशान को फिर से उघाड़ दिया गया हो और जीवन का सारा दर्द वापस आ गया हो। इतिहास ने स्वयं को बड़े दिलचस्प, मगर बड़े ही घटिया तरीके से दोहराया। मैंने खुद को उस जगह पाया, जहाँ से मैंने खुद को सँभालना शुरू किया था। जब रिया ने मेरा दिल तोड़ा था, तो मैंने अपने दोस्त के सहारे उस सदमे को झेलने की शक्ति जुटाया। फिर मेरे घावों को भरने के लिए प्रिया आई। लेकिन मैं फिर उसी परिस्थिति से गुजर रहा था और इस बार मुझे सहारा देने वाला कोई नहीं था। मैं तो इसी बात से हैरान था कि मैंने स्वयं को पहली बार कैसे सँभाले रखा। अब दोबारा यह सब सहने की हिम्मत नहीं थी मुझमें। मैं कमजोर पड़ गया था, आत्मा से भी और शरीर से भी। आखिर पीछे से एक लड़के ने मुझे धर दबोचा और दूसरे ने मेरे हाथ से मोबाइल छीन लिया। फिर वे चारों लड़के मुझे घसीटने लगे। वे मुझे वापस ले जाना चाहते थे।

"नहीं... मैं वापस नहीं जाऊँगा, मुझे उसके पास जाना है, मुझे छोड़ दो...!" मैं चिल्लाया और खुद को उनसे छुड़ाने लगा, मगर वे जैसे बहरे हो गए थे। उन लोगों ने मेरी एक न सुनी और मुझे घसीटते-घसीटते ट्रेनिंग सेंटर के अन्दर ले आए। एक लड़के ने तौलिये से मेरे मुँह को कसकर पकड़ लिया और हिदायत दी कि अगर मैंने अब आवाज करने की कोशिश की तो वह मेरा सिर फोड़ देगा। मुझे चारों ने पकड़े रखा था। उन्होंने वापस मुझे हॉस्टल मेरे रूम में लाया और बिछावन पर बिठा दिया।

"यह बात इस कमरे से बाहर नहीं जानी चाहिए, नहीं तो हम सभी को परेशानी हो सकती है।" एक लड़के ने दरवाजा बंद करते हुए कहा। चारों लड़कों ने मुझे घेर लिया और दुनियादारी से परिचित करवाने लगे। किसी ने कहा कि उन्होंने भी प्यार किया था, मगर वह प्यार नहीं था... किसी ने कहा कि आजकल हर कोई सच्चा प्यार नहीं कर सकता, सभी अपनी-अपनी आवश्यकताओं के पीछे भागते हैं। किसी ने कहा कि हमें अपने भविष्य की चिन्ता करनी चाहिए; हम यहाँ कुछ बनने आए हैं और ऐसे मौके बार-बार नहीं मिलते। मुझे उनकी कोई भी बात समझ नहीं आ रही थी। मैं एक ही रट लगा कर बुदबुदा रहा था, "मुझे उसके पास जाना है।" उन लोगों ने मुझसे तंग हो

कर एक उपाय ढूँढ़ा। एक लड़के ने मेरे मोबाइल से मेरे घर फोन कर दिया और मोबाइल मुझे पकड़ा दिया।

"हैलो!" माँ ने फोन उठाया वह घबराई हुई थीं, क्योंकि इतनी रात मैंने पहले उन्हें कभी फोन नहीं किया था। मैं कुछ नहीं बोल पाया, बस एकाएक रोने लग गया। मेरे मुँह से बस उसका ही नाम निकला, "प्रिया, प्रिया...

शायद माँ मेरी भावनाओं को समझरही थीं।

"चुप हो जाओ बेटा, चुप...चुप हो जाओ।"

मैंने फिर बोलने की कोशिश की और इतना ही बोल पाया, "वह मुझे छोड़कर चली गई, किसी और के पास।" मैं फिर और जोर-जोर से रोने लगा। मुझमें इतनी हिम्मत नहीं थी कि मैं बता सकता कि वह किसके पास चली गई।

"चुप हो जाओ बेटा... और मेरी बात ध्यान से सुनो," वह बोल कर रुकीं। मैंने अपने आँसू पोंछे। उन्होंने फिर बोलना शुरू किया,

"देखो बेटा अभी तुमलोग नादान हो-बच्चे हो। ये कोई मामूली चीज नहीं और न ही प्यार छोड़कर जाने वाली चीज है; हो सकता है वह तुमसे नाराज हो, मगर वह छोड़कर नहीं गई होगी... तुम उसे थोड़ा समय दो, वह खुद-ब-खुद फोन करेगी, क्योंकि कोई भी अपने प्यार से ज्यादा समय तक दूर नहीं रह सकता, तुम बस अपनी ट्रेनिंग पर ध्यान दो।" उन्होंने मुझे जैसे-तैसे समझाया। वह भी व्याकुल हो गई थीं। मेरा मन कर रहा था कि मैं उनकी बाँहों में छिप जाऊँ, जी भर कर रोऊँ और कहूँ, "ये जमाना बहुत खराब है, मुझे अब यहाँ से कहीं जाने मत दो।"

जिस लड़के ने फोन लगाया था, उसने भी माँ से बात की और फिर सब मुझे सो जाने को कहने लगे। मैंने जूते खोले और अपना शरीर बिछावन पर गिरा दिया। मेरा शरीर अब भी काँप रहा था। एक लड़के ने मुझे एक पतली चादर ओढ़ा दी और लाइट ऑफ कर दी। सभी अपने-अपने बिछावन पर चले गए। मैंने अपने हाथ घुटनों के बीच डाल लिये और रोता रहा, उस पल को याद करता रहा और तिल-तिल मरता रहा। आज मुझे अजीब-अजीब तरह के खयाल आते रहे-

वह मेरा सबसे विश्वासी दोस्त था, क्या इसलिए कि वह मेरा विश्वास इस तरह से तोड़ सके?

इतने सालों तक वह दोस्ती निभाता रहा, क्या इसलिए कि वह मेरे प्यार को मुझसे छीन सके?

वह मुझे समझता था; अच्छे से जानता था, शायद इसलिए कि इसका फायदा उठा सके?

आखिर कैसे हुआ ये सब? आखिर कब से चल रहा था ये सब?

क्या मैं यह सोचूँ कि उसने मेरी परी को अपने जाल में फँसा लिया?

क्या सच में लोग सिर्फ अपनी आवश्यकताओं को देखते हैं?

जिस लड़की ने कहा था कि वह मेरा साथ कभी नहीं छोड़ेगी, वह दो महीने मेरा इन्तजार नहीं कर पाई, क्यों?

क्या सच में सारे रिश्ते-नाते विश्वास पर नहीं, स्वार्थ पर टिके हैं?

क्या हमारा प्यार भी स्वार्थ पर टिका था? उसने मुझसे कभी प्यार नहीं किया?

मगर मैं यह कैसे मान लूँ? उसने मुझ पर कितना प्यार जताया... हर वे टाइटल दिए, जो एक प्रेमिका अपने प्रेमी को देती है; हर वे प्यारे शब्दों के प्रयोग किए, जो एक प्रेमिका अपने प्रेमी के लिए प्यार से करती है। आखिर मैंने उसे अपनी बाँहों में भरा, हमारे होंठों ने एक दूसरे को छुआ-हमने एक अलौकिक पल साथ गुजारे, क्या सब झूठ था?

क्या वो सब एक दिखावा था? जब वह मुझसे बात किए बिना नहीं रह सकती थी। हम दोनों फोन पर बात करते-करते ही एक काल्पनिक दुनिया में चले जाते थे।

क्या वे सारे सपने झूठे थे, जो उसने मेरे साथ देखे? वह मेरे साथ घर आना चाहती थी, मेरे साथ जीवन बिताना चाहती थी।

क्या वे बातें, महज बातें थीं?

अगली सुबह

मेरी आँखें खुलीं। मेरे सीने में दिल जरूर धड़क रहा था, मगर उसकी धड़कनें बेजान थीं। मुझे कुछ नहीं सूझ रहा था। मैं अपनी दिनचर्या भूल चुका था। सबसे पहले मैंने उन दोनों को फोन किया। दोनों का नम्बर ऑफ था। मेरे

हाथ अब भी काँप रहे थे। मैं कुछ सोच नहीं पा रहा था... फिर मैंने खुद को इस बात से तसल्ली दी कि 'दोनों का नम्बर ऑफ है, यानि वे बात नहीं कर रहे हैं।''

मैं बाहर निकला। हवाएँ चल रही थीं, मगर वे ताजा नहीं लग रही थीं... सूरज निकल आया था, मगर उसमें चमक नहीं था। मैं नीम के पेड़ के पास गया, वहाँ भी कोई हरकत नहीं थी; ऐसा लग रहा था जैसे सभी उदास हों। रोज वहाँ चिड़ियों के चहकने की आवाज मुझे मोहित करती थी, मगर आज जैसे सभी लापता थे। जैसे-तैसे मैं फ्रेश हुआ और वापस रूम पहुँचा। मेरे मोबाइल पर प्रिया का मैसेज आया हुआ था,

"मैं घर जा रही हूँ, प्लीज मुझे फोन करने की कोशिश मत करना और हाँ, मुझसे झूठ बोलने के लिए थैंक्स!" मैं अवाक रह गया कि आखिर मैंने उससे क्या झूठ कहा? कहीं यही कारण तो नहीं कि वह मुझसे दूर जा रही है? मैंने तुरंत उसे फोन किया। इस बार रिंग हुआ।

'प्लीज फोन उठा लो प्रिया!' मैंने मन ही मन कहा। मैं उसकी आवाज सुनना चाहता था। एक उम्मीद जग गई थी कि सारी सच्चाई बताकर मैं उसे वापस पा लूँगा, वह सब समझ जाएगी।

"शायद तुमने मैसेज ठीक से पढ़ा नहीं; मैंने कहा फोन मत करना।" उसने फोन रिसीव किया और गुस्से में बोली।

"प्लीज फोन मत रखना, ये बताओ कि मैंने तुमसे क्या झूठ कहा?" मैंने हड़बड़ाकर कहा।

"मैं कुछ नहीं बोलना चाहती!" वह चीखी।

"प्लीज मुझे एक मौका दो, प्लीज बताओ कि क्या बात है?"

फिर वह गुस्से में भड़कते हुए बोली,

"क्या बताऊँ हाँ! क्या बताऊँ; यही कि तुम मेरे लिए टाइम न निकाल कर उस कुतिया रिया के लिए टाइम निकालते थे... मेरे रहते हुए भी तुमने रिया के साथ संबंध बनाए, जो भी तुम्हारी डायरी में लिखी थी, वह सब आधी बातें थीं और तुम उससे कई बार मिले हो, मेरे होने के बाद भी... अब याद आता है कि कभी-कभी अचानक तुम फोन क्यों रख देते थे, क्योंकि तुम उससे बात करते थे।"

मेरा मुँह खुला का खुला रह गया। मेरे दिमाग में एकदम से एक बात आई, "क्या उसके दिमाग में ये जहर मेरे दोस्त ने घोला?"

"क्या हुआ, चुप क्यों हो?" उसने कहा।

"ये सब तुमसे किसने कहा?"

"क्यों, सच सुनकर दंग रह गए!"

"नहीं, ये सब बिलकुल झूठ है, सब झूठ है प्रिया, समझो इसे... मैं तो उससे बात भी नहीं करता हूँ।" मुझे समझ नहीं आ रहा था कि मैं किस तरह उसे समझाऊँ।

"बस! मैं कोई सफाई सुनना नहीं चाहती।"

"अच्छा ठीक है, माना कि ये सब बात सच है; तो तुम्हें पहले मुझसे लड़ना चाहिए, मुझ पर बिगड़ना चाहिए... मगर ये क्या, तुम तो मेरे दोस्त से ही प्यार कर बैठी।"

"हाँ, क्योंकि उसने ही मुझे सारी सच्चाई बताई और मुझे लगता है कि मुझे एक झूठे आदमी के साथ नहीं रहना चाहिए।"

"बहुत जल्दी तुमने फैसला ले लिया, बिना कुछ सोचे-समझे।"

"मुझे और कुछ नहीं सुनना, बस तुम हम दोनों के बीच से हट जाओ।" उसने हिदायत देते हुए कहा। ऐसा नहीं लग रहा था जैसे कल रात वह रो रही थी, या शायद वह संदीप के लिए रो रही हो और कह रही हो कि मैं बीच से हट जाऊँ... और रात तक उसने सोच लिया होगा कि मैं कुछ नहीं कर पाऊँगा।

"अच्छा तो अब मैं बीच से..." मेरा वाक्य अधूरा रह गया, उसने फोन काट दिया। मेरे सामने एक दृश्य घूमा। वह दिन, जब मेरी दोस्ती संदीप से हुई, वह दिन जब हम साथ-साथ स्कूल जाते थे- साथ-साथ बैठते थे, वह दिन जब उसके जाने पर मैं उदास था, वह दिन जब मैं उसके ठीक होने की मिन्नतें माँगता था। क्या उसने एक बार भी नहीं सोचा कि मुझ पर क्या बीतेगी? मुझे यकीन नहीं हो रहा था कि इतना कुछ मेरे दोस्त ने किया।

बाहर सभी झंडारोहण की तैयारी में लगे थे। किसी ने बाहर से मुझे आवाज दिया, मगर मैं जस का तस अपने रूम में खड़ा रहा। कुछ देर के बाद मैंने खुद को ख़यालों से निकाला और संदीप को मैसेज किया-

“वाह मेरे दोस्त! तुमने तो कमाल कर दिया-मेरी खुशियों को एक झटके में समाप्त कर दिया। किसी ने ठीक ही कहा है-तकलीफ तो सिर्फ अपने देते हैं, क्योंकि दूसरो को पता कहाँ कि हमें तकलीफ किस चीज से होती है।”

“हे... जल्दी चलो, वरना डाँट सुनोगे।” एक लड़के ने मुझे कहा और भागता हुआ मेरे रूम के सामने से गुजरा।

आज ट्रेनिंग नहीं दी जानी थी। झंडारोहण के बाद मैं वापस अपने रूम में आया। मेरे मोबाइल पर संदीप का मैसेज आया था-

“कमाल तो तुमने किया था रणवीर... मैं वह भूल नहीं सकता कि मैं उससे प्यार करता था, उसे पाना चाहता था; फिर मुझे पता चला कि वह तुम्हें चाहती थी। हम दोनों ने वादा किया था कि वह हम दोनों में से किसी की नहीं होगी; मगर मेरे जाने के बाद तुमने वादा तोड़ा... तुम भूल गए कि मुझ पर क्या बीतेगी? जब मैंने यह जाना तो मुझे तकलीफ हुई कि मेरा दोस्त एक लड़की के लिए बदल गया। फिर मैंने इस बात को अपने दिमाग से निकाल दिया, मगर जब मैं उससे बात करने लगा और उसके मुँह से तुम्हारे लिए प्यार भरे शब्द सुनने लगा, तब मुझे अहसास हुआ कि वे सारे शब्द मेरे होने चाहिए थे।”

मैं उसका मैसेज भी पढ़ रहा था और मन ही मन उससे बात भी कर रहा था-

संदीप... तुम्हारे जहन में यह सब चल रहा था और तुमने मुझे बताया नहीं यार... तुम तो सब कुछ जानते थे न, फिर भी...। मैं काफी खुश था तुम्हारे उस मैसेज से, जिसमें तुमने कहा था कि हम दोनों से बात कर के तुम खुश हो, फिर अचानक तुम्हें क्या हो गया?

मैंने आगे पढ़ना जारी रखा-

“धीरे-धीरे मुझे अहसास हुआ कि तुमने मेरी खुशियाँ हर ली हैं। यदि तुम ऐसा नहीं करते तो उसका प्यार मुझे मिलता, या तुम उससे दूर रहते हो मुझे यह अहसास नहीं होता। जब भी मैं कॉन्फ्रेंस पर होता और उसकी बातें सुनता, वह तुम्हें आई लव यू कहती और किस करती, तो मेरा मन कचोट कर रह जाता। फिर मैंने ठाना कि यदि एक लड़की के लिए तुम बदल सकते हो, तो मैं क्यों नहीं? मैं उसे पाना चाहता था, जिसके लिए मैंने उसके दिमाग में तुम्हारे

प्रति जहर भरा। यकीन मानो, मैंने उसके दिमाग में इतना जहर घोल दिया है कि तुम सोच भी नहीं सकते। मैंने उसे यह अहसास दिला दिया है कि उसके लिए मैं पर्फेक्ट हूँ, तुम नहीं। मैं उससे ज्यादा से ज्यादा बात करता था, जिससे वह जल्दी मेरी ओर आकर्षित हो गई... और हाँ, वह भी कुछ कम नहीं थी। एक मुहावरा तुमने कहा, एक मैं कह रहा हूँ-ताली एक हाथ से नहीं बजती।''

मैं चाहता था कि जोर से चीखूँ, मगर मैंने खुद को सँभाला और बिछावन पर बैठ गया। उसके मैसेज ने मुझे हिलाकर रख दिया। मैं सोचने लगा-

क्या यह वही दोस्त है, जो कभी भी मेरा बुरा नहीं सोच सकता था।

क्या उसने एक बार भी नहीं सोचा कि उसने जो कहा, वो मैं कर सकता हूँ या नहीं... वह तो मेरे और प्रिया के एक होने से खुश था। यदि ऐसी बात थी तो वह शुरू में ही प्रिया को अहसास दिला देता कि वह उसके काबिल है, मैं नहीं।

जो उसने बदले की भावना से किया, क्या सच में वह बदला है?

जो इन्सान मेरे जीवन के दुःख-दर्द को मिटाता रहा आज वही मेरे दुःख-दर्द का कारण बन गया! संदीप और प्रिया की इस हरकत को मैं बरदाश्त नहीं कर पा रहा था। इतना कुछ होने के बाद भी मैं चाहता था कि वह मेरे पास आ जाए, वह सच्चाई को समझे-मगर यह बात भी सही थी कि ताली एक हाथ से नहीं बजती। मैं चाहता था कि प्रिया को एक बार और समझाऊँ। मेरा मन कर रहा था कि संदीप का भेजा मैसेज प्रिया को फॉर्वर्ड कर दूँ... मगर शायद वह इसे बनावटी समझती। जब सब कुछ आपके खिलाफ होता है, तो आप चाहे कुछ भी कर लें, वह आपके खिलाफ ही रहेगा। मैं भय और उम्मीद के बीच झूल रहा था। समय जैसे थम सा गया था। मैं उससे बात करना चाहता था। मैंने उसे कई बार फोन किया, उसका नम्बर ऑफ था। शायद वह घर चली गई थी। मुझे उसकी आदत सी हो गई थी। उसने मुझे बदलकर रख दिया था। मैं यह सहन नहीं कर पा रहा था कि वह मुझे इस कदर अकेला छोड़ गई।

अचानक मेरे दिमाग में कुछ खटका। मैंने उसे फोन किया; जिससे मैं कभी बात करना नहीं चाहता था... राहुल को। रिंग हुआ, मगर उसने फोन काट दिया। मैं अपना हाथ माथे पर रखकर अपनी किस्मत पर रोने लगा, बहुत सी बातें याद करने लगा और अपने प्रश्नों का उत्तर ढूँढ़ने लगा।

कुछ देर बाद राहुल का मैसेज आया। मैंने अपने आँसू पोंछे और पढ़ने

लगा-

"मुझे पता है कि तुमने फोन क्यों किया था, मगर मैं इस वक्त तुमसे बात नहीं कर सकता; शायद मैं एक बुरा आदमी हूँ, हमेशा बुरा ही बोलता हूँ, मगर मुझसे भी बुरा मेरे बगल में बैठा है। पहले तो मुझे यकीन नहीं हुआ कि वह इतना बदल गया है और मुझे पता भी नहीं था कि प्रिया तुम्हारी गर्लफ्रेंड है। उसने मुझे एक फोटो दिखाई, जिसमें वह किसी को गोलगप्पा खिला रही थी। खाने वाले का चेहरा धुँधला था। उसने कहा कि इसे फँसाना है। जिसमें मैंने उसकी मदद भी की। मुझे पता है कि तुम्हें गुस्सा आ रहा होगा, मगर सच में उस वक्त मुझे सच्चाई पता नहीं थी। लेकिन एक बात बोलूँगा, वह लड़की अच्छी नहीं है; मैंने देखा है कि कितने कम दिनों में वे दोनों एक-दूसरे के पास आ गए। उसे भूल जाने में भी तुम्हारी भलाई है। ऐसी लड़कियों के दिल में प्यार-व्यार कुछ नहीं होता। देखो, तुम उदास हो और वह अब भी हँस-हँसकर बात कर रही है, मगर मैं कुछ नहीं कर सकता।"

मुझे बहुत गुस्सा आया। मन किया कि मैं दो-चार गालियाँ लिखकर भेजूँ, मगर इन सब से हटकर मेरे दिमाग में उसकी बात खटकी। उसने कहा कि वह अब भी बात कर रही है। मैंने तुरंत प्रिया को फोन किया। उसका नम्बर अब भी ऑफ था। फिर मैंने संदीप को फोन किया, उसका भी नम्बर ऑफ था। यानि दोनों मिलकर मुझे चरा रहे थे। मैंने बीते दिनों को याद किया, ऐसा पहले भी होता था। याद करते-करते मैंने प्रियंका दी का नम्बर याद किया (एक बार प्रिया के मोबाइल में बैलेंस कम था, तो उसने प्रियंका दी के नम्बर से मुझे फोन किया था और उनका नम्बर मेरे नम्बर से मिलता जुलता था) और उन्हें फोन किया।

'हैलो?' उन्होंने कहा। शायद मेरा नम्बर सेव नहीं था। जब-तक कि मैं कुछ बोलता, मुझे हँसने की आवाज सुनाई दी। मेरे आँखों से आँसू निकल पड़े। हाँ, वह प्रिया की हँसी थी। वह घर नहीं गई थी। मैंने फोन काट दिया। राहुल ने ठीक ही कहा था, उन दोनों को मेरी कोई परवाह नहीं। मेरा मन किया कि मैं अपना सिर दिवाल पर जोर-जोर से पटकूँ, मगर मैंने खुद को सँभाला। मेरे साथ विश्वासघात हुआ था, एक धोखा हुआ था, जो मैं होने देना नहीं चाहता था। मैं अंतिम दम तक लड़ना चाहता था, अपनी किस्मत से और उस झूठ से, जो संदीप ने प्रिया से कहा।

मैंने अपने आँसू पोंछे, मुँह-हाथ धोए और बैग से इस्तरी किए कपड़े निकाले और साथ ही वह ब्रेसलेट और वे पन्ने, जो मैंने प्रिया के लिए रखे थे। मैं अच्छे से तैयार हो गया। उन पन्नों को गोल-गोल घुमाकर उन्हें दायें हाथ में रखा और ब्रेसलेट को प्यार से देखकर अपनी जींस की पॉकेट में रख लिया। मैंने अपना कैरियर दाँव पर लगा दिया और निकल पड़ा प्रिया से मिलने; बिना यह सोचे कि मैं क्या करूँगा? कैसे करूँगा? बस एक उम्मीद थी-मैं सब ठीक कर दूँगा।

मैं बाहर सड़क के किनारे खड़ा ऑटो का इन्तजार कर रहा था। मुझे जल्द से जल्द स्टेशन पहुँचना था। मैं विचलित था। खुद को शांत कर रहा था (आकाश में बादल छाए थे और बूँदाबाँदी होने की आशंका थी)। मेरे दिमाग में उसके साथ बिताए दिनों की छवियाँ तैर रही थीं।

मैंने देखा कि मुझसे दस कदम आगे, सड़क के उस पार एक ऑटो खड़ी थी। शायद वो आगे बढ़ने को थी। मैंने इधर-उधर देखा, काफी सारी गाड़ियाँ सड़क पर दौड़ रही थीं। मैं अपना हाथ दिखाते हुए सड़क के बीचों-बीच आ गया था कि अचानक! मेरे दाएँ बगल से एक बाइक वाला मेरी बाँह में हल्की सी ठोकर मारकर आगे निकला। मेरा बैलेंस बिगड़ गया। मेरे हाथ से वे पन्ने छूटकर हवा में बिखर गए और एक तेज आती कार ने मुझे जोरदार धक्का मारा। मैं सड़क पर चार चितांग गिर पड़ा। ड्राइवर, कार कन्ट्रोल नहीं कर पाया और मेरे बाएँ पैर को कुचलता हुआ तेजी से आगे निकल गया। मेरे शरीर में कई गुणा ज्यादा कम्पन्न होने लगा, मेरे सिर से खून सड़क पर बहने लगा। मेरा बायाँ पैर, दर्द से तड़प रहा था। एक मिनट में वहाँ का माहौल बदल गया। सब चीखने-चिल्लाने लगे, सिवाय मेरे-मैं उस काबिल भी नहीं था कि चीख सकता। बूँदाबाँदी शुरू हो गई। मुझे चारों तरफ से लोगों ने घेर लिया, मगर सहायता करने के लिए कोई आगे नहीं आ रहा था। सभी चिल्ला रहे थे,

"ऐम्ब्युलेंस बुलाओ..."

"अरे मीडिया को इनफॉर्म करो..."

"कोई पुलिस बुलाएगा!"

मेरी आँखें बंद होने को थीं। मेरे ठीक नजर के सामने मेरे सिर से खून बहकर एक पन्ने को अपने रंग में रँग रहा था। मैं उसे देखने की कोशिश कर रहा था। वह लाइनें मैंने अपनी परी के लिए लिखी थीं,

जब तुम नहीं थीं तो मेरे जीवन में न जाने कितनी ख्वाहिशें थीं और जब मैंने तुम्हें पाया तो जैसे कोई ख्वाहिश ही नहीं बची हो। अपने मासूम चेहरे और प्यारी आवाज से तुम मेरे दिल को पिघला देती हो; तुम मेरी ताकत हो, जिससे मैं हर रोज अपने अंदर एक नई जान महसूस करता हूँ।

मेरी आँखें बंद हो गईं, उनमें से आँसू की अंतिम बूँदें निकालीं। मैं ऐम्ब्युलेंस की आवाज सुन रहा था, जो धीरे-धीरे कम होने लगी थी, शायद मैं आखरी साँस गिन रहा था। मैंने याद किया-संदीप का साथ... मैंने याद किया प्रिया का मासूम चेहरा, उसकी दिलकश और प्यारी आवाज और याद किया अंतिम बार सुनी उसकी हँसी।

तीस

जीवनदान

मैं एक खुशबू महसूस कर रहा था, जिस खुशबू को मैं कभी भूल नहीं सकता। ऐसा लग रहा था जैसे मेरे आस-पास तरोताजा हवाएँ चल रही हों। मैं अपनी आँखें खोलने की कोशिश कर रहा था... यह जानने कि मैं कहाँ था। तभी किसी ने मेरे माथे को सहलाया। मैंने उसकी छुअन महसूस की। उसकी छुअन... मैं अपनी आँखें खोलने को बेताब था। देखना चाहता था कि क्या सच में वह थी। मैंने और कोशिश की और धीरे-धीरे अपनी आँखें खोली। मैं अवाक रह गया।

वह ठीक मेरे बगल में बैठी थी।

प्रिया ठीक मेरे बगल में बैठी थी।

मेरी अचंभित आँखें उसे एकटक देखती रहीं।

उसने पिंक कलर की ड्रेस पहनी थी... शायद वही, जो मुझसे मिलने के दिन वह पहनने वाली थी। मेरी नजर उसकी कलाई पर पड़ी। उसने वही ब्रेसलेट पहनी थी, जो मैंने उसके लिए खरीदी थी। मैंने बोलने की कोशिश की, मगर बोल नहीं पाया। उस समय मेरे मन में सैकड़ों सवाल चल रहे थे, लेकिन मैं तय नहीं कर पा रहा था कौन सा सबसे पहले पूछूँ। मैंने इधर-उधर देखा। मैं अपने घर में था। मेरे कपड़ों पर खून के कोई भी दाग नहीं थे। मैंने

उठने की कोशिश की, उसने मुझे रोका। सच में वह मेरी ताकत थी, जिससे मैंने अपनी आत्मा को नया जीवन दिया। जब मैंने आँखें बंद की थी तो सोचा था कि मेरी आँखें कभी नहीं खुलेंगी... और जब खुलीं तो वह मेरे सामने थी। टेबल पर वे सारे पन्नें भी थे, जो मैं उसे देना चाहता था। उस पर कोई भी खून के दाग नहीं थे, शायद उसने सब पढ़ लिया था। वह मुस्कुराई। वह इतनी सुंदर लग रही थी।

मैं अब भी समझने की कोशिश कर रहा था कि वह क्या हो सकता था।

उसने बड़ी मासूमियत से मेरा हाथ थामा और किस किया, फिर धीरे से बोली,

"इतना प्यार करते हो मुझसे!"

मैंने बोलने की कोशिश की, लेकिन मेरा गला सूख गया था। फिर भी मैंने बोलना शुरू किया, "मुझे यकीन नहीं हो रहा है... तुम... कैसे...?" मेरे सवाल अधूरे रह गए।

"मैं जानती हूँ कि तुम क्या सोच रहे हो; लेकिन देखो, तुम्हारी दुलहनियाँ तुम्हारे पास है।"

"लेकिन तुम तो... क्या सच में तुम मेरे पास हो?" मैं उसे स्वीकारने की कोशिश कर रहा था, जो कुछ हो रहा था।

वह बड़े आराम से मेरे सवालों का जवाब दे रही थी,

"मेरे जानू... मैं तमसे दूर कैसे जा सकती हूँ, मैं हमेशा से तुम्हारे पास हूँ तुम्हारे बगल में।"

मैंने उसकी आँखों में अपने लिए प्यार देखा। मैं उसमें विश्वास करने लगा, जो कुछ दिखाई दे रहा था। मैं खुश और सहज महसूस कर रहा था। कुछ मिनटों की खामोशी के बाद मैं बोला, "मैंने तुम्हें कितना मिस किया... जब तुम मुझसे बात नहीं करती थी तो मुझपे क्या बीतती थी, पता है!"

"श्श!" उसने अपनी अँगुली मेरे होंठों पर रख दी और मुझे आगे न बोलने दिया।

"प्लीज भूल जाओ वो सब।"

फिर उसने अपनी कलाई दिखाई और मुस्कुराई। मैं भी मुस्कुराया। कुछ

मिनट की रोमांटिक खामोशी के बाद उसे कुछ याद आया।

"तुमने अपना डिनर क्यों छोड़ दिया? तुम्हें भूख लगी है न!" बोलकर उसने नीचे से अपना बैग अपनी गोद में लिया।

"अरे, यह तो वही बैग है!" मैंने कहा।

"देखो मैंने तुम्हारे लिए क्या बनाया है, मगर थोड़ा टेढ़ा-मेढ़ा है।"

"अरे, पेड़ा!" मैं खुशी से लगभग चिल्लाया।

उसने अपने हाथों से मुझे खिलाया। आखिरकार उसने मेरी परवाह करते हुए कहा, "अपना खाना नहीं छोड़ना, तुम्हें अपना ध्यान रखना है।"

मैंने कुछ नहीं कहा, बस उसकी बात पर हामी भर दी। उसने फिर से मेरा हाथ थामा।

"वादा करो।" उसने कहा।

'क्या?'।

"वादा करो, तुम हमेशा अपना ध्यान रखोगे।"

'क्यों?' मैंने जानबूझकर कहा।

उसने मज़ाकिया अंदाज से जवाब दिया,

"क्योंकि मैं तुम्हारे लिए हमेशा पेड़ा नहीं बना सकती।" और वह हँसने लगी। वह प्यारी लग रही थी। उसने मेरे माथे को किस किया और मेरी आँखों में गहरे देखा।

और फिर उसने एक बच्चे की तरह कहा,

"चलो, थोड़ा साइड हटो, मैं तुम्हारे बगल में सोना चाहती हूँ।

हम दोनों को भय नहीं लग रहा था कि घर के कोई सदस्य अन्दर आ जाएँगे। मैं थोड़ा हटा। वह आधा बिछावन पर और आधा मुझ पर सो गई। मैंने उसे अपनी बाँहों में घेर लिया और उसके बालों को किस किया। कुछ मिनट खामोशी में गुजर गए। मैंने यह जानने की कोशिश की, कि वह सोई थी या नहीं। वह नहीं सोई थी। मैंने उसे अपनी बाँहों में रहने दिया। मैंने अधिक बात नहीं की, मैं इस पल को जी भर कर जी लेना चाहता था। कितने समय बाद यह सब हो रहा था। कुछ और समय गुजर गया; मुझे पता नहीं कितना। और फिर अचानक, मुझे लगा कि मेरे माथे पर कुछ अटका है।

वह क्या था, मैं समझ नहीं पाया, लेकिन मैं कुछ सुन सकता था। कुछ आवाज, किसी बीप-बीप की आवाज, जो मुझे परेशान कर रही थी। कुछ सेकेंड तक मैं समझ नहीं पाया कि वह क्या था। धीरे-धीरे खुशबू गंध में बदलने लगी। मैं अपनी आँखें खोलने की कोशिश कर रहा था। फिर से वही हो रहा था, मैं अपनी आँखें नहीं खोल पा रहा था। मैं अपना शरीर हिलाने लगा, मेरी आँखें खुलीं और फैल गयीं मैं अवाक रह गया।

"डॉक्टर... डॉक्टर! पेशेंट नम्बर अट्ठाईस को होश आ गया।" बोलते हुए नर्स आईसीयू से बाहर गयी। हाँ मैं आईसीयू में था। वहाँ मेडिसिन की गंध थी। मेरे मुँह पर ऑक्सीजन मॉस्क लगा था और शरीर से कई तार निकलकर मशीन से जुड़े थे-वहीं से बीप-बीप की आवाज निकल रही थी। वहाँ तरो-ताजा हवाएँ नहीं चल रही थीं, बल्कि एक घुटन महसूस हो रही थी। उस वक्त मुझे ऐसा लग रहा था, जैसे पूरा अस्पताल मेरी किस्मत पर हँस रहा हो।

डॉक्टर भागते हुए आए। उन्होंने मेरा निरीक्षण किया, फिर वो बाहर गए। अगले ही पल मेरे मम्मी-पापा और आनंद भइया अन्दर आए। उनके साथ अमित भी था। सबके चेहरे पर खुशी थी, पता नहीं क्यों। वे मेरे पास आए। उनकी निगाहों में मेरे लिए प्यार था, दया थी। मेरी माँ ऊपर वाले का शुक्रिया अदा कर रही थीं।

"अरे अरे। आईसीयू में इतने लोगों को आने की इजाजत नहीं है, आप सब बाहर जाइए, कोई एक ही रुकेंगे।" नर्स बोलते हुए हमारे पास आई। सबसे पहले अमित जाने के लिए तैयार हुआ। मैंने उसे रोका। सभी समझ गए कि मैं अपने दोस्त से बात करना चाहता था। वे चले गए। अमित मेरे बगल वाले स्टूल पर बैठा।

"क्या बात है, मुझे आइसीयू में देखकर सभी खुश क्यों हैं?" मैं जैसे-तैसे हिम्मत जुटाकर बोला; मजाक और उदासी दोनों ही भावों को मिलाकर।

"हम्म... सभी खुश हैं, क्योंकि तुम तेरह दिनों से कोमा में थे, तुम्हें आज होश आया है।" बोलकर वह रुका, शायद खुद को सँभाल रहा था। उसने फिर बोलना शुरू किया,

"इसे इत्तिफाक मानो या भगवान का दिया तोहफा, तुम्हें फिर जीवन मिला है; आज अट्ठाईस अगस्त है, हैप्पी बर्थ डे रणवीर..." उसे बोलते हुए खुशी नहीं हुई; शायद वह मेरे गम से परिचित था।

"चौबीस अगस्त को तो..." मैं बुदबुदाया।

"प्लीज तुम उसे भूल जाओ, वे दोनों एक दूसरे के काफी करीब आ गए हैं, उन्हें तुम्हारी कोई चिन्ता नहीं है।"

मुझे आश्चर्य हुआ कि उसे चौबीस अगस्त के बारे में कैसे पता और उनदोनों के बारे में! उसने ज्यादा समय नहीं लिया और सच्चाई बताई,

"उस दिन मैं भी आमंत्रित था। बेहद खुश था। संदीप की तरफ से एक छोटी सी पार्टी थी। उसने कहा था कि उसकी गर्लफ्रेंड का बर्थडे है। संदीप, राहुल और उसके कुछ दोस्त भागलपुर आए थे। मैं उनकी बताई जगह पर पहुँचा। उन लोगों ने होटल का एक कमरा बुक किया था। कमरे को पूरी तरह सजाया गया था। चारों तरफ मोमबत्तियाँ जलायी गयी थीं, बिछावन पर फूल थे और दिवाल पर बैलून्स टँगे थे, सामने टेबल पर केक रखा था। मैं देखना चाहता था कि संदीप की फ्रेंड कैसी है? जब संदीप के साथ चलकर वह कमरे के अन्दर आई-मैं दंग रह गया, मुझे अपनी आँखों पर विश्वास नहीं हो रहा था- वह प्रिया थी; पिंक कलर की ड्रेस में, खुशी से चमक रही थी। पहले तो मैं कुछ समझ नहीं पाया। उन दोनों ने साथ में केक काटा, सबने केक खाया, फोटो खींचे और फिर उन दोनों को अकेला कमरे में छोड़ दिया गया। संदीप ने अन्दर से दरवाजा लॉक कर लिया। वहाँ से जाने से पहले मैंने राहुल से पूछा कि आखिर माजरा क्या है? उसने ही मुझे सारी बात बताई। कभी-कभी वह भी संदीप के खिलाफ गया। फिर क्या था, मुझे उनदोनों से घृणा हो गई और तुम्हारा पता करते हुए मैं यहाँ आ गया।"

मेरी आँखों से आँसू निकले।

क्या-क्या सोचा था मैंने उसके जन्मदिन के बारे में और क्या हो गया। मुझे याद है किस तरह उसने आधे घंटे में मेरे दोस्त को अपनी तरफ कर लिया था; तो तब क्या हुआ होगा, जब वे दोनों बंद कमरे में एक साथ होंगे।

उदासी ने मुझे चारों ओर से घेर लिया, जिसने मुझे मिलवाया मेरे अंदर के खालीपन को, अकेलेपन को! और आपको पता है यह अकेलापन कैसा होता है...

आपके दोस्त आपको घेरे झुण्ड में गप्पे हाँक रहे होंगे मगर आपको कुछ सुनाई नहीं दे रहा होगा। आप लगातार उसी की यादों में खोए रहेंगे, जिसने आपके अकेलेपन को दूर किया; आप कुछ सोचेंगे और खुद ही मुस्कुरा उठेंगे।

यदि आप अकेले होंगे तो हो सकता है उसे अपने करीब न पा कर आप चीख उठें! कभी-कभी आपको अपने ही आँसुओं का स्वाद चखने को मिल सकता है। आप भाग कर वहाँ जाएँगे जहाँ उसकी यादें हों...मगर आप देखेंगे प्रेमी-प्रेमिकाओं को हाथों में हाथ डाल कर बातें करते। आप उन्हें उन सब जगहों पर पाएँगे, जहाँ कल तक आप थे। आप उन्हें अनदेखा करने की कोशिश करेंगे। इन सब से बचने के लिए आप उपाय ढूढ़ेंगे, व्हाट्सएप के किसी ग्रुप में जाकर आप मजेदार चुटकुला पढ़ने की कोशिश करेंगे, मगर एक से एक चुटकुले आपके उदासी को कम कर पाने में नाकामयाब रहेंगे।

हो सकता है कि आपको फेसबुक या इंस्टाग्राम पर किसी सुन्दर लड़की की फोटो देखने को मिले, मगर हजारों सुन्दर लड़कियों को आप अनदेखा कर देंगे। आप उसे देखना चाहेंगे। आप बार-बार उसका नाम सर्च करेंगे, मगर आपकी आँखें नम ही रहेंगी। आप इधर-उधर देखेंगे, उदासी और खालीपन आपको चारों ओर मिलेगी। बिछावन पर जब आप आँखें बंद कर नींद की कामना करेंगे, आप अपने अंदर के अकेलेपन से मिलेंगे; उसका सामना करेंगे। आप अपने आप से भाग जाने की कोशिश करेंगे। आप पाएँगे कि आपने अपने जीवन का उत्साह खो दिया है, आप नीरस हो गए हैं और पता है नीरसता एक प्रकार की मृत्यु ही है!

* * *

मेरा रूम, जहाँ मैं रणवीर की कहानी सुन रहा था।

मेरे आँखों से आँसू निकले। धीरे से मैंने हेडफोन खोला और उठा। मेरे दिमाग में एक सनसनाहट की आवाज घूम रही थी। रणवीर की कहानी ने मुझे अन्दर तक झकझोर दिया। मुझे भगवान पर बेतहाशा गुस्सा आया। रणवीर इस सबका भागी नहीं था। वह बस इतना चाहता था कि किसी को प्यार करे और अपना जीवन उसी के साथ हँसते-खेलते गुजारे। भगवान ने पहली बार उसे प्यार से वंचित किया और इस बार उसने फिर से वही गलती दोहराई। और तो और, उसने उसके दोस्त से भी जुदा कर दिया! भगवान उसके साथ इतना क्रूर व्यवहार कैसे कर सकता है? इसका जवाब मेरे पास तो नहीं है।

मैं बाहर निकला। शाम हो चुकी थी। पापा कॉलेज से आ गए थे। मैंने बाइक ली और सीधा रणवीर से मिलने उसके घर के लिए निकल गया।

* * *

"रणवीर घर पर है?" मैंने उसके घर के बाहर खेल रहे बच्चों से पूछा। वे कागज के हवाई जहाज बनाकर खेल रहे थे।

"वहाँ बैठिए, मैं बोलकर आता हूँ।" एक बच्चे ने दरवाजे पर रखी कुर्सी की ओर इशारा करते हुए जहाज उड़ाया और दौड़ता हुआ अन्दर गया।

मैं उस कुर्सी पर जाकर बैठ गया और उस कागज के जहाज को उठाया। उसमें कुछ लिखा हुआ था; शायद उस बच्चे ने लिखा था। मैं पढ़ना चाहता था कि उसमें क्या लिखा था। मैंने उस जहाज को खोला। काफी टेढ़े-मेढ़े अक्षर में लिखा था-

मैं आज भी अकेला नहीं हूँ; हर बार मुझे कोई न कोई सहारा देता है। मगर इस बार मुझे इस सहारे से नफरत हो गई है। मेरे परिवार वाले मेरी परवाह करते हैं, मगर मुझे ऐसा लगता है कि मैं उन पर बोझ बन गया हूँ। मेरी क्या गलती थी... यही न, कि मैंने किसी से प्यार किया और किसी पर आँखें मूँदकर विश्वास किया।

अब हर दिन एक लड़ाई बन गयी है-सच को स्वीकारने की लड़ाई। मैं बिना किसी सहारे के किचन जाकर एक ग्लास पानी पीना चाहता हूँ; मैं चाहता हूँ कि खिड़की तक जाऊँ और अपने चेहरे पर सूरज की रौशनी को महसूस करूँ। मैं जीना चाहता हूँ, मुस्कुराना चाहता हूँ, मगर बिना किसी सहारे के।

और नीचे जो लिखा था, मुझे यकीन नहीं हुआ। नीचे रणवीर का नाम लिखा था।

"उसकी लिखावट तो ऐसी नहीं है।" मैंने सोचा। फिर अचानक, जो शायद रणवीर की माँ की आवाज थी, ने मुझे चौंका दिया, "कब तक उस लड़की के बारे में सोचते रहोगे!" मैं बिना किसी इजाजत के अन्दर दौड़ा और गेट पर खड़ा हो गया। वह बच्चा वहीं था। मुझे देखकर वह बाहर भागा। मैंने रणवीर को देखा। वह बिछावन पर था-उसकी माँ बगल में खड़ी थीं। रणवीर बस एक ही रट लगाए था, "प्रिया जल्दी वापस आ जाएगी।"

उसकी माँ ने मुझे देखा और बाहर निकल गईं (वह समझ रही थीं कि उसके बेटे को दोस्त की आवश्यकता है)। मैं उसके पास जाकर बैठ गया। उसने ध्यान नहीं दिया। वह अब भी बुदबुदा रहा था, "प्रिया जल्दी वापस आ जाएगी।" वह काफी दुबला हो गया था और उसका शरीर पीला पड़ गया था। उसकी आँखों के नीचे गहरे काले घेरे थे। उसने शेव नहीं किया था वह एक

चादर ओढ़े था।

अचानक उसकी नजर मुझ पर पड़ी। पता नहीं उसे क्या हुआ? उसने कुछ याद किया और मुझे प्रिया की बातें बताने लगा। खुद-ब-खुद अपनी गलतियाँ स्वीकारने लगा, कहने लगा कि उसे प्रिया को समय देना चाहिए था। उसने याद किया कि वह कैसे उससे मिला था, वह कितनी सुन्दर थी और दोनों ने साथ कितना अच्छा समय बिताया। ऐसा नहीं था कि मैं वह सुनना चाहता था; लेकिन फिर भी उसे वह सब कह लेने दिया, जिससे उसे खुशी मिलती।

जब उसने चादर से अपना दायाँ हाथ बाहर निकाला, मेरी आँखें फैल गईं- मुझे उस पर दया आयी। उसके दाएँ हाथ की अँगुलियाँ बुरी तरह जख्मी हो गई थीं। मैंने कुछ याद किया, हाँ, वह रणवीर ने ही लिखा था, शायद बाएँ हाथ से, इसलिए लिखावट टेढ़ी-मेढ़ी थी और उसने अपनी प्रेम कहानी भी इसलिए रिकॉर्ड की, क्योंकि वह लिख नहीं सकता। मगर उसने एक सहारे के बारे में लिखा था, वह क्या है?''

अचानक मेरे दिमाग में एक झटका लगा। मैं मन में ही मनाने लगा कि जो मेरे दिमाग में चल रहा है, वह एक वहम हो।

''उसके टहलने का समय हो गया है, उसे बाहर ले जाओ।'' उसकी माँ ने किचन से आवाज दिया।

मेरे बिना कुछ कहे, वह एक अच्छे बच्चे की तरह उठने के लिए तैयार हुआ। उसके बगल में बिछावन से टिकी वह चीज रखी थी, जो मुझे अन्दर ही अन्दर डरा रही थी- मेरी नजर अचानक ही उस पर पड़ी। उसे देखकर मेरे शरीर में एक झनझनाहट पैदा हो गई। मेरा शरीर काँपने लगा। मैं खुद को डरा हुआ महसूस कर रहा था; शायद मैं रोने वाला था। उसने उसे पकड़ते हुए मुझे देखा और हल्की मुस्कुराहट दी।

हाँ, वह बैसाखी के सहारे खड़ा हुआ। उसका बायाँ पैर...

मैंने खुद को सँभाला और खड़ा हुआ। मेरे पैर थरथरा रहे थे। ऐसा लग रहा था जैसे बैसाखी की जरूरत मुझे हो। वह आगे बढ़ा। हाँ, वह बैसाखी के सहारे आगे बढ़ा और मुड़कर मुझे देखा कि मैं आ रहा हूँ या नहीं। मैं भी आगे बढ़ा। हम दोनों चलने लगे।

हम पास के मैदान में बैठे थे। वहाँ काफी लोग मौजूद थे। ज्यादातर खेल रहे थे और कुछ लोग आराम फरमा रहे थे। हमसे कुछ दूरी पर एक लड़का बैठा था। वह मोबाइल पर तेज आवाज में कोई फिल्म देख रहा था। फिल्म में हीरो, हीरोइन से कुछ कह रहा था, "...प्लीज एक बार मेरी बात सुन लो..." हीरोइन इंकार कर रही थी "मुझे कुछ नहीं सुनना है!" "तुम जैसा सोच रही हो वैसा कुछ नहीं है।"

मैंने रणवीर की ओर देखा, वह ख़यालों में खोया मुस्कुरा रहा था। उस फिल्म में हीरो, हीरोइन को एक नाम से पुकार रहा था। वह नाम रणवीर को अपनी ओर खींचने लगा था। मैं देखना चाहता था कि उस पर कोई प्रतिक्रिया हो रही थी या नहीं... और अचानक वह एक पागल की तरह रोने लगा। उसका यह व्यवहार शायद जायज था; फिल्म में हीरोइन का नाम प्रिया था। हीरो उसे उसके नाम से पुकार रहा था। अब तक रणवीर की आँखों से आँसू निकल आए थे। शायद प्रिया के साथ बीते पलों के दृश्य उसके मस्तिष्क में घूम रहे थे; शायद उसे याद आ रहा था कि वह प्रिया को समझाने में असमर्थ था। वह कुछ नहीं बोल रहा था, मगर ऐसा लग रहा था जैसे वह चीखने वाला हो। उस स्थिति में वह काफी देर तक रहा, फिर उसने खुद को सँभाला; बैसाखी के सहारे खड़ा हुआ और घर की ओर चल दिया।

मैं वहीं खड़ा रहा।

मैं अपने दोस्त से मिलने आया था... मगर सब खत्म हो गया था; सिवाय उस दर्द के, जो आज भी उसके दिल में अटका था...

www.ingramcontent.com/pod-product-compliance
Ingram Content Group UK Ltd.
Pitfield, Milton Keynes, MK11 3LW, UK
UKHW042126021026
15589UKWH00003B/646

9 789386 027962